老南京
老巷裆

王晓华 著

LAO NANJING LAO XIANGDANG

团结出版社

© 团结出版社，2024 年

图书在版编目（ＣＩＰ）数据

老南京　老巷裆 / 王晓华著 . -- 北京：团结出版
社 , 2024.10
　ISBN 978-7-5234-0985-5

　Ⅰ . ①老… Ⅱ . ①王… Ⅲ . ①纪实文学 – 中国 – 当代
Ⅳ . ① I25

中国国家版本馆 CIP 数据核字 (2024) 第 099278 号

责任编辑：张　阳
封面设计：阳洪燕

出　　版：团结出版社
　　　　　（北京市东城区东皇城根南街 84 号 邮编：100006）
电　　话：（010）65228880　65244790（出版社）
　　　　　（010）65238766　85113874　65133603（发行部）
　　　　　（010）65133603（邮购）
网　　址：http://www.tjpress.com
E-mail：zb65244790@vip.163.com
经　　销：全国新华书店
印　　装：三河市东方印刷有限公司

开　　本：170mm×240mm　　16 开
印　　张：26.5　　　　　　　　字　　数：333 千字
版　　次：2024 年 10 月 第 1 版　　印　　次：2024 年 10 月 第 1 次印刷

书　　号：978-7-5234-0985-5
定　　价：79.00 元

目录

上 编

旧时王谢堂前燕

序：

从鸡鹅巷到大方巷

　　1949 年的春夏之交，我的父母从苏州参加了第三野战军后勤政治部文工团，来到了古城南京。听父母说，开始他们住在鸡鹅巷 53 号，俗称戴公祠。

　　戴公祠就是军统最初发家的地方，原来是胡宗南第一师驻京办事处。1931 年，戴笠只有十几个人、七八条枪，连个像样的办公地点都没有，用一句南京话说：不成猴子耳朵。他的拜把子兄弟胡宗南就把鸡鹅巷的一处房产让给他，这是一处两进的院落，前院送给戴笠联络组，白天当办公处，晚上这些人就打地铺，横七竖八地睡在上面。后院是戴笠家属的住所。前后不插门。1946 年 3 月 17 日，戴笠在岱山摔死以后，这里就成为纪念戴笠的戴公祠。

　　解放军进城后，第三野战军后勤政治部文工团就褫夺了戴公祠的房子。听我妈说，他们住进来时，厅堂里还供着戴笠的大照片和蒋介石题写的挽联，被他们当垃圾随手扔了出去。

　　戴公祠里的文工团男女团员十几个人都睡在一间大屋里面，打地铺，中间有两条白单子拉着。累了一天的年轻人，挡不住青春的躁动和口水仗。

一年后稳定下来，结过婚的人可以搬出来住。爸妈被分配在城佐营居住，一年后就有了我。当时文工团分成若干小分队要下部队和工厂慰问演出，我在半岁时就成为保育院资格最老的一员。

1953 年，三野后勤政治部文工团解散，我爸妈又被调去华东军区解放军剧院工作。我们家搬到明故宫教练场，就是后来的军区体工队所在地，那时明故宫东、西两边还没有开路，规模比现在大得多，里面有一排排上面是半圆形铁皮顶的简易房子，据说是日本人建造的马房，被称作"铁皮房"。经过改造，中间是个长长的过道，两边隔成一家一户的小间。窗子极矮，只有一米多高，大人一迈腿就可以进出。那年夏天，我二弟刚出生，满身满头都是脓头毒痱子，像癞蛤蟆一样。

出了教练场，往右一拐，就是我后来的工作单位——中国第二历史档案馆的宫殿建筑，当时叫"西宫"，左手出来一里路也有相同的仿古建筑，叫"东宫"，即后来的南京军区档案馆。

马路对面就是明故宫机场。在教练场就能看到飞机的起落，三岁的我在大院里玩耍时，只要听见飞机引擎巨大的轰鸣声，便吓得双手抱头，哭着喊着往家跑，钻到床底下不出来。

1955 年，解放军剧院易名为南京军区前线话剧团，从教练场搬到大方巷 14 号，我们家也搬到五条巷 6 号，大人们管这里叫"六号门"。红洋瓦小楼房，三楼有老虎窗，每家一两间房，整个院子其实就是一大家子，你家我家随便串，就跟自己家一样。

大方巷 14 号位于五条巷口斜对过，前线三个团都在一栋南北走向的长长的三层大楼里：南头是话剧团，中部是歌舞团，最北头是歌剧团。话剧团大楼外左手有一个边门，出去就是军人俱乐部电影院。歌剧团楼外就是军人俱乐部的露天剧场所在地。歌舞团的小学员经常在俱乐部的草坪上下腰抬腿，我就见过后来差点嫁给了林立果的张宁在那里练功。

　　只要到晚上，话剧团传达室门口就围着一群"野孩子"，眼巴巴地看着我们自由出入，还有的跟着我们往里混，但总被传达室老倪伯伯提溜出来。

　　军人俱乐部在民国时期是国民政府立法院所在地，大门开在中山北路上，门牌105号，中华人民共和国成立后成为军人俱乐部。那里是军人和前线三团孩子们的天堂，里面有展览室、小卖部、照相馆、室内球场、网球场、游泳池、溜冰场、露天剧场和室内电影院。大门口有士兵站岗，市民是进不去的。夏夜，我们最大的乐趣是去露天剧场混看电影，白天去捡撕了半拉的票根，每个发小手上都有五颜六色的一沓子票根，下午放学后便去票房看售票员卖什么颜色的票，向发小们发布消息，于是大伙不约而同地各自找相同颜色的票根出来。月上柳梢头，我们就去露天剧场，捏着半截票往里混，大多数时候都能混进去，但也有失手的，一旦被查出，票根一扔便撒丫子逃遁在夜色之中。

　　有时我们实在找不到相同颜色的票根，就找原伟华画票。他的爸爸原文兵叔叔是舞美大师，伟华造假几乎可以乱真。有一次南京军区体工队和江苏公安队球赛，原伟华画了几张票，不料，我爸看见了，从我手里要了一张。等他进室内球场时，一名负责验票的小战士发现了问题，和另一名小战士在灯下比对着，带着疑惑的表情窃窃私语，但也只能目送"首长"坦然的背影却不敢拦下。

　　1959年，我戴上红领巾时，作为奖励，我爸带我去露天剧场看电影。我故意高高地扬着票，检票员特意掰开我的手，一看是完整的一张，时间也对，于是悻悻地挥挥手，我得意扬扬地摆摆手。

　　室内电影院也是我们"杀敌的好战场"，电影院不比露天剧场，把守得很严。于是我们另辟蹊径，用木头和竹子削刻成边门的"钥匙"，一般是开演后三五分钟，几个发小混进去，各自找个犄角旮旯，美美地看到终场。也有胆儿肥的时候，一下子进去了三十多个孩子，搞得台阶上都坐满了。

有时突然全场灯光大亮,原来是内部片,少儿不宜,于是我们被统统"清扫"出来。几十年后,军人俱乐部的功能变了,成为华东地区最大的图书卖场;再后来又统统被清退了。

我们家从五条巷 6 号门搬出后,又到了把华里 15 号。搬家时,我爸妈抱着被褥和衣物,我和二弟用竹竿抬着一大团木工干活剩下的刨花卷,是用来生炉子的。那时的小巷里,路都是用大小不等的石头铺成,高低不平,两边是一窄溜的土路,只要不下雨,我们都沿着土路走,这样鞋子不至于被磨损太快,以免前头出生姜(指脚指头露在外面),后面露鸭蛋(指脚后跟露出来)。

大约在 1965 年,我家又搬到大方巷 56 号居住。这里也是两幢楼的大院,前一座楼是原苏联大使馆所在地。有一次,我三弟和几个孩子在三楼一间屋的墙壁缝里抠出一个圆形的刻着俄文的黄铜印章。

后院的楼原是白崇禧公馆。当年李宗仁到南京竞选副总统时,白崇禧将此处让给李宗仁居住。等李宗仁当选副总统后,国民政府就代其另择傅厚岗一处花园洋房做官邸。

1949 年之前,这里是前后两个院子,分别是 56 号和 21 号,中间有围墙隔开,中华人民共和国成立后被作为南京军区政治部的第三幼儿园,将围墙拆了,成为一个大院。后来幼儿园迁走了,此处成为话剧团家属院。

1968 年秋,南京掀起上山下乡高潮,17 岁的我去苏北插队,不久,二弟去了连云港东辛农场;1969 年"九一八"时,爸妈带着三弟去了合肥的南京军区五七干校。我们家从此离开了大方巷的老房子。

但是,老巷裆的故事残留在城市的记忆中……

一、大方巷考

老南京嘴里的巷子，不叫巷子，叫巷裆，就是北京人嘴里的胡同。

巷子好理解，"裆"这个字在字典中专指：两条腿的中间，由于两条腿的分离而形成的一个形似锐角的空间，例如腿裆。南京土话中把巷子叫成"巷裆"，仔细品品——绝摆！

我家曾经住的那个巷裆位于南京城中心，离鼓楼很近，叫大方巷。巷裆不长，东西长六七百米，宽五六米，东头通中山北路，那是一条主干道。大方巷劈腿，有傅佐路、四条巷、五条巷，五条巷劈腿还有抱华里，抱华里又劈腿，最窄处只能过一个人，有点像小脚老太，两人要侧身贴面挤过去，豁然开阔，就是西桥，又是一条巷裆，直通宁海路，整个一个"破布烂棉花"。

大方巷在清代就存在，是一条真正意义上的老巷裆。这从"可园先生"的著述中可寻到蛛丝马迹。

可园先生就是陈作霖（1837—1920），字雨生，号伯雨，住的地方叫可园，人称可园先生。《秦淮志》载："可园在南干道桥西，陈作霖先生居此，有寿藻堂，瑞花馆，地不甚广……"

陈作霖是我在中国第二历史档案馆《民国档案》编辑部工作时，老主编陈鸣钟的曾祖父。老陈家几代居住江宁，说明一下：明代叫南京，清代叫江宁，书香门第，簪缨世家，是正宗的"老南京"。

陈作霖的曾祖陈授，生于乾嘉时代，为诸生，就相当于现在的大学生；

陈作霖（1837—1920）

祖父陈维垣、叔祖陈维屏为同榜进士；父亲陈元恒中过举人。陈作霖四岁读书，先后肄业于钟山、惜阴书院。光绪元年（1875年）中举，应进士试不第，就放弃科考，专心于教育、文学和史志学，教了一辈子书，任过崇文经塾教习（老师）、奎光书院山长（校长）、上元和江宁两县学堂堂长等职。陈作霖之子陈诒绂中秀才，先后任南京中学堂、师范学堂教习近三十年，教学之暇从事乡邦文献撰述；陈诒绂独子陈祖同，1918年入北京大学深造，曾参与编纂《江苏通志》，编定《可园备忘录》；陈祖同之子陈鸣钟，历任中国第二历史档案馆研究馆员、《民国档案》常务副主编，主编《清代南京学术人物传》等。陈氏家族以经学、文学、史学名家，绵延七世，纯正金陵文脉。

　　陈作霖和其子陈诒绂所作《金陵琐志九种》里有《石城山志》专门记述城西北地理情形："由石头山（清凉山）东行，出蛇山，北至峨眉岭，岭侧有吉祥寺。……稍东经大佛寺，佛身长丈六，故名大佛。禅堂院中，有木笔、海棠两大株，红白交错，诸天中香色世界也。"木笔就是辛夷，开花紫红，海棠如雪，因此两株花树红白交错，给人印象很深。殿中大佛一丈六尺（约5.3米），有二层楼那么高，所以叫大佛寺，就位于后来的大方巷东口。

清光绪二十九年（1903年），位于三牌楼的陆师学堂为金陵省城绘了一张新地图，名为《新测金陵省城全图》，图中就有五条巷、四条巷、三条巷、二条巷和头条巷，这五条巷裆的北头，有一条东西长的小路，但没有标出地名，应该就是大方巷，正对五条巷口有座大佛寺，为当时地标性建筑。

1903年所绘金陵地图有大佛寺和五条巷、四条巷、三条巷等，也有大方巷，但称谓不是大方巷。

大方巷得名于1927年以后，来源可能因为大佛寺的存在，取意大方广佛，所以叫大方巷。往西通周家桥、老菜市、西（仓）桥、古林寺；南头连接一条东西路，从头条巷一直经过蚂蝗岗再到虎踞关、清凉山。

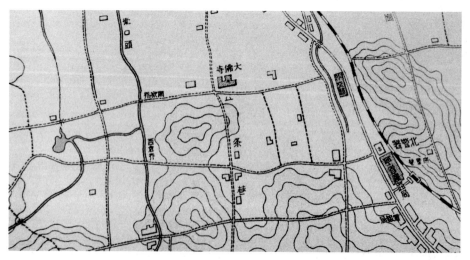

1927年所绘最新南京全图，已有大佛寺和外交部，依然不见大方巷的名称，只能说明大方巷是1927年以后才有的名称

二、马路修在大方巷口

民国十六年（1927年）3月下旬，国民革命军占领南京。4月18日，蔡元培、胡汉民、吴稚晖等国民党大佬在离大方巷不远的丁家桥开会，决定以孙中山原南京临时政府所在地南京为首都，成立南京国民政府，政府机关设在旧督军署（今天的总统府）。当年出版了《最新南京全图》，大方巷的地名尚未标出，大佛寺仍在，大路对面是外交部。

1928年出版的《最新首都城市地图》，已经标明大方巷和大佛寺，大方巷斜对过是外交部，两侧还有几口水塘，大方巷往西，紧连周家桥、老菜市、西（仓）桥，再往西到笃义里。估计大方巷得名就在此时。

为了将孙中山的遗体从北平移灵到南京中山陵，南京市政府特意提出要修一条中山大道。从下关轮渡（中山码头）为起点，进挹江门，经萨家湾、虹桥、山西路到鼓楼，叫中山北路；再从鼓楼、珠江路、长江路到新街口，这一段叫中山路；由新街口往东，经大行宫、明故宫再到中山门，这条路叫中山东路。出城后就是陵园路，终点中山陵，这条马路就是南京的子午线。

马路工程交给首都特别市市长刘纪文负责。据说，刘纪文是宋美龄留美时期的初恋，宋美龄后来经大姐宋蔼龄做主，又和蒋介石拍拖。刘纪文惹不起蒋介石这个大情敌，主动退出。蒋介石与宋美龄结婚后，作为回报，就把特别市市长这个位置交给刘纪文来坐，工程由刘来负责。于是，特别市市长刘纪文兼任修马路处处长。

中山路破土大典

　　8月12日，中山大道破土动工典礼在和会街三十三标隆重举行，并于同日正式破土动工。

首都特别市市长刘纪文

　　整个中山大道共分三段，中山北路、中山路和中山东路。

　　中山北路为南北路径，全长5662米，为沥青混凝土路面，是中山大道的北段。1929年5月完工。

　　中山大道第二段，称之为中山路，是中山大道的中段。该段上起自鼓楼广场，下至新街口。1928年8月12日开始动工，1929年4月25日完工。

　　中山大道的第三段，西起自新街口广场，东至中山门，为东西路径，全长 4067 米。1928 年 12 月 17 日开始动工，1929 年 4 月 24 日完工。此段后称之为中山东路。这条中山大道定盘后，犹如南京的主血管。

1928 年，国民政府总计投入 150 万元，首次采用快慢车分行的三块板路形，是南京市出现的第一条现代化城市道路。8 月 8 日开始动工，第二年 5 月竣工。中山北路就从大方巷东口过去，直到鼓楼，是南京城内第一条柏油马路。

当时修的柏油路叫马路，一点儿不错！当时的交通工具主要是马车、骡车和人力车，汽车很少，是高端人士专属。

从南京下关、挹江门到中山门和中华门等处都有驴马站。在马的屁股后面都挂有个布口袋，叫"马粪兜子"，是防止马屎掉在马路上，但还是有漏网的屎蛋蛋滚落在路上，柏油路上常见滴滴拉拉的马屎蛋和驴粪蛋。

马车有轿式和篷式，每天租金约大洋三元六角，但是每天须酌给马夫酒饭钱三四角。轿式马车最多可以挤六七个人，坐在上面的人很是神气，但下面的人或坐或蹲，搞不好还会掉下来。

还有驴车，驴车便宜，租金每大只要一元八角。再就是人力车，分黄包车和普通车。

公共汽车也有，等的时间长，路线单一，很不方便。应允的汽车（也就是摩托车）也有，但价格较贵，一小时要四元钱呢。

20 世纪 50 年代，我跟父母从教练场去新街口，就坐篷式马车，车上挤的都是一个单位的人，一个烫着卷发的阿姨，因为长得黑矮，我们都叫她"煤球"，她有时被挤下车去，大人们打趣说："煤球掉下去成粪球了。"

主干道定下来后，国民政府的官府衙门在大马路两侧进行铺排，小马路是支血管，巷裆是毛细血管。

南京政府开始重新规划首都建设计划。沿着中山大道两侧大修官府衙门，公馆府邸则在次要街道和小巷裆里。从 1929 年开始，金陵城头，烟尘腾空，大洋房、小洋楼拔地而起，从此掀起了持续十余年的建筑营造狂潮。

那时南京城人口不多，为数不多的居民住房大多集中在老城南一带，城北从下关到鼓楼中间的十多里地方，人烟稀少，都是菜地、农田，很是荒凉。国民政府认为这里是进入首都的要道，有碍观瞻，所以决定在大方巷、古林寺这片区域建设住宅区，改善首都的住房条件与面貌。开始规划为四区，每区约五百亩，共两千余亩。整治道路，修砌沟渠，铺设下水道，建设公共园庭、运动场、娱乐场、学校、银行、商店、菜市场、电影院及警察机关等设施，把收购的土地再卖给有钱人，建房须服从一定章程：每户占地面积不超过二亩。

1930年底，首都市政公报正式公布的《建设新住宅区计划》中说："特在大方巷古林寺一带，划地建设新住宅区，位置三牌楼中山路之西，鼓楼之北，地点适中，地势高峻，有林泉之幽胜，而无城市之喧扰，最适于住宅之用……现有大方巷及阴阳营等处之小道，可以通行……"需要说明的是，阴阳营在明朝时是鹰扬营驻扎地，后讹传为"阴阳营"，分南、北二巷，即南阴阳营和北阴阳营。

经首都建设委员会通过，由内政部核准，地价为每平方米三元、四元、五元不等，外加公共建筑费每亩两千三百元。至1933年每平方米地价改为六元、七元、八元，每亩应摊公共建设费减为一千二百元。新业主购买土地费用降低，于是从这年7月开始陆续有业主申请承领土地，并开始动工。

随着房屋建设，道路工程也有了配套，颐和、普陀、莫干、天竺、江苏、宁海等新名词路段逐一出现。

在中山北路上，是中西合璧的建筑，有华侨招待所、最高法院、司法行政院，马路斜对过是新建的外交部大楼。

大方巷西头有座石桥，连着江苏路，左手是宁海路，右手是山西路图书馆和山西路新菜场。

1935 年出版的《首都志》，记载大方巷和五条巷属于右第五警察局第九派出所管辖，包括江苏路、颐和路、湖南路等处。

1937 年出版的新南京地图上，大方巷以西出现了江苏路、颐和路等一片新住宅区，东面出口标明了中山北路，大佛寺的位置标明是大方巷 8 号。

大方巷从小道变成一条次主路，是在 20 世纪 30 年代初，不是主干道，不是柏油马路，而是细石子加一层薄沥青路，中间通五条巷。五条巷是用石块立起来拼成的路面，成年累月，被马蹄子踏得，行人踩得，撒板儿拖得，板车压得，成了光滑晶莹、咯咯噔噔的一条方块路，骑个脚踏车龙头乱摆。石头路两边各有一尺多宽的泥巴路，下雨天很泥泞，人走在上面来回"跳舞"。

由于大方巷处于新旧住宅区的交汇处，大方巷和五条巷、四条巷、挹华里，都有达官贵人的小洋房，但更多的小瓦房还有披子，是贩夫走卒、引车卖浆者、居民和贫民的居所。

三、大方巷居民看大出殡

1929 年 6 月 1 日，南京城发生了一件举世瞩目的大事！

凌晨一时半，大方巷第九派出所沿大方巷、五条巷等处开始吹警哨，催促居民起床，洗漱完毕，穿戴整齐，去大方巷口集合，沿中山北路西边排队。这些居民三三两两开始出门，干么事？

这一天，孙中山先生的灵榇要沿着中山大道移往中山陵，国民政府号召各区居民都去观礼。

去大马路看大出殡，是南京城里一件极其重要的事情。

深夜两点，大方巷 11 号—1 的居民倪元廷听到哨声，急忙打开电灯起床，对身边的妻子说："你再睡一刻儿，一家去一个就行。"

话音未落，床尾的六岁儿子倪仲秋一骨碌爬起来："我去！"

"有你什么事啊？再睡一刻儿。"

倪仲秋稚嫩的声音直喊："我就要去！"

于是父子俩下床，开了房门就急急忙忙走过黑咕隆咚的大方巷。

一刻工夫就来到中山北路，大马路上路灯雪亮，照耀着中山北路两边密密麻麻的人群，抬头望去，连天边的启明星都望不着了。老倪父子挤过人群，在柏油马路边的台子上站好。

倪仲秋问："爸爸，孙中山是哪块人？"

"广东香山人。"

"广东香山在我们这半边？"

"香山在南方，离我们很远很远。"

"那他埋在南京干么事？"

"你不知道啊？中华民国是孙中山建立的，后来孙中山在北京去世，他临死前说要埋在紫金山，所以国民政府就修建了中山陵，把孙中山的棺材移到中山陵。"

"哦，爸爸，孙中山一定喜欢南京。"

"对呀，他要求埋在南京。"

1924 年 10 月，冯玉祥发动了"北京政变"，推翻了北洋大总统曹锟政权，邀请广东大元帅府孙中山北上，共商国是。舟车劳顿，孙中山到了北京就病倒了，住进协和医院，被诊断为肝癌晚期。

孙中山的病情日益加重，到了 1925 年 3 月上旬，时常昏迷，进入弥留阶段。守护在他身边的宋庆龄、孙科、汪精卫、何香凝、张静江、陈去病等人讨论起其后事来。

孙中山含混不清地说："紫金山……"

众人不解何意。

陈去病说："总理所讲的紫金山就是南京钟山。"

原来，就在1912年4月的一天，孙中山在辞去临时大总统职务时，带着他的秘书陈去病和卫士马湘等人在城东紫金山打猎，在紫金山第三峰举目环顾，长江天际，远山如黛，钟阜龙蟠，石城虎踞的壮美景色尽收眼底。他感叹地说："待我他日辞世时，向国民乞此一抔土，以安置躯壳耳。"

众人恍然大悟，要陈去病写一篇考证的文章，陈去病就写了《紫金山考》一文，文中写道：

……查紫金山，即古金陵。秦始皇时，以金陵有王气，泄其水于江，为秦皇淮河。汉蒋子文为秣陵尉，葬此，因名蒋山。吴大帝孙权亦葬于此，号曰蒋陵。厥后六朝俱都金陵，遂以此山为王气所钟，更名钟山。明太祖驱斥胡虏，奠定中原；开国垂统，日月重光。临终遗命，以灵谷寺故址为长眠之所。爰迁忐公禅师塔而葬焉，即今孝陵是也。满夷入关，豫王多铎及洪承畴等尽伐其松柏，而以其给八旗为牧场，蹂躏不堪言状。犹顾亭林眷眷于此不去，变姓名曰蒋山傭，即此地也。洪杨时，于孝陵主峰建城曰天保，以作屏障。形势奇险，为兵家所重。时浙军克天保，而南京遂下。今有纪念功塔，屹然峙焉。民国以还，江苏省政府又于孝陵东南之四方城，即碑亭，设造林场。而每岁清明，则在山之上下，植树尤众。十数年来，郁郁葱葱，渐成林农。谒陵衢路，亦罔修整，面加扩大。吾总理委灵于此，凡本部已不须规划，只求地位得当，布置得宜，足以慰在天之灵，而万姓之答礼……

1925年3月12日孙中山去世，灵柩暂厝北京西山碧云寺，孙中山墓葬地明确以后，国民党中央就开始筹办建陵事宜。其间，陈去病就住在南京成贤街浮桥南首的林森寓所，成立了南京办事处，工作更是繁忙，他往返于北京、南京、上海之间，还专门陪同宋庆龄、孙科等人上紫金山踏勘墓地，最终正式确定了钟山中部小茅山南坡为中山先生的墓地。

中山陵墓设计从5月15日至9月15日，用了四个月时间向海内外征集方案，共收到应征图四十余种，陈列在大洲公司大楼，9月16日至20日为评判时期，除了葬事筹备委员和宋庆龄、孙哲生、杨杏佛等人外，还请了中国画家王一亭、南洋大学校长凌鸿勋、德国建筑师朴士、雕刻家李金友为评判顾问。每个顾问在20日前交了评判意见书。

会议开始，由杨杏佛在会上报告了顾问们的评判结果，大家对第一、第二两奖意见一致，但对第三奖有不同看法，最后表决，通过了得奖名单：大奖吕彦直，二奖范文照，三奖杨锡宗，名誉奖六名。

从9月22日至26日止，公开展览五天，每天都有一千多人前来参观。上海的各家中西报纸都发表文章加以评论，称誉这次悬奖征求陵墓图案是历史上空前的建筑设计比赛。得奖者由葬事筹备委员会发函通知，未得奖者每人赠送一幅孙中山遗像及一部著作，以示感谢。同时，在《民国日报》《申报》等报纸上刊登广告，公布评判结果。

经过长时间的讨论，在众多的图案中，一张图案吸引了大家，这张图案简朴典雅，并且完全体现了中国古代建筑精神，一致通过此图案为一等奖。

图案是位于中山路上南京金陵中学校友吕彦直设计的，于是就请他担任建筑师，主持计划建筑详图和监工事务。

中山陵第一期工程包括陵墓、祭堂、平台、石阶、围墙及石坡等各项工程，由上海姚新记营造厂承办，于1926年1月15日开工。因北伐战争等军事影响，交通滞阻，应用材料不能按时运到，工程一度停滞。直到1927年3月，国民革命军克复南京，大局初定，4月26日，葬事筹备处从上海

修建中的中山陵

迁移南京，就近切实督促，直到 1929 年春，中山陵第一期工程完全告竣。

1929 年 5 月 26 日，孙中山灵柩自北平西山碧云寺移灵，至北平正阳门外东车站（平奉线），送上迎榇灵车，经天津，转津浦铁路，到济南、徐州、蚌埠、滁州，于 5 月 28 日上午 10 点安抵浦口。军乐大作，从站台到江边码头布置了牌楼，上扎素彩，庄严肃穆。

灵榇被送达码头的"威胜"舰，江面上所有的舰船齐声鸣笛。"威胜"舰渡过长江，靠上中山码头，国民党中央大员、国府委员，以及特任以上文武官员都在下关恭迎。

灵柩被抬上迎榇汽车。在奉安委员会总干事孔祥熙的引领下，众人步行将灵车送至湖南路丁家桥的中央党部大礼堂恭置于此。礼堂内覆以绿色崭新之地毯，花香满地。上悬横额为"精神不死"四字，左右陈列盘花无数。大门外，地上铺以蓝布。32 名杠夫抬着灵榇下车，面向外缓步前行。孔祥熙执旗前导。总理家属、中央委员、国府委员、各特任官、总理亲故、迎榇专员、葬事筹备委员分列左右，肃立恭候，奏哀乐。灵榇恭置礼堂中央。迎榇人员行礼，向灵榇献花。

5 月 29 日至 31 日，奉安委员会决定将中央党部大礼堂对外开放三天，进行公祭，市民可以自由出入瞻仰中山先生遗容。公祭期间，各界人士争先恐后，络绎不绝，急欲一睹孙中山先生逝世四周年后的遗容，众人迟迟不忍离去。直到 31 日下午 5 时多，瞻仰人群方告别散去。晚六时，奉安委员会举行封棺典礼。

6 月 1 日，是孙中山灵柩的奉安大典。

这天早晨，大方巷居民和南京市市民都聚集在湖南路、湖北路及大方巷口的柏油马路两旁，男女老少，万头攒动，整个南京城共同哀悼，伫立等候送孙中山先生最后一程。

倪元廷父子俩继续聊孙中山在南京的往事：

"爸爸，南京人干么事喜欢孙中山啊？"

"他是平民的大总统，和我们老百姓就像家里人。"

"爸爸，你还见过孙中山啊？"

"见过。有一次，孙中山大总统骑马到临时参议院开会，就从大方巷过，被老百姓认出来，孙先生就向老百姓招手，这时候人群越来越多，就被南京市警察局知道了，派大批警察来维持秩序。一个小警察挥舞着指挥刀恶狠狠地驱赶人群，还用刀背拍打我的肩膀，孙先生看见，就派卫队长过去训了他一顿。眼看人太多过不去，孙先生就从大方巷绕过去，从山西路拐上湖南路去了。"

"那个打你的警察呢？"

"就是大方巷派出所秦警官。"

"我看他对你不错。"

"不打不相识嘛。"

残月挂在天际。4 时 15 分，"咚——咚——咚——"狮子山炮台开始鸣礼炮，一声接一声，一共一百零一响。

大方巷口，人头攒动，人们引颈鹄候，倪元廷和儿子被人潮挤散了，倪仲秋像条泥鳅在人们的腿缝中穿行，寻找最佳观看角度。

丁家桥方向有军乐队齐奏哀乐由远而近，前导的铁甲车后，出现一辆四周扎满了白色花球的灵车，用蓝绸包裹着的紫铜棺材上覆盖着国民党党旗与国旗，总干事孔祥熙骑着高头大马，执旗前导指挥。一条绑以黑白两条长布拧成长绳牵引灵车，国民党中央及国民政府要人执绑，缓缓徐行；宋庆龄等女眷分乘马车随行，还有护灵团和中央军校学生二百多人全副武装，分成两行，随行护卫。后面是各机关、团体的男女职员身穿素服，依次步行。送灵队伍一边行进，一边同声高唱"奉安歌"（歌词为罗家伦所作）：

"大道兮填填，哀吹兮极大，肃奉安兮国父，灵輀兮计迁……"

歌声此起彼落，悲壮感人，伴着乐队奏的哀乐，悲戚气氛萦回在整个南京城、紫金山上空。

大方巷的居民激动地说："今天大开眼界，看了一回大出殡啊！"

孙中山灵榇抵达中山陵

四、"倪半仙"名声大噪

1934年6月上旬，南京樱桃上市了，小贩们挑着鲜艳欲滴的樱桃沿街叫卖："卖樱桃喽，玄武湖瀛洲新鲜樱桃喽！"

大方巷口灰砖墙下，放着一张长方桌，上面铺着白布，垂在前面的布上画着两个圆圈，圈里分别写着"测""字"，还有小一点儿的三个字"诚则灵"。桌子后面一张凳子，上面端坐着穿着灰布大褂的倪元廷。

倪元廷是个瘦干儿，年纪在40岁左右，家住大方巷11号两间平房里头。早年读过专科，会几句英语。因家境贫寒辍学，就跟着大佛寺的方丈混日子，抄抄写写，帮着收个香火钱之类，老和尚看他机灵，会察言观色，有点儿灵气，于是教他一些阴阳八卦、看相、测字的知识。闲来无事，便去城南夫子庙看高手测字，也琢磨出一些道道。后来他跟家门口一个郑姓姑娘眉来眼去，上手后，找个媒婆出面，女方家庭略有薄资，高低不认，给她说了几门亲事，无奈女娃儿就是反贴门神——死不对脸，日子一长，肚皮鼓起来了，老头老太只能是贡院门口的糕——馊得还是相公吃，自认倒霉，答应了这门婚事，鹣鲽情深，于是拜堂成亲。婚后，倪元廷在大方巷口摆了个测字摊。这一片官员、商人多，每天也有不少进项。邻居臭他："倪先生的日子，芝麻开花节节高！"他为人仔细，算得很精，生怕有人借钱，于是"撂高"，说："哪里哪里，要饭的搞腿弯——穷对付吧！"

这一天老倪未发市，正准备收拾砚台纸笔回家，买个烧饼穷对付一下。秦所长一路小跑出来，嘴里直喊："老倪，老倪！"

　　老倪忙赔笑脸："不急不急，我正等你呢。"

　　秦所长气喘吁吁："你鬼吹！你怎么知道？"

　　老倪干笑着："我算的。"

　　秦所长一把拉过长凳，一屁股坐下："好，你再算算，让我看你本事！对了，我请客，到对面胡家饭店吃一顿，算错了，立马死回家，不准再欺骗老百姓！"

　　老倪暗暗叫苦，知道这些角色得罪不起，但事已至此，求饶也晚了，只得拿墨水往墙上甩，脏污吧。

　　"测什么字？"

　　秦所长想了想，提笔写了个"藏"字，推到老倪面前。

　　老倪看了半天，试探着问："秦头儿，你是问事儿吧？"

　　"你怎么知道？"

　　老倪开始绕，引经据典："藏字左边是片，《说文解字》里说是指有事情的意思。"

　　"对！继续！"

　　"大事。"

　　"废话，小事儿我自己都能摆平，找你干么事？"

　　"有人——物不见了？"

　　他有意把人和物中间顿一下，也可理解为人或者物，或者人物，等对方的反应。

　　"是个人物！"

　　"这个人来头不小，大人物……"

　　"往下说！"

　　"但不是主要人物，是副的！"

　　"你怎么晓得的？"

"'藏'字肚子里是个臣呀！臣不是君，所以可以理解不是掌权者！"

"一点儿不错，再继续！"秦所长兴奋地大叫。"快说这个人怎么回事儿？"

"躲藏起来了。"

"你怎么晓得？"

"'藏'字上面是草，躲在上面的草里头。"

"嗯嗯，是这么回事，继续！找不到有什么后果？"

"右边是'戈'，搞不好要大动干戈！"

秦所长吓得摘下大盖帽子，掏出手帕一个劲地擦汗。

"躲到哪块去了？"

"出不了南京。"

秦所长一把拉起倪先生，"走！请你吃饭！"刚走两步，一想不对，他对着胡家饭店大喊："老板娘，给倪先生下碗辣油面，记在我的账上！"

他拔腿就跑，倪先生直摇头，一直盯着他跑过马路，进了外交部大门。

原来，6月8日，日本驻华公使有吉明刚从日本来南京，去了外交部。当天晚上，外交部为有吉明设宴，副外长唐有壬出席，宴会完毕，有吉明要坐夜车回上海。日本驻南京总领事馆总领事须磨和副总领事藏本英明准备一同去车站相送，因外交部汽车临时被汪精卫调去公干，只剩一辆车在，时间紧张，有吉明命令藏本下车。于是，藏本很失落，路边雇了一辆黄包车回鼓楼的日本总领事馆去了。

然而，日本驻南京总领事须磨从下关车站回来，一问藏本未归，以为他到外面潇洒去了，也没在意。第二天早上，住在南阴阳营62号的藏本妻子打电话找藏本，须磨一问，人还没回来，开始着急，总领事馆一秘说："蓝衣社活动猖獗，认定藏本失踪与他们有关，不论证据之有无，藏本的失踪俨然已成事实，必须对中方明确严正立场，不交人就开战！"

4

国民政府外交部大楼

须磨一想："借机发牌，逼一逼中方也好。"于是派日本驻京副领事田中去外交部交涉。

上午十点，田中到国民政府外交部，要求见外交部长汪精卫，由副外长唐有壬代见，田中口头照会藏本副领事失踪，请中方进行搜查。

田中走后，行政院长兼外交部长汪精卫接到唐有壬的电话，意识到事态的严重性，火速赶到外交部大楼，与唐有壬、亚洲司司长沈觐鼎、情报司司长李迪俊商量对策后，紧急招来首都警察厅厅长陈焯、宪兵司令谷正伦开会研究此事。

下午四时，须磨向中方递交了备忘录。汪精卫面对来自日方的汹汹抗议和下关江面上蜂拥而至的日本长江舰队，惊恐万状，担心正在修复的中日关系再次蒙上"阴影"。他下令陈焯通知各区派出所所长，布置全城搜查，务必找到藏本，活要见人，死要见尸。

　　大方巷派出所秦所长离得最近，来得最快。傍晚时分，当他参加完陈厅长的会议，出了外交部大门，径直奔向倪元廷的卦摊，一看倪元廷还在，于是就找他测字，反正死马当活马医。万万想不到真是这回事。

　　当秦所长跑回外交部会议室时，汪精卫等一干人都还在，他兴得一头核子，大声报告："有线索了！"

　　众人脖子弯得像鹅吃草，欣喜地盯住他。陈厅长抓住秦所长的衣领："废话少说，讲要紧的。"

　　秦所长急忙把测字的情况报告完毕，等候陈厅长的赏赐。

　　这时，汪精卫拍着桌子，大声呵斥："胡说八道，你没有上过学吗？没有一点科学知识？这种江湖骗子的胡说八道也能相信？"他瞪着陈焯："你的人就是这样破案的吗？玩忽职守，我要撤了你！"

　　陈焯吓出一头汗："属下失察，用了这种蠢材，请汪院长放心，属下一定完成您交下的任务，三天之内保证找到藏本，不然任凭惩处！"他扭过头，对秦所长恶狠狠地骂道："给我滚！扒了你这身皮！"

　　秦所长心里叫苦："这下子屌得了。狗日的倪元廷你害死老子了，看我怎么收拾你！"

　　当他怒气冲冲地打上倪元廷家门时，他老婆哭哭啼啼地说："人早跑了，回来就说惹大祸了，说是走了就不回来了！我的命苦啊，怎么看上他这个骗子啊！"

　　秦所长心里清楚，现在不是找倪元廷算账的时候，他立即召集所有的部下，动员大方巷、五条巷等辖区的保甲长，调来人力，在辖区内每家每户，篦头发一样搜查，找遍所有能藏人的角落，每个池塘都派人打捞，连和平农场的鸡窝猪圈狗洞都翻了个遍，搂草打兔子，玩命地寻找藏本和倪元廷。

　　然而，怕事的惹不起逗事的。来自日本方面的压力越来越大，几乎让南京政府喘不过气来。

日本外务省声称："此次事件系拳匪事件（义和团事件），是杉山书记被杀以来最重大之事件，对于南京当局绝对要求严重之措置，并绝对采取强硬态度。"

6月10日，日本大阪《每日新闻》列举中国方面的对日"不友好事件"，称"目下南京对于日本官兵之压迫，非常识之至，中国宪兵队针对于日本人，皆有便衣侦探跟随，电话亦一一窃听。尤有甚者，今村第三舰队司令官6月3日在中山门受宪兵检查身体之侮辱事件，须磨总领事方向中国警告，故对藏本事件中国之态度，以疑惑视之"。

6月12日，日本《每日新闻》声称："藏本事件……中国之无诚意，固不待言，……决定正式抗议。"

6月13日，《每日新闻》捕风捉影，捏造说："藏本失踪尚无物的证据，犯迹已被其巧妙地湮灭，该犯行动系有充分计划的行为，实为明白。我当局及有关方面已大致推定，在藏本事件之背后，有当首都警备之冲、负保护外人责任之宪兵司令部内的多数宪兵，实堪惊异，……由领事馆至藏本宅，其间有四十丈之谱，一边为荒野，一边为桑园。犯行之地大概在此。据当局之推定，藏本通过此地时，由背后现出一穿中山装之巨汉（该巨汉最近一星期曾跟随藏本之后），或将藏本绑去，或予以不意之打击，而使之倒地，并巧妙地将一切形迹湮灭。该处常有宪兵站立，关于此事，宪兵决无不知之理……"

有鼻子有眼，跟他们亲眼看见一般。

日本外相广田弘毅6月12日在内阁会议上也威胁说："藏本事件系在中国国都警备严重之区域公然对我总领事馆员之行为，不论加害者之动机如何，实关系帝国威信之重大事件，故须彻底纠查南京政府之责任。"

这个藏本究竟藏到哪里去了呢？

原来，这个藏本被赶下车，自己感觉无奈、无趣，在路边雇了一辆黄包车，说："去中山门外！"

车夫见来了生意，听说客人要去中山门外，心想这么晚了，到那边去见鬼呀，但还是接了单。拉着车，车把上的铜铃"当当当"有节奏地响着，迈开腿直往前奔，等跑到中山门时快午夜十二点了，天上繁星点点，地上阒无人声。车夫远远地望着紫金山像一座巨大的坟堆儿，于是就停下脚步，死活不敢出城了。藏本没得办法，只得下车，形单影只地出了城，摸着黑，沿着陵园路到达中山陵，顺着旁边的小路，慢慢往上爬，还真的让这个倪元廷说着了，藏在山上的草里去了。

1934 年 6 月 9 日上午九时半，日本驻南京总领事馆突然通知南京政府：藏本英明"失踪"了。

首都警察厅在接到藏本"失踪"消息后，立即于当天上午开始，布置严密的搜查。警察连日出动，先在南京市内人口稠密的地区以及外国人常来往的地方仔细搜索，毫无踪影。接着又向四郊及中华门外通往芜湖的公路、沿江地带，分头搜查。6 月 12 日，又向各区警察指示搜查标准为：

1. 形迹可疑者；

2. 方言不通者；

3. 面貌奇异者；

4. 似有神经病状态者。

凡上述四种人，皆须注意。一时间南京全城动员起来，却始终没有发现藏本的踪迹。

6 月 13 日清晨五点多，住在明孝陵附近的总理陵园管理处工头张燕亭起床撒尿，看见门外有一个人走来向他要水喝。这个人蓬头垢面，却穿着沾有泥土的西装，形容疲惫。张燕亭感到可疑，联想起近日报载日本副领事藏本"失踪"的事，顿时警惕起来。张燕亭给他倒了杯水，该人喝了水以后，道了声"谢谢"，转身出门向山上走去。

张燕亭立即叫陵园工人郝正林跟踪上山，看住那个人。郝正林独自一人不敢上山，又叫了陵园工人魏宗青陪同上山。同时，张燕亭立刻让副工头带班，自已跑到陵园办公室打电话，通知警察厅特警课值日官，赶快派人前来辨认，是不是藏本英明。上午十点多，来了一个身穿长衫的人，找到张燕亭，掏出派司，亮出手枪，自称是警察厅派来的。张燕亭立即向他介绍了情况，随即与魏宗青、郝正林一同带领他上山。上午十一点多，在明孝陵后山仔细搜寻时，果然发现有一个人横倚在树下，显得非常疲惫。这些人走上去，把藏本围住，生怕他再溜了。警察厅的暗探便问他姓名。这个人支支吾吾，欲言又止。警察厅暗探立刻取出随身携带的藏本照片，发现面前的这个人果然就是警察厅正在寻找的藏本。于是，他们告诉他，自从他"失踪"后，中国政府正全力寻找他，请他立刻随他们下山。藏本最初不肯下山，经多方婉言劝说，方才答应，这时已是下午两点多了。

藏本被"送"到警察厅时，厅长陈焯已得到消息在办公室里等着了。他们本来就在官场多次见过面，彼此相识，然而在这种场合下相见却是第一次，藏本竟激动得哭了起来。坐定后，陈焯叫人拿来一些牛奶和饼干，藏本已经几天没有进食，连连喝了两杯牛奶，还喝了一杯汽水。陈焯等他吃完，才开始询问他这几天"失踪"的详情。

藏本意外寻获，仿佛天上落下来个金元宝，喜从天来，这一来，南京国民政府的官员们如释重负，额手称庆，外交部、首都警备司令部、行政院、参谋部、国民党中央宣传委员会、中央组织委员会纷纷派要员到警察厅探望藏本，以示关怀。藏本对于出走原因一再表示："我不愿说，回领事馆后，也不愿发表。"但他强调："我一身存亡与贵国均无关系，我今已回，贵国无负于我。"当美联社记者、路透社记者采访藏本时，他言语清楚，记忆良好。

沈觐鼎问："藏本君为何要出走？"

藏本："这是我的私事，与贵国无关，贵国无负于我，我亦无负于贵国也。"

"你说你要自杀便罢了，为什么要如此躲躲藏藏呢？"

"无可奉告！"

"自从你'失踪'的消息公布后，你的老母亲在日本终日老泪纵横，你难道不以此为念吗？"

藏本扑通一声跪下，双手举过头顶合十，连呼"阿弥陀佛！阿弥陀佛！"

下午四点多，藏本由外交部司长沈觐鼎送至外交部。

外交部立即通知日本驻南京总领事须磨来外交部接洽转送藏本事宜。外交部次长唐有壬亲自出面接待。曾经登门兴师问罪的须磨，这时一脸的尴尬。藏本见到这位上司，百感交集，涕泪横流，抽泣不止。唐有壬当着须磨的面要藏本再叙述一下出走经过，实际上在此之前，外交部已经笔录了藏本出走的全过程，并要求藏本草绘了出走详细途径。不料，藏本的述说被须磨打断，他冲着藏本生硬地说："你现似疲倦，少说话吧。"

唐有壬问藏本："你现在精神还好吗？"

藏本连声回答："现在渐好。"

此时，候在室外的中外记者一拥而入，将相机镜头对着藏本不停地拍摄，须磨见状，即刻起身催促，领走了藏本。

就在这个时候，倪元廷又"洋呼洋呼"地出现在大方巷口的卦摊前，重操旧业，开始给人测字。

秦所长听说后，立马叫了几个值班的兄弟前去捉人，拍着桌子大骂："狗胆不小，骗了老子还敢回来？抓起来！"

倪元廷微微一笑："抓我？没得搞错吧？你要设宴招待我金陵春八大八小鱼翅席。"

"鱼翅没得，毛竹竿儿下面管够！走！"

"你试试瞧，人已经回到警察厅了。"

这时，跑来一名巡警："报告所长，藏本找着了。"

"在哪块找着的？"

"从紫金山上……"

秦所长对着倪元廷赞道："你伯伯、你头子，活祖宗，真正'倪半仙'！"

藏本由日本总领事须磨领回日本领事馆后，在领事馆稍事休息，由领事馆派人送回南阴阳营 62 号住宅。几天不见，恍如隔世。藏本与其夫人丽子二人见面抱头痛哭。

6 月 14 日，日本领事馆派须磨等人进见汪精卫，诡称"过去疑云已一扫而空，两国邦交益见好转"，并掩饰说"藏本副领事 8 日晚之出走，系一时神经衰弱，毫无其他原因"。汪精卫心领神会连声称"欣慰"，并希望藏本早日恢复健康。

至此，藏本事件真相大白，日本所捏造的谎言被戳穿，日本政府处于十分狼狈的境地。为了掩饰其空前的耻辱，日本外务省发表谈话声称，中国当局"对于发现后疲劳的藏本氏，强制的使其陈述，又不使我官员到场"，谎称藏本"身心俱缺乏平静，陈述亦不明瞭确实，故关于今后之措置，俟藏本之心身回复后，调查事情，再行考虑"。

但藏本坚持自己的说法，此事件就这样不了了之。

位于大方巷 2 号的日本《朝日新闻》通讯社得知"倪半仙"的测字情形之后，派采访员围住测字摊采访。一时间，倪元廷的大名真的传遍了半个金陵城。

五、对面街上出大事了

大方巷 1 号的第五区派出所秦所长桌上的电话机催命一般地响了。秦所长一把抓过电话，里面传来熟悉的警察厅长陈焯的宁波官话：

"秦所长吗？我是陈焯，马上集合你们的人，立即跑步到中央党部来支援……"

"请问厅座，出什么事了？"

"中央党部发生枪击案，汪院长受了重伤，你的人要尽快把附近的街道都戒严起来，不得有误！"

这是 1935 年 11 月 1 日上午九时四十五分。

放下电话，秦所长旋风一般冲到走廊，对着院子里猛吹警笛，之后大喊："全体集合！"

刹那间，各个房间里的人员都纷纷出门，跑到院子的空地前列队站好。

秦所长下了楼梯，大步来到队列前。值日官大喊："立正！"全体黑色警服，一水儿皮鞋齐刷刷地站直。

秦所长说："稍息，紧急任务，中央党部发生枪击案，汪院长受了重伤，要求我们立即支援。"

犹如晴天霹雳，警察们顿时炸窝，面面相觑，议论纷纷：

"汪院长还翘辫子啦？"

"什么人这么大胆？敢在中央党部杀人？"

"还用问，我猜是日本人干的！"

"我看就是共产党干的！"

"我们还是去对过找'倪半仙'……"

"闭嘴！"秦所长双手往下摆摆："下面分配任务：第一组封锁湖南路，盘查可疑人员，第二组丁家桥路口，第三组山西路路口，第四组就在对面湖北路口，特勤组跟我直接去中央党部！向后转，出发！"

四五十人立即依次跑出大门，穿过马路，朝着各自的岗位跑去。

大方巷离丁家桥中央党部就隔一个路口，七八分钟就赶到了。

只见中央党部大铁闸门外面都是围观的人，个个伸直颈子往里看，还有个别胆大的直接扒着铁门往里面张望。

这时，两辆救护车拉着警笛，一前一后开来，警察们上前将人群驱逐开，闪开一条通道，大铁门被拉开，救护车直接开到中央政治会议厅门前，医护人员携担架跳下车，将躺在台阶上浑身是血的汪精卫抬上车，陈璧君也被人搀扶着上车，第一辆车立即开走了。紧接着第二辆车上的医护人员也将地上一名重伤的刺客抬上车，驶出大院门，右拐上湖南路，向中央医院方向驶去。

秦所长立即命令："关上大门，除了戴圆形证章的会议代表外，未经允许，一个人都不准放出去！"

几名警察立即开了小门，逐一检查惊魂未定的一群通行人员。

警察厅长陈焯带着一个三十来岁、戴眼镜、身穿中山装的男子走过来。

"秦所长，这个人你好好审一下！"

秦所长一挺胸："请厅座放心，不老实就上手段！"

陈焯一瞪眼："你敢！动他一根汗毛我扒你的皮！"

秦所长一脸蒙："啊？！"

"这位是彭革陈，国民党中央宣传部新闻事业处处长，你问问他是怎么发的记者证，怎么让刺客混进来的？"

秦所长对彭革陈做了个"请"的手势："请吧，陈处长，跟我去局子里走一趟吧！"

陈焯说："上什么局子？就在陈处办公室问。"

秦所长跟着彭革陈去了新闻局办公室。

此时，这位大处长一脸茫然，唉声叹气，一个劲地摇头。

秦所长知道眼前这位嫌疑人的分量，不敢造次，拉过一张椅子，请他坐下，然后掏出本子和钢笔，客气地说："谈谈吧，处座。例行公事！"

彭革陈颓然地说："问吧……"

"姓名、性别、年龄、经历、职务。"

"彭革陈，男，光绪二十五年，即1899年生，现年三十六岁，四川南川人。"

"早年经历……"

"早年在重庆府中学毕业后，曾返回南川县任教于县立高等小学及私立道南学校。后考入国立北平大学政治系，毕业后即赴美留学，入威斯康星大学，获政治学硕士学位。"

"何时回国？何时任职？"

"民国二十二年（1933年）夏回国。曾任国民政府外交部条约委员会委员，国民党中央新闻事业处处长。"

秦所长听到这里，不禁感慨，暗暗想到自己警察干了近二十年才是副科级，人家从美国回来，不过两年时间就是大处长，政府真是太抬举留学生了。人比人得死，货比货得扔啊。

"记者出入证都是经你手发的？"

"国内各报社、通讯社及外地驻京记者出入证的核发，由我负责；外国驻京记者出入证的核发，由国际宣传处处长董显光负责。"

"你的记者出入证是怎样发给刺客的？"

"什么叫我发给刺客的？我发放记者出入证是有严格规定的。"

"那刺客是怎么拿到记者证的？"

"记者证是我发给南京晨光通讯社编辑部主任贺坡光的，我怎么知道他会给刺客。"

"晨光通讯社在哪块？"

"晨光通讯社于去年 10 月成立，社址在陆家巷 23 号。"

"平时有联系吗？"

"我与编辑部主任贺坡光联系，平时他不常来会我。但在会议开幕前几天，他几乎天天来找我，请求核发一张新闻记者出入证，都被我一再拒绝。"

"那为什么又发了？"

"直到今天早晨会议开幕，他又来会我，要求核发，同时他又托了中央宣传部工作人员吴璜、周希龄二位来说情，我才同意发给贺坡光出入证。"

这时，陈焯和宪兵司令谷正伦推门进来，说："彭处长，你和我们一起

彭革陈

去晨光通讯社进行检察。"

秦所长随即将笔录交给了陈焯。

陈焯说："叫上你的人，立即去车站、码头和飞机场，检查和搜捕嫌疑人！"

当天，南京全城宣布戒严，水、陆、空交通完全断绝。

秦所长特别卖力气，带领大方巷派出所警员，配合在沪宁火车站和中山码头执勤的城北片的下关派出所警察和宪兵，逮捕了几十名赶船、乘火车的旅客，把他们统统关到清凉山的几间空房子里头，挨着个传讯。扇耳光、抽皮鞭，把受审者收拾得鬼哭狼嚎，没得个正腔。

事情是怎样发生的呢？

原来，1935 年 11 月 1 日，国民党召开了四届六中全会。早上七点，一百多名中央委员去中山陵谒陵。九点钟，全体中委回到湖南路中央党部大礼堂举行开幕式。原来国民党中央开会有默念总理遗嘱一项，那天却被司仪人员漏掉了。因此，中央常委兼行政院长汪精卫提前登台致开幕词。汪精卫脸色苍白，声音颤抖。

开幕式结束后，全体中委步出大礼堂，集中到中央政治会议门厅前，分成五排等候摄影。由于蒋介石迟迟不来，没法照相。于是，汪精卫去会议厅休息室请蒋介石下楼，蒋说："今天秩序很不好，说不定要出什么事，我不参加摄影，希望你也不必出场。"原来，那天原本蒋介石是应该参加照相的，生性多疑的他见张学良、阎锡山及西南各省诸侯云集会场，随身均带有马弁两名，谁能保证马弁中不会出现异动者？于是在楼上不下来。

汪精卫面露难色，说："各中委已等候良久，专候蒋先生，如果我再不参加，怎么能行？我一定要去。"说完就下楼，出大厅下了台阶，站到前排中央委员、党国元老中间，由摄影师举着照相机闪光灯拍照。

九时三十五分，摄影完毕。正当委员们陆续转身，准备回大楼参加预备会时，突然，从照相的记者群中闪出一人，从大衣口袋里抽出六响左轮式手枪，高喊"打倒卖国贼"，向站在第一排正在转身的汪精卫连开三枪，枪枪命中：第一枪射进汪左眼外角下左颧骨，第二枪从后贯通左臂，第三枪从后背射进六、七脊柱骨旁，汪精卫应声倒地。现场秩序大乱，前排坐在椅子上的张静江滚到地上，孔祥熙顾不上新马褂被"刺啦"一声刮了个大豁子，一头就拱进旁边的小轿车底下，躲藏起来。

常言道：燕赵古来多慷慨悲歌之士。张继这个人是国民党元老，已经五十三岁了，河北沧州人氏。沧州是武术之乡，所以他也会一些拳脚功夫。早年在保定莲池书院读书，国学功底深厚。1899年东渡日本，先入东京善邻书院，后入早稻田大学攻读政治经济。参加革命党，骨子里虽是个文人，但此人和戴季陶齐名，怕老婆怕得要命。戴季陶号称"党内理论家"，考试院院长，好作报告，长篇大论，一说就刹不住。每每一开论，就是下午一点，都赶不上吃午饭时间了。于是只要过了十二点，台下有人递条子，上写"大姐来了！"大姐是哪个？就是戴季陶老婆钮有恒。戴季陶总是叫她"大姐"。他在台上，一见条子，脸色大变，忸怩不安，不管讲到哪里，立即喊"散会！"

张继比戴季陶更来斯，经常晚上被老婆关在屋子里，脱去衣服，让老婆用鸡毛掸子往臀部上抽，他老婆左边来一下，他身躯便往右边一扭，右边来一下，身子又往左边一扭，就像一条在灯下翩翩起舞的菜花蛇。他怕老婆就像老鼠见到狸猫。但是，此人绝对不是"门里虎"，胆子也是极大的。他在辛亥革命前跟着黄兴去湘西洪江"谋反"，中途在船上遭遇清军搜查，眼看逃不掉了，于是心一横，跳起来抱着清军一同跳河，结果，清军被淹死了，他和黄兴成功脱险。

此番，他站在汪精卫旁边，一见汪精卫倒下了，他便三步两脚窜到刺客身后，用尽洪荒之力，将刺客死死抱住，刺客竟然挣脱不得。张少帅也是个胆大的，一脚一拳，打落了刺客的手枪。

汪精卫与陈璧君（左）

"砰！砰！"

又是两枪，是卫士打的。汪精卫的亲信陈公博大喊："不要再打！留个活口！"

刺客中弹，躺在地上，血淌了一地。

枪一共响了七声，参加会议的记者和参加典礼的人魂都没得了，像潮水般四下散去，大院内空空荡荡。

陈璧君认为蒋介石知道刺杀行动，所以他就不下来照相，起码心里头有鬼。于是就对蒋介石大叫大嚷起来：

"你不要汪先生干，汪先生就不干，为什么要派人下此毒手！"

原来，就在这一年8月初，行政院长兼外交部长汪精卫以"肝病复发"为由，去青岛休养。实际上他是发泄对国民党内主战派的不满。当时，国内对汪精卫对日软弱的行为一致进行谴责，骂他是卖国贼，就因为汪精卫主持签订了卖国条约《何梅协定》《秦土协定》，把华北主权拱手让给日本。

黑狗吃食，白狗当灾！明明蒋介石是主谋，而汪精卫却成了众矢之的。汪精卫的追随者、实业部长陈公博非常气愤，力劝汪精卫辞职，连汪的儿女都反对他兼任外长，"独负卖国责任"。于是汪精卫称病躲往青岛去疗养。

当时，蒋介石这一派的确有让汪精卫下台，重新推出一个行政院长的主张。蒋权衡利弊，如果汪下台，自己就要戴上卖国贼的大帽子，于是，他答应汪精卫的条件，汪则于 8 月 23 日宣告复职。

由于国民党内派系斗争，争权夺利，纷争已久，关于行政院长汪精卫的继任人选问题，迟迟得不到解决，所以磨到 11 月 1 日，继续召开第五次全国代表大会。

陈璧君这一骂，让蒋介石直接蒙了，因为他也闹不清是哪路人马所为，只得憋了一肚子气，不吱声。

十几分钟后，救护车来了，汪精卫被送往中央医院进行抢救。

刺客也被抬到另一辆救护车上，送往中央医院进行抢救。

警卫人员从刺客身上搜出一张参加这次全会的新闻记者出入证，号码是"第六十三号"，单位和姓名是：晨光通讯社，孙凤鸣。该通讯社的地址是在陆家巷 23 号。

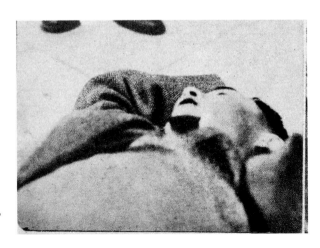

刺客被张学良的卫士击倒，躺在地上，奄奄一息

为了获取口供，医院里正在给孙凤鸣一针接一针地注射强心针，病榻旁，宪兵司令谷正伦、警察厅长陈焯、内政部代理部长陶履谦轮番审讯。参与此案审理的律师俞钟骆记录下审讯笔录：

问：为什么要对汪院长行刺？

答：请你看看地图，整个东北和华北，那半个中国还是我们的吗？

问：为什么到现在才刺？

答：六中会不开完就要签字（指华北），再不打，要亡国，做亡国奴了！

问：行刺的目标中有哪几个中央要人？

答：我是专为刺汪的。

问：你的行动是什么立场？

答：我完全站在老百姓的地位。

问：汪对国家有什么不对？

答：现在的华北还有吗？还有那些条约呢？……（昏迷过去）

后来又问：你是受什么组织、什么人指使？

答：我是一个老粗，不懂得什么党派和主义，要我行刺汪的主使人就是我的良心！

第二天凌晨，孙凤鸣因被两弹打中胸部，伤势过重离世，时年三十二岁。在他身上竟有一百五十多处强心针的针眼。

线索断了。

蒋介石气急败坏，把中统徐恩曾和军统戴笠找来，大骂："现在人家用枪打到中央党部门里来了，我们每月花几十万养着你们，你们居然都不知道！限期三天破案，否则要你们的脑袋！"

蒋介石当时怀疑是徐恩曾做的，为什么呢？原来那天上午全体中委去中山陵谒陵时，老有一部汽车跟在蒋介石的专车后面，后查明是徐恩曾的车，于是疑心很重的蒋介石就怀疑是徐恩曾所为。

由于蒋介石本人也有嫌疑，于是他专门把汪派人物陈公博、顾孟余、谷正纲、唐有壬请到中央军校内官邸谈话，使劲解释说："我看这件事不是自己人干的，那把手枪不是他们用的那一种。"

汪精卫在中央医院得到最顶级的医护，整个一层，就住他一个人。伤势虽重，但所中的三枪并非致命伤，院长刘瑞恒已经是卫生署署长，还亲自操刀，将汪精卫左臂、左颊的子弹取出，但后背的子弹太诡异，在第六、第七胸骨中，伤及脊骨取不出来。

几天后汪精卫会见报社记者时说："窃思本人生平并无私仇，而最近数年，承乏行政，正值内忧外患重重煎迫之际，虽殚心竭力，而艰难周折，外间何从得知？倘因此误会，致生暴举，于情不可无原。拟恳请国府，将牵连犯人从宽赦免。"

刺汪案发生后，宪兵、警察与中统特务带着彭革陈，直接前往陆家巷23号，搜查晨光通讯社。23号是前后两个院子，晨光通讯社在后院。房东交代，该通讯社前几天改由石鼓路后门出入，与前院隔离，不晓得具体情

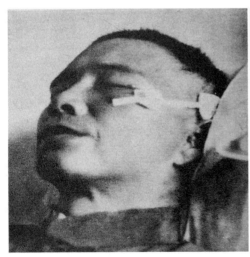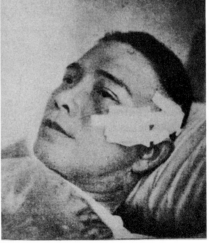

在医院中的汪精卫

况。宪警只得绕后门进院，发现人去房空，只有烧过的纸灰残烬。办公桌的案头上放着一封信，信封上写着"留交来人们"。信笺内容："本社之事与郭智谋、吴瓒、周希龄三君毫无关系，特此声明。"

郭智谋是谁呢？他是国民党中央候补委员、监察委员郭春涛的弟弟。依赖郭春涛的势力，他弟弟出面担保晨光通讯社，也属于完全不知情。而且郭春涛是汪派人物，信函中也将此三人都撇开。郭智谋所幸无事，后来参加了抗大。

被蒋介石骂过之后，徐恩曾迫不及待，向蒋介石要了一架飞机，让大特务顾建中飞往上海。宁可冤枉一千，不可放走一人！徐恩曾要求他不惜一切代价，三天破案。

中统特务总动员，上海、南京、京沪线沿线及南京附近各县所有人员，全部行动起来；同时，又与江苏省主席陈果夫联系，动员所属各县保安队、保甲组织，相互配合，进行追查。顾建中到上海后，不问青红皂白，把与贺坡光沾过边的二百多人，一概逮捕，严刑拷打。大方巷派出所也参与其中，很是积极。派出所中时不时传来嫌疑人的惨叫声。

军统特务们搜查晨光通讯社时，从一封未烧尽的信封上发现寄信人是扬州江都镇一个姓黄的，收信人为华克之。但是，教导总队已经派人去江都，抓了几个与华克之有关系的人。最后从一个线索中得知贺坡光有一寡嫂住在丹阳乡下的某处娘家。在军统的配合下，在贺坡光的老家丹阳，捉到贺坡光的老母亲和哥哥。11月5日，贺坡光在丹阳和镇江之间的宝堰镇被捕。只有主犯华克之和王亚樵在逃。

不久，等伤势痊愈，汪精卫辞去了行政院长和兼任的外交部长之职，离开南京，前往欧洲疗养。行政院长由蒋介石接任，外交部长由张群接任。

一天下午，夕阳暖洋洋地照在大方巷口"倪半仙"卦摊和后面的山墙上。因为没生意，"倪半仙"双手交叠，头埋在手腕中假寐。秦所长过来，一皮带夯在桌面上，把"倪半仙"吓得一激灵："干么事啊？赫（吓）人巴拉的？"

"没得事，找你吹吹。"

"人犯都逮着啦，可以歇歇了。"

"早呢，又发现新的线索了。"

"怎么呢？查到共产党了？"

"共产党？整个都是国民党，行政院又发现了一条线索，晨光通讯社成立时，曾经通过中央党史编修部主任秘书徐忍如向中央社社长萧同兹等疏通，为晨光通讯社领过津贴。"

"乖乖，老鼠拖木铣——大头在后面。"

秦所长左右看看：

"有南京九条巷钟英中学校长李怀诚和一个叫项仲霖的人为晨光通讯社申请过津贴。同时军统对邮电系统进行检查，从一封迹象可疑的电报入手，查到了经常到晨光通讯社走动的南京钟英中学校长李怀诚。"

"李校长犯事了？他可是同盟会会员，早年参加过辛亥革命、讨袁和护

代表合影之一：前排右起，长髯着长袍马褂者，为国民政府主席林森，然后是居正，隔两人为孔祥熙、王法勤、李石曾、孙科，林森后左上方穿军装者为少帅张学良

代表合影之二：前排坐者为张静江，身后左为蔡元培，右为于右任，紧挨着穿西装者为汪精卫，依次为戴季陶、邵元冲、张继

法战争，后来在钟英学校任校长。"

"与此案有牵连的共抓捕了十四人。其中有暗杀大王王亚樵，反党分子李济深，还有陈铭枢，都是一等一的国民党大人物。"

"那你们派出所要漏（露）大脸了。"

"漏你个大头鬼，这是一个小小派出所敢管的事吗？走！去对面胡家饭店，欠你一碗辣油面呢。"

张继

六、"古堡"中的修女

1937 年春天，大方巷和五条巷一带流传着一首歌谣：

春天里来百花香

朗里格朗里格朗里格朗

和暖的太阳在天空照

照到了我的破衣裳

朗里格朗格朗里格朗

穿过了大街走小巷

为了吃来为了穿朝夕都要忙

朗里格朗朗里格朗

没有钱也得吃碗饭也得住间房

哪怕老板娘作那怪模样

朗里格朗里格朗朗里格朗朗里格朗

……

这是电影《十字街头》中的插曲。

《十字街头》是一部轻喜剧，讲的是大学生老赵（赵丹饰），毕业后难找工作，只能充当报馆校对，租了一间房屋栖身，后楼有位女教员杨艺瑛（白杨饰），从未见面。老赵随意乱扔垃圾，引起杨不满。一天老赵捡到杨的工作卡交还给杨艺瑛，从此二人相识。老赵后任记者，一次见杨艺瑛受流氓骚扰，英雄救美。不久，两人都失业，不愿在都市流浪，一起走上新的道路。

《十字街头》赢来观众欢声笑语，电影插曲《春天里》节奏明快，渲染出了青春的活力，尽管这种活力在苦难的生活面前是那么的无力，但还是引起一种对社会不满的反弹。

该影片轻松诙谐，经赵丹夸张的演技，和朗朗上口的插曲，使得人们疯狂地追剧。

浪漫的、自嘲的情绪，也让大街小巷里邋里邋遢的穷孩子学唱。他们一路东倒西歪地走，一路滑稽搞怪地唱，立即爆火。

这首歌在大方巷一带最先传唱的是"倪半仙"上中学的儿子倪仲秋。

老倪夫妻两个三十多岁才有这个宝贝，生他的时候，正好是八月中秋节。自古以来，南京人就对农历八月十五非常重视，称为"团圆节"，家家户户在桌上摆放好用小香扎柱搭成的四方形香斗，斗内铺满香屑或沙土，在上面插上香。在最高的香柱上黏上"月宫纸"扎的魁星和"月宫状"彩色的旌旗，这叫"斗香拜月"，旁边还要摆放老菱、莲藕、栗子和柿子等"中秋八鲜"作为供品。到了晚上点燃斗香，全家一起向月神行三拜之礼，称为"拜月"。之后，全家会围坐在一起，分食用面和豆沙为馅做成的状如盘子大小的月饼，俗称"团圆饼"，取其形状"团圆、团聚"的意思。"斗香拜月"之后，老南京人都会走出家门，到月光下去走一走，过去称为"走月"，踏月的地点就在玄武门外梁州。

1925年中秋节，正是孙传芳率领大军反奉的日子，突然传来震耳欲聋的枪炮声，把正在玄武湖踏月的老倪夫妇吓得半死，慌不择路，突然，倪家媳妇一阵子肚子疼，就把这个娃儿滑到裤裆里了。好在母子平安，欢天喜地，给娃儿取了个名字叫倪仲秋。虽说日子过得紧紧巴巴，夫妻两个还是把儿子宠得不像个样子。

这个娃儿从小就"厌"得滴屎，爬树上房，倒灶打锅，属于"三天不打，上房揭瓦"的那种。一件新衣服出去半天就脏得不成猴子耳朵，外加豁口子还不算。有一年过生日，天色阴沉，眼看要下雨，他妈不让出去玩，怕新衣服淋潮了，他却从后窗跳出去，爬墙头跑了。他妈的喊声飞过墙："新衣服要淋潮了，回来要你的命！"倪仲秋和小伙伴玩得正带劲，突然天降大雨，心想这下子回去少不得一顿爆炒"毛栗子"，脑子一转，于是三下五除二，脱了个精光，抢过一顶草帽，把衣服塞进帽壳里，顶在头上，双手抓住两边帽檐，冒着大雨一路狂奔。

一群熊孩子在后头直喊：

精屁股啷当，没得个裤裆！
甩个小雀子，丁零零当啷！
……

他顾不了那么多，屏住气，一口气奔回家，先钻进茅厕，把干衣服穿上，再大摇大摆进家门。他妈手拿鸡毛掸子正要伺候，再一看，他衣服居然没淋潮，一顿打躲过去。于是再见到小伙伴，"仲秋"没得了，都喊他"泥鳅"，越喊越响亮，进了大方巷口问"仲秋"没得人知道，找"泥鳅"，没得人不晓得。

1937年的夏天，"泥鳅"站在挹华里15号的墙头上，再爬上墙角一棵茂密的桑树上摘桑果吃，一边吃，口里头还唱：

阵阵的微风在迎面吹
吹动了我的破衣裳
朗里格朗朗里格朗

穿过了大街走小巷

为了吃来为了穿朝夕都要忙

……

那还是"四四"儿童节那天，钟英中学校初一班级组织学生到中山路上新落成的"新都大戏院"看电影。

大戏院建于 1935—1936 年，由建筑师李锦沛设计，费新记营造厂承建。费用约三十万元，可容观众一千七百人。包厢、客厅、酒吧、穿堂等内部布置，均根据"真、善、美"的原则，经过妥善精密设计，向当时世界上最著名的美国约克冷气制造厂订购最新式的"福利安"（FREON）冷气机一部，这种冷气机在当时的国内绝无仅有。戏院的放映机、发音机、吸音纸板均是从美国进口的，图像、音质和吸音效果极为完美。戏院楼上及包厢的座位为上海最负盛名的毛全泰木器号承造，座椅摩登新颖；楼下正厅座位为大华铁厂承造。整个戏院内部装修在南京影界首屈一指。

"小泥鳅"他们学校组织观看的影片就是《十字街头》，电影刚一结束，"泥鳅"就直着脖子唱起：

新都大戏院

只要努力向前进

哪怕高山把路挡

朗里格朗朗里格朗

遇见了一位好姑娘

亲爱的好姑娘天真的好姑娘

……

于是，全校弥漫着《春天里》的歌声，被人讥笑为钟英小学"校歌"。

一个夏天的早晨，"泥鳅"爬在桑树上，一面挑着那些发红变紫的桑果往嘴里塞，一面含混不清地唱着"校歌"，墙的那一边有一座像古堡一样的西式洋房。

这是五条巷 5 号。该建筑建于 20 世纪二三十年代，西式风格，坐北朝南，砖木结构，假两层，人字顶黑色洋瓦，南侧有三樘平顶老虎窗，木制门窗，正面设三角门楣的台阶木柱门厅，建筑面积二百平方米，里面住着一位名叫李玛利的女人。

李玛利住宅

葆灵女中的女生

李玛利（Ma-li lee，Mali Lee 或 Mali Li，李玛琍），山东莱阳人，是山东最早的自费留美生之一。早年就读江西南昌美以美会所办葆灵女书院。

1902 年（清光绪二十八年），美国基督教美以美会布道会，派女布道使郭恺悌来南昌开办学校。为了纪念美国人葆灵先生（Mr. Baldwin），所以取名叫作葆灵女书院。

1907 年在传教士云雅达的带领下李玛利赴美留学，在伊利诺大学 Urbana 校区攻读化学与数学，后继续在该校研究所就读，获伊利诺大学教育硕士，加入美国国籍。

1915 年李玛利回国，在金陵女大任教，讲授化学与数学，1916 年离校。1917 年在美以美会中学（Methodist High School）任教。

1920 年夏，南京高等师范学校添招女生，成为中国第一所正式招收女生的高等学校。该校聘英文教员李玛利为女生指导员，专门负责对这些女生的学习与生活进行管理。1921 年，李玛利担任南京东南大学女生指导部

南京国立中央大学

主任兼化学教授、英文教授，后任国立中央大学文学院外国文学系教师。

李玛利是个奇怪的女人，虽说在美国受的西方正规教育，思想却很保守，行动言语都很古板，尤其看不惯年轻人穿着暴露，成双成对，在校园中卿卿我我。再加上她的工作是指导部主任，她便越发显得不苟言笑，总是严格管理女生的行为。

不久，她就与一位年轻貌美的女学生关露发生了冲突。

关露，原名胡寿楣，又名胡楣，1907 年出生于一个没落的封建士大夫家庭。八岁那年，她父亲不幸逝世。十五岁那年，她的母亲又因积劳成疾不幸早逝。从此关露和小她两岁的妹妹便成了孤儿。关露努力上进，用功读书，几经曲折，终于在 1928 年考取了中央大学。入学的头两年，关露读的是文学系，后来受宗白华先生影响，又转到哲学系去学哲学和美学。在此期间，她经

关露

同学钟潜九的引介，结识了当时已在南京文坛初露头角的张天翼、欧阳山以及途经南京滞留的胡风等人，同他们谈文学、谈创作，自己也在这时开始创作实践，写了一些短诗和短篇小说。她还受邀参加由欧阳山主编的文学刊物《幼稚周刊》的编辑工作，由此步入了文学圈。

读书期间，关露开始文学创作。两年后，处女作《余君》和《她的故乡》发表，关露一跃成为文坛闪亮的明星作家，受人追捧。

在大学期间，关露与年轻帅气的男生刘汉卿恋爱，陷入情网。他们也有过一段非常甜蜜的恋情。由于李玛利对女生管理很严格，关露经常翻墙外出，与刘汉卿在玄武湖花前月下约会，被李玛利侦知。为了逮住关露，李玛利一连几天，都躲在草丛中，不惜被蚊子咬得全身都是包。终于有一天，蹲守到深夜十二点，关露出现在墙上，正往下出溜时，被李玛利逮个正着，并进行了严厉的斥责。不久，李玛利要求宿舍中的女生加入天主教，并约束自己的行为，此举遭到关露的反对，她联合一些女生，组织一个女生会，据理力争，抗议李玛利的行为。于是彻底惹怒了李玛利。

不久，李玛利查到了关露是用别人的高中毕业证考上的中央大学。当时民国政府教育部对此管理很严，学籍问题被查出来后，关露就被中央大学开除了。刘汉卿随即出国留学，去了比利时。这场爱情最终以刘汉卿的始乱终弃而收尾。后来刘汉卿陷入了一场异国三角恋，最终不能自拔，自杀于外国。更让关露不能接受的是，在刘汉卿死后，另一个消息传来，原来在出国前，刘汉卿在国内已与别的女子订婚，他留学的费用，竟然还是女方家里掏的。她不能接受的是自己全心全意所爱的人竟是一个地地道道的渣男。

关露离开南京去了上海，在一个名叫刘道衡的朋友家做英文教师。刘道衡是湖南衡山人，是革命烈士刘丽珊的父亲，创办了一个宣传抗日的刊物《流火月刊》。在刘道衡的帮助下，关露进入了上海法科大学法学院继续读书。在刘道衡的引导下，关露对国民党极为不满，又将目光投向了中国共产党，并加入了中国共产党。

当时，关露与张爱玲、潘柳黛、苏青并称为"民国四大才女"。后来，关露为电影《十字街头》插曲《春天里》作词，贺绿汀作曲，一经上映，天下闻名。

但是，"小泥鳅"趴在李玛利家的墙头上，摘着桑果吃，李玛利也就忍了，没想到他还对着她家后窗大声唱：

亲爱的好姑娘　　天真的好姑娘！

……

李玛利推开后窗，对着"泥鳅"责骂道："滚开！贼娃子，不准在我家墙上偷桑果吃！"

"泥鳅"根本不买账："谁能证明是你家的墙？"

"好！你等着！"李玛利从房子里转出来，到了后墙下，指着墙角里嵌着的一块石碑，上刻着"李玛利界"四个字："认不认字？李玛利界，看见没有？"

七、"小泥鳅"大战李玛利

"小泥鳅"平时在这一带爬高上梯，蹿房越脊，习以为常，见李玛利出来制止，根本不甩她。"认不认识字？"

"泥鳅"故意气她："泥巴地界？泥巴地还有界？送我去派出所？你待我吓得掉下去，腿摔断了，你赔。我把你送派出所！"

"你！"李玛利被噎得还不上价钱，脸都气歪了。

"小泥鳅"对李玛利做着鬼脸，大声唱起来：

你个老板娘，你那怪模样，

朗里格朗里格朗朗里格朗朗里格朗

你个老板娘，你那怪模样，

朗里格朗里格朗朗里格朗朗里格朗

……

李玛利被气得浑身发抖。这些天来，她在中央大学校园里，充耳都是"春天里来百花香，朗里格朗里格朗朗里格朗朗里格朗……"烦都烦死了。

现在好了，回到五条巷5号，躲进小楼也不得安生。

对着她家后窗的又是"春天里来百花香，朗里格朗里格朗朗里格朗朗里格朗……"

这流里流气的"淫荡"之声又追到家里，还让不让人活？

"这个讨厌的关露，简直阴魂不散！"

李玛利把对关露的怨气都发泄到对面墙头上唱歌的"泥鳅"身上。恰恰"小泥鳅"又是个邪头八角的"小杆子"，不但唱，还挑衅说：

"我'小泥鳅'不但今天到你的泥巴地里唱，只要我高兴，我天天来！"

"你个小无赖、小流氓，你要气死我呀！"

"我就要气死你，老妖婆，叫你作怪！"

李玛利愤怒之极，歇斯底里地哇哇大叫，还弯腰抓起地上的泥巴就照着墙头上的"小泥鳅"摔过去。"小泥鳅"就是一条活泥鳅，他灵活地在墙头上闪转腾挪，利用浓密的桑树枝叶作掩护，嘴里还不停地贱：

"你打不着，打不着！"

　　说着还专门挑颜色红紫的桑果进行还击。熟透的桑果准确地砸在李玛利的脸上和雪白的连衣裙上，一下子就像开了彩旗店：红的、黑的、绛的、紫的，一股脑儿都绽放出来，把李玛利砸成了斑点狗。

　　他们二人爆发的战争，引得五条巷棚户区的野孩子都来凑热闹，爬满了一墙头和一桑树。还有的娃儿直接爬上了挹华里 15 号的房顶，齐来观战，笑声、叫声，汇集成欢乐的海洋。

　　"小泥鳅"越发来劲，命令："徒儿们，再给泥巴地下点儿雨！"

　　这些调皮鬼竟然对着李玛利的院子掏出小雀子撒尿，一起呐喊：

　　下雨了，
　　下雪了，
　　鼻子淌血了。

　　这样一来，可真把李玛利气得鼻子淌血了，从小到大她都是最优秀的，哪料遭到一群小纰漏的欺辱，气得直翻白眼儿，身子一歪，直接昏过去了。

　　小玩伴都呆住了，这下要玩出人命了。

　　"不要慌，看我的！"

　　"小泥鳅"纵身跳下丈把高的墙头，用黑黢黢的"爪子"，学他爸爸给他妈妈治病的样子，对准人中猛掐，搞得李玛利满脸都是乌黑的泥巴印。

　　李玛利直接坐起来，"哇"的一声，连哭带叫，"小泥鳅"顿时放开脏手，爬过墙去。

　　你个老板娘，你那怪模样，
　　朗里格朗里格朗朗里格朗朗里格朗
　　……

墙外野孩子们的欢声笑语，伴随着李玛利的嘤嘤哭声，越来越远。

吃晚饭的时候，"小泥鳅"回家，一眼就望见派出所秦所长、李玛利站在自己家门口，老爹一个劲地鞠躬，点头哈腰，赔礼道歉。老妈挥舞着竹竿儿，大声骂道："等回来非揭他一层皮！"

秦所长说："不行就在局子里关上两天！"

"倪半仙"说："不麻烦了，放心！今儿个晚上不把他的屎和尿打出来不拉倒！"

"小泥鳅"心想："这要是被他们逮着了，那就是老鼠舔猫鼻梁，找死啊！"

正在这时，家门口小玩伴三呆在身后一拍他肩膀：

"小泥鳅，不回家，躲在树后干么事啊？"

"小泥鳅"没来得及捂他嘴，耳边听见一声炸雷：

"小炮子，你还敢回来！"

声到，人到，"小泥鳅"一慌神，他妈已经到了身边，举起竹竿儿就打，被他猛地一挣，左躲右闪，打空了，滑脱了，泥鳅一样游走了。他妈跳着脚大喊："炮冲的，有种别回家，死在外头！"

"小泥鳅"就这样消失了三天，他妈坐立不安，扯着嗓子在大方巷、五条巷、西桥来回地喊。

他爸却不着急，稳坐钓鱼台，听家门口的人说和平农场有一只看门的大白鹅不见了，农场主人正在到处找。

当年，在五条巷 17 号、19 号、21 号院子后面有一个大水塘，平时那只大鹅白天就在池塘里头，寻找小鱼小虾，白毛浮绿水，红掌拨清波；一到晚上，只要有一点儿动静就会大声鸣叫，见生人就用嘴来咬，张开翅膀扑扇，比猎狗还凶。所以晚上没得事，就没得人去和平农场。

"小泥鳅"和一群娃儿也在塘里头学"狗刨"。

鹅和人都不见了，有人就吓人吧啦地说："'小泥鳅'被鹅吃得了。"

第四天下午，"倪半仙"去丁家小店买烟，年轻的老板娘告诉他："昨天夜里，我都上门板了，你儿子来拿过一盒洋火，说记到你的账上。"

"别的没要？"

"没的，我问要不要饼干？他说不要。"

这天是个下弦月，昏黄的月色斜斜地挂在树梢上。"倪半仙"打着手电筒，悄悄来到了和平农场，看门的大鹅没得了。他放心大胆地来到农场最里面一个废弃的老仓库里，照到熟睡的"小泥鳅"的脸上，强烈的电光直接把他搞醒，他用手遮住眼睛，大喊："哪个啊，找死啊？"

"倪半仙"上前捂住他的嘴，悄声问道："你怎么躲到这个地方的？"

"小泥鳅"鬼灵精地笑了，指指他爸爸，小声说："是你告诉我的。"

"倪半仙"奇怪："我什么时候告诉过你的？"

泥鳅："上次，那个叫藏本的日本人丢了，警察找你时，你不就是躲到这里吗？"

"倪半仙"直摇头："你胆子太大，你不知道这里头吊死过三毛子他奶奶，舌头拖多长的。"

"就是宁老太吗？我怎么不晓得，你们把人家裤子都脱了，堵住屁眼子，说是人解下来会放屁，一放屁就没得气了，要嘴对嘴吹气……骗哪个啊？不还是没救活吗？"

"你怎么晓得的？"

"我躲在稻草里头看得一清二楚。"

"你这几天不饿啊？吃什么？"

"肚子撑得要死，一只大鹅还没吃完。"

"倪半仙"一看，墙角里木棍支了个三角架子，上面还挂着半只鹅和一堆白毛，忙问："你怎么逮着它的？"

"小泥鳅"得意地说："鹅脖子长，能转一百八十度，我在它后面，它转头咬我，我就逮住它的长脖子，三百六十度地转，七百二十度地拧，几下子就把它搞死了。"

"倪半仙"伸出拇指："猫有九条命，我儿子多一条，死不了了！"

八、"七君子"大方巷看"老狗"

1937年8月3日，伏天已至，天气炎热，大方巷路两边的行道树上，在浓密的树荫中，知了没完没了、撕心裂肺地嘶鸣着，惹得汗流浃背的行人心烦意乱，男人都赤大膊，在树荫下乘凉，妇女手里的手帕和扇子忙得不歇火。上午10点，从中山北路拐进巷裆一辆黄包车，紧跟着第二辆、第三辆、第四辆……一口气整整八辆。拉车的头顶草帽，浑身潮唧唧的，像水里头捞出来的，脖子上搭条毛巾，不停地擦汗。车队在大方巷12号门前停下，车上下来一共七男一女，走在前面的女人，三十多岁，雍容大方，气质绝佳，泡泡纱连衣裙相当得体；一位长髯老者和一位大胡子中年人皆身穿白麻布大褂，紧随其后；后面的男人都西装革履，个个气场爆棚。

门铃响了，一位下人出来开了门，把来访的客人一塌刮子都迎了进去。

大方巷来的这一伙不速之客惹得路人议论纷纷。

"乖乖咚滴咚，什么玩意头！"

"来巷裆里干么事呀！"

"12号住的什么人啊？"

正好测字先生"倪半仙"回家喝水，经过这里，顺口答道："都是大仙。"

"半仙，这一群都是哪里大仙？真的假的？"

"上元县的照壁——板的。"

"行唻，不要卖关子，讲噻！"

"这都不知道啊，他们就是坐牢二百四十三天，刚刚被具保释放的'七君子'。"

"你是怎么知道的？"

"倪半仙"一扬手里的《南京晚报》，果然七个人的照片都在上面。

"我滴妈吔，来大方巷干么事？"

"干么事？大事，来看一条叫了一百年的老狗！"

"你真来斯，哑味儿啊？哪块来的老狗活一百年？"

"回头再韶，我还做生意呢。""倪半仙"说完就走了。

这到底是怎么回事？"七君子"是谁呢？"老狗"又是谁？

小孩没娘，说来话长。

"七君子"这七个人都是法律界、学术界大咖，全国著名爱国人士。

领头的女士叫史良，著名律师。江苏常州人，上海律师公会执行委员，上海妇女救国会常委。

紧随其后的两位，前头那位长髯老者，是沈钧儒，浙江嘉兴人，大律师、著名法学家。后面的是沙千里，原籍江苏苏州，生于上海，著名律师，沈钧儒的学生。

章乃器，浙江青田人，大学教授，著名政治活动家、经济学家。

还有邹韬奋，祖籍江西省鹰潭市，《生活星期刊》主笔，该刊以讨论抗日救亡的重大理论问题为主旨，或直接揭露日军侵华的事实，或反映在中华民族危急存亡最迫切的非常时期全国各族人民的反抗斗争。

文坛大腕李公朴，江苏省淮安人，良才补习学校校长。

大律师王造时，江西省吉安市人。

刚从监狱里具保释放又是怎么回事？找事做呗，什么事不好做，非要关心国家大事。

1936年11月22日深夜，上海市公安局和租界巡捕房派出八个抓捕小组，分别到全国各界救国会负责人沈钧儒、邹韬奋、李公朴、史良、章乃器、王造时、沙千里和陶行知等人家中，在没有拘捕证、又没有宣布任何罪状的情况下，非法将七人逮捕了。只有南京晓庄学校校长、著名的教育家陶行知因临时出国参加会议，没得被抓到，漏网了，要不然就是"八君子"了。

这件轰动全国的大案，要从这几位组织了著名的爱国救亡团体的"救国会"成员说起。

1931年，九一八事变发生一个月不到，日本军占领东北，紧接着就展开对华北的侵略。两年后的1933年，进逼长城各隘口，又要进攻华北。

北平的两个日本中佐，酒井隆和高桥坦，一个是天津驻屯军参谋长，一个是驻北平使馆武官，气势汹汹地闯进中南海北平军分会委员长何应钦的办公室，将马靴跷在办公桌上，恣意咆哮，侮辱和逼迫何应钦答应苛刻的条件，即将中央军、中央党部都撤出北平，撤销河北省主席和天津市长，否则将对中国开战。看着眼前两个比自己军阶低得多的日本人提出对华北的统治权，并从东北调集大批日军入关，以武力相要挟，何应钦感到极大的侮辱，躲回了南京。

5月31日，南京国民政府电令住在南京斗鸡闸的何应钦，前往北平，与日本华北驻屯军司令官梅津美治郎谈判，双方达成了所谓的《何梅协定》。

其主要内容：中国军队和蓝衣社从河北撤退；取消河北省内的国民党党部；撤换河北省主席和平、津两市市长；禁止河北省内的一切反日活动。《何梅协定》的签订，表明日本实际取得了对华北的控制权。

在这种形势下，庙堂能忍，匹夫不能忍，全国各地要求抗日的呼声日益高涨。以上层著名人士为首，先后成立了各种各样的抗日救国会。

1936 年 5 月 31 日，在上海召开了第一次全国各界救国联合会代表大会，代表全国十八个省的六十多个救国团体，选出了执行委员和候补执行委员，并推出宋庆龄、何香凝、沈钧儒、章乃器、陶行知、李公朴、王造时、沙千里、史良等十五人为常务委员。

7 月 15 日，为了促成全国各党各派、各地方势力团结合作，共同抗日，全国各界救国会以沈钧儒等人为代表，发表了题为《团结御侮的几个基本条件与最低要求》的公开信，阐述对联合救亡的立场及对当局和民众的六点希望：

（一）希望蒋介石放弃"攘外必先安内"的政策，联合各党各派，开放民众运动，共纾国难；

（二）希望陈济棠、李宗仁、白崇禧推动中央政府出兵抗日；

（三）希望宋哲元不再压迫学生爱国运动，不逮捕、殴打抗日民众；

（四）希望国民党联合各党各派，主要是与共产党重新携手，为抗日救国共同奋斗；

（五）希望中共实行《八一宣言》中提出的主张；

（六）希望民众能与政府合作共同抗日。

全国各界救国会的公开信发表后，中国共产党迅速作出反应，与"七君子"的主张遥相呼应。

8 月 10 日，毛泽东在陕北保安，代表中共中央和苏维埃政府给章乃器、陶行知、邹韬奋、沈钧儒诸先生及全体救国会会员发了信，指出："这些文件已经在我们这里引起了极大的同情和兴奋，我们认为这是代表全国最大多数不愿作亡国奴的人民之意见与要求。……我们同意你们的宣言、纲领与要求，并愿意在你们这些纲领和要求下面，同你们，同一切愿意参加抗日救国的党派、团体和个人诚意合作与共同奋斗。"

上海的救国会与陕北的毛泽东互动，犯了蒋介石的大忌。

当时与南京政府相对抗的有两广方面的陈济棠、李宗仁、白崇禧，这些军人赞同救国会的救国主张，也表示要保卫社稷，团结御侮。这样一来，就把整个爱国救亡运动推向了高潮。

声势浩大的抗日救亡与反对内战的活动让蒋介石国民党对救国会嫉恨交加，必欲除之而后快，这已是公开的秘密了。当时日本驻沪总领事若杉即命令领事约见国民党上海市政府秘书长俞鸿钧，要求逮捕救国会成员。

于是在1936年11月22日深夜，上海市公安局和租界巡捕房派出八个抓捕小组，在没有拘捕证、又没有宣布任何罪状的情况下，非法将"七君子"逮捕了。

这一事件在国民党内部也引起了一些人士的不满。国民党中央委员于右任、孙科、冯玉祥、李烈钧、石瑛等二十多人，联名致电在洛阳的蒋介石，要求对此事件作"郑重处理"；广西的李宗仁、白崇禧致电南京政府，请求把"七君子"无条件释放。还有个不省事的少帅张学良也很任性，居然开着飞机从西安飞到洛阳，去找蒋介石吵架，以身作保，要大哥放了"七君子"，直接把老大气得一个劲地骂"娘希匹"！

"七君子"被抓后，南京国民政府决定将这七人移押苏州，由江苏高等法院审讯。

1936年12月4日，上海市公安局用客车将"七君子"押赴苏州，在路上，最令人泪目的场面出现了："起来！不愿做奴隶的人们，把我们的血肉筑成我们新的长城……"李公朴轻轻唱起《义勇军进行曲》，章乃器等人跟着唱，没想到押解人员也被他们的爱国精神所感染，在李公朴的指挥下，全车几十个人异口同声，唱起《义勇军进行曲》《毕业歌》等抗日歌曲，大家热烈鼓掌，也闹不清谁是谁了。

汽车驶到苏州平门，城门洞太窄，进不去车，于是改乘黄包车去江苏高等法院。

1937 年 6 月 11 日是开庭审判的日子，苏州城如临大敌，五步一岗，十步一哨，三辆接"犯人"的车两边踏板上都站着荷枪实弹的宪兵。下午两点，审判开始。一个审判长、两个推事、一个书记，还有那个检察官，五个人穿着法衣坐在堂上。以张志让和江庸为首的二十七位辩护律师，围着一张大长桌分坐两旁。沈钧儒身穿长衫，史良穿着旗袍，其余的都穿着西装，面对法官。

法官问沈钧儒："你赞成共产主义吗？"

沈答："赞成不赞成主义，这是很滑稽的。我请审判长注意这一点，就是救国会从来不谈主义……如果一定要说我们宣传什么主义，那么，我们的主义就是抗日主义，救国主义。"

法官问："抗日救国不是共产党的口号吗？"

沈答："共产党吃饭，我们也吃饭；难道共产党抗日，我们就不能抗日吗？"

法官问："你知道你们被共产党利用了吗？"

沈答："假使共产党利用我抗日，我甘愿被他们利用，并且不论谁利用我抗日，我都甘愿被他们利用。"

接着受审的是章乃器。法官问："你对于各党各派是主张联合的吗？"

章答："在这国难空前严重的时候，每一个中国人都愿意各党各派联合起来一致抗日。"

问："你对于共产党抗日有什么意见？"

答："如果共产党要求抗日，自然应该让他们来一同抗日的。"

问："'剿共'是错误的吗？"

答："我认为我们内部不应该再有摩擦，在亡国的威胁之下，自己内部还有什么恩怨可说呢。"

　　第三个受审的是王造时。法官问："你们大会的宣言有句话说：'各党各派派代表进行谈判，建立一个统一的抗敌政权。'是不是要推翻现政府呢？"

　　王造时是威斯康星大学的政治学博士，对名词概念特别清楚，他答道："审判长先生，你把政府和政权混为一谈，政府是一个国家的行政机关，是国家机构的组成部分；政权则是国家权力，由军队、警察、法庭、监狱来保证其实现，你所问政权推翻某政府，这样的问题逻辑混乱，概念错误。政府目前最迫切、最重要、最神圣的任务是抗日。我们要抗日，就不能不使这个作为国家机构的政府有极强大的力量，必须全国统一，才能发生。我们所说的统一的抗日政权的意义便是如此。"

　　下面接着是沙千里、邹韬奋，问得很简单便草草收场。

　　最后一位是史良。

　　审判长问："救国会宣言和纲领是什么？"

　　史良答："团结抗日。"

　　问："你赞成各党各派联合救国吗？"

　　答："救国会的意思是任何党派都要联合，不管它是国民党也好，共产党也好，不分党派，不分阶级，不分男女，分的只是抗日不抗日。"

　　问："你反对宪法吗？"

　　答："我没有反对宪法，而是在国难深重的时刻，喊出大众的呼声，要求抗日救亡。"

　　问："你知道救国会是违法的吗？"

　　答："不知道！我认为起诉书援引《危害民国紧急治罪法》是绝对错误的。如果一个国民真的不符合《危害民国紧急治罪法》，在今日，也只有劝导才是道理。我们并没有犯罪，把我们所有的抗日行动和救国主张硬拉到危害民国上去，我真不知道你们的用意何在？"

　　问："救国会登记了没有？"

答："本来是要登记的，但因怕你们政府为难，所以没有登记。因为政府如果准许我们立案，日本人一定要和政府过不去。但事实上我们多次和政府接洽，包括到南京请愿，政府都是接待的，可见我们实际上已得到批准，救国会是一个完全合法的组织。"

经过两次庭审，法官面对七位法律专家，只能是灰头土脸，自取其辱。

7月5日上午，宋庆龄和胡愈之、张天翼、陈波儿等十余名文化界名人来到苏州，要求入狱。宋庆龄的女佣还拎了一只马桶，自带洁具，表示了与"七君子"一致的立场和决心。

宋庆龄表示了非要入狱的决心，法院方面吓坏了，点头哈腰唯唯诺诺。

于是庭长、法院院长、首席检察官都出来，被宋庆龄一一训斥，但这些人说什么也不肯让宋庆龄等人入狱。最后宋庆龄要求探监，院长被迫答应。第二天，中外各报都刊登了宋庆龄等人自愿入狱的消息，在国际、国内影响很大。

两天以后的7月7日，爆发了卢沟桥事变，全国各界都投入到抗日斗争中来。迫于压力，7月31日下午，国民政府被迫释放了关押八个多月的"七君子"。苏州近千名群众燃放鞭炮，迎接"七君子"出狱回到上海。但是法院并没有宣告无罪释放"七君子"，而是在手续上由沈钧儒、章乃器等呈请停止羁押的申请状，交保"开释"。

出狱以后的"七君子"，三天以后为什么一定要来南京大方巷12号呢？

原来，是年近百岁的马相伯住在这里，这是一位总让蒋介石闹心的"老顽童"。

此人是江苏丹徒人，原名建常，又名良。生于1840年，也就是鸦片战争爆发那年，1870年获神学博士学位。曾任上海徐汇公学校长、清政府驻日使馆参赞。1903年创办震旦学院，1905年创办复旦公学。1912年孙中山先生主持的临时政府在南京成立，曾担任南京市市长。1913年一度代理北京大学校长。九一八事变后，马相伯在著名的《良友》画报上刊登了亲笔书写的"还我河山"四个大字，坚决主张对内团结，对外抗日，被尊为"爱国老人"。此后，他积极参加中国民权保障同盟的活动。

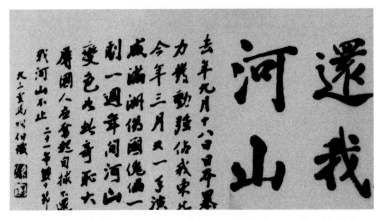

1932 年 10 月 10 日 93 岁的马相伯为日本强占东三省写下"还我河山"

1935 年 12 月，沈钧儒、章乃器等人在上海组织抗日救国会，马相伯出任了名誉主席。"七君子"被捕后，马相伯极为愤慨，与宋庆龄联合发表宣言，为"七君子"辩护。蒋介石对马相伯的学生、国民政府立法院长于右任说："你的老师实在闹得太凶了！你得劝劝，不然大家都不好看。"

原来，于右任是在 1904 年认识马相伯的。当时于右任第一本诗集《半哭半笑楼诗草》在其老家陕西三原秘密出版，其中有攻击朝廷的内容，加上诗集中有一披头散发的照片，两旁是一副对联："换太平以颈血，爱自由如发妻"，于是被三原县令告发是"革命党"，被朝廷革去功名、下令捉拿；几经周折，于右任亡命金陵，拜谒明孝陵，写下"虎口余生余自矜，天留铁汉卜将兴，短衣散发三千里，亡命南来哭孝陵"。后转赴上海，川资告罄，流落街头。

此时，正值马相伯在上海创办我国第一所大学——震旦公学，他听说

马相伯（右）与于右任

于右任的遭遇后设法将其安排在震旦公学就读，并免交学膳费。为防备清廷鹰犬的追捕，于右任化名"刘学裕"，边读书边替马相伯分担一些事务。不久，在震旦公学担任讲座的外籍教士趁校长马相伯养病之际，改变办校方针，学生大哗，相继离校。于右任奉马校长之命，与同学张轶欧、叶仲裕等一起在吴淞筹办复旦公学（复旦大学前身），马仍为校长；于右任还兼任了国文教习。对于马的提携、知遇之恩，于右任终生不忘，自称"受业"，尊马相伯为"夫子"。

蒋介石话中有话，于右任不得不请蔡元培帮忙，联名请于斌大主教，劝马相伯从上海移居南京。于右任帮马相伯在大方巷找了一栋西式小洋楼，由国民政府聘其为委员。就这样，马相伯住进了大方巷 12 号。

1937 年 1 月 12 日，在于右任、蔡元培二人的再次建议下，国民政府行政院对马相伯毁家兴学，培养、造就人才的功勋，特颁令嘉奖。1 月 14 日，国民政府第三十三次常委会，议决马相伯为国民政府委员。5 月 16 日，于右任联合政府要员及诸弟子，在"国际联合社"为马相伯祝寿。

　　"七君子"出狱后第二天，南京国民党政府邀请"七君子"来宁，表示要慎听他们的抗日救国意见。"七君子"于第二天就乘火车抵达南京下关车站，当天就去大方巷 12 号拜访了爱国老人马相伯，大家相谈甚欢，并合影留念。

　　大方巷 12 号住宅，砖木结构，楼顶有壁炉烟囱，带老虎窗，是假三层建筑。门口有三层台阶，之后是客厅门，后面是卧室，有楼梯上二楼。

　　这幅照片左下方，还有沈钧儒的题词："惟公马首是瞻 二十六年八月三日摄于相老人京寓，沈钧儒谨识。""惟公"当然是指惟马相伯。"马首是

马相伯与"七君子"在大方巷 12 号合影

瞻"，典见《左传·襄公十四年》："荀偃令曰：'鸡鸣而驾，塞井夷灶，惟余马首是瞻。'杜预注：'言进退从己'。"后来用以比喻跟随某人而行动。温子升《为广阳王渊上书言边事》："今者相与还次云中，马首是瞻，未便西迈，将士之情，莫不解体。"沈钧儒用"马首是瞻"这个典故，是对爱国老人马相伯的崇敬，也是对他在全国各界救国联合会中的作用给予充分肯定。这历史的瞬间，值得纪念！

这张照片前排从左至右依次是：沙千里、史良、坐着的马相伯。后排从左至右：杜重远、章乃器、邹韬奋、沈钧儒、王造时、李公朴。

不是"七君子"吗？怎么又多出一位杜重远呢？

这次"七君子"造访马相伯的寓所，沈钧儒专门把杜重远推到坐在躺椅上的马相伯的面前，说："前辈，我今天专门给您带来一位朋友，他是杜重远。"

杜重远伸出双手，紧握着马相伯瘦骨嶙峋的手："您好呀，老前辈！"

马相伯说："我要向你致敬，他们是群胆英雄，你是孤胆英雄！"

这个杜重远是怎么回事呢？

九、马相伯称赞杜重远

1935 年 6 月 23 日上午，日本驻上海总领事石射猪太郎铁青着脸，气势汹汹地闯进上海市政府，嚷着要见市长吴铁城。吴市长不敢怠慢，立即放下手头的公事，起身相迎。猪太郎高举右手，将手中握着的一本《新生》杂志狠狠地拍在会客室的茶几上，大声抗议："这本杂志所登载的《闲话皇

杜重远

帝》，对大日本天皇大大地不敬，引起日本臣民和旅沪日侨极大愤怒，事态极为严重，本总领事希望中国政府立即审慎处理。"

《新生》周刊是杜重远于 1934 年 2 月 10 日在上海创办的。

杜重远，吉林省公主岭市人。早年留学日本，1923 年回国后在沈阳开设肇新窑业公司，1929 年任辽宁商务总会会长，属于民营企业家，是东北工商界知名人士。同年，兼任张学良东北边防军司令长官公署秘书，襄助处理对日外交事务。与此同时，还与友人组织东北国民外交协会，推动东北各地抗日运动。

1931 年，九一八事变后，杜重远参加阎宝航、高崇民、王化一发起组织的东北民众抗日救国会，被推选为常务理事兼政治部副部长，因遭日本关东军通缉被迫移居北平。不久，到上海结识沈钧儒、邹韬奋、胡愈之等爱国人士。

1932 年春，杜重远以记者的身份在长江一带和华南、华北等地宣传抗日救亡，并在邹韬奋主编的《生活》周刊上发表许多见闻通讯。

1933 年，邹韬奋的《生活》周刊被迫停刊后，杜重远接盘，创办《新生》周刊，自任总编辑和总发行人，倡导发动"一场自己的反帝抗日的民族革命战争"。

1935 年 5 月 4 日，《新生》周刊上发表的《闲话皇帝》，说了什么闲话呢？

日本的天皇是一个生物学家，对于做皇帝，因为世袭的关系，他不得不做，一切的事虽也奉天皇的名义而行，其实早作不得主，接见外宾的时候，用得着天皇；阅兵的时候，用得着天皇；举行什么大典礼的时候，用得着天皇，此外天皇便被人民所忘记了，日本的军部、资产阶级，是日本的真正统治者。上面已经说过，现在日本的天皇，是一位喜欢研究生物学的，假使他不是做着皇帝，常有许许多多不相干的事来寻着他，他的生物学上的成就，也许比现在还要多些。据说他已在生物学上发明了很多东西，在学术上这是一个很大的损失。然而目下的日本，却是舍不得丢掉天皇这一个古董。自然，对于现阶段的日本的统治上，是有很大的帮助的。这就是企图用天皇来缓和一切内部各阶层的冲突，和掩饰一部分人的罪恶。

这篇文章惹得日本人不高兴。第二天上海的日文报纸耸人听闻地用头条新闻登载消息，指控《新生》周刊"侮辱天皇"。接着在上海日本侨民聚居的虹口公园一带，又有日本浪人举行游行，并砸坏多家中国人开的商店。而后，日本总领事石射猪太郎随即向上海市长吴铁城提出下列几点要求：

（1）立即禁止该刊发行并严禁转载；

（2）惩办该刊负责人及该文作者；

（3）惩办负责审查人员；

（4）中宣会及沪市府书面道歉；

（5）保证不再发生同样事件；

（6）保留提出其他要求。

"是！是！是！"

上海市长吴铁城吓得三魂七魄都没了。虽然他没看过《闲话皇帝》这篇文章，不知内容怎样，但从日本总领事气势汹汹的神态来看，知道又发生了一桩难以应付的事件，于是便立刻仔细看了《闲话皇帝》，并立即附和日本总领事的意见，认为这篇文章对日本天皇确有不敬之处，当即弯腰表示歉意。吴铁城的态度更助长了日本总领事的嚣张气焰。

石射猪太郎质问吴铁城："《新生》周刊刊载了对我国天皇不敬的文字，为什么还取得了中央宣传委员会图书杂志审查委员会的审查通过？贵国政府总是说要敦睦中日两国邦交，为什么还允许这种足以影响两国邦交的文字发表和流传？！这是不是有排日的意思？！"

吴铁城竭力表白："中国政府决无排日意图，我国要求与日亲善，决不容许有排日宣传，这是有事实可证的，希望贵总领事谅解。至于《新生》杂志刊载对日本天皇不敬文字，这是偶然事件，不能说是纵容反日宣传。"又说该文是否送经审查，以及怎样取得审查证的，容后查明答复。

至于惩办杂志负责人及作者一节，系属司法范围，而且《新生》杂志社设在租界内，需要移交江苏高等法院第二分院办理。

江苏高等法院第二分院（以下简称高二分院），隶属司法行政部。高二分院主要是办理镇压革命人士的政治性一审案件和地方法院一般民、刑事上诉案件。高二分院的一审案件，则上报南京国民政府最高法院。

6 月 10 日，国民政府发表"睦邻敦交令"，略谓"对于友邦，务敦睦谊，不得有排斥及挑拨恶感之言论行为，尤不得以此目的组织任何团体，以妨国交……如有违背，定予严惩"。并通令各省市政府一体遵守。

正因为这一国民政府的"睦邻敦交令"，石射猪太郎更来劲了，他要求迅速处理此案，以免事态扩大。吴市长表示一定在最短时间内处理此事，石射猪太郎总领事这才悻悻而去。

吴铁城立即找来了上海市公安局长文鸿恩，告知此事，要文立即查封《新生》周刊，并限二十小时内将生活书店以及市各书店所存三卷十五期《新生》周刊一律没收封存，不许继续发售。又打电话给中央宣传委员会图书审查委员会秘书项德言，叫他查明此文有无送审。

杜重远意识到事情搞大了，于是让《闲话皇帝》作者易水（真名艾寒松）隐藏起来，由他自己一人做事一人当。

这就是由《闲话皇帝》引出来的一场外交风波。

南京方面派国民党中央党部秘书、宣传部副部长方治、国民党中央通讯社社长萧同兹等到上海专门处理此事，希望能大事化小、小事化了。首先撤换了上海市公安局局长文鸿恩，暂时取消国民党中央图书杂志审查委员会上海分会，以讨好日方。

但是，经过调查，《闲话皇帝》这篇文稿确实送审查委员会了，交在审查员张增益手中。张在初审之后，因为敏感词有"日本天皇"，不便放行，就去和审查组组长朱子爽商量。

朱子爽（1897—1994），原名井除，号扑庐，浙江江山人。1928 年 3 月，任国民党中央宣传部编审科总干事，1933 年任图书审查委员会组长。1935 年 12 月，任国民党中央宣传部编审科科长。办公地点就在离大方巷不远的湖南路 10 号。

经朱子爽研读，认为该文虽然涉及日本天皇，但只是推崇他在科学研

晚年朱子爽

究方面取得的成就，没有什么不妥的地方，也没有违反审查通过标准，决定放行，就在原稿上加盖了"审查讫"的图章，并发给这一期的《新生》周刊审查证"审字第 1536 号"，准许出刊。

　　5 月 4 日，该期《新生》发刊，又送到文委会复审，还是没有发现《闲话皇帝》一文有什么不妥，就按照惯例，寄了一份给中宣部复审，他们也同样没有发现什么问题。文章所言皆是事实，并无凭空捏造，言及现在天皇无权，这是不争的事实。文章通篇没有对天皇使用侮辱、谩骂、诋毁的字眼，更无对其个人品质的人身攻击，而只是分析这种制度存在的原因及作用。

　　吴铁城大发雷霆，斥责审查员何以如此玩忽职守，竟放走足以影响"中日邦交"的文字，必须查明原因并追究责任。他立即找来张增益查问审查情形，声色俱厉道："为什么放走《闲话皇帝》？现在日总领事已提出严重抗议，要求查封《新生》杂志，惩办与本案一切有关人员并要中宣部及沪市府道歉！你这样疏忽职守，以致引起这样重大的外交交涉，你能负起这一责任吗？"一听说该文引起中日交涉，审查人员吓得面无人色，知道闯了大祸，只得把当日审查经过进行说明，听候处分。

吴铁城又打电话给南京国民党中宣部主任秘书方治，告知事情经过，要其迅速赶往上海，共商对策。

方治哪敢怠慢，连夜坐车赶至上海，与吴铁城商量怎样才能开脱中宣会的责任。最后决定，只有叫《新生》周刊负责人杜重远"背锅"，承认《闲话皇帝》一文是未经送审擅自刊登的，这样才能摆脱中宣部的责任，比较容易了结本案。但他们也知道，杜重远是个进步人士，与大律师沈钧儒关系极深，他决不会承认此稿未经审查，独自替政府担责。他们都感到十分棘手。市公安局长文鸿恩却献策说："我们不妨先采取威胁与利诱的办法，要杜重远承认，如果达不到目的，就用特种办法对付如何？"

特种办法就是采取绑票、酷刑、暗杀等等恐怖手段，逼迫他承认。

吴铁城、方治都同意文鸿恩的方案，责成他去办理。

日方抗议后的24小时内，6月24日，上海公安局以"触犯刑章""妨碍邦交"罪名，迫令《新生》停刊。

生活书店及全市各书店所存第二卷第十五期《新生》周刊也被一律没收封存，不得继续销售。

文鸿恩与杜重远进行了两番谈话，杜重远坚决表示，文稿是经过中宣会审查的，有盖有"审查讫"图章的原稿为证，政府不应该曲徇日方的要求，让杜某受到法律的制裁。至于作者易水，因来稿未附住址，无从寻找，果其要判罪，杜某愿独自受刑。并表示，现在《新生》周刊已经被查封了，政府似可拒绝日本总领事的无理要求。

7月1日，杜重远来到江苏高等法院第二分院受审。杜重远当庭申明《新生》周刊是依法登记的，而且每期稿件都经中央图书杂志审查委员会审查批准，编者不能负责。法官无言以对，令杜重远交保五百元出院。

次日，日本外务省训令到沪，下午二点，日本领事有吉明邀国民政府外交次长唐有壬到其私宅晤谈。有吉明称："事件直接责任人对此事处置，予以谅解；对中央党部之处置，作严重之抗议。"7月3日，唐有壬赶回南京湖南路中央党部，与陈立夫、叶楚伧商量《新生》事件的处理办法。

眼看日本方面没有善罢甘休的意思，上海市府只得再找杜重远，要他体念时艰，以党国为重、地方为重，自己负起法律责任来，不要牵连政府，以免扩大事态，要是能够一致对外，即使法院判了罪，也是可以免予执行的，并说明这种做法，不过是为了敷衍日方而已。

商谈至此，杜重远允诺不牵涉图审会，到法院去受审。

7月7日，国民党中央宣传委员会为《新生》事件电令各省、市党部转饬当地出版界、报社、通讯社："《新生》周刊刊载对日本皇室不敬文字，引起反感；嗣后对此类记载或评论，务须严行防止并通令全国，取缔反日宣传，以促进中日亲善关系。"

国民党中宣部主任叶楚伧也向日本道歉，吴铁城撤换了上海公安局长。

7月9日，江苏高院第二分院再度开庭审理《新生》周刊案。该刊编辑及发行人杜重远到庭。开庭后，首先由检察官郑钺（郑苹如的父亲）对杜重远宣告起诉意旨，谓："《闲话皇帝》一文，有诽谤日本天皇之言词，经上海市公安局请求该处侦察，以著作人易水屡传无着，而该案被告既属编辑兼发行人，自应负责任。合依新刑法第310条第二项、旧刑法第325条第二项诽谤罪及新刑法第116条规定妨害友邦元首名誉，得加重本刑三分之一，请求刑庭从重处断。"

杜重远申辩，他曾游历日本及西欧，对政治言论当有所了解，"本人曾阅外国杂志，其中描写有甚于《新生》周刊之稿者，未闻因此获罪。我绝不会攻击日本某私人，我要反对的是侵略中国的帝国主义"。

杜重远慷慨陈词，神色坦然，掷地有声。律师吴凯声为其辩护，并请缓刑或改科罚金。刑庭长郁华回答："环境不许可！"

最后，刑庭长郁华，推事周翰、萧燮棻根据检察官的起诉，略讯几句，当庭判决："杜重远散布文字共同诽谤，处徒刑一年两个月。《新生》周刊二卷十五期没收，并谕依刑法第 61 条之规定，不得上诉，不准改科罚金，故判决即为确定，送监执行。"引起旁听者强烈不满。

听完法庭判决以后，杜重远愤怒地表示："法律被日本人征服！我不相信中国还有什么法律！"杜重远遂被当庭收押，囚于江苏第二监狱。

日本使馆事后发表声明，对《新生》周刊事件的处理"大致满意"，"此后只须期待各种措施之充分效果，并严重监视之"。

众所周知，日本侵略成性，绝非中国的"友邦"，日军从东北打到华北，也绝非因为老百姓说了几句"闲话"影响邦交。可见《新生》周刊获罪的前提并不存在。

言论自由是民主国家公民应有的权利，公民可以根据自己的判断，对本国或外国的问题发表自己的看法，即使有偏颇，也不应因其言论而判定犯罪。对此，连日本评论家室伏高信也对《每日新闻》记者说道："对日不敬之事，不独中国一国，他国亦屡见不鲜，日本此举小题大作，实非大国之态度！"

中国当局示好日本制造的新"文字狱"，凡血性男儿，莫不愤慨。《新生》一案之判决，举国哗然，纷纷痛斥于法于理不容。

7 月 23 日，以沈钧儒为首的上海律师公会以《新生》案判决违法为由，要求司法院纠正。

从司法程序的角度来看，判决不准杜重远上诉，显属"违法"。曾任国民政府工商部次长的穆藕初当即指出，根据刑事诉讼法第 367 条的规定，不服高等法院之第二审或第一审判决者，可向最高法院上诉。上海市律师公会研究认为，高二分院判决失当，不准上诉更属违法，要求司法院予以纠正。

国民政府某些监察委员、立法委员在接受记者采访时，不得不承认"法官审理此案所依法条可疑"；刑法起草人、立法委员赵琛也说："《新生》案有上诉权，沪上法官，均富有司法经验，对于法律条文，绝不至于曲解，所云不许上诉，或系传闻失实。"事实上，杜重远及其夫人侯御之不服判决而屡屡提出的上诉，竟遭驳回。

当时在美国的《生活周刊》负责人、杜重远的好友邹韬奋先生闻之痛恨万分，不能自已。

著名的法学家沈钧儒闻之犹锥心疾首之恸，悲时局艰险，叹虎狼当道，遂奋然疾书：

我欲入山兮虎豹多，

我欲入海兮波涛深，

呜呼嘻兮，

我所爱之国兮，

你到哪里去了，我要去追寻。

国民党当局"恐外""媚外"，爱国思想就成了刑法所禁止的"犯罪行为"。欲加之罪，何患无辞，于是，爱国有罪，冤狱遍于国中。此案判决后，一切报刊再也不允许出现"抗日"字样，而只能以"抗×"表示，甚至连国民政府官方出版的《蒋介石全集》一类书籍中，也出现"××帝国主义"的字样。

事后，朱子爽也因此遭到申斥，受到纪律处分，差点丢了饭碗。

1936 年 9 月 8 日，杜重远刑满出狱，恢复自由。这一天，不少出版界、新闻界及其他领域的爱国人士，纷纷去监狱门口迎接杜重远的出狱，沈钧儒等人为他带去一束束鲜花。著名记者曹聚仁写下《杜重远先生出狱以后》

一文，他说："'邦交'二字，我们研究了整整一年，越研究越不明白。照字面上说，两个国家有交谊的，那就要彼此'敦睦邦交'。现在所要叫我们'敦睦邦交'的国家，他们的陆军占据我们的城市，他们的海军横断我们的港口，他们的飞机在我们的空中飞舞，究竟彼此的交谊的理由何在？要三令五申叫我们去敦睦的理由何在？杜重远先生为了'妨害邦交'的罪名入狱一年多，这一年间，某方以武力造成'妨害邦交'的事实迭出不已，为什么只有杜重远先生坐在牢狱中受罪呢？……国人为什么不重视'敦睦邦交令'呢？为什么对于杜重远先生的出狱而特别重视呢？我们人民和政府未必有意要走相反的路，人民要自己生存下去，要自己的民族生存下去。在生死关头，谁是我们的敌人？谁是我们的朋友？这最低限度鉴别力总是有的。人民看重杜重远先生，就因为杜先生是自己的朋友；人民重视杜先生的出狱，就是说国人对于侵略我们的大敌并不变其反抗的坚决主张，对于民族生存权的竞争并不以外来的压迫而放松退却。在杜重远先生出狱以后所看到的国人情绪，使我们相信人心的确未死。"

嘤嘤其鸣，求其友声。

因此，当"七君子"出狱后到南京看望马相伯时，杜重远就一起跟着来拜望这位前辈。

那么"老狗"又是怎么回事呢？

马相伯曾在日本做参赞、领事，对日本觊觎中国、侵略中国的野心洞若观火，多次提醒国人警惕，但无人响应。于是自嘲说："自己是一条老狗，叫了快一百年也没能把中国叫醒。"

这样"七君子"等人来到大方巷看望马相伯，等于告诉全国人民"您才是伟大的爱国者，我们唯您马首是瞻"！这是一个态度，也表现了"七君子"坚定的抗日爱国立场。

十、秦所长五条巷寻荷花

　　8月上旬，南京天气异常炎热。住在五条巷贫民窟的人们，男的都赤大膊，汗流如雨；女人也摇着扇子，还不停地擦汗，口中不停地叽叽歪歪，直喊"热死啦！"

　　此时，一个穿着香云纱，头戴巴拿马草帽，鼻梁上架着一副墨镜，脚上还蹬着皮鞋的男人，熟门熟路，径直走进五条巷老虎灶旁边的小巷裆，闪进了一个叫"荷花"的人的家里。

　　天热，房门都开着，突然一位不速之客造访，把荷花妈吓了一跳，忙问："先生，有事啊？我看你面熟，在哪块见过。"

　　来人摘去墨镜："还认识啊？"

　　荷花妈突然叫道："我滴个亲亲啊，这不是派出所秦所长吗？怎么到我这个破房子来了？"

　　秦所长"啪"的一声，将手里的折扇打开，边扇边说："找你家荷花问点事。"

　　荷花是张家里头唯一念过几天书的女娃，家里头还有妹妹和弟弟，刚满十八岁，早先从淮安来南京讨生活。父亲在一家鸦片烟馆做账房先生的生意。一次，有个讨债鬼到烟馆要钱，对方赖账，言语不和，就动了手，荷花她爸爸上来劝架，被讨债鬼失手用小攮子戳破动脉血管，送往鼓楼医院，没抢救过来就死了。这一来，天塌了，从此家道中落，江河日下。后经派出所秦所长介绍，荷花去了国民政府行政院一个叫黄潘的秘书家里做佣人。荷花聪明伶俐，打扮俊俏，做事麻利，又有点儿文化，黄家上下都很喜欢她，很得宠，不久就做了通房丫头。尽管街坊邻居背后指指戳戳，但荷花妈妈觉得很摆，有扬眉吐气的感觉。

"来，坐下子，我给你倒杯茶。"

秦所长将手里的折扇一合："不客气，我来问你，荷花什么时候来家？"

"一般一个星期回来一次，她平时就在二条巷黄府，人家门槛高，我是没去过。"

"你叫你家二丫头蛮急去一趟，就说你中暑了，要送医院，让她请两个小时的假回来一趟。"

"啊？我没中暑，干么事骗她来家？"

"你只管按我说的做，越快越好！"

荷花妈妈只得到后面的水塘边，叫她正在洗菜的二女儿去二条巷黄府找荷花来家。大方巷对过就是二条巷，二十多分钟，只见满头大汗的荷花赶回来了。

一见秦所长自然是感恩的，一个劲地谢谢他给自己找个好人家。

秦所长对荷花妈妈说："你出去买个油球，我早饭还没吃呢。"

他把荷花妈支开以后，对荷花说："你犯事了，政府要抓你去娃娃桥吃不要钱的牢饭。"

一句话就让荷花面如土色。

"苍天在上，我什么坏事都没干，就管铺床叠被、买菜做饭。"

"你昨天上午提个菜篮子到哪块去的？"

"去山西路菜场买菜……"

"山西路？哼，你去了湖南路！"

"湖南路的菜便宜。"

"废话，黄家图你这点便宜？你去了玄武湖！从筐子里拿了什么东西放在环洲的假山石后面？"

"我不晓得，是黄先生要我放的。"

秦所长脸变了："你看，我现在不是所长了，我是宪兵司令部情报科副科长了。告诉你，黄先生是日本间谍！"

"啊！"

荷花吓得一屁股坐到地上："我什么都不晓得。"

秦所长又掏出荷花放在假山石后面的那封信，说："这个你认得吧？"

"我不晓得，黄先生只让我放到洞里，不许我看！"

"你不要怕，只要你听我的，你这几天多注意，黄府有什么动静，你要想办法打电话告诉我，这是我的电话号码，你记下来！"

荷花浑身哆嗦，点头答应。

秦所长叮嘱："你赶快回黄府，他们要问，你就说你妈病重，等会儿我们把你妈送到鼓楼医院二楼三号病房。有急事去找我，保证你一家子没得事，政府还会给你们奖金！"

荷花妈回来，荷花已经走了，秦所长说："你把家里安排一下跟我走。"

"上哪块去？"

"享几天清福，去鼓楼医院！"

再说荷花回了黄府，黄濬有些怀疑，装作关心地问："你妈妈病情如何？"

荷花满脸愁容："岁数大了，不知道能不能挺过这一关。"

黄濬将信将疑，吩咐管家："下午你去看看，买些水果之类的。"

管家去了医院，果然看见荷花妈身上插着管子在治疗，于是回去汇报，黄濬不再怀疑。

这到底是怎么一回事呢？

原来，继日军在北平制造了卢沟桥事变后，8月9日，日本驻上海海军陆战队中尉大山勇夫和斋藤要藏二人驾机动车冲卡，强行驶入虹桥机场，哨兵在鸣枪警告无效后，对着迎面而来的汽车开枪，击毙了大山勇夫。于是，黄浦江上的日本军舰昂起了大炮，要求中方赔礼道歉，在遭到拒绝后，8月13日，日本海军陆战队进攻上海八字桥、天通庵，遭到中国军队的抗击，淞沪战役爆发了。

十一、南京，枪毙汉奸十八名

"八一三"淞沪战役打响后，英国驻华大使许阁森乘坐专车从南京到上海，准备与有关方面进行斡旋。

当许阁森大使的座驾在宁沪公路上行驶，离上海还有七八十里时，空中突然传来飞机马达声，因为车顶上有英国的米字国旗标识，许阁森毫不

许阁森座车

担心。

"哒哒哒……"

万万想不到两架日机毫不顾忌，俯冲射击。许大使意识到不好，日机就是冲着自己来的，连忙命令司机加速，想找个地方隐蔽起来。谁知那两架日机依旧紧追不舍，连续扫射，终于将这辆专车击中，车窗玻璃全都被打碎，许阁森本人脊骨和肝脏都中弹，身负重伤，被送进了宏恩医院抢救。消息一出，顿时震惊了中外。英国政府向日本提出严重抗议，日本方面却诡称许阁森车上的英国国旗太小，飞行员无法辨认，以致误伤云云。

不过，最感震惊的却是蒋介石，他惊出了一身冷汗。原来因上海战事吃紧，委员长准备亲赴沪上视察，为沿途安全起见，副总参谋长白崇禧建议他乘英国驻华大使的专车去上海，蒋一想也对，当即同意。这一机密，只有在场的何应钦、白崇禧等高级将领与机要人员数人知晓。第二天，蒋介石因故改变了计划，不料，竟侥幸逃脱大劫。

戴笠分析这是预谋事件，绝对不是飞行员看不清楚，肯定是日军预先

《中央日报》刊登英国驻华大使许阁森重伤的消息

探得情报，因此飞机就是专门前来定点清除蒋介石的。

蒋介石拍着办公桌大为震怒，严令警特机关立即破案。于是，首都警备司令部、宪兵司令部联合组成"特事组"，专门从事对日的反间谍工作，特意将在侦破藏本案件上有功的大方巷派出所秦所长调去，参与破案。

特事组首先七搭八搭，怀疑对象就是一向反对中央的桂系将领白崇禧，桂系和蒋介石的关系本就"非我族类其心必异"！说不定白崇禧就是日本的最大卧底。但是，此事必须谨慎再谨慎。万一白崇禧错抓，势必引起桂系枪口对内，那就要出大乱子。于是特务们逐一分析了知情的少数几个人，以及根据内线从日本大使馆获得的蛛丝马迹，渐渐将疑点集中到了行政院机要秘书黄濬身上，当时他是在场负责记录的。

此时，秦所长又一次展露"才华"，说山人自有妙计，请黄濬入瓮。到底怎么请其入瓮呢？

黄濬

　　黄濬（1891—1937），字秋月，福建闽侯（今福州）人。民国时期著名政客，汉奸。自幼随外祖父读书，有"神童"之誉，为同乡陈宝琛、严复等人赏识，受知于梁启超。1902年，至北京就读京师译学馆。

　　民国初年，黄濬留学日本，与日本人素有来往。回国后在北洋政府任职，梁启超任财长时聘其为秘书。北洋政府垮台后，因黄濬的诗文俱佳，而汪精卫骨子里也算是个诗人，很欣赏他，遂召其入行政院，为机要秘书。公余之际，相互唱和，也是一趣。

　　1937年7月27日，国民政府海军部长陈绍宽在行政院会议上报告，提出将实施在长江江阴段沉船封锁航道的计划，以保护首都的安全。

　　为了歼灭日本在华的海军军舰，蒋介石要求立即封锁长江下游江阴要塞的江面，以便截获当时在长江上游重庆、宜昌、武汉、九江至南京、江阴之间日本军舰与商船。这一重大的国防机密，除与会的蒋介石、汪精卫等军委会最高军事长官外无人知道。然而，就在这一命令刚刚下达到各部队，在长江中上游的日本军舰、商船共五十多艘，忽然在8月上旬，在极短的时间内全部加速下驶，奋力冲过江阴要塞。待中国海军舰艇奉命到江阴江面拦截时，仅阻截了两艘日本商船。蒋介石得报，深夜亲自给扬州机场的空军第五大队打电话，接电话的是第五大队分队长王倬。蒋介石说："在长江中的日本五十艘军舰和轮船，正在向东逃跑。你们大队立即带上炸弹，于拂晓前出动追击，加以歼灭，但已经停在黄浦江里的，则不准轰炸。"

　　放下电话，王倬立即叫醒大队长丁纪徐，将电话内容作了汇报。

　　丁纪徐命令立即开会。飞行员们听到出战的消息，个个情绪激昂。丁纪徐命令中队长刘粹刚率领十八架霍克Ⅲ式驱逐机，各载五百磅炸弹一枚执行任务。参加这次作战的有梁鸿云、王倬、雍沛、袁葆康、蔑庆祥、姚杰、余腾甲、胡庄如、董明德、张伟华、宋恩儒、刘依均、邹赓续等人。

　　中国飞机在黎明中一架接一架飞上蓝天，越过江阴要塞，沿着长江向东搜索前进，但敌舰都已跑完了。失望之际，遥见吴淞口东白龙港口尚有日舰一艘。机长立即下令改变队形，飞机依次向下垂直俯冲投弹，第一枚炸弹没有击中，第二枚是副队长梁鸿云投的，正中敌舰尾部，浓烟弥漫，敌舰逐渐下沉，其他各机也陆续投弹，把日舰炸得无影无踪。

但是，中国方面封锁江阴要塞江面的军事计划就这样失败了。这一切都表明，日方已事先得到了情报。

7月底的一大，蒋介石正在中央军校举行的"总理纪念周"上对师生进行精神训话。突然，几名卫士上前，护卫住蒋介石。这时，总值日官向大会宣布："发现两名嫌疑人员混入军校，军警正在搜查，望大家提高警惕。"

经过一番搜查，两名嫌疑人员被发现，但他们慌忙中已改乘行政院的一辆专车逃走了。经清查校门口的登记车辆表，发现那辆专车的主人竟是黄濬。事后才得知，原来那两个嫌疑人是日本特工，混进军校的目的是伺机刺杀蒋介石。

此时，"特事组"又联想到参加军事封江会议的还有担任记录的机要秘书黄濬在场。于是，将侦察的对象锁定了黄濬，发现他与汤山俱乐部的一名日本女招待南造云子的关系密切。

南造云子艳丽多姿，能歌善舞，1909年，她出生于上海的一个日本人家庭，从小就深受其父亲的军国主义思想浸染，十三岁被送到日本一所特工学校，拜大特务土肥原贤二为师，除学习文化，以及中、英语言等外，还学习了射击、爆破、化装、投毒等专门技术。

1926年，南造云子十七岁时，被派到中国大连从事间谍活动。因工作成绩"出色"，在日本特务中有"帝国之花"的美称。

1927年4月，国民政府在南京建立，不久，南造云子从大连调到南京，化名廖雅权，以失学学生身份为掩护，打入国民党国防部的招待所——汤山俱乐部温泉招待所做招待员，进行间谍活动。

当时汤山温泉招待所是国民党中央国际部所建，许多秘密军政会议常在此举行。日本特务机关早就盯上了这里。

南造云子很有交际手腕，利用美色勾引在那里泡温泉的高官政要，孙科、孔祥熙等人都与她过从甚密。因此她窃取了许多重要军事情报，其中包括吴淞口要塞司令部呈国防部扩建炮台军事设施的报告，炮位的设置、炮兵分布情况、秘密地道的图纸、七十余座明碉暗堡的分布位置等重要军事机密，都摆到了日本参谋部的桌子上。

1935 年时，黄濬就与日本驻南京总领事须磨弥吉郎关系很熟。须磨是上海同文书院、东京帝国大学出身，在日本外交界一向以靠拢军部、强调对华持武力威胁的强硬态度而著名。为了刺探国府机密，须磨最初以请教汉诗为名，接近黄濬。他见黄以名士自居，经常出入夫子庙为歌女捧场，入不敷出，乃以小恩小惠加以收买，黄濬则以按时提供行政院会议有关情报作为回报。后来，须磨因故被调回国内，仍由日本驻南京总领事馆派人与黄濬保持联络。

中日战争爆发后，南造云子利用日本大使馆的关系，将国民政府行政

· 须磨弥吉郎

院主任秘书黄溽与其子——外交部副科长黄晟拖下水，发展成为间谍。

日本大使馆武官与黄溽约好的接头地点在新街口的国际咖啡厅。

7日下午，日本使馆人员小河骑着脚踏车前往国际咖啡厅交换情报，刚到长江路就被迎面而来的一辆脚踏车撞倒，两人发生了争吵，一名警察走上前来将"肇事者"连人带车押往警察局，一位"好心"的路人拾起那顶掉在地上的礼帽递给小河。其实已经把帽子里的密信换过。小河一看手表已经来不及了，立即骑车赶往咖啡厅。一进门，便将头上的礼帽挂在衣帽钩上，旁边还挂着一顶一模一样的礼帽。黄溽正坐在卡座中貌似悠闲地喝着咖啡，见接头人进来，他立即起身走到衣帽钩前，顺手拿下小河的礼帽走了。

特工在小河的帽子里拿到日方给黄溽的指示信，其内容是指示黄溽于次日夜晚十一点后约齐被收买的间谍在黄家聚会，日方人员作重要指示，并颁发奖金。

次日下午，秦所长桌上的电话响了，一听就是荷花的声音，说妈妈醒来，看到爸爸的信，特别兴奋，说晚上邀请朋友来家吃饭。

当晚七点多，黄公馆已被侦查人员严密包围，监视人员发现，陆续有"客人"进入黄府。八点，秦所长发现荷花在黄公馆楼上卧室发出灯光信号，于是命令行动，一名"邮差"按响了门铃。

管家问："什么人？"

"邮政局送电报的，黄溽先生的电报！"

"稍等！"

紧接着里面传来脚步声。小门一开，管家刚探出头来，就被拽了出去，埋伏的人一拥而入，冲了进去，将里面所有的人全部带走。

经南京警备司令部审讯，黄溽和他在外交部工作的儿子黄晟对其出卖情报的罪行供认不讳，经军事法庭审判，以卖国罪判处二人死刑，公开处决。

国民党中央党史资料委员会史料原件如是记载：

南京警备司令部及警察厅破获汉奸黄濬、黄晟、罗致远、莫树英等十八人，分别供认为敌国充作间谍，或帮助敌国间谍，或泄露军事秘密不讳，判处死刑，于本（月）廿六日晨执行枪决。

黄为行政院秘书，年四十七岁，福建闽侯人，颇负文名，先是我将封锁长江，黄泄之。敌舰在长江者，因悉遁去。旋又唆雇佣不时以菜篮向敌领事馆传递消息，至是被获，与子黄晟，暨同谋十六人同被处刑死，国人称快。

本京警备司令部及首都警察厅连日破获汉奸机关，捕获汉奸多名。经该部审讯属实，于昨（廿六）晨提出黄濬等十八名口，赴南京雨花台执行枪决。当时观者如堵，对此辈罔顾国家民族利益，自甘叛国之徒，莫不切齿痛恨，交相称快。

在大方巷口"倪半仙"测字摊的旁边墙上，张贴着黑体大字。
警备司令部布告：

查汉奸黄濬等十八名口经本部审判，业据分别供认成为敌国充作间谍，或帮忙敌国之间谍，或泄漏交付军事秘密等各情不讳，查该被告等甘心为虎作伥，实属罪无可逭，依法均处死刑，以昭炯戒，除签提该犯等十八名口，验明正身，绑赴刑场执行枪决外，合行布告，俾众周知，此布。
计开：

黄　濬　男　四十七岁，福建闽侯人
黄　晟　男　二十六岁，福建闽侯人

罗致远　男　三十六岁，福建诏安人

齐公衡　男　四十六岁，福建闽侯人

刘文华　男　三十六岁，江苏南京人

洪　枬　男　四十四岁，福建南安人

郭俊卿　男　五十五岁，江苏宝应人

董永泉　男　三十一岁，浙江绍兴人

邓光直　男　三十岁，安徽桐城人

卢寿钱　男　五十四岁，江苏宝应人

戴天青　男　三十三岁，福建厦门人

莫树英　女　三十一岁，安徽青阳人

丁龙氏　女　四十八岁，安徽怀宁人

邱　璞　男　三十六岁，广东饶平人

蔡昆岗　男　三十七岁，福建漳州人

游吕菊芬　女　四十二岁，福建诏安人

徐维镛　男　二十五岁，江苏泗阳人

黄云森　男　二十六岁，福建闽侯人

以上各汉奸，于就刑时均战栗恐惧，面无人色，其中稍有天良者，则口称忏悔，但为虎作伥，罪无可逭，终皆砰然一声，结束生命。在此全面抗战之非常时期，对此丧心病狂之徒，严加制裁，殊足大快人心，更可借以唤起民众对汉奸间谍之同仇敌忾，而一致参加铲除敌人内线之工作。

一个大红钩在下画过。

荷花也扶着母亲，在人群中看布告，听着“倪半仙”给他们批讲。不久，这一家人搬离了五条巷，不知去向。

南造云子被判无期徒刑，其他日本特务皆判有期徒刑。按照国际惯例，

《申报》报道黄濬被枪毙的信息

战时抓到敌方间谍，即可处死。国民政府当局为了牵制日方，加上政府中有人要掩饰罪行，出面为之说好话，于是未判处南造云子死罪，而将其关押在老虎桥中央监狱。

几个月后，日军进攻南京，南造云子在日特的帮助下，与七名日谍先后逃出了监狱。因南造云子身份已经暴露，不能再去中国内地，她便潜往上海继续活动。国民政府情报部门对她恨之入骨，多次策划暗杀行动，都被她逃脱。1942年4月的一个晚上，南造云子单独驾车外出活动，被军统特工跟踪，在法租界霞飞路（今上海淮海中路）的百乐门咖啡厅附近，当身穿中式旗袍的南造云子下车走向店门之际，三名军统特工围上前去，乱枪齐发，南造云子身中多弹，当即倒在台阶上，行刺者趁机逃走。南造云子在被日本宪兵送往医院途中死去，卒年33岁。

这朵"帝国之花"终于在中国凋谢。

十二、大方巷白崇禧测字

　　白崇禧是桂系将领，桂系主要活动区域在两广，和蒋介石中央军为敌，时常兵戎相见。

　　七七事变爆发，国难当头。以李宗仁、白崇禧为首的桂系军阀正在广西桂林连日开会，商量对策。8月2日，蒋介石打电报召白崇禧火速至京。当时，由于国民党中央对广西地方实力派采取压迫政策，双方积怨颇深。在要不要进京的问题上，李宗仁犹豫、黄旭初反对，但白崇禧毅然决然同

白崇禧

意进京。8月4日，蒋介石派水上飞机至桂林，接白崇禧到南京，白崇禧下午三时抵达下关，下榻于中山陵张学良公馆。当晚，蒋介石在官邸宴请白崇禧。随即，他奉命参与制定对日作战计划，被任命为军事委员会副总参谋长。次日，日本各大报纸头条刊登："战神莅临南京，中日大战不可避免！"

淞沪战役打了三个月，最终中国军队失利，退出上海。随即日军兵分三路向南京杀来，12月1日，国民政府西迁重庆。

12月6日下午，愁云惨淡，白雪飞飘，兵荒马乱，马路上全是逃难的人群。从下关方向沿中山北路驶来一部黑色的小轿车，停在大方巷路口，一位春秋正盛、身穿军便服的英武的军人下了车，大步横穿马路，来到测字摊前。此人正是白崇禧。

连日来，白崇禧陪着守城军总司令唐生智视察城内外阵地，从外汤山、栖霞、乌龙炮台，到天堡城、雨花台、幕府山、八字山和江边码头逐一巡查来。两天的视察，寒风白雪中，白崇禧见唐生智身体羸弱不堪，穿着皮裘大衣，在平地还能下车看看，只要是山坡，便央求："健生兄，请代劳。"白崇禧不禁担心，将南京的防守放在这样一个人肩膀上，后果真是不堪设想。

"长官光临，有何吩咐？"测字的倪先生双手抱拳毕恭毕敬地问。

"你就是'倪半仙'？"

"不敢，都是街道上瞎吹的，混口饭吃。"

"测个字！"白崇禧掏出一块银圆拍在桌上，顺手拿过桌上的毛笔，舔了舔砚台里的残墨，在毛边纸上写下一个"戎"字。

测字先生接过一看说：

"'戎'即兵戎，就是战事！长官问战争？"

"日军会从哪个方向攻进南京？"

"城东是紫金山天堡城，城西是秦淮河还有清凉山，城北是长江，请看'戎'字下面开口，可能会是南边攻城。"

"依你看南京城能守几天？"

"'戎'字六画，六大左右吧。"

"那你还不跑？"

"一介平民，您说往哪里跑？"

"请问中国和日本要打几年？"

"'戈'中一横一竖撇，撇的方向朝左，大致十年以内，如朝右那就要十年以上了。"

"十年？"白崇禧眉头紧锁，倒吸一口凉气，随即镇静地问："谁赢谁输？"

测字先生拿起桌上的银圆，正面是孙中山像，俗称"孙小头"，背面是帆船。

"正面是孙小头，代表中国，反面是帆船，代表日本，坐船来的。"测字先生说着，只见他右手大拇指和中指一拧，那银圆飞快地在桌上旋转起来，他用右手猛地向下一捂，左手指着右手说："他赢！"

说完抬起掌一看：正是"孙小头"。

"我信！十年之内，我们在此见面！"说完白崇禧哈哈大笑，转身离去。轿车驶向大方巷西头，他在南京的临时居所就在 21 号。当年有些富裕的商人看中了首都的房屋需求，于是专门建了一批房租给那些临时来京的高官，白崇禧的住处就是军委会为他租的房子。

第二天一早，白崇禧离开大方巷 21 号，他的轿车送他到城内的明故宫机场，在候机厅等候蒋介石，再一同飞离南京。当飞机腾空而起，飞过紫金山和长江，白崇禧隔着舷窗俯瞰下方，不禁为南京城的命运惴惴不安。

预料中的唐生智指挥的南京保卫战，几天就失败了，12 月 13 日南京沦陷。

十三、廖耀湘米店脱险

南京城破前，中央军校教导总队骑兵队少校连长、军士营学兵连连长廖耀湘，已调任第二旅中校参谋主任。

教导总队成立的目的在于：为使学员实际练习教练士兵起见，特设教导总队，以资实习。

1930 年 12 月 5 日，蒋介石委令唐光霁为总队长，12 月 8 日在南京香林寺成立总队部，并将教导二师特务营编成一、二两连，中央军校卫兵编成三、四两连，成立了步兵第一营。至 1931 年 2 月，三、四两连仍拨归校卫兵队，并由教导二师骑炮工各团各调一连编成三连，3 月初开始招募新兵，直至补足第三、四两连，并成立五、六、七、八各连，这就是步兵第二营；同时成立迫击炮连。至此教导总队所属部队共有步兵两营，特种兵四连，5 月 1 日正式训练。

1932 年 2 月，第三营成立，正值淞沪战争期间，教导总队去了上海参加对日战争，担任浏河、庙行、蕴藻浜一带防线。淞沪战后，该部于 6 月 3 日奉令回京，后在孝陵卫改编训练。是年 6 月委桂永清为总队长。

教导总队是蒋介石的宝贝蛋，被称为"少爷兵"。

　　为什么有这样的称呼？原因是总队的中高级干部多为黄埔军校毕业，又曾留学国外学军事，比如总队长桂永清、步兵团长萧劲、工兵团长杨厚彩是留德的；步兵团长谢承瑞、工兵营长钮先铭、参谋主任廖耀湘是留法的，因此，该部队士兵的薪饷也比普通部队每月多发两块"袁大头"。就因为他们吃的比别人好，拿的比别人多，年龄又轻，仗打得却比别人差，在第一次淞沪战争时，教导总队部署在八字桥一带，仗打得不尽如人意，因此落了个"少爷兵"的称号。

　　廖耀湘是湖南省邵阳市新邵县人，1926 年考入黄埔军校第六期，1930 年以上士资格，被派公费留学法国圣西尔军校，学制三年，1934 年以机械化骑兵专业成绩第一名毕业。同年回国，任教导总队骑兵队少校连长、军士营学兵连连长。1937 年 11 月，廖耀湘调任第二旅中校参谋主任，参加了抗击日军的南京保卫战。

　　到 1937 年南京保卫战时，教导总队下辖三旅：步兵第一旅旅长周振强指挥步兵第一、二团，军士营附工兵一营为右翼队，担任从紫金山老虎洞、西山到工兵学校之线的防守；左翼队，担任紫金山老虎洞左侧到岔路口之线的防守。步兵第二旅旅长胡启儒率领本旅第三、六两团和工兵团为总预备队，集结在太平门、中山门附近。步兵第三旅旅长马威龙率本旅第四、五两团为左翼队，骑兵团在汤山、青龙山之间占领警戒阵地，阻击敌人前进。炮兵团在富贵山一带占领阵地。

　　当时，卫戍司令唐生智信誓旦旦地对守城的官兵训话："南京至少要守六个月，我们将与此城共存亡！"

　　廖耀湘和同学步兵团长谢承瑞、工兵营长钮先铭等听得热血沸腾，在他们看来南京外郭汤山阵地相当坚固，堪比马奇诺要塞，固守一时应该没有问题。

　　哪知道从淞沪前线撤退下来的部队和他们的装备，得不到及时的休整

廖耀湘

钮先铭

与补充，士气低落，早已不足以对付日军虎狼之师，且背江守城，船只全部撤到江北，无路可退，所以几天就被日军击溃。尽管教导师在光华门作战英勇，打退日军的多次进攻，最危险的一次是日军大炮在光华门轰了个大洞，挺进一个重机枪班，形势万分危急。防守的部队牺牲了一个班的士兵，总算将敌人赶出了城。关键时刻，唐生智下令撤出南京，撤退令根本就没有传达到一线部队。

廖耀湘是坚持抗击日军的军官之一，他率领他的学生们在南京太平门一带防守，一直打到最后一刻。为了脱险，廖耀湘穿上平民的衣服扮成难民逃亡，但随身仍然携带着枪械，随时准备战斗。那个时候，日军正在南京城里到处捕杀像他这样的残兵游卒，只要是青壮年男人手上有茧、头上有帽檐印的，都会被当场杀死。他经过玄武湖，前往中山北路挹江门，但那时挹江门已经被宋希濂第三十六师控制，用机枪封锁孔道，禁止部队经过。那里人踩人，人挤人，乱作一团。廖耀湘一看根本无法过去，只得沿中山北路往南走。在经过大方巷时，情急之中，他敲响一家店铺的门，门旁的墙上有"粮食行"字样。里面的老板不敢开门，廖耀湘拔出手枪："再不开门就开枪了！"

老板只得打开了门。

廖耀湘进去对老板说："我不会伤害你的。我请你给我找一套伙计的衣服，我就走。"

老板从衣柜里找出一套衣裤，说："这是我儿子的，你穿吧！"

廖耀湘一看还真差不多，于是脱下少校军装，穿上老板儿子的衣服，还挺合适。于是问："你儿子呢？我穿他的衣服他穿什么？"

老板摇摇头："嗨，他前天外出收账，被炸死了，同他一起去的伙计说，尸骨无存啊！"说着眼泪就流了下来。

廖耀湘安慰道："我要不死，给您养老送终。"

老板一听："军爷，这可使不得，听您口音不像南京人，是哪里人啊？"

廖耀湘说："我是湖南人。"

"你这乡音太重，一张嘴肯定就会露馅。你不如这样，干脆装扮成我的哑巴儿子，先躲过这一阵再说。"

"那就感激不尽了！"

"你会打算盘吗？"

"家里老人也做过生意，会珠算，我读书时也学过。"

老板从柜台上取过一把算盘，说："你打来让我看看！"

廖耀湘接过算盘，手腕一抖，只见上珠和下珠分别归位。之后按口诀表，上下去进，五个指头熟练地拨上拨下，从一上一、二上二、三下五除二开始，打到九，又从九打到一。

老板看了舒了口气："不错，可以可以，有这一手算盘可以混过去了。"

随后，老板将廖耀湘的手枪扔在水塘里，将他的军装点火烧毁。

第二天下午，几个日本兵闯进了朱家米店，见到廖耀湘，上去抓了就要走。

廖耀湘"啊啊啊"直叫，朱老板急忙过去，递上几张法币，说："太君，这是我的儿子，他是个哑巴，是管账的。"说着指指柜台上的算盘。

一个伍长叫道："索罗板！索罗板！"

朱老板点头附和："索罗板、索罗板。"

伍长来了兴趣："你的算算。"说着掏出口袋里的记事本，指着上面的数字 5000、4000、50、200、70 等，"一共多少？"

他示意日本兵放了廖耀湘，让他用算盘将其部队屠杀中国人的数字加在一起。

廖耀湘很快将这些数字总和算了出来。日本的伍长用笔又加了一遍，数字正确，于是伸出大拇指："大大的好！"

说完从笔记本中撕下一张纸，写下"此系良民"交给朱老板，一挥手，带着人将米店中存放的米全部贴上封条。

廖耀湘躲过一劫。

从那以后，不断有日本兵闯进米店进行搜查，朱老板提心吊胆，一次次拿着那纸条让日本兵查看。廖耀湘觉得这样下去，总会出事的，不但自己会受害，也会连累朱老板一家，就和朱老板商量，设法逃走。

几天以后，朱老板找倪元廷讨了一张"回乡证"，递给了廖耀湘。就这样，廖耀湘又跟随难民到了栖霞寺，在住持的掩护下，剃光了头，做了几天和尚。

当时南京边上的长江江面已经被日本海军封锁，稍有动静，便会有机枪扫射。即便如此，仍然有船夫愿意冒着生命危险，帮助国民党军官兵渡江。在一个风雪交加的深夜，廖耀湘雇船渡江到达对岸，终于在瓜埠找到了国民党军队，跟随部队转移到武汉。

廖耀湘的同学、战友钮先铭带着少数部队从明故宫经过鼓楼、北平路，一直到大方巷口，转上中山北路，沿途虽然部队拥挤，车辆堵塞，勉强还能通过，但到达三牌楼铁道部和交通部大厦时，部队和逃难的老百姓几乎都拥塞在马路中间，前面的部队受阻停滞，后面的部队又相继涌至，你争我夺，都想迅速逃出挹江门，而城上的部队开枪阻止下面的部队前进。成千上万的人进退失据，人踩人倒，人踩人过，伴随着救命声、哀号声呈现出一幅极其恐怖的场景。

钮先铭眼看从此处通过没戏，遂转向仪凤门，那里有小火车铁道，没有城门。等他们赶到仪凤门，只见有一个火车头停在城门洞里，挡住去路，但他还是从缝隙中通过了城门。此时下关一片火海，他们几个人穿过火海，来到江边，只见滚滚长江，竟无一艘船只。到了海军码头，刚好有一艘小火轮开走了。原来就是那位满口豪言壮语要与南京共存亡的唐总司令逃过江去了。钮先铭没有一点办法，只有沿江而下，在上元门外一座永清寺里剃光了头扮成和尚，日军来到寺庙，让"僧人"念经，以分辨真假。幸亏钮先铭的母亲是佛教徒，每日诵经，钮先铭受其影响，也会《心经》《金刚经》，于是从容逃过一劫。辗转多时，他回到武汉，找到了部队，重新加入抗日的行列。

十四、大方巷广场大屠杀

进城后的日军，比野兽还要凶残，进行了一场惨酷的大屠杀，腥风血雨中，南京民众及俘虏总数三十万人被害……

大方巷也不太平。由于通往下关的挹江门被宋希濂的部队堵死，从中华门、光华门一带撤退的第八十八师和教导总队半途受阻，为了夺门逃命，自相残杀，尸横遍野。眼看冲不过去，一部分士兵脱下军装，钻进大路两边的巷裆里；一部分对跟踪而来的日军作殊死抵抗。大方巷口到处都是尸体，还有的散兵游勇纷纷逃进了大方巷的民居中。

当时日本《朝日新闻》的特派随军记者今井正刚亲眼目睹了那个惨无人道的集体屠杀的场面。他发表文章说：

屠杀事件虽然不是南京大屠杀事件的直接原因，但使得这一事件发生的一个最大的理由就是日本军队的入城仪式。在皇军浩浩荡荡开进南京城，举行盛大的庆典活动之际，哪怕一个敌兵都是不允许残留在南京城内的。当时总司令部的意图就是要彻底"扫荡"敌人的残余势力。于是，这种大"扫荡"的目标就是杀得一个不留，直至发展成为疯狂残暴的行为。

日军在南京举行入城仪式

就这样准备好的南京入城仪式，毫无疑问是隆重而庄严的。但是一个奇妙的现象是，在观摩这幅宏大画卷的，除了和部队穿着相同军装的新闻记者之外，竟然没有一个可以称作是一般民众的人。也就是说入城仪式的沿线，除了排列成行的战士队伍，连一只猫都是不允许通行的。一定是敏感地考虑到在总司令或者日军在官殿下通过的时候，万一出现一个举止无礼的捣蛋鬼的话，那就会成为一桩大事件。

也许就连敌国国民流露出的憎恨目光是皇军的耻辱这一点都想到了吧。将领们在阅兵行列两侧部下将士们的礼枪声中慢慢地通过。而伴随着这一切的，只有被打碎的瓦砾和死亡的气氛。

为了举行这一入城仪式，两三天前就有严厉的军令传达了下来。军令中说："不允许一个敌人在南京城内残存。也许残兵脱掉军服换上了便衣隐藏在市内，必须彻底搜查扫荡干净。"于是，从进入南京的13日晚上开始，特别是14日、15日实施了严酷的"扫荡残敌"的行动。14日那天，战士们因为刚刚进城，一边高喊着"万岁"，一边忙着奔波在国民政府、军官学校等市内的重要场所。15日那天，因为后天就要举行入城仪式，所以大家的行动都集中到了"扫荡"上。南京大屠杀事件，就是从15日傍晚到深夜这段时间实施的。

到了15日，听说市内已经没有危险了，我们便从早晨起三三两两地外出观看。进入国民政府的大门，通往大礼堂长廊的中间部位的屋顶上出现了一个很大的洞，留有炸弹炸过的痕迹。但是，大礼堂屋顶的瓦片没有碎，正沐浴着冬日和煦的阳光。

我边说边往前走，当走到战前的朝日通信局所在地的大方巷一带时，（南京支局是一栋三层楼的洋房，每层走廊两边都有房间）我们被眼前的情景惊呆了。

在主干道上没看见一个人影，而这里都是中国人。虽然只是些老人和孩子，无论哪一家的窗户上都透出一双双充满恐惧和不安的眼睛。这一带大概是难民的集中区吧。已经有好多天没有见到平民百姓了，社会部的记者来了兴趣。

我们两三个男人来到了一家看上去很大的洋式房子的人家。

"这一带没有部队吗？"

"这是谁的家？"

"唐先生家。"

"……唐生智？"

"是的。"

提到唐生智，就是指挥部队死守南京的南京警备司令。

"唐将军一直住到什么时候？"

"11 日。"

"那就是陷落的两天前了。"

就在此时，晃着刺刀的一帮士兵吵吵嚷嚷地进了门。

"记者先生，他们是当兵的？"

"好像不是。是下人什么的吧。"

"那怎么会知道，喂！脱掉帽子让我们看看。"

突然，一个士兵夺过那个男子的毛线帽。也就是说如果额头是白的，就可以断定是当兵的。

"啊，不白，行啊，过来。"

士兵猛地勾住了男子的肩膀。

"他不是当兵的啊。"

"便衣队躲在城里，所有男人都要被带走。"

手持刺刀上枪的士兵们押着男子吵吵嚷嚷地离开了。

进入以前的支局，这里也聚集着二三十个难民。有人从里面欢叫着奔了出来。是支局雇用的女仆和男仆。

"喂，安全回来啦？"

我一上二楼就一屁股坐到了沙发上，迷迷糊糊地来了睡意，许多天以来终于有一个如同回到家里睡午觉的感觉。"先生，不好了，快来呀。"我被变了脸色的女仆拍醒。我赶紧问是怎么回事。

据说就在边上的空地上，日本兵集中了大量的中国人准备杀掉，其中还有附近西服店的姓杨的老板和他的儿子。因为两人都不是当兵的，女仆让我快点去救他们。如果不抓紧的话他们就要被杀了。

我跟在女仆的后面，杨太太的大麻脸上淌满泪水，在那里打着哆嗦不知所措。我和中村正吾特派员（现《朝日新闻》社美国总局局长）急急忙忙跑了出去。

那是在支局附近的小山坡上，时值黄昏，空地上黑压压地蹲着四五百个中国男子。空地的一边是倒塌后残留的黑砖瓦墙。对着这面墙并排地站着中国人，六人为一组。在距离他们身后二三十步远的地方，日本兵用步枪一起对着他们射击，他们直直地往前倒，在身子快要倒地之际，背后又被刺上一刀。"噢"的一声，断魂鬼一般痛苦的呻吟在夕阳照射的小山坡上回荡。接下去又是六个人。

一批接着一批的人被杀，蹲在空地上的四五百人用无助的眼神看着他们一排排倒下。这种无助、这种虚无究竟是什么？

四周围着的众多女人和孩子们茫然地看着这一切。如果仔细注视他们一张张脸，那一定是面对自己的父亲、丈夫、兄弟以及孩子的被杀而充满了恐惧和憎恶。他们一定发出了悲鸣和哭泣，可是我的耳朵什么都听不见。我只觉得"砰、砰"的枪声和"啊"的叫声充满了我的耳际，眼前只见西下的斜阳将黑色的砖瓦墙染得通红通红。

我气喘吁吁地对站在我身边的军曹说道：

"他们中肯定有的不是军人。请您救救他们。"

我斜视了一眼军曹表情僵硬的脸。

"西服店的老板和他儿子就不是当兵的。我们用身家担保。"

"你知道是哪一个？"

"我认识的。他太太在，叫一声的话就会出来的。"

我不等军曹回答就把杨老板的太太往前推。杨太太大声地叫起了杨老板的名字。

人群中满脸皱纹的老头和一个二十岁左右的年轻人跑了出来。

"就是他们俩。他们绝对不是残兵。他们是开西服店的，经常出入我们朝日支局。喂，你们两个快回家去。"

广场上的人立刻都站了起来。只要拜托这个人就能得救。也许是这种想法将人们从无助和虚无中解脱出来了吧。人群一下子跑到我们跟前，抓住我们外套的袖口。

"还继续下去吗？看看那里，女人一个劲地在哭啊。尽管要杀他们也是没有办法的事，但不会找个女人和孩子看不到的地方吗？"

我们激动地一口气说完上面的话。晚霞已经从空中消失。我和中村君将一言不发并且表情僵硬的军曹撇在一边，先行离开了空地。从我们的身后又传来了枪声。我离开了大屠杀的现场。尽管我救了两个男人的性命，但我的脑海中没有涌现出任何的感慨，这也只不过是在我眼前出现的战场上军人行为的一个镜头而已，就连我自己都陷入了异常的心理之中。

前田雄二，此人系日本同盟通讯社随军记者。他的报道如下：

回到支局（朝日通信局南京支局）时，荒木和稻津正要坐车出去，于是，我和他们同乘一辆车，往通向下关的出口挹江门驶去。到那边一看，城门就像堵住了一样，被中国士兵的尸体塞得满满的。

"怎么回事啊，这是？"驾驶员首先发出了诧异的声音。

城门的内侧，尸体就像沙袋一样堆积着，车辆必须在只空出一股车道宽的门洞里慢慢地穿过去，里面散发着尸体的臭味。回去的时候，我们不得不又从散发着恶臭的城门穿了过去。吃午饭时，我和同事说了我的见闻："今天看到的尽是些令人讨厌的事情。"但是，事情还远没有结束。

下午，当我走出支局的时候，我听到了枪声。于是，我带着联络员中村太郎一起去探寻枪声的来源。原来是在交通银行后面的池塘边，这里也在进行"处刑"。执行死刑的人是一些拿着步枪和手枪的士兵，他们让俘虏站在池边，然后从背后向他们射击。对那些受到冲击落入池塘却还有气息的人，就从岸上再补一枪。

"记者先生，要不要试试啊？"指挥士兵的一名下士官递给我一支步枪。我惊恐地缩回了手，然后中村接过那支枪说："你怎么样啊？"中村嘻笑着接过了枪。他把枪口对准了俘虏的背后，然后扣动了扳机。随着"砰"的一声枪响，那个男人的腰像断了一样，扑通一声掉进了池塘里，溅起了一片水花。就这样，一个生命就结束了。

日本兵沿中山北路两侧搜捕青壮年和国军官兵，抓到以后，用绳子拴起来，送到大方巷口的屠杀场上，仅 12 月 16 日一天就有青年徐静森等十余人，被日军用三八大盖枪和明晃晃的刺刀押着来到大方巷广场，遭到日军机枪的扫射；日军将俘虏的军民石岩、陈肇委、胡瑞卿、王克林等数百人，驱赶至大方巷广场上，在日军重机枪"哒哒哒"的火舌下，他们全都倒在血泊中。

12 月 18 日，日军从大方巷一带抓走难民单耀亭等四千余人押至下关江边，用机关枪进行屠杀。

根据战后受害者证言：

空地上还有平民谢来福、李小二等二百余人，被凶残的日军赶至大方巷的池塘边，逼着他们下塘，之后用机关枪将他们射杀在水塘里。

12月27日，侵华日军又将邓荣贵等数百名中青年男子，全部用绳子捆连在一起，用刺刀押至大方巷池塘旁边（当年，大方巷、五条巷一带有几个水塘），之后架起机枪狂扫，数百人无一幸免，鲜血将池塘染成了红色。

1946年10月14日，家住五条巷4号的商人徐嘉禄，流着眼泪，写下为日军在大方巷广场大屠杀之罪行致南京市政府马志超市长呈文：

事由：为呈报敌寇无故掳捕民子徐静森情形，并恳中央责令敌国查明释放，祈鉴核示遵由。

窃民世居本京经商为业，民国二十六年首都告急之际，乃率同家室走避难民区中，居住于鼓楼五条巷4号。不久首都沦陷，民等匿避家中，讵料是年12月16日上午，突来敌兵四名，臂套"中岛"字样之臂章，气势汹汹。入门之后，专事搜捕一般青年为对象，顷刻之间，同居十数青年一一被驱室外（其时民子徐静森正立室内，卒未幸免），经由敌兵个别检查之后，即行掳带而去。当时民睹小儿无故被捕，乃夺门以察究竟，只见敌兵把守要道，断绝行人，成群青年俱为敌人蜂拥押来，置集于大方巷一广场上。迫至黄昏，仅该广场一处之地，计有青年数千上万之众（事后金陵女大美人华群小姐有正确统计）。敌除在此青年中择其衣履不周者约四五百名，以机枪惨杀于附近池塘者外，其余悉为掳带而去。一时为母为妻哭子唤夫者有之，奋不顾身尾追于后而为敌兵枪杀者有之，厥状之惨，空前绝后。今幸抗战胜利，大地重光，民除将小儿被掳情形报祈登记备查外，至恳于中央者有二：

（一）速令敌国政府查明此辈无故被掳青年之所在，立予释放。

（二）此辈青年如已惨遭屠戮，则除要求敌国从优给恤外，应责令交出在南京屠杀之凶手，以便引渡来京处以极刑。

盖非如此，实不足以泄众愤，而慰冤魂。所请是否有当，理合列具民子徐静森被掳情形表一份，备文呈报，仰祈鉴核示遵。

谨呈南京市市长马

民徐嘉禄

中华民国三十四年十月十四日

据后来《审判战犯军事法庭谷寿夫战犯案件判决书》附件所载，除前列十起千人以上规模的集体屠杀外，尚有有据可查、规模不等的屠杀事件八百七十余起，其中遇难人数较多者，如：下关南通路北麦地三百余人；挹江门姜家园三百余人；鼓楼五条巷、四条巷数百人；三汊河放生寺、慈幼院难民所四百余人；龙江桥江口五百余人，大方巷塘内二百余人；下关九甲圩江边五百余人等。

当年安全区所在之南京市第六区，于 1946 年 5 月，向南京市政府呈报了"搜集日本战犯罪证材料单"，其中列有下列集体屠杀资料："……据第六保查报，该保于民国二十六年划为难民区，日军进城后，将难民赶至大方巷 14 号对面塘边枪杀，计三百余人。"

大方巷 14 号在中华人民共和国成立后为南京军区前线话剧团所在地，对面的确有个大水塘。我小时候上学，从挹华里出来，经常从五条巷东面一条小路进去，顺着大水塘边，去大方巷 14 号，再穿过军人俱乐部到中山北路，再进入仁和街去山西路小学。

那时作为小学生的我，对日军在大方巷的屠杀一无所知，要是知道池塘里有那么多冤魂，宁可绕路，也不敢从那里经过。

十五、"倪半仙"逃进国际安全区

大方巷和五条巷的难民都被圈在广场上了。在如狼似虎的日军的刺刀押送下，"倪半仙"与"小泥鳅"也被日军推搡着，进入广场。

照理说，他们父子应该早就想办法逃脱。

"倪半仙"因为在大方巷口摆测字摊，与大方巷2号的日本《朝日新闻》的记者中村认识，在城破前和中村打过招呼。

中村表示"大日本皇军是不会为难普通百姓的"。

在"倪半仙"一再央求下，12月13日，中村将他们一家安排在支局院子里。

但是，"倪半仙"的老婆舍不得辛苦经营了半生的家产，非要回去看看，被日军堵在家里了，兽性大发的日军欲强奸这个烈性子女人，她挣脱后就跳了池塘。

跟在母亲身后的"小泥鳅"目睹了母亲在水中挣扎，要跳水塘救母，却被赶来的父亲拽住，于是跪在塘前大哭，"倪半仙"拖着他离开，耽误了逃跑的时间，被日军围堵，只好跟在难民群里，被日军圈在大方巷广场上，在架起的机关枪的黑洞洞的枪口下，一个个都蹲在地上，等候被"处决"。

突然，"倪半仙"眼里露出活命的希望。他看见了一个熟人，就是日本《朝日新闻》的记者中村，于是他拼命地大声喊："中村君，中村君！"

中村听见"倪半仙"的声音，于是问："倪桑，你的怎么在这里？"

"倪半仙"说："为了找儿子，所以被皇军当间谍抓了。"

十是，中村跟日本军曹解释了半天，终于得到允许，他向"倪半仙"招招手，"倪半仙"扯起"小泥鳅"，急忙从人群中爬起来，在众人羡慕渴望的眼神中，走出人群。身后留下一片哀求的声音：

"倪先生，求求你做做好事，救救我们吧！"

"救人一命胜造七级浮屠啊！"

"您积德行善啊！"

"你证明一下，我们都是良民啊！"

……

"倪半仙"刚要张口，中村双手一摊，无奈地说："倪桑，我实在没有办法，你们快走吧！"

他们刚走了十几步，后面传来震耳欲聋的机枪扫射声和难民的惨叫哭号声。

"倪半仙"和"小泥鳅"父子从大方巷广场逃出以后，没吃没喝。大方巷一带有几处臭水塘，老白姓称之为"驴粪蛋子水"，当时政府给城市居民发过水票，但棚户区居民没有，只好喝"驴粪蛋子水"。但是日军大屠杀后，水塘中到处都是漂浮的尸体，还掺杂着血液和粪水，根本无法饮用。没有水吃怎么办呢？

万幸的是国际委员会所建立的安全区，可以满足难民生存的最低需求，倪氏父子和大方巷一带一些幸存的老弱妇孺都进入了安全区所办的大方巷难民所。大方巷难民所与宁海路国际安全区总部近在咫尺，所以一般供应也算跟得上。

这个难民所和安全区是怎么回事呢？

原来国民政府西迁重庆之时，南京城内、下关和浦口到处是乱哄哄的难民潮。

　　此时，从大方巷分岔的傅佐路的另一头，是山西路 78 号，那里是一座宫殿式的大楼，钢筋水泥梁柱结构，耐火砖砌墙，褚色钢砖贴面，黄色玻璃瓦屋面，雕梁画栋，古色古香。这里是中英庚款董事会办事处的办公大楼。

中英庚款董
事会大楼

　　在二楼对着山西路和傅佐路的办公室里，大玻璃窗前，站立着一位三十多岁、身材瘦高、面部清癯、眉头紧锁的男人，他就是杭立武。他之所以在这座豪华的建筑中，是因为他的身份是中英庚款董事会总干事。

　　杭立武是安徽滁县人。1923 年毕业于金陵大学，1929 年获英国伦敦大学博士学位。归国后受聘为中央大学政治系教授兼系主任。1931 年转任中英庚款董事会总干事。

　　这时，一位工作人员进来，说："拉贝先生来了。"

　　杭立武转过身来："快请！"

　　只见一位头顶微秃、西服革履、胸前戴着一枚铁十字勋章的中年外国男子走了过来，两人亲切地握手寒暄。

拉贝用一口流利的中文自报家门："我是德国西门子公司驻中国总代表约翰·拉贝。"

"拉贝先生的中国话说得不错。"

"谢谢，我是老南京了。"

杭立武请拉贝在沙发上坐下，问："您喝点什么？咖啡？"

拉贝微笑着："有雨花茶吗？"

"哦，真没想到拉贝先生要喝南京的雨花茶。"于是从办公桌上拿茶叶盒递给工作人员。

"这是今年的明前茶，有些过期了。"

"没关系，我喜欢喝茶。自 1908 年来中国，当时才二十六岁，到现在马上就三十年了，我的妻子杜蕾和子女以及子女的孩子都是在中国出生的。"

杭立武说："拉贝先生，我之所以请您来是有件紧急事情！"

拉贝夫妇和子女

约翰·拉贝（John H. D. Rabe，1882 年 11 月 23 日—1950 年 1 月 5 日）

"请直言无妨，只要我能帮上忙！"

"请您过来瞧瞧。"

杭立武请拉贝来到窗前，指着下面街道上逃难的人群："无家可归的难民，饥啼号寒，奄奄待毙，真是一场人间惨剧。政府走了，这些难民谁来负责？他们的前途堪忧。我想请您出面，成立一个类似上海那样的国际安全区。"

拉贝不解地问："为什么是我？"

"因为你们国家与日本结盟，又与中国是友好邦交国家，您也了解南京的情况，因此我认为您最合适担任国际安全区总负责人。"

拉贝双肩一耸："我长期在中国生活工作，得到中国人的厚爱与帮助，这是一件义不容辞的事。"

杭立武如释重负，拍拍拉贝的肩膀："万分感谢拉贝先生，请您陪我在周围转转，看看哪些地方适合作为安全区。"

当日军开始向南京发动进攻的时候，德国驻华大使陶德曼曾指示拉贝和该公司外籍职员迅速撤离南京，但拉贝没有接受："南京许多机关、工厂和医院使用的都是西门子公司的产品，需要西门子公司负责维修，我们不能擅离岗位。"同时，他觉得他在中国生活了几十年，他的儿子和他的孙子都出生在这块土地上，他一家人曾得到中国人的厚待，他不能在中国人民处于危难时离开。

拉贝决定帮助南京的难民后，坐上杭立武的车，与杭立武一同从山西路到中山北路、中山路、新街口，又回到大方巷转江苏路、宁海路、西康路等地转了一圈。回到中英庚款办公楼，两人的心情都很沉重。

拉贝提出："我出面邀请在南京的国际友人，明天上午在这里开会商量成立安全区问题。"

为解决战时的难民问题，拉贝打电话一一通知，邀请了二十多位外侨一起开会商量。

拉贝和他的安全区成员

经众人推荐，约翰·拉贝出任南京安全区国际委员会主席。

拉贝说："因为我是德国人，有望更好地与日本当局进行谈判，我毫不犹豫地接受下来……我们马上着手实施我们的计划：（1）安全区的安全保障；（2）难民的安置；（3）食品供应；（4）建立卫生设施；（5）医院；（6）警察管理等。简言之，正如报纸上报道的，我们实际上承担着整个南京市政府的所有工作，这并不是开玩笑。"

安全区国际委员会组成人员名单如下：

拉贝（德国）　西门子公司南京分公司

总干事：贝德士博士（美国）　金陵大学

副总干事、副主任：费区（美国）

总稽查：马吉牧师（美国）　美国圣公会

秘书：史密斯博士（美国）　金陵大学

委员：福娄（英国）　亚细亚火油公司

希尔兹（英国）　和记洋行

汉森（丹麦）　德士古火油公司

潘宁（德国）　兴明贸易公司

麦寇（美国）　太古公司

毕戈林（美国）　美孚煤油公司

史波林（德国）　上海保险公司

密尔士牧师（美国）　长老会

里恩（英国）　亚细亚火油公司

德利谟（美国）　鼓楼医院

里格斯（美国）　金陵大学

后来，这份安全区委员会名单上又陆续增加了安村三郎（日本）、许传音、韩湘琳等。

安全区国际委员会还组织了国际红十字会南京委员会，由马吉牧师任主席，李春南与罗威任南京红十字会副主席，拉贝出任该会会员。

安全区占地约三点八六平方千米，四面以马路为界：东以中山路、中山北路为界，自新街口起，至山西路口；北以山西路及其以北至西康路为界；西以西康路、上海路为界；中经汉口路至汉中路口；南以汉中路为界，自上海路口至新街口。

安全区国际委员会成立时，南京城外已隐隐传来炮声。12月1日，南京市市长马超俊约见了拉贝等人，说："市政府马上便要撤离了，我们将安全区的行政责权交给你们。为了表示我对你们行动的支持，我交给你们一支四百五十人的警察部队、三万石大米、一万袋面粉和一些食盐，并拨给你们折合十万英镑的现金。"

　　国民党元老、前外交部长张群将自己的官邸宁海路 5 号大院交给拉贝，作为国际安全区总部。

拉贝（中）在国际安全区总部

　　面对蜂拥而至的难民，南京安全区国际委员会在安全区里的主要建筑内设立了交通部大厦、金陵女子文理学院、金陵大学、华侨招待所、最高法院、汉口路小学、五台山小学、司法院、大方巷等二十五个难民收容所。

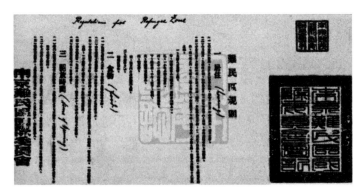

难民区规则

　　当时，美联社记者对拉贝等人的人道之举评价道："这些先生与女士都是经验丰富、学识渊博的人，他们完全能意识到自身处境的危险。尽管如此，他们仍然下定了决心，一旦南京陷落，就去拯救那些处在水深火热之中的难民。"

十六、保护难民的"纳粹分子"

清晨，作为纳粹党员的拉贝被一阵紧似一阵的炮声惊醒了。他看了一下墙上挂着的日历，翻过一张：1937 年（中华民国二十六年）12 月 13 日。

街上到处都是溃兵和难民，南京城沦陷了。拉贝走出家门，驱车来到宁海路 5 号安全区的办公室。

拉贝与安全区副总干事费区紧急交代了城陷后的混乱情况和日军任意枪杀平民的暴行，决定立即行动，制止日军进入安全区，他们在十分钟内便建立了一个红十字会。拉贝是该会理事会成员。委员会的三名成员乘车前往设立在外交部、军政部和铁道部的几所军医院进行巡视，发现医院的医护人员在猛烈交火时撇下无人照看的伤病员都逃走了。于是，红十字委员会迅速弄来一面红十字旗挂在大方巷口的外交部的上空，不少医护人员和难民看见外交部上空的红十字旗再陆续回到了军医院。

当天下午，佩戴了纳粹党徽章和卐字臂章的拉贝，手持印有安全区徽章的旗子，驱车来到上海路，与从南向北推进的日军先头部队碰头了。

拉贝迎上去，指着旗上的标志，大声说："我是安全区国际委员会主席拉贝，我要见你们的最高指挥官，请求他下令保护安全区内难民的安全。"

"最高指挥官还没有进城。"

一个浑身脏兮兮的日本军官说着，从军裤口袋中掏出一张已经揉得皱巴巴的南京市区地图："把安全区的位置标出来！"

费区走上前，用铅笔沿汉中路、中山路、山西路、西康路画出了标记，解释说："这是安全区的位置和范围。请注意有三个红十字医院。"

之后，拉贝的车绕过日本部队向北开，他知道在通往下关的道路上肯定还会有武装的中国士兵，果然，他们沿途发现了三个分队约六百名中国士兵。在拉贝等人的劝说下，有些士兵不情愿地放下武器，拉贝将他们安置在大方巷旁边的最高法院的院子内。

拉贝带着两名成员沿着中山北路继续往北，在铁道部门前又遇到了约四百人的中国部队，拉贝要求这些人放下武器。一位军官骑在马上，手里端着卡宾枪向四处射击，制止士兵们放下武器，要抵抗到底。而拉贝则担心如果在安全区外发生巷战，战败的中国士兵逃入安全区，那么安全区将不再安全，肯定会遭到日军的攻击。于是在继续劝说的同时，令另一名叫哈茨的先生上前夺下了军官手里的枪。

回到宁海路总部的拉贝，发现大门口非常拥挤，一大批无法渡江撤退的士兵都涌向这里，委员会成员要求他们放卜武器后，将这些人都安置在安全区各个地方。

12 月 14 日清晨，拉贝在宁海路 5 号办公室起草了一封信，准备面呈日军指挥官。

致指挥官先生
驻南京日本军队：

......

国际委员会已经承担了在安全区内安置滞留城中的中国居民的责任。米和面已有储备，可暂时接济难民。委员会还同时接管了安全区内的中方警务管理工作。

我们恳请您允诺下列几点要求：一、安全区各入口处派驻日军岗哨。二、在安全区内由我们的平民警察负责治安，他们只携带手枪，请予以批准。三、我们在本区内出售大米，并开办施粥所。委员会在本城的其他地方储存的大米可以由我们自己派卡车运回本区。四、我们继续办理收容难民事宜，直到难民们能够回家为止（即使到那个时候，仍会有成千上万无家可归的贫苦难民需要照顾）。五、我们希望得到您的合作，尽快恢复电话、供电和自来水供应。为了本城老百姓的生活与安全，我们很高兴以任何方式与您合作。

......

南京安全区国际委员会主席　约翰·H. D.拉贝（签字）

同日，拉贝开车穿过城市的路上，才真正了解到破坏的程度。汽车每开一二百米距离，就会碰上数具尸体，死亡的都是平民，而且都是背部被子弹击中的，拉贝的结论是这些平民都是在逃跑时被打死的。

大街上的日本兵每十人或二十人组成一个小分队，他们砸开店铺的门窗，想拿什么就拿什么。拉贝亲眼目睹了德国基斯林糕饼店被日军洗劫一空。黑幕佩尔饭店也被砸开了，中山路、太平路上的每一家店铺都是如此。一些日本士兵成箱成箱地拖走掠夺来的食品，还有一些士兵征用了人力车，将掠夺来的物品运到安全的地方……

我们遇见了一队约二百名中国工人，日本士兵将他们从难民区中挑选出来，捆绑着将他们赶走。我们的各种努力都没有结果。我们安置了大约一千名中国士兵在司法部大楼里，约有四五百人被捆着从那里强行拖走。我们估计他们是被枪毙了，因为我们听见各种不同的机关枪扫射声。我们被这种做法惊呆了。我们安置伤兵的外交部已经不允许我们进去，中国医护人员也不许离开。我们成功地抢在日军下手之前，将一批一百二十五名中国难民迅速地安置在空房子里……

城市的许多地方出现了饥荒，我们用自己的私人汽车给司法部大楼送去了成袋成袋的米，因为那里有好几百人正在挨饿。外交部里的人和那些伤员靠什么活下来，对我来讲简直是个谜。在我们总部的院子里，有七个重伤员已经躺了好几个小时，他们最终被救护车送到了鼓楼医院。重伤员中有一个约十岁的男孩，他的小腿被子弹击中，连发出呻吟的气力都没有了。

疯狂的日本兵见人便开枪，见妇女便扑上去施暴。抢劫、强奸、杀人、放火，种种暴行使国际委员会全体委员震惊不已。他们汇报了个人的见闻，决定立即起草一份报告，向南京的日本大使馆进行抗议。

12月14日，拉贝致日本大使馆抗议书中说："（日本兵）于14日起竟大肆劫掠，奸淫屠杀……但见三五成群的日本兵，东窜西浪，奸淫掳掠种种暴行的报告，如雪片飞来。"

国际委员会向日军抗议，但无济于事，拉贝等人决定发表一项声明。12月15日，拉贝向日本驻南京大使馆副领事发出第二号公文和第三号公文。二号公文称：

南京安全区国际委员会对于放下武器的士兵的处理问题感到非常为难……本委员会完全承认，士兵一旦被认出，即是战俘。但在处理这些放下武器的士兵时，本委员会希望日军小心谨慎，不要连累了老百姓。本委员会还希望日军按照公认的战争法对待战俘，并以人道主义精神宽待这些过去的士兵。

难民潮

　　当天中午，拉贝与秘书史密斯等人在交通银行与日军特务队长原田少将和福田进行会晤，双方就有关问题协定了九条。拉贝等人希望日方能恢复社会秩序，并提醒他们注意正在发生的日趋严重的暴行，但日本军方根本不予理睬。

　　此时，安全区内，人满为患。不得已，拉贝将自己在小桃园10号的住宅也腾出来，供六百五十名难民避难。他在日记中写道：

　　"后院六百五十名难民的鼾声真叫人难以入睡……"

　　为制止日军的暴行，拉贝等人只好每天去造访日本大使馆，呈递抗议书和有关日军暴力犯罪的详细确凿的记录报告。

　　12月18日，拉贝致日本大使馆抗议信中称："贵国军队在难民区内，续施骚扰，鸡犬不宁，二十万难民痛苦呻吟。敝委员会不得不请求贵使馆，转呈贵国军事当局，迅速采取有效行动，阻止不幸事态蔓延。"

　　1938年1月7日，拉贝致日本大使馆函："目前被焚毁的不仅限于店铺，许多住宅同时遭殃……火焰弥天，物质资源日趋耗竭，经济生活更难维持，放火行为必须制止。"

　　拉贝等安全区国际委员会的二十二位外籍成员还联名致函日本大使馆，指出日军有组织的"劫掠放火"愈演愈烈，"纵火的暴行应立予制止，使残余的部分不再遭无情的或有组织的焚毁"。

　　在南京大屠杀档案中，保存了拉贝先生致上海理事会主任 W. 迈尔的一封信，他揭露了日军的暴行，信中说："……我现在告诉您，我已担任这里成立的组建难民区国际委员会主席。这一难民区已成为中国二十万平民最后的避难场所。建立这一难民区的组织工作绝非易事，因为我们没有得到日本方面对建立这一难民区的任何认可……我们的真正困难是在轰炸之后，也就是日本人进入南京之后。日本军事当局似乎已失去对其军队的指挥权。日本军队进城后抢劫数周之久，约两万名妇女和姑娘被强奸，数千名无辜平民（包括发电厂四十三名工人）被野蛮杀害（用机枪屠杀已成为人道处死的方式之一）。他们还毫无顾忌地侵犯外国人的住房……这座城市约三分之一被日本人焚毁。纵火行为仍在继续。这座城市已没有商店，不是遭受打砸，就是遭受抢劫。城里遭枪杀和误杀的尸体到处可见……"

　　这封信已成为揭露日军暴行的重要证据。

　　除了与日军交涉、向日本大使馆抗议外，拉贝还数次面对日军的刺刀，勇敢无畏地制止日军的暴行。

　　12 月 16 日晚，有六名日本兵翻过拉贝的小桃园 10 号住宅的院墙，奔向难民的栖身之处，难民中发出一片凄厉的哭叫声。

　　"什么人？"拉贝闻讯赶来，用手电筒在日本兵脸上照射。

　　"八嘎牙路——"

　　日本兵恼羞成怒，拔枪威胁。拉贝在情急之中，将手电筒光柱移向院中高挂的德国纳粹党旗上。日本兵悻悻地收起枪，并招呼同伙准备开院门溜走。

　　"不行！"拉贝愤怒地喝道，用手电光柱指指墙，日本兵无可奈何，一个个灰溜溜地翻墙而去。难民们发出一阵阵欢呼和感激之声。

　　拉贝的内心却感到痛楚，发出了"日本人有手枪和刺刀，而我只有党徽标志和卐字臂章"的感叹。

　　12月17日，又有十五名日本兵闯入拉贝住宅，端着刺刀枪，气势汹汹地任意抢劫。拉贝的助手韩湘琳身上的钱币和几份文件均被抢走。拉贝大怒，向日军永井少佐进行抗议，表示要通过大使馆向日方交涉。永井少佐不得已，写了一张布告贴于院门外，禁止日本兵擅自闯入拉贝住宅。但是当天下午六时，又有两名日本兵闯进，其中一名拉走一位姑娘并准备猥亵，拉贝正好从外面回来，他大喝一声："滚出去！"日本兵慑于拉贝的气势与威严，只好翻墙溜走。

　　当时著名的英国《曼彻斯特导报》和美国美联社记者田伯烈在《侵华日军暴行录》中说："看见疯狂的日本兵从强奸妇女的屋子里醉醺醺地走出来，并非一件安全的事情。当一柄刺刀搁在自己的胸膛或者一把手枪指着自己的头部，要你少管闲事时，也许任何人都会难以自持的。"

　　拉贝为了保护南京妇女，经历了几番生与死的考验。

　　在拉贝等安全区国际委员会全体委员冒着生命危险的竭力保护下，一大批难民得以从虎口脱险。日军对安全区庇护难民的行为非常恼火，准备用武力强行驱赶安全区内的难民。拉贝紧急致函德国驻华使馆政务秘书罗森，并通过罗森向日本使馆参赞日高交涉，终于迫使日方将动用武力对付难民的念头打消。

　　在《拉贝日记》中记载着拉贝当时所做的一系列异乎寻常而又"相当危险"的事情："（我）在后院挖狐壕（地洞）给六百五十名中国人避难；竭力阻止日军逾墙进院；冒着枪弹运送大米；制止日军强奸妇女……"

　　当时，南京安全区内的难民在二十万人以上。安全区国际委员会要向这些人不断地供应食品和燃料，提供住宿、医疗，防止瘟疫流行，因此压力很大。拉贝在一份文件中写道：

"其中整整十万人完全依靠安全区国际委员会提供食宿。其余的人则只能依靠剩下的些许粮食，而日本人把所有的煤和米都封存了。"

安全区派出去运米的卡车常常被日军抢走，司机或遭日军凌辱或无故失踪。拉贝只能将安全区国际委员会所有的外籍委员和职员，甚至连难民营值班的人员都动员起来，为运米的车辆"保驾"。

后来，贝德士在给朋友的信中写道："有几个时期，如无外国人挺身而出和日本兵抗争，简直什么都不能办……"

1938年元旦刚过，天空飘起了雪花，无数难民啼饥号寒，在死亡线上挣扎着。安全区国际委员会的存粮已经所剩无几，拉贝决心与日军军需处交涉，以设法获得米、面和煤的供应。日军军需处门槛都要被拉贝先生踏平了，最后日军同意向安全区国际委员会出售大米三千袋、面粉五千袋和燃煤六百吨。但第二天安全区国际委员会派会计克鲁治带着现金支票和五辆卡车前去取货时，日方田石少佐竟出尔反尔有意刁难。拉贝得报后，悲伤地说："这是日本故意要使我们束手待毙的又一步骤。"

于是，艰苦的谈判又开始了。几经周折，日军当局才在1月10日同意出售大米一千二百五十袋，以后每隔三天才能再售给一千袋。

拉贝据理力争："30万难民，三天才供应一千袋大米，这怎么够吃？问问你们那些日本兵，他们一天吃多少米？"

1月17日，拉贝再次向日方提出三项要求：一、责成"南京自治委员会"（伪政权）迅速发售米、煤、面粉；二、准许安全区国际委员会向上海商业储蓄银行堆栈装取大米三千袋、小麦九千袋；三、准许安全区国际委员会由上海装运食品六百吨。

当日方同意出售有限的粮食和燃料后，拉贝和安全区国际委员会还必须千方百计地筹集资金，用以购买大米等必需物资。当时国内外有不少团体、慈善机构向安全区国际委员会伸出援手，捐助了救济物品。日本当局盛怒不已，曾多次强令拉贝将安全区国际委员会保存的这些钱与物资交出来，但均遭到拉贝的严词拒绝。

在拉贝等人的妥善保护下，至 1938 年 1 月 28 日止，安全区国际委员会尚存有现款十万元，在上海方面存有五万七千元，此外，安全区国际委员会还从美国咨询委员会争取到了部分捐款。

1938 年 2 月 23 日，拉贝奉西门子公司命令离开南京，回到德国。那天，事先得到消息的"倪半仙"和大方巷难民区的难民们，聚集在大方巷西头的小桥旁眼巴巴地等候着，当车头插着德国旗帜的拉贝座车缓缓地驶过大方巷路口时，"倪半仙"哭了，他拼命地向拉贝的座车挥手。难民们也都哭了，纷纷下跪叩头，向这位救苦救难的"外国菩萨"顶礼膜拜。拉贝先生的眼圈红了，他伸出手摇晃着，恋恋不舍地向难民们致意，直到车子消失在山西路拐弯处。

作为南京大屠杀的见证者，约翰·拉贝勇敢地揭露日军在侵华战争中的暴行。不久，国民政府颁发给拉贝一枚系有蓝白红绶带的彩玉勋章，以表彰他勇敢而正义的行为。

十七、"南京自治委员会"

1938 年 1 月 1 日上午，在大方巷 14 号的后门，通着中山北路 105 号的立法院大门口的旗杆上升起了红、黄、蓝、白、黑的五色旗。门廊上"立法院"的牌匾被撤下，换上了一块新招牌——"南京自治委员会"。

门前，一阵鞭炮"噼噼啪啪"响过。烟雾散去，汉奸十余人，一字排

从右至左：陶锡三、孙叔荣、程朗波、赵盛叔、赵公瑾

开，人五人六地穿着长袍马褂，沐猴而冠。为首的是会长陶锡三、副会长孙叔荣。

陶锡三，字锡三、席三。1875 年 2 月 7 日出生于江宁县，据说是东晋陶渊明的后人。早年毕业十南京格致书院，后赴日本政法大学留学。1909 年任江苏咨议局议员、省政法学校校长，1913 年当选为国会众议院议员，兼业律师并任江宁县律师公会会长，1923 年被推为世界红十字会南京分会副会长，在 1923 年日本发生关东大地震、1927 年日本发生关西大地震时，先后两次赶赴日本，参与灾后救助工作。他与江苏督军齐燮元是至交，也在其政府中担任职务。

1927 年国民政府定都南京后，陶锡三退出政界，从事慈善事业，在社会上有一些影响。

1937 年 12 月南京沦陷后，陶锡三被日军看中，于 1938 年元旦出任"南京自治委员会"会长。

此时，大方巷收容所组织难民去中山北路排队欢迎伪南京自治委员会成立，为了制造一派南京市民对"南京自治委员会"欢迎的假象，日军命令难民区的民众和小学生前往大方巷口的中山北路一侧，手举着小旗以示庆祝。

伪南京自治委员会所在地

难民群都聚集在灰砖墙下，观看墙上张贴着以陶锡三为会长、孙叔荣为副会长的"南京自治委员会"成立的告示。

一些不识字的人在问："这上面讲什么东西啊？"

"倪半仙"说："这是安民告示，布告'南京市自治委员会'简章……"

"讲什么噻？"

"倪半仙"解释："'南京市自治委员会'是由南京居民共同组织，以维持地方治安、促进自治为主旨，解除人民困难、恢复地方秩序、劝导工商复业、恢复地方交通。由南京居民推举地方有声望者五六人至十人成立战争委员会办理各项事务……"

和"南京自治委员会"简章并列，还张贴着日本总领事福井淳、上海

派遣军参谋长饭沼守和日本南京警备司令
官佐佐木到一的祝词。

"这是什么玩意头啊？还是字啊？"

陶锡三闻声过来，大声说：

"这是日本字，是友邦南京警备司令官
佐佐木到一，在'自治委员会'成立时发
来的祝词。"

"佐佐木到一？"

"是的！"

佐佐木到一

没想到老百姓一听到"佐佐木到一"
的名字，纷纷吐口水，扔了小旗纷纷散去，搞得在场的陶锡三和日本记者
都尴尬不已。

佐佐木到一支队是攻击南京城最凶残的部队之一，也是南京大屠杀的
主犯之一。

这个恶魔领着一群禽兽不如的东西，从尧化门一路杀到下关，都杀红
了眼。当时江边有大批准备渡江的中国军人，江面上也有许多正在渡江的
中国军人。佐佐木支队立即用机枪进行猛烈扫射，一时间江水被染得殷红。

佐佐木到一在日记中记载："在我支队的作战区域内，遗弃的敌人尸体
达一万几千具。此外还有在江面上被装甲车击毙的士兵和各部队捉到的俘
虏，合在一起计算，仅我支队就已解决了敌军二万以上。"

在日本战败投降后，国防部军事法庭对日本战犯的审判中，大方巷居
民就站了出来，指证日军"中岛部队"的暴行。所谓"中岛部队"，就是以
中岛今朝吾为首的第十六师团，而其中佐佐木到一支队是最凶残的。

"南京自治委员会"成立后，陶锡三等一行乘汽车前往金陵女子文理学
院视察那里的难民区，面见负责人明妮·魏特琳（中文名字华群）教授。

　　因为战争逼近南京，金陵女子文理学院迁到后方安全区域去办学，在校的美国教授华群毅然决然留在本校，并为了保护流离失所的妇孺，将学校改为战时收容所，专门收容妇孺。在日军大屠杀期间，她将生死置之度外，收容保护的妇女与儿童在万名以上，被难民呼为"活菩萨"，又被人们亲切地称为"华小姐"。

　　金陵女子文理学院里，有许多妇女正排着长队进行登记，旁边还有警察和手执武器的日本兵在执勤。

　　陶锡三（注：即陶保晋，在魏特琳日记中翻译者译成陶宝庆）见到华群教授，首先对她保护妇孺的英勇行为进行夸赞，又说："现在局势已经平静下来，你们收容的这么多的妇孺为什么不回家？"

　　华群反问道："'自治委员会'成立，充当政府的职能部门，你能负责她们的人身安全和维持生命最起码的食物和水吗？能保证她们不被日本兵强奸吗？"

　　陶锡三说："我们已向日军交涉粮食问题了。日方已答应设法解决，而

明妮·魏特琳（华群）

陶锡三（1875—1948）

且军官已经要求士兵加强纪律，不会再发生强奸事件了。"

华群说："不会再发生强奸事件？你能保证？"

陶锡三说："我是'南京自治会'会长，我以会长的名义保证！"

华群说："我可以说服年纪大一些的妇女回家，但是，大多数年轻的难民还应该留在这里。在我看来，这样很明智。对很多无家可归的人我们备感心疼。"

陶锡三在从宁海路金陵女子文理学院出来后，又视察了大方巷难民收容所，看了看那里的难民。

陶锡三在大方巷难民收容所发表谈话，希望躲藏在难民中的国军官兵主动登记，之后会发给通行证让他们回家。真有相信他的鬼话、上当受骗的漏网官兵登记后，就被日军逮捕并遭到枪杀。

"自治委员会"开台锣鼓敲响不到一周，主角还没唱就罢演了。1月7日晚，陶锡三突然提出书面申请请孙叔荣副会长代行会长职务，自己因病辞去会长职务。"委员会"众人都摸不清到底是怎么回事。

据知道内情的人爆料：就在那天晚上，他准备了美酒佳肴，邀请日军佐佐木到一手下的军官去他家做客。就在觥筹交错、酒酣耳热之时，他家后院传出了女儿和姨太太的惨叫声。陶锡三立即起身跑向后院，只见几个如狼似虎的日本兵兽性大发，正在房中搂抱其妻女，撕开衣服按在床上，欲行强奸。陶锡三立即上前就要阻止，被日军一把推开，用刺刀抵着他的前胸，于是陶锡三转身逃回前院宴客厅，请求日本军官出面制止那几个日本士兵的暴行。日军高官跟着陶锡三去了后院，几个日本士兵见到军官才停止了暴行。他们急急忙忙穿上衣服，逃了出去。只见陶锡三的女儿和姨太太，衣不蔽体，惊恐万分，痛哭流涕。日本军官也不管陶锡三的感受，大声说："花姑娘，吆西！"命令士兵将其姨太太和女儿一并带走。

侵略者吃饱喝足，带着"战利品"走后，陶锡三又气又恨，也就病倒了，当晚就写下辞呈，不干了。日本侵略者表示不同意，孙叔荣可以暂代，但陶锡三不可以辞职。

然而，这件事的阴影还未过去，陶锡三家再次出事了。他的另一处房产，位于市府路 27 号住宅在南京陷落时被日军侵占。转眼到了 1938 年 2 月中旬，住在里面的日军已撤出，陶家人入户查看，里面所有的红木家具以及衣箱、瓷器、铜器与一切用品，价值在四五千元，均被抢劫一空，这一切尚不足惜，里面还有陶家的一间供奉老祖宗的乩笔画像及神圣佛像与历代祖宗神位、父母遗像，并道院传授《太乙北极真经》《午集正经》《未集精髓》及各种经典，为其修道以来十六年身心性命所寄托，日日馨香奉祀者，今竟全行被劫。陶锡三"闻之伤心涕泪悲泣，如丧考妣，痛不欲生，正在辞职静养之时，又遭此非常惨痛，病亦加剧"。于是他叩求孙叔荣会长、警务厅王厅长协助稽查，一无所获。唯一的线索是在住宅内发现明信片一枚，上有"中岛本部部队野田之队天野乡三样先生"，这应该是驻扎在陶宅之军队的番号，于是他请"自治委员会"转请日方军政长官代向天野探询是否曾经见过此种佛像等物，或代为收存，索还原物。

陶锡三的报告经过"自治委员会"第十四次会议研究，以公函的形式转给日本顾问松冈，请其转交日本特务机关和日本大使馆，之后多次函催，特务机关小岛来"自治委员会"，当面答复："天野乡三因他案已在押宪兵队，询问陶会长住宅遗失经像事，据供不知，无从查询，并将原函退回。"

这才是"打落门牙和血吞"，陶锡三与虎谋皮，自作自受。"南京自治委员会"会长尚且如此，老百姓的苦难可想而知。

十八、"小泥鳅"夯死了日本兵

在难民收容所待得久了，"小泥鳅"总想回自己的家看看。和父亲商量了几次，倪元廷坚决不允许。 一天晚上，他溜出了收容所，回到自己家中，只见家里的东西全都没有了，地上到处都是破碎的物品，窗外的月光穿过窗棂照在地上，去年中秋节照的"全家福"被扔在地上，镜框已经散了架，玻璃全碎了，里面的照片被踩了泥印，他走过去捡起照片，用手拂去上面的泥土与灰尘，妈妈的笑脸出现了，然而，他再也见不到妈妈了，大滴大滴的泪水涌了出来。这时，他突然听见后院朱家发出一声声凄厉的哭喊声："救命啊——救命呀——"

是朱家大女儿兰萍绝望的呼喊声。

"小泥鳅"从窗户跳了出去，只见一个醉醺醺的日本兵，拽住了朱家十三岁的大女儿兰萍，要强奸她。兰萍是"小泥鳅"的同班同学，朱家的父亲上前阻拦，被日本兵推倒在地，"小泥鳅"原打算离开，平时朱家都认为"小泥鳅"是个缺乏家教的"小纰漏"，从来不愿意搭理他，此时兰萍却大喊"泥鳅救我！""小泥鳅"一下子站起来，但想了想，还是头也不回地走了。兰萍哭喊着、挣扎着被日本兵拖拽进了房间，就在这时，一根木棍猛然夯在日本兵头上，一下子把他打倒在地。日本兵双手抱头，嘴里叽里呱啦地狂喊乱叫，"小泥鳅"慌了，索性一不做二不休，对准日本兵的头"砰砰砰砰"又是几棒子，那家伙的头上红的血、白的脑浆都出来了，不一会儿，就一动不动了。朱老板在一旁吓得腿软手抖，一个劲地道："这可怎么好啊？"“小泥鳅”也瘫坐在地。

　　再说，倪元廷找不到“小泥鳅”，马上又到宵禁的时间，心里非常着急，于是出了收容所便朝自己家的方向寻去，等进了小巷子，拐到自己家，见房门开着，小声叫了声“泥鳅”，没人回答，于是进门，见后窗开着，于是来到窗边，听见后面有哭声，急忙出门，到了朱家，眼前的一幕差点让他吓昏过去。

　　朱老板问：“这可怎么办啊？”

　　倪元廷到底见多识广，说：“我们把这家伙拖到防空洞里去！”

　　于是，几个人用力拖着日本兵的两条腿，合力将其拖到院子里的防空洞里，又找铁锹挖土，将尸体掩埋了。等把一切收拾干净已经午夜12点了。

　　倪元廷让朱老板和兰萍一起回到收容所暂住。这一夜，倪元廷翻来覆去睡不着觉，怎么想都害怕，一个大活人没了，日本人怎么能善罢甘休？大规模搜查一定会发生，如果找到尸体就一定会报复，不但自己和儿子，就连收容所里的难民也都会遭到报复，怎么办呢？三十六计，走为上，拼上命也一定要把儿子送出南京城。

　　第二天天降大雨，上午八点，有难民要冒雨外出，让倪元廷开铁栅栏门，倪元廷道：“雨太大，谁也不能出去，再把铺上的稻草搞潮了，晚上还睡不睡？等雨停了再说。”

　　十点多了，“小泥鳅”还在睡觉，此时来了一队日本兵，冒着雨包围了收容所，在铁栅栏门外用三八大盖的枪托“哐哐哐”砸门，还哇啦哇啦地乱叫。

　　“太君太君，来了来了！”

　　倪元廷急忙出来，从裤袋上解下钥匙，把铁门打开。

　　一个矮个子曹长凶神恶煞地问倪元廷：“昨天晚上十点以后有谁没

回来？"

倪元廷拿出登记簿递过去："请太君过目，昨天晚上没有人出去！"

日本曹长胡乱翻了几页："不老实就杀了你！"

倪元廷指天发誓："我以性命担保，没有一人外出！钥匙就拴在我裤袋上。"

曹长说："我们有名士兵昨天晚上失踪了，你们有没有人看见？"

倪元廷说："没有人看见，再说我们这里晚上九点关门上锁，上午十一点才打开门。老的老小的小也没人敢出门。"

日本兵搜查一番，没发现什么，就悻悻而去。

倪元廷急忙将"小泥鳅"叫到无人处："你要赶快走。"

"我不走！你说我到哪里去？"

"现在有个机会，南京粮食短缺，日本人要求外地难民回籍，我想办法给你搞个难民回乡证，先去句容茅山你外婆家躲躲。"

"那你唻？"

"我就在这块，我这个瘦十儿，怎么可能杀一个身强力壮的日本人？"

"那也行，过一段时间我再回来！"

"回不回来不重要，给老倪家保住一条根才是最重要的！"

父子俩商量好后，倪元廷急急忙忙穿过大方巷14号，来到中山北路105号的"自治委员会"，找到秘书课，说："我叫倪元廷，是大方巷难民收容所负责人，不是号召难民还乡吗，我来带个头，前来领取外来难民回籍登记表，动员他们还乡。"

理由很正当。于是，倪元廷领取了一张"遣送外来难民回籍办法"和二十张登记表，回来后发给收容所的外地难民，让他们填表，等候"自治委员会"按人头发给回籍通行证。

倪元廷给"小泥鳅"填了一张去句容茅山的通行证，交代儿子，出了中华门，顺着京杭国道，先到汤山，再到句容茅山乡，等风声过后再回来。

这时，由于前几天的大雨，日军无法寻找失踪的士兵，现在就在大方巷一带大规模地搜查。很快，那个士兵的尸体就被挖了出来，由于雨水大防空洞里很潮湿，尸体已经肿胀了。

日军大光其火，立即展开大规模搜查。

倪元廷领着儿子还没出大方巷，就发现路口已经被日军封锁，仔细盘查进出大方巷的行人，有几个年轻人已经被抓。倪元廷掩护儿子从四条巷、五条巷转西桥走，自己却被日军抓了。有几个日军就在后面追，"小泥鳅"七拐八绕，来到挹华里，发现两边都有日军围堵，于是便从 15 号后墙跳进了五条巷 5 号李玛利的院子。

正在家中的李玛利听见后墙有动静，出门转到后面，就听见墙对面有日本兵大喊大叫，突然发现墙角下蹲着"小泥鳅"。虽然她与"小泥鳅"有过节，一看这个情况，知道日本兵是来抓"小泥鳅"的，于是立即向他招招手。见"小泥鳅"还在迟疑，李玛利一把抓过他的手，带他回到自己的屋里。就在这时，院门外传来"咚咚咚"的砸门声和叫喊声，李玛利左右环顾，见无处可藏"小泥鳅"，只得一面高喊"来了！"一面指指墙边的壁炉。然后她左手一部《圣经》，右手一面美国国旗就走了出去。

当李玛利打开大门上的小门，几个日本兵冲了进来，李玛利一手举着《圣经》，一手举着星条旗用英语大声说："这里是美国人的住宅，请你们立即出去！"

一位日本军官呵斥住日本兵，对李玛利说："对不起，女士，我们奉命搜查凶手，请配合一下！"接着手一挥，几个日本兵冲进李玛利住宅，一直到楼上，里里外外搜了个遍。李玛利的心都提到了嗓子眼，她紧随日本兵进入客厅，随即从墙上摘下电话听筒，给留守南京的美国大使馆二等秘书艾奇逊（Acheson）打电话。日本军官也担心再次闹出炸沉美舰"帕奈"号的外交事件，只得命令士兵们撤出。

傍晚，李玛利去了大方巷收容所，把"小泥鳅"在她家的消息告诉了倪元廷，倪元廷把一张难民回乡证交给了李玛利。第二天一早，"小泥鳅"就随着大方巷的外籍难民一起，出了中山门。出城门时，他受到严格的搜身与检查回乡证，终于混出了南京城。

因为日本兵是在倪元廷家附近被害的，朱家全家护着七十多岁的老母亲，还提着一只红彤彤的马桶，出逃外地。为什么提一只马桶呢？其实并不是供老人出恭用的，而是这一家人的细软首饰都藏在马桶里，只得提着跑了。

正待日本兵要对大方巷采取更大的报复行动时，突然，在一个露水欲滴的清晨，大方巷路口呈现出一片淡淡的薄雾，随着太阳爬上紫金山头，雾气散去，路口的砖墙上赫然贴着一张署名"第三战区司令长官顾祝同"布告。布告上具体公布了军民合作公约十六则，除饬所属督导官民切实遵照外，通令各战区司令长官暨各地方政府饬属遵行，以利抗战云云。

大方巷伪派出所立即上报伪警察厅。不久，鼓楼等地和市区其他地方空屋空墙上均发现了同样的布告。

这一下引起日本特务机关、警备司令部和伪南京自治委员会、警察局的高度注意，全力以赴抓紧破获"布告"事件，并将日本兵死亡与此事联系到了一起，于是日军的侦查方向开始转移。

那天，"倪半仙"负责的大方巷收容所清汤寡水的大铁锅里，意外地漂着几片久违的南京大萝卜皮，难民们吃在嘴里就像吃人参果一样开心。

到了1938年3月，以大汉奸梁鸿志为首的伪中华民国维新政府成立。4月初，"南京自治委员会"就被任援道的"督办南京市政公署"替代了。

十九、五条巷谍影

1939年6月中旬的一天，瘆人的警笛声从大方巷口传来，七八辆95式挎斗摩托车蜂拥而至，荡起一阵阵尘雾。车队拐进五条巷，来到19号对面的老虎灶，一群全副武装的日本兵闯进老虎灶，将排队打水的居民都包围起来，包括程老板和他的家人，统统被押往大方巷警察所，关押在一间黑屋内，之后被特高课和伪警察逐一带去审问并吊打，哀号和撕心裂肺的惨叫声不绝于耳。这是为什么呢？原来与一桩毒酒案有关。

1937年冬，国民政府跑了，国民党特务机关还在。五条巷19号东头第一幢三层小楼里，就秘密隐藏着军统的一部电台。几名外勤人员化装成小商小贩，不时地出现在19号大院之中。

1939年6月8日凌晨三点整，19号院东面的三楼阁楼上，报务员接收着上海站密电，随着"嘀嘀哒哒"的电键声，几组数字一一出现。等对方传输完毕后，译电员、报务员张云飞摘下耳机，立即下到二楼，从晾台出来，转到另一边的门前，进入另一单元，敲响了军统南京区副区长尚振声的卧室门：

"钱区长急电！"

尚振声，河南罗山人。1923年，毕业于河南留学欧美预备学校第三届英文科，1925年黄埔军校毕业，1933年参加军统工作。1937年4月，军统派钱新民担任南京区长，同时增设副区长一职，由尚振声调任。同年12月南京沦陷后，南京区实行"双线部署"，以便从事潜伏活动，由钱新民带领部分人员住在六合县瓜埠镇，南京城内由尚振声留守。

睡眼惺忪的尚振声拉开台灯，从枕头下面摸出密码本，借着灯光对照翻译，内容如下：日本外务省次长清水留三郎及随从三重等将于 6 月 9 日到访南京。希采取必要的行动。

看了电文后，尚振声顺手拿起床头柜上的洋火，将纸条点着，又从雪茄盒里抽出一支雪茄烟点着，狠狠地抽了两口，之后吩咐译电员："通知南京区城内专员谭文质来联络点开会。"

这天中午，尚振声与谭文质反复研究，最终决定采取投毒的方式来实施此次暗杀计划。南京区迅速成立了以少将区长钱新民遥控指挥、副区长尚振声任组长负责具体落实的行动小组。谭文质提出方案：在下关到鼓楼一带的高层建筑上埋伏人员，采取狙击的方式刺杀清水等人，能起到震慑和打击日伪嚣张气焰的作用。

尚振声摇摇头，予以否定。"万一一击不中，我方狙击手很难逃脱，非但不能完成任务，损失必大。"

很快，决定起用潜伏在南京领事馆内多年的特工詹长麟来执行。

詹长麟，祖籍安徽徽州，1913 年生于南京。1928 年 6 月国民政府警备团扩编为警备旅，俞济时任旅长，兼代中央宪兵司令。詹长麟入伍，由于他初中毕业，人又长得机灵，就给旅长俞济时当勤务兵。1930 年，警备旅扩编为警备司令部，俞济时为中将司令兼第一旅旅长，詹长麟随所部参加了中原大战，后该部改编为第八十八师。1932 年"一·二八"事变爆发，该部参加了淞沪抗战。

淞沪停战后，詹长麟接到母亲病重的消息，经上级批准后回家探视，之后就一直闲赋在家，再没归队。

1934 年 4 月，他父亲的朋友王伯伯的儿子王高科介绍詹长麟到南京鼓楼日本领事馆做事。由于詹长麟正发愁找不到事干，也的确需要钱，于是

詹长麟

想都没想便答应了。

　　应聘很顺利，在总领事须磨弥吉郎的考核下，詹长麟顺利过关，成为领事馆的一名杂役。因为他不懂日文，日本人也不担心情报会泄露，于是让詹长麟负责打扫房间，端茶送水。闲暇之时，詹长麟喜好研究象棋谱。

　　其实，王高科还有一个特殊的身份，即戴笠手下的一名军统特工，詹长麟进入日本领事馆，正是军统布下的一枚棋子。

　　一天，日本总领事须磨午间休息，詹长麟便去鼓楼公园门前看人下棋，有一个陌生人站在他后面，一只手藏在长衫口袋中，一个硬邦邦的物件就顶在詹长麟的后腰上。

　　"先生，请借一步到后面树下说话。"

　　詹长麟只得转到一棵百年古银杏树下。来人自称赵世瑞，是南京警察厅特警科外事组组长，他给了詹长麟两个选择：要么加入复兴社，借着日本领事馆工作人员的身份，收集日本人的情报，监视日本人的行动，为国家为民族效劳；要么就当汉奸，说着便掏出一把勃朗宁手枪，打开保险，递到詹长麟手上："你一枪打死我！"

詹长麟关上保险，把枪又递到赵世瑞手上，说："老兄，都是中国人，不必如此。为国效力，匹夫有责！我给日本人办事，也是为了填饱肚子，有用得着兄弟的地方，尽管吩咐！"这样，詹长麟参加了蓝衣社，以"卧底"的身份，在日本领事馆任劳任怨、卖力地工作。1936年，日本领事馆内人员出现了空缺，借着这个机会，詹长麟又将其胞兄詹长炳也介绍了进来。不久，詹长炳同样也参加了特务组织，但是很长一段时间并没有任何人与他们联系。

1937年12月13日，南京沦陷，日军在城内烧杀抢掠，制造了震惊中外的南京大屠杀。在这场空前的浩劫中，詹家人也未能幸免，有的在这场灾难中丧生，妻子被玷污，辛苦积累的财富，都被日军洗劫一空。

詹长麟几乎崩溃，国仇家恨，恨不得立即杀光日本人，但由于组织的安排，他依旧到日本领事馆做仆役工作，并因此被街坊邻居吐唾沫，还被小孩扔石头，骂"汉奸"。但詹长麟忍辱负重，潜伏在领事馆内，等待时机。

机会终于来了。

经过钱新民同意，尚振声决定起用这枚闲置多年的冷棋子。他派王高科化装成一位下棋的高手，来到日本领事馆对面的鼓楼前摆上棋摊，旁边还放着两包老刀牌香烟，身后的树枝上挂出一个写着"大杀三方"的白布招牌，大声吆喝："红先黑后，红黑任选，摸子走子，落子无悔。"

使馆内的詹长麟看到联络暗号，借中午休息之机，临时请了个短假，出去杀一盘。

王高科的地摊上摆出一个残局，詹长麟瞟了一眼："七星聚会。"

"行啊，来杀一盘？不敢啊？"

"不敢不来！"

詹长麟挤进人群，将两盒香烟拿在手中。王高科说："赢了你再拿走。"

詹长麟一手拿着烟，蹲下身去："十步之内将死你。"

"牛逼筒子，来啊！"

詹长麟拿起红子，王高科执黑子，两人开始厮杀，只听见"啪啪啪啪"五步之间，王高科说："烟收好，慢慢抽，不要呛死你！"

詹长麟拿起烟就走，回头撂了一句："等着收尸吧！"

他刚到使馆门前，日本兵要检查，詹长麟递上一盒香烟："太君，タバコ 的咪西"，然后自己撕开另一盒，用嘴衔出一支点着后便吸，日本兵扬扬手放行，让他回自己的住处休息。回到房中，詹长麟从香烟盒中取出一包军统专门配置好的毒药粉，再将其倒进一只温酒的瓶子中，再倒入半两烧菜用的黄酒，他假装抿了一口，左右看看无人，就将瓶子藏在柜子最里面。

下午，总管来了，说领事要请客，找人去采购酒。

詹长麟主动要求："我去买酒，我知道太君们喜欢喝'老万全'。"

于是，总管派使馆司机开车，叫上两名警察，让他们跟着詹长麟去中华路三山街 119 号一家叫"老万全酒家"买了四坛十年的绍兴老酒。

回来之后，管家叫来厨师等人，将酒坛打开，一坛舀出一小杯，分别倒入温酒的瓶子中，然后吩咐詹长麟拿一个小杯子倒满后，让每人都尝尝，见众人都没事，然后封口，放在仓库中将门锁上。

第二天上午领事馆就忙开了，采购新鲜食材，活鸡、活鱼、大虾和新鲜猪肉，洗的洗、切的切，还有各种酱汤、寿司等日本料理一一准备。这些都有专门的厨子，不许中国人靠近。

直到下午开席前，管家才吩咐将仓库中的黄酒搬出来开封后，再倒进温酒的瓶子中。等到六点的时候，管家吩咐上菜，趁乱，詹长麟迅速将自己放有毒药的温酒瓶拿出来，调换了刚拿来的温酒瓶，将里面的毒药全部倒进了四坛绍兴老酒中。

此次晚宴，总领事崛公一邀请了几乎所有在南京的口军高层和"维新政府"要员出席。日军方面，单单将官就有六人，其中中将二人、少将四人，另外还有大佐若干、中佐及以下若干；"维新政府"方面，则有以当时的"行政院长"梁鸿志为首的高层官员十余人。足见此次晚宴规格之高。

此时，管家高声唤道："上酒——"

詹长麟害怕毒药没有摇匀，因此不敢让他们亲自倒酒，而是将酒一一倒好后，亲自给他们端了上去，之后躲在一旁，偷偷观察周围的情况。

晚上七点，宴会正式开始，日本外务省次长清水端起酒杯致辞，演讲完后，他大呼一声："日本天皇万岁！"之后将杯中的酒一饮而尽。

清水的演讲，正式拉开了宴会的序幕，一时间，宴会厅中"群魔乱舞"，到处都是日伪军狂妄的笑声。他们一杯接着一杯喝光杯中的酒，一点都没有察觉到自己已经大祸临头。

"差不多了！"看到这一幕，詹长麟暗自点点头，之后，跟管事打了声招呼："我肚子疼，要到医院看医生！"说完便跑出了总领事馆，骑上自行车，向着傅厚岗高云岭巷子疾驶而去。在这里，见到了接应自己的哥哥詹长炳。

之后，哥哥带着弟弟拼命地蹬着自行车从玄武门出中央门，一口气骑到燕子矶笆斗山江边，那里，前来接应他们的船已经抵达。詹家兄弟登上船，艄公奋力向着江北划船而去，很快便消失在茫茫雾气之中。

詹长麟离开领事馆大约十分钟后，宴会厅中突然有人大喊："不好，酒中有毒！"

话音刚落，领事馆书记官宫下一头栽倒在地，不省人事。另一名书记官船山也口吐白沫，从椅子上滚了下来。其他的日伪头目全部舌头发麻，腹痛如绞，不约而同地均晕倒在地，顿时秩序大乱。经过医生的检查，确定为食物中毒。

一时之间，领事馆内救护车红灯闪闪，警笛声声，接连不断地将日伪军官送到医院进行救治。日军封锁了鼓楼一带，与此同时，日伪军立刻封锁南京城各个城门，经过一整夜的折腾，到了第二天早上，由于救治及时，当晚赴宴人员大部分都脱离了危险，但还是有两名日方人员不治身亡，这两人分别是领事馆书记官宫下和会计船山，其余的有些已经苏醒，但也有一部分人依然昏迷不醒。

日军反应倒是很快，就在事发当夜，中毒的人被送到医院抢救后，他们意识到这与军统人员有关：军统特工就在他们眼皮子底下投毒，还毒死了两名书记官，这是对他们的莫大侮辱，于是开始着手调查此事。

尽管日军试图遮掩此事，但很快重庆《中央日报》就进行了报道。

事发之后，占领军驻南京当局勃然大怒，开始疯狂地报复。短短一天之内，便逮捕了上千名"可疑分子"，连老万全酒家的老板章桂生也未能幸免，被对方打了个半死。

军统在五条巷的据点也被查抄。原来，詹长麟去日本使馆应聘时，是用的五条巷19号对面老虎灶做铺保，虽在抗战前该老虎灶已转让给一个艾姓人家，但有时詹长麟也会去老虎灶给尚振声送情报。因此，毒酒案发前，钱新民已经将五条巷 19 号联络点转移。日本特高课根据詹长麟铺保线索找到五条巷老虎灶，并查到詹长麟曾经出入对面的 19 号，于是对该院挨家挨户进行搜查，幸亏尚振声早有安排，日军才扑了空，只把老虎灶艾老板作为嫌疑人抓走，毒打一顿。后知道艾老板在几年前才从别人那里接手的生意，这才作罢。

詹长麟兄弟以及家人们在军统交通组长赵希贤的安排下，躲到江北六合乡村的一户人家，得知不少人因此遭难，心如刀绞，于是在尚振声的安排下，写下一封信寄到上海。

信的大概内容是："这件事是我和哥哥詹长炳做的，只是为了报南京沦陷的仇，属于个人行为，与其他任何人和组织都没有关系。且我们已经抵达上海，之后准备前往香港，如果想抓我们，尽管来吧。"

之所以发这封信，有三个目的：一是撇清这件事与军统的关系，二是解救南京的无辜群众，三是迷惑视听，让日军误以为詹家兄弟已经抵达上海。实际上，他们依旧躲在江北的六合乡村中。

收到这封信后，日本特高课果然中计，派遣人马赶往上海，自然一无所获。搜捕无果之下，日方更是气急败坏，一把火将詹家的房子烧了，随即又到处张贴告示，通缉詹家全家，但同样于事无补。

轰动一时的"南京毒酒案"就此落下帷幕。

二十、"小泥鳅"为民报仇

南京沦陷第二年的中秋节，一轮明月银盘般挂在天上，清辉洒在南京城的高楼与瓦舍间。收容所在节前已宣告撤销，大方巷早已失去事变前的人气，阒无一人。

倪元廷形单影只，独自坐在门前的桂花树下，想着去年的中秋，一家三口还其乐融融地坐在桂花树下的小方桌前分吃一块月饼，而今想起死去的妻子和不知生死的儿子，不禁流下辛酸的眼泪。此时，墙角的黑暗中，喵呜喵呜地传来几声猫叫，这声音好熟悉。前几年，邻居家的大狸猫就是这样叫的，他家的倒头儿子经常在外面惹事后，不敢回家，就躲在黑暗里学猫叫，开始还真把夫妻俩唬住了，后来倪元廷知道是儿子所为，也跟着回两句猫叫，"小泥鳅"知道父亲原谅自己了，于是就喵呜喵呜地从床底下钻出来。想到父子俩之间的趣事，倪元廷不知不觉又流下泪来。黑暗中的猫一个劲地喵呜喵呜叫着，惹得倪元廷心烦，顺手抄起根棍子就扔过去，就听见"哎哟"一声："你赖皮，还真打啊！"这分明是儿子的声音。倪元廷呆住了，浑身痉挛，只见从黑暗里出来一个身影，扑进自己的怀中："老头！"

倪元廷生怕是在做梦，醒后儿子再没了影子，死死地抱住儿子："是你吗？泥鳅？"

"爸爸，轻点嘞，箍得骨头疼。不是我是哪个？"

倪元廷搂着儿子，左右看看："快，进房间！"

月光如水，大半年不见，儿子的个儿明显长高了，和自己的身高差不多了。"快说说，你怎么又回来了？"

"我在茅山参加新四军了，是部队派我回来的！"

原来，"小泥鳅"逃出南京城后，辗转来到句容茅山找一个远房亲戚，由于兵荒马乱，亲戚没找到，于是在茅山的道观做了小道士。

1938年6月间，新四军第一支队在陈毅的率领下，到达茅山地区。新四军到处张贴布告："本军奉命东出，誓复国土，深愿与我江南父老昆季共同生死，开展广泛游击战争，予敌打击，影响战局，保卫东南。"于是仇恨日本鬼子的"小泥鳅"，为了给母亲报仇，参加了新四军第一支队第二团第二营六连。

6月中旬，第三战区司令长官顾祝同电令新四军第一支队，限该部于三日内赶到距现地二百余里的京沪铁道线上，破坏敌人的交通。于是，6月28日，六连在镇句公路上的竹子岗伏击日军车队，击毁日军军车六辆，俘获日军特务机关经理官明弦政南，旋又转移徐家边，伏击歼灭前来增援报复的日军二十人。第一次参加战斗的"小泥鳅"就表现得很勇敢，面对嗖嗖飞来的子弹，依然敢往前冲，获得表扬。7月10日第二团第二营在句容县城西北的新塘附近，伏击由南京开来的日军汽车九辆，击毁七辆，毙伤日军四十余人。7月30日，二营攻打附近的高资火车站。当天晚上，六连阻击从龙潭、南京方向来的日军增援部队，经过激战，击毙敌伪十五人。"小泥鳅"都参加了战斗。

1938年秋季，国民政府制订了"袭击南京、保卫武汉"的作战计划。顾祝同将"袭击南京"的战斗任务布置给新四军，陈毅将此项任务交给了二营营长罗维道。罗维道了解到"小泥鳅"是南京人，于是命令他来营部。

"小泥鳅"来了以后，营里派他为侦察员，秘密潜入南京城了解敌情，以便做到知己知彼。于是"小泥鳅"化装成苦力，拉着个板车，从山门混进城，专挑小巷子，转弯抹角地来到大方巷，找到父亲了解情况。

　　"小泥鳅"说："我对大方巷一带地形十分熟悉，预备从 12 号进去，穿过草坪，直接袭击中山北路上的伪督办南京市政公署，因为那里离华中派遣军总司令部不到半里路，可以起到敲山震虎，打击敌人嚣张气焰的作用。"

　　倪元廷说："万万不可。前十来天，有国军特工人员一夜之间，在大方巷口、伪督办公署等墙上贴出第三战区司令长官布告，有军民合作公约十六条。当时占领军宪兵和伪督办公署警察就在全城大清查，抓了不少人，又加强了兵力。你们人多了进不来，少了会落入陷阱，被包围……"

　　"小泥鳅"说："我来时一路见防备很松啊。"

　　倪元廷说："今天，我还去派出所，要求一是加强保甲联防制；二是外松内紧，各区都组成机动部队，一旦发现有情况，立即扑杀。你们的人对南京大街小巷搞不清楚，会吃大亏的。"

　　"那怎么办呢？"

　　"我今天上午在伪督办公署开会，遇见麒麟门的区公所长，他说麒麟门一带正在大修营房，正在为找不到苦力送石灰而头疼呢。"

　　"好，我明天去麒麟门侦察一下，之后把这些情况带回部队报告给首长。"

　　"我在鼓楼区公所给找了十几个人，明天送你们一起过去。"

　　第二天一早，倪元廷给了"小泥鳅"一张帮助麒麟门区公所修营房的证明，千叮咛万嘱咐他要多加小心，千万保护好自己，然后亲自送儿子和一群苦力过了戒备森严的各个关卡，出太平门，穿紫金山小路到达麒麟门办理交接手续，直到傍晚才回到大方巷。

　　通过两天的侦察，"小泥鳅"发现有一群苦力果然在修建营房，大操场上有几十个日本兵在练习刺杀，防备很松懈，连个哨岗都没有。于是在一天下午，他偷偷溜出城，赶回句容茅山，向首长作了汇报。

　　罗营长和各连长认为，日伪守备松懈，这是大好的战机，出其不意，给他一个痛击。

营部迅速开会，制订作战计划。会上决定为保险起见，尽可能避免损失，就对麒麟门外的日军操练场发动袭击。

第二天，罗维道从二营挑了十七个战士，包括"小泥鳅"在内，每人佩带一支驳壳枪、四十发子弹，化装成送石灰的苦力，拉着六辆板车，到了南京紫金山脚下的麒麟门。进了门他们就看见一个大操场上有三十多个日本兵正在训练刺杀。

敌无防备，时机稍纵即逝，罗维道示意战士们动手，他们全体掏出驳壳枪向鬼子开火。三十多个日本兵毫无准备，纷纷中弹，最终全部被击毙，我军无一伤亡。

罗维道带领战士们打扫战场，缴获敌人武器后，迅速乘车撤回到根据地。第二天国民党的报纸和广播就报道了这次战斗胜利的消息，顾祝同为此还奖励给新四军五万块光洋。

二十一、新六军出现在南京街头

1945 年 8 月 10 日，下午六时左右，在重庆的美军司令部无线电广播中传出这样一个声音："日本政府决定无条件投降！"

顿时山城一片沸腾，人们从四面八方涌上街头，欢呼、呐喊、游行、放鞭炮，以庆祝这个振奋人心的消息。南京依旧在日军的控制之中，这里的老百姓仍然不敢欢呼跳跃，他们在等待中国军队的到来，一雪前耻。大家对国民政府和中国军队何时进入南京接管这座城市同样充满了热切期待。

当时的侵华日军认为日本天皇说的是"终战"，而非"投降"，并不承认自己在中国战场被打败。所以在重庆召开的高级军事会议上，美国驻中国战区的魏德迈上将提出："日本人现在的态度十分嚣张，并不认为自己被打败，所以中国派往南京去受降的军队，应该对日军形成一种威慑力量。"

最终经过一番衡量后，蒋介石决定以在湖南芷江负责日军洽降的新六军最为合适。因为新六军曾在缅甸打败过日军精锐的第十八师团，在日军中有着较大的威慑力，而且新六军清一色的美式装备，在武器上也全面超过了当时在南京的日军。

1945 年 8 月 25 日，刚下过小雨的南京，空气格外清新，湛蓝湛蓝的天空，不时有棉絮般的白云飘过，巍峨雄伟的紫金山，沐浴在明媚的阳光下。下午三时许，天空响起隆隆的飞机马达声，一架架美式运输机出现在南京大校场机场的上空，紧接着一串串的降落伞飘浮在蓝天上，地上的无数百姓欢呼着，这是新六军的官兵从天而降。

刚下过雨的草皮和泥地很滑，从天而降的战士落地后都站不稳，一摔就一个屁股蹲，地上到处是摔出的屁股印。

从 9 月 5 日开始，全副美式装备的新六军从芷江登上美军运输机陆续飞往南京。新六军抵达南京的任务便是占领南京，控制住侵华日军总司令部，接收京沪铁路沿线，确保交通线的通畅。当新六军抵达南京机场时便受到了附近群众的热烈欢迎，老百姓们从村庄里涌了出来，向新六军的官兵们递上茶水、玉米和山芋，那种八年沦陷今朝重见天日的喜悦心情溢于言表。面对老百姓的热烈欢迎，新六军的官兵也将自己所携带的美式罐头和香烟送给老百姓，军民融洽，场面感人。

新六军大部队抵达南京的当天，向日军宣布中国军队正式接管，还举行了盛大的入城仪式。当时新六军乘坐美式军用卡车经中华门进入南京市区。中华门在南京保卫战中战斗极为激烈，损毁严重，日军占领八年期间并未修复。当新六军经过弹痕累累，浸透了中国官兵鲜血的中华门时肃穆而立。

进入城内，南京的百姓早已站立在街道两边热切地期盼着中国军队的到来。当时的南京可以说万人空巷，倾城而出，人们争先恐后地站在路边，就想八年后再次一睹中国精锐之师的风采。南京市民将早已准备好的鸡蛋、白酒、馒头等物品送到新六军官兵的手里，欢迎和犒劳这支曾血战日军的威武之师。沿途的店家更是打出了"欢迎国军凯旋"的横幅。

新六军雄赳赳地抵达市中心新街口，受到沿途市民热情的欢迎。自1937年12月13日南京城沦陷于日军铁蹄之下，经过南京大屠杀的残酷的岁月，老百姓稍加反抗，就被认作抗日分子而遭审问、杀害，老百姓的仇恨和眼泪都不敢表现在明面上，真正是"遗民泪尽胡尘里，南望王师又一年"，如今，"王师"回来了，威武雄壮，斗志昂扬，让人看了无比激动、无比自豪。新六军向北，沿中山北路向鼓楼、大方巷、中山北路前进。

此时，正好与一队装满面粉给中国军队的日军卡车不期而遇。中国官兵头顶钢盔，手拿美式枪械，昂首挺胸，迈着整齐的步伐，与日军的垂头丧气，惶惶如丧家之犬形成了鲜明的对比。日本士兵深知自己在南京所犯下的滔天罪行，终日害怕遭到中国军队的报复。

在欢迎新六军入城以后，在中国军队经过的街道上面留下了一层厚厚的鞭炮纸屑。南京市民要用自己的欢呼和鞭炮声洗刷掉这八年的屈辱，释放出心中被压抑太久的期盼，这一天他们等得太久太久了。

在大方巷口，廖耀湘军长遇上了当年米店的朱老板，他能有今日的荣耀，多亏当年朱老板的救命之恩。廖耀湘没有忘记当年的承诺，他把采购军粮的肥差，委托给朱老板，当然朱老板的米店生意也红火了好一阵。

八年的浩劫，与八年的抗日战争，终于艰难地迎来中国的胜利。1945年9月9日，日军侵华总司令部在中央军校大礼堂向中国陆军总司令何应钦递上投降书。

二十二、白鹭洲的艳尸

　　1946 年春，抗战时期迁都重庆八年的国民政府，决定在当年的 5 月 5 日"还都"南京。还都前夕，为了保证国民政府顺利平安地完成"还都"，南京城的宪兵、警察加强了治安管理工作，严防各类刑事案件和政治案件的出现……

　　4 月 10 日，注定夫子庙旁白鹭洲公园的清晨不宁静了，在水边，一位年轻的姑娘倒在地上。死者容颜实在太美了，让人看后无不惋惜和摇头，这么漂亮、年轻的女子究竟为什么死了呢？是自杀？还是谋杀？奇怪的是死者脸上丝毫没有惊恐、害怕的神情，反而洋溢着一缕幸福和快乐的神情。她仰面朝天地躺在那里，一只胳膊在头的旁边，另一只胳膊在腰间，双腿略微弯曲，好像在跳一支华尔兹……只是左边的太阳穴上有一个烧焦的黑洞，而右边的太阳穴血肉模糊，一股黑色的血液从那里流出，污血和着泥土，已经凝聚成一块深褐色。

　　从死者的穿戴来看，显然她出自一个殷实之家，乌黑的烫着大波浪卷的秀发，遮盖着死者的耳朵，耳垂上有水晶耳环，手腕上戴着小金表，外面穿着红色薄呢大衣，里面是剪裁合体的阴丹士兰的旗袍，一双颀长的美腿上穿着正宗美国货的玻璃丝袜。一只米黄色高跟鞋脱落了，另一只还穿在脚上。

　　一位清晨出门卖菜的菜农向附近的大石坝街警察所报了案。值班的警察只是问了一下情况，作了简单的登记，说："等八点上班后我向王所长汇报。"当即有围观者向附近的报馆打电话，通报白鹭洲出了艳尸，不少新闻记者赶往事发现场。

白鹭洲位于南京城东南隅，是一个四面环水的湖心岛，岛屿上面多柳树，风景如画。这里原是明朝开国元勋中山王徐达家族的别业，故称为徐太傅园或徐中山园。明武宗正德皇帝南巡时，曾慕名到该园赏景钓鱼。入清以后，因不断受到战火与人为的破坏，以致景物凋零，园林萧瑟，一代名园已成遗址。民国期间，南京特别市政府于1929年将该处建为"白鹭洲公园"，种植了大片荷花，每到夏秋时节，荷花映日，清香扑鼻，引得青年男女、遗老遗少来此游玩嬉戏，赏荷观菊。到了抗日战争时期，南京沦陷，白鹭洲公园成为一片废墟。日本投降以后，这里依旧无人整理修葺，水面上漂浮着树叶和浮萍，岸边是瑟瑟的水草和芦苇，每到夜晚，草虫唧唧，成为人迹罕至的偏僻场所，胆小者根本不敢光顾。

大石坝街警察所的王所长八点到所，得知辖区内发生命案，立即派出两名片警前往保护现场，并亲自与侦缉队第二分队的贾队长联系，让他带着人去勘查。

就在贾队长和探员鲁俊赶到白鹭洲莲子营八号的菜地时，白鹭洲发生艳尸案的消息已经传遍全城。那年头的小报馆记者为抢新闻实在太厉害了，就在九点前后，就有报童挥舞着手中的报纸，满大街奔跑吆喝着："看报看报，白鹭洲发生艳尸命案，有漂亮小姐死于非命……"

贾队长搜索着死者的红呢子大衣的口袋，一条洒有香水的绣花手绢，一只精细的小牛皮皮夹子，打开一看，里面有法币一百块，还有一个折成纸燕形的纸条，他小心翼翼打开一看，这张笔记本上撕下来的纸条上写着：

戴小姐：

今接到兰萍电话，请你今午后到三茅宫去，并希望将丸药带去，有事面谈，勿误！

朱克明

三茅宫在王府大街附近，是三间道士庵，不知何年建成，幸免于日军战火，香火颇盛。

贾队长掏出笔记本，将纸条仔细放进里面，再合上笔记本，大声命令："大家好好找找，周围还有没有证据和线索。"

队员们作扇形分开，瞪大眼睛寻找着，果然，一位片警在离尸体四米左右的泥土中发现了一颗空弹壳。贾队长接过来："这是一枚四号勃朗宁手枪的弹壳，再找找，或许还有发现。"

几名探员脱了鞋袜，踩进冰冷的湖水里，在水里摸索起来。什么都没发现，正当一名探员在往岸上走的当口，右脚底板突然被硬物件硌了一下，他急忙弯腰用手去摸，一把勃朗宁手枪带着泥水被抠了出来。

贾队长高兴地说："好！回去领赏，去找一辆板车把尸体运到局里。"

这时，《中央日报》的记者徐佳士已闻讯赶来，他掏出本子和笔，对侦缉队员问："这里谁负责？我是《中央日报》记者，我想采访一下，这具美丽的女尸是什么时候死在这里的，是什么时候被发现的？"

贾队长以讥讽的口吻说："《中央日报》不够灵通啊，小报上已经有消息了。"

徐佳士说："我主要想了解一些内幕消息，请帮帮忙！"

贾队长说："我是负责这起命案的侦缉队贾队长，这具女尸是早晨六点左右被一个卖菜的发现的。根据尸体的变化判断，死亡时间大约在昨天晚上十点。"

徐记者问："晚上十点？应该是一个很安静的环境，周围有没有居民听见枪声呢？"

一句话提醒了贾队长，十点左右他和兄弟们正在这一带巡逻，怎么会听不见枪声呢？

他摇摇头："没有居民反映有枪声，我们也没有听到……"

"那这个女人是他杀还是自杀？"徐记者又追问道。

"可以肯定不是自杀！"贾队长肯定地回答。"你看，子弹是从左太阳穴打进去，右太阳穴出来的。普通人不会用左手开枪的！"贾队长接着说："肯定也不是谋财害命，金饰和衣服没有被动过的痕迹就是证明！"

当天下午发行的晚报上就刊登出大石坝街警察所的"认尸启事"。

领尸启事已登出一天了，却没有家属来认领尸体。难道这名被害的女子不是南京本地人？但她钱包里的字条又怎么解释呢？

贾队长发现尸体腹部有些异样，便将其送到南京地方法院的验尸官处去验尸。不验则已，一验还真发现了新的问题。

验尸官命人脱光了女尸的衣服，将其赤裸地放在验尸台上，验尸官除了认真检查了女尸太阳穴上的伤口外，再检查全身，死者皮肤白皙，乳房高耸，发育良好。

他对身边的助手说："这具女尸已经不是处女了。"

助手一边作记录，一边问："何以见得呢？"

验尸官用戴着橡皮手套的手指着女尸说："死者乳头突出，呈现紫色，这不是未孕姑娘的乳房，显然她有身孕。"

他又用手指按着女尸微微隆起的小腹："你看，死者的小腹微涨而坚挺，里面显然有东西，这是有孕的表现，她肚子里的这个孩子起码有四个月了。"

助手说："这起案件有可能是情杀！"

验尸官点头："死者既未婚而有孕，极可能属于情杀。这个女人是否真的怀孕，还须解剖才能确定。但是，能不能解剖还须她的家人同意。"

贾队长请示王所长怎么办。王所长说："反正也验过尸了，再等一天，不行就把她掩埋在中华门外的坟场吧！"

二十三、死者家住大方巷

4月13日清晨，派出所门前来了一位眉清目秀、身材高挑、身穿灰花格西装、二八分头、油头粉面的小K模样的年轻人，进了警察所就说："我叫朱克明，是来领堂妹朱兰萍的尸体的。"

王所长问："你怎么就知道死者是你的堂妹呢？"

朱克明从西装的左边口袋里掏出一张报纸，指着下角的一则启事说："这是我堂妹失踪第二天，我在报上刊登的寻找'兰萍'的寻人启事。"他又掏出右边口袋中的另一张报纸："这是你们登载的认尸启事，两下对照着看，那不就证明女尸就是我的堂妹吗？我现在就把尸体领走。"

王所长说："忙什么，还要办手续呢！"

贾队长说："死者怀了孩子，家属是否同意解剖？"

朱克明急忙说："不行不行，死了要个全尸，再说天也热了，再摆尸体腐臭了。"

王所长："你能代表家属的意见吗？"

朱克明："当然能，我已经和鼓楼的大中殡仪馆联系好了，一会儿他们就来车将尸体移殡。快办手续吧。"

贾队长突然问道："你叫什么名字？家住哪里？和死者是什么关系？"

青年男子反问："我没说吗？我叫朱克明，家住中山北路新安旅馆，就在外交部对面。我父亲是旅馆的老板，我是死者的堂兄。"

"朱克明？"贾队长突然想起死者留下的字条，那上面的签名不正是朱克明吗？看来，这个家伙与此案有关。

贾队长问："你的堂妹是什么时候离开家的？"

朱克明说："兰萍是4月9日下午离开家的，她家就住大方巷，离我家几步路。我二叔二婶以为兰萍住在我家，以前兰萍就常住在我家，也没找她。等到第二天中午她还未回去，二婶来我家找人，我们才知道兰萍失踪了，当天下午我们就在大方巷警察所报了案，所里也派出警察、侦缉队在下关、山西路、鼓楼一带进行寻找，我们还在《南京晚报》上刊登了寻人启事。"

贾队长突然问："戴小姐是谁？"

朱克明说："戴小姐叫戴章兴，是家妹的中学同学，又是闺中密友，两人经常来往的。"

"戴小姐住在哪里？"

"住在鼓楼马台街18号。"

贾队长打开案卷，从里面拿出朱克明写给戴小姐的字条，放在朱克明面前："这是你写的吧？"

朱克明说："不错，是我写的，是兰萍打电话给我，让我帮她约戴小姐出来见面的。诶，你们是从哪里得到这张字条的？"

贾队长："这是在死者皮夹子里找到的。"

朱克明："那一定是她和戴小姐见面后，戴小姐给她的。"

"是你亲自送给戴小姐的吗？"

"不是，我托茶房送去的。"

"为什么？"

"那天我害眼，出不得门。另外，戴小姐有个男朋友，是个军人，喜欢吃醋，见有男的去找戴小姐，动不动就露出腰里的勃朗宁手枪，我是不敢惹他的。"

贾队长拿出那把勃朗宁："是这把吗？"

朱克明拿过来，翻来覆去看着："对！就是这把，枪号 629。"

贾队长："你怎么这么清楚？"

朱克明："我央求戴小姐从她男朋友手里借过来玩了几天，当然熟悉。"

"你说的线索很重要，我们会调查的。"贾队长突然问："朱兰萍出事的那天你们见过面吗？"

朱克明眼中露出一丝惊慌，随即又镇定下来："没、没有。我那天眼睛有毛病，哪里也没有去。"

贾队长："朱兰萍家人是否知道女儿出事了？"

朱克明："已经知道了，我有我二叔出具的委托书。"

贾队长对探员鲁俊说："给他办领尸手续。"

朱克明在领尸的单子下角龙飞凤舞般写下了"朱克明"三个字。

贾队长说："朱克明先生，等你把尸体移送大中殡仪馆之后，请到我这里再来一趟，我有话要问你。"

朱克明稍稍一愣，随即恢复了常态，说："好的。我一定来！"

随即，贾队长去了马台街，找到了戴小姐戴章兴的家。戴家只有母女二人。戴小姐已经得知好友朱兰萍的死，见调查人员上门，显得很紧张。

贾队长看出了戴章兴的惊恐，安慰说："你不要害怕，我只是了解几个问题。你和朱兰萍的关系平时不错，她最近找过你吗？"

戴章兴说："在她出事前一个星期，兰萍曾来我家，没说几句话，当时天已经下雨，她非要去朱克明家。我说下雨了，你有什么要紧事找他？"

贾队长："她怎么说？"

戴章兴："她说有要紧事相商，不能告诉我。还从我房间的五斗橱上将'月月红'拿去了。"

"月月红……这是治什么病的？"贾队长问。

"好像是治胃病的……"

"治胃病的？没听说过啊！"

贾队长觉得戴小姐一定隐瞒了什么，于是掏出自己的名片交给戴小姐："想起什么给我打电话。另外，最近不要离开南京，我随时可能来找你！"

贾队长出了门，来到鼓楼附近的同仁堂药店。进了店门之后，有伙计热情地迎上来："先生，需要点什么？"

贾队长："'月月红'，有吗？"

"先生，请问多大岁数的人用？"

"我自己用。"

经理急忙过来："先生，您知道'月月红'是治什么病的吗？"

贾队长拿出自己的警官证："这是我的派司。我来了解情况，是为了一桩案子。'月月红'是治胃病的吗？"

经理客气地说："先生，您搞错了。这是妇女专门用的药，女人身上不来月经或月经紊乱，吃了'月月红'以后，就可以来月经！"

贾队长："原来如此。这种药是随便可以卖的吗？"

经理摇头："不行，必须有正规医院或有名大夫的药方，否则不卖！"

贾队长点头："除了你们同仁堂外，还有别的药房卖'月月红'吗？"

"没有，只有我们同仁堂卖，我们是老字号，这味药是我们自己研制的，'月月红'的名字是我们起的，属于我们的专利。"

贾队长："照你这么说，你们卖的'月月红'都有登记？"

经理："当然有，"他吩咐伙计，"去把登记簿拿来，请队长过目！"

伙计赶忙拿来登记簿，贾队长接过来翻看着，在3月15日购买"月月红"的人名里发现了"朱克明"的名字。

出了同仁堂，贾队长返回马台街，快到戴章兴家门口时，只见戴小姐坐着黄包车迎面而来，踏板上还放着一只皮箱。

贾队长拦下车，问："戴小姐，你这是上哪里？"

戴章兴脸一红："我想去舅舅家……"

贾队长对车夫说："警察办案，将车直接拉到大石坝街侦缉队！"

回到大石坝街，贾队长立即将戴章兴带到审讯室。

贾队长生气地拍着桌子："戴章兴，你三番五次对我说假话，我要拘留你！"

戴章兴吓哭了："贾队长，饶了我这一次，我再也不敢瞎讲了，你问吧，我知道什么就说什么……"

贾队长："你一开始就知道'月月红'是治月经的，你也应该知道朱兰萍怀孕了，为什么不说实话？"

戴章兴："我这是替人保密，兰萍不让我说她怀孕的事。"

贾队长："他们兄妹关系应该是很好的，为什么见面还要通过你传递纸条呢？"

戴小姐："是啊，他们关系是很好，原来是不需要我这个中间人的，最近两人不知道为什么闹了别扭，兰萍不理他。那天朱克明送'月月红'来，非让我给兰萍送去！"

贾队长："'月月红'是朱兰萍自己用，还是给别人找的？"

戴小姐："我不知道，我问过兰萍，她没有说……"

贾队长拉开公文包，拿出字条："朱兰萍被害的那天中午，你是不是见过这张字条？"

戴章兴接过字条念了一遍："戴小姐，今接到兰萍电话，请你今午后到三茅宫去，并希望将丸药带去，有事面谈，勿误……我没有见过这张字条，我那天中午和我妈去二郎庙新光影剧院看电影了，美国片《出水芙蓉》，对了，我这有票根。"

贾队长接过票根，上面的时间是 10 日下午 13 点 30 分。

"这个票根可以让我用用吗？"

戴小姐叮嘱一句："请用完后还给我，我是收藏电影票的。"

贾队长说："没问题！"

戴小姐又问："这个字条是在哪里找到的？"

"这是朱兰萍死后在她身上发现的。"

戴小姐想了想："我知道了，这有可能是朱克明为了约兰萍出来，找人送去的。"

"好了，戴小姐，以后有事我再找你，这是我的名片，想起什么给我打电话。"

为了证明戴小姐说的都是真的，贾队长让探员鲁俊带着票根，去了延龄巷口的二郎庙新光影剧院，据服务员回忆，演《出水芙蓉》的那天，坐在二排3号和5号座位上的是一位小姐和一位青年军官。

"这么多人看电影，你敢肯定吗？"

"笃定！因为他们来晚了，是我打着手电筒帮他们找的座位。"

那么，戴小姐为什么要隐瞒青年军人呢？这把手枪与青年军官有无关系呢？这个年轻的军人会不会与这场杀人案有关联呢？

侦缉队贾队长知道自己又上了戴小姐的当，她根本没和她妈一起去看电影，而是和一个青年军官去的。这是一条线索，于是，贾队长在本子上记下"青年军官"，在下面画了两道杠。

二十四、疑犯家在大方巷

贾队长再次传讯了戴小姐，拿出了两张电影票票根，开门见山地问："戴小姐，和你一起看电影的那个青年军官叫什么？是哪个部队的？"

戴章兴脸一红："他是我的男朋友，叫林昆福，陆军第一五一师的军需官。"

贾队长："怎么认识的？"

戴章兴："兰萍介绍的。"

贾队长："朱兰萍怎么会认识林昆福的？"

戴章兴："他的部队在广东，是专门来南京定制美式军服的，就住在大方巷口的新安旅社。"

贾队长说："不对啊，他应该住在部队招待所。"

戴章兴解释："部队招待所两人一个房间，他到新安住的是单间，而且离被服厂近。他在新安旅社就遇见朱兰萍，一下子被迷住了，狂追不舍，开始兰萍有点动心，后来被朱克明知道了，两人大闹，于是兰萍没得办法，就把林昆福介绍给我。"

贾队长："这就对了，一定是你的男朋友和你合伙谋杀了朱兰萍！"

戴小姐急了："你不要信口开河，绝对没有这样的事！"

贾队长："你约朱兰萍见面后，你的男朋友用枪打死了朱兰萍，之后连夜逃跑。"

戴章兴："好玩了，我男朋友为什么要打死朱兰萍？"

贾队长："原因很简单，因为，她怀了你男朋友的孩子！"

戴章兴愤怒地叫起来："你有什么证据？"

贾队长拉开抽屉，从里面拿出一支手枪，放到戴小姐面前。

贾队长说："这就是打死朱兰萍的那支手枪，就是你男友的！"

戴小姐急忙否认："不！不是他的枪。这是一把四号勃朗宁手枪，是袖珍型（Pocket Model）自动手枪，仅供防身用的。"

"那你男朋友的枪是什么样的？"

"我男朋友是军官，他用的是美式左轮手枪。"

贾队长点头："戴小姐，你一个女流，看来你对枪很内行嘛。"

戴章兴说："我男朋友是军人，随身带着枪，我也跟着玩玩，多多少少懂一点嘛！"

贾队长："那你玩给我看看！"贾队长把枪推到了戴小姐面前。戴小姐拿起枪，熟练地举枪瞄准，又做了个击发动作，接着几下就把那把枪拆解开来，之后又熟练地拼装在一起。

贾队长："看来，你也玩过这把枪？"

戴小姐说："这是朱克明的枪，去年他在下关八字山伪海军总司令部旁边的海军学校上学时，从一个军官手上买的。伪政府垮台后，他就把枪藏在我家里。我几个同学都见过，不信你可以调查。"

贾队长问："那好吧，你男友林昆福在哪里？我和他谈谈。"

戴章兴："走了，10 号我和他看完电影后，他就坐九点半的夜车去了上海，这会儿估计已经在前往广东的海轮上了。"

贾队长："这么巧？朱兰萍出事的那天晚上他就走了？"

戴章兴："对呀，看完电影我们一起去'六华春'吃的饭，晚上九点半的火车，我把他送上车才回家的。"

贾队长问："那你为什么说是和你妈一起去看的电影？"

戴章兴说："我知道兰萍死了，就怕把我男朋友牵进这场官司中来。"

贾队长问："那你为什么说假话？既然你和男朋友去看电影，为什么说和你妈一起去的？"

戴小姐："我妈不同意我们的关系，一五一师在广东，我男友家是台湾南投的，怕我跟了他去台湾，所以我才说谎，怕让我妈知道……"

第二天上午，贾队长和探员鲁俊前往中山北路大方巷口的新安旅社。

一个五十来岁的茶房迎了出来："二位，你们住店吗？"

贾队长掏出名片，说："这是我的名片，去把你们老板和少爷叫出来。"

茶房说："好好！我这就去，二位稍待。"

　　贾队长在旅社里溜达，仔细地打量新安旅社。店面不大，有客房五十多间，分上下两层。从大门往里去，走道有一米多宽，两边是一间一间的客房，走道尽头，右手是一座楼梯，楼梯下有一小屋，是茶房的住处。楼梯转弯上去，二楼还是客房。后面是一座天井，左侧是老虎灶，大铁锅内终日是滚开的水，供住店的客人使用。过了天井就是后宅，还是两层楼房，就是店主和家人的下榻之处。

　　朱秉礼、朱克明父子听说贾队长来了，急忙迎了出去，朱秉礼说："您就是贾队长？我是新安旅社的老板朱秉礼。"

　　贾队长："我就开门见山，来这儿的目的主要是为了调查朱兰萍被害案件，希望你们配合。朱老板，我问话，请你回答就行了。4月10日晚上，朱克明都干了什么？什么时候回来的？"

　　朱克明插嘴："那天我害眼，就在家哪也没去！"

　　朱秉礼说："对对！那几天，我家克明害眼睛，足不出户，哪也没有去。"

　　"在家干什么？"

　　朱克明说："陪我奶奶吃茶聊天。"

　　贾队长对朱克明："没问你，闭嘴！"

　　朱秉礼："贾队长，你不要嫌我韶，我多说两句，我们朱家到我这一辈就我兄弟二人，我是老大朱秉礼，还有个兄弟朱秉义，也就是朱兰萍的父亲。我家老母亲还健在，10号那天晚上，我家祖孙三代，一家人都在嗑瓜子、瞎吹牛。"

　　"你说的属实？"

　　"不信你可以问我家茶房，老太太平时住老二家，那天就是他去接的老太太。"

　　茶房上前："是是是，老板说的都是实话，是我去接的老太太。"

　　贾队长："老太太今年高寿啦？现在哪里？"

朱秉礼说："八十三了，就在后面楼上，我现在就上楼把老太太请下来，你可以再问问她！"他又特地交代茶房："老王，你在我家七八年，什么不晓得？你好好照顾二位，该倒水倒水，别漏到桌上和地上。"

茶房点头："我晓得！不会的。"

贾队长问茶房："你叫什么？"

"小人叫王明干！"

"什么地方人？"

"四川成都。"

"何时候到南京来的？"

"我二十岁到南京，一直在夫子庙讨生活。"

"你和朱老板一家都熟吗？"

"咋能不熟呢？民国二十六年，南京沦陷后，无处落脚，在大街上给人擦皮鞋，后来朱老板收留了我，就留在新安旅社。"

"你和朱家老太太也熟吗？"

"也熟，朱家老太太一直跟着二老爷生活。10 号晚上，是我把老太太从二老爷家接来的。"

这时，朱秉礼父子扶着白发苍苍的老母亲从后楼下来。老太太裹小脚，颤颤巍巍的，一边走一边哭喊着："我命苦啊，十八岁嫁到朱家，二十岁男人就死了，留下两个娃儿，我屎一把尿一把好容易把娃儿拉扯大，成家立业，老大生了个男娃，老二是个女娃，我就盼着孙儿孙女能早早给我生第三代，没想到孙女死了，孙子被人怀疑，这叫我怎么活啊……"

贾队长解释："老太，请不要激动，我们只是了解一下情况，并没有怀疑你家孙子与此案件有关……"

老太太呼天抢地："我家孙子可怜了啊——白白遭冤枉，是哪个天打五雷轰的坏良心，我家孙子是清白的，奶奶给你作证，不行我这条老命就不要了——"

　　老太太一哭一闹，直接躺到地上打起滚，还想用头去撞板凳，眼看要出人命，吃瓜群众都围在旅社门口，乱发议论，有的摇头，纷纷指责贾队长不应如此对待老人家。

　　贾队长只得对朱秉礼说："你要对你儿子朱克明出具甘结，保证他不得离开家，随时接受警方传唤。"

　　朱秉礼立即说："好好好，我出具甘结，如果克明离开旅社，我负法律责任。"

　　朱克明说："贾队长，我下午去大中殡仪馆一趟，然后随时听候你们侦缉队召唤，接受调查。"

　　天近晌午，贾队长和鲁俊已经饥肠辘辘，两人走上大街，往南不远，路旁的一家匾额上写着"四姑娘饭馆"，就走了进去。

　　老板娘年近三十岁，姓周，见来了客人，热情地迎了上来："二位先生想吃点什么？"

　　贾队长说："简单一点，炒两个菜，再零拷半斤老酒，越快越好！"

　　"好嘞，一份芦蒿香干肉丝，一份洋葱炒鸡蛋，再来碗菊花涝汤吧！"老板娘拿过茶壶倒茶。

　　"你们出来办案不容易！"

　　贾队长问："老板娘，你怎么知道我们是办案的？"

　　老板娘："你们在那边办案，我路过时看见了。"

　　贾队长问："那家少爷人品如何？"

　　老板娘："不是正经人！"

　　贾队长若有所思地点点头："哦，朱克明和他堂妹关系如何？"

　　老板娘撇撇嘴："不正常，我估计他堂妹的死八成和他有关！"

　　贾队长放下筷子："何以见得啊？"

　　老板娘说："朱兰萍出事的那天下午，我在北极阁下碰见他俩，女的嘬个嘴在生气，男的一个劲地哄。朱克明见到我以后，急忙和他堂妹分开，说自己无事上街逛逛。”

"朱克明和朱兰萍都穿着什么颜色的衣服？"

"朱克明穿着藏青色的西装，他表妹穿的是一件红颜色呢子大衣。"

贾队长吩咐鲁俊："你就在这里监视朱克明，如果发现他想逃跑，就立即逮捕他！"

这天下午，朱克明一袭灰长袍，脚穿布鞋，坐黄包车去了湖北路与中山北路路口的大中殡仪馆。鲁俊跟踪至大中殡仪馆，在停尸房前，发现朱克明与一位五十多岁的人在打招呼，称呼对方"二叔"，并低三下四地说着什么，而那个被称为"二叔"的人对其非常厌恶，头一扭，说："我没有你这个侄子！"转身径直而去。

鲁俊心想：这就是朱兰萍的父亲朱秉义了，于是跟了过去，将自己的名片递上，说："我是负责朱兰萍案子的探员鲁俊，你为什么不理你的侄子朱克明啊？"

朱秉义气呼呼地说："他是个畜生，我没有这个侄子！"

鲁俊："能和我谈谈吗？"

朱秉义摇着头，长叹一口气："家丑不可外扬。"

鲁俊："朱先生，你的女儿那么年轻，又是那么漂亮，养到十八岁，应该说是你的掌上明珠，就这样被人害死了，你就眼睁睁地让女儿惨死，不想让凶手绳之以法吗？"

朱秉义眼泪流了下来："我何尝不想啊。我恨不得将他碎尸万段啊……"

鲁俊问："这是什么时候发生的事？"

朱秉义哭着说："应该是今年1月份，我老母亲过八十三岁生日那天，我们全家都去大哥家与老母做寿，我们都喝多了，兰萍在二楼睡了，就在那天晚上，兰萍被那个畜生给糟蹋了。"

鲁俊说："你是怎么知道的？"

朱秉义："兰萍后来发现自己怀孕了，我和她妈问她，是兰萍亲口说的。"

鲁俊："但是，你老母亲作证，那天晚上朱克明、朱兰萍都打了一夜的牌啊。"

朱秉义摇着头："我们朱家兄弟二人就朱克明这一个男丁，老太太有她的主张，做儿子的又能说什么？我是实在心不甘啊。"

鲁俊："朱先生，我明白你的心思，王子犯法与庶民同罪，不让杀害你女儿的凶手逍遥法外，是我们的职责所在。"

朱秉义开始犹豫。这时鲁俊一回头，发现朱克明消失了。

鲁俊立即借殡仪馆的电话，与中山码头、下关车站和中华门各火车站派出所联系，要求他们加强监视，防止朱克明逃跑，然后向贾队长汇报。

贾队长在电话中吩咐："中山码头晚上八点有一班船，十点有一班船，估计朱克明等不到那时候，他极有可能坐下午五点的快车去上海，你先去下关车站。"

当鲁俊赶到下关车站时，果然，就在进站口排队的人群中，截住了朱克明。鲁俊调侃着："朱少爷，你这是要去哪儿啊？"

朱克明有点沉不住气了："我有个同学在上海，明晚结婚，我参加过婚礼就回来……"

鲁俊说："朱少爷，你有过甘结，不得离开南京，对不住了，请你跟我去侦缉队协助调查。"

朱克明色厉内荏："办案是你们侦缉队的责任，找不到凶手我们家属要告你们，你敢对我怎样？"

鲁俊收敛起笑容："少说废话，不然对你不客气！"

朱克明要横："你敢拿本少爷怎么样？"

鲁俊上去抓住朱克明的胳膊，往后一拧，再往上一抬，朱克明立即"哎哟哎哟"地叫起来。"我的胳膊要断了……"

鲁俊瞪起了眼："给脸不要脸，你走不走？！"

"我走！我走！"朱克明哀求着。

鲁俊放开手："给我老实点！"说完，他掏出手铐，一头铐在朱克明的右手腕上，另一头铐在自己的左手腕上，拦了一辆出租车，二人坐进去。

等他们回到警察所，天已经黑了，贾队长的办公室还亮着灯。一进门，鲁俊就说："这家伙想跑，我在下关车站把他截了回来！"

朱克明叫了起来："你们凭什么乱抓人？凭什么怀疑我是凶手？有什么证据！否则我要控告你们？"

贾队长平静地说："我们只是请朱先生来协助调查案件，没有别的意思，这是上午咱们说好的，你为什么要逃跑呢？"

朱克明态度强硬起来："既然我不是疑犯，你没有权力限制我的人身自由！我去上海是参加同学的结婚典礼的，后天回来，为什么不行？"

贾队长话题一转："听朱先生的意思，对法律很熟悉？"

朱克明吹嘘道："当然，我在中央大学法律系上过学，念过民法和刑事法，你们这是违法，我要找律师，让你们吃个了兜着走！"

贾队长："好啊，请不请是你的权力！"

朱克明："你们侦缉队也太不像话了，抓捕不到真正的凶手，竟然怀疑我杀害了堂妹。我和兰萍自幼一起长大，兄妹感情很好！再说，我一介书生，如何有枪？如何会开枪？"

贾队长拉开抽屉，拿出一张纸："你的情况，我已经从大方巷警察所户籍科抄来了。我读给你听听：朱克明，南京市人，生于民国十六年十月初三，家住南京大方巷 32 号，父朱秉礼，商人，在中山北路开设新安旅社；母朱陈氏。朱克明曾在上海高昌庙伪海军学校学习海军，后在伪中大法律系学习，因违反校规，屡教不改，被学校劝退……"

朱克明不服气地反问："我违反伪校的校规怎么啦？"

贾队长突然又转话题："你在伪海军学校学过打枪，你为何不承认呢？"

朱克明一惊，额头上泛起了汗珠，他掏出手绢擦擦汗，掩饰着："那是几年前的事了，我已经忘了如何打枪，再说我哪来的枪？我哪来的枪……"

"那要问你自己。至于你有没有枪，我们会调查清楚的。"

朱克明的脸色白了，哀求着："贾队长，我脑子很乱，很多事情需要梳理一下，我以人格保证，不再离开南京，随时听候你的传唤，你能让我回家住吗？我情愿交保金！"他从口袋中掏出一沓子法币，递到贾队长面前。

贾队长推开他的手说："在案件未水落石出之前，多少保金也没有用，你哪儿也不能去！"

冷月窥窗，朱克明辗转反侧，一夜无眠。

接下来的案情如何发展？这起轰动社会的艳尸案，朱克明已经是板上钉钉的凶手，接下来将如何进一步送交南京地方法院检查处审理呢？

二十五、堂兄奸杀堂妹

侦缉队通过几天的调查走访，锁定了杀害朱兰萍的疑犯就是其堂兄朱克明，于是准备将调查的所有证据交南京地方法院检查处，移交法庭审判。至于这个案件如何审判，能不能将凶手绳之以法呢？

4月15日上午，贾队长带着探员，押着朱克明去了白鹭洲莲子营8号案发地。朱克明表现得异常镇定，矢口否认来过这里，并说对城南一带根本不熟悉。但是，到了凶杀现场时，他站在朱兰萍被害的地点之外，就是不肯往跟前去。贾队长事先吩咐手下把朱兰萍的那件红色的呢子大衣铺在地上，当他们穿过菜地，到达水边时，突然间朱克明瞥见了那件红呢子大衣，在阳光的照射下，像一摊红色的血，当时朱克明脸色发白，浑身颤抖，虚脱得要倒下。鲁俊一把抓着他的胳膊，将他半拖半拽，拉到路上。一名小报记者凑过去："请问贾队长，你们拘留了朱克明吗？"

贾队长："他需要协助调查此案，却违反不离开南京的甘结，擅自前往上海，不得已我们拘留了他。"

记者："贾队长，我可以理解为朱克明是本案的疑犯吗？这是一起兄杀妹的风流案件吗？"

贾队长："他只是疑犯，是不是兄杀妹还需作进一步的调查。"

小报记者飞快地用笔记录着，接着，他又问朱克明："朱先生，你此刻站在这里，看着令妹被害的现场，心里作何感想？"

朱克明掏出白手绢擦泪，激动地问："如果是你家亲人被杀，你会作何感想？我是被冤枉的，我和兰萍从小一起长大，感情非常深，兰萍的死，让我悲痛欲绝，没想到侦缉队抓不到凶手，拿我当替罪羊，天理何在？良心何在？"说着便号啕大哭起来。这样一来，一群吃瓜群众七嘴八舌，有个老太用围裙擦着眼泪："这娃儿可怜！"

这时，人群中出现了戏剧性的一幕，一个黄包车车夫突然走到贾队长面前说："我知道凶手是谁，说了可有赏钱？"

贾队长点头："只要你不瞎说，赏钱少不了你的，法币一百块！"

就在车夫出现时，朱克明显得很紧张，尤其是听到二人关于赏钱的对话，额头上竟冒出汗来，赶紧蹲在地上。

贾队长问："叫什么名字，职业和家庭住址？"

车夫："我叫张林森，拉黄包车的，家住木匠营，离这里不远。"

贾队长："你去认认那个人，10号夜里可拉过他？"

张林森走了过去，朱克明把头低到胸前，他托起朱克明的下巴，看了看：

"就是他，10号夜里头就是他在前面路口拦我的黄包车。当时我正拉车回家，他非要坐车，还骂我有钱不赚，呆啊！"

朱克明立即否认："你才呆啊，我什么时候坐你的车啊？那天晚上我在家里打了一夜的麻将，哪里也没有去。你见鬼了！"

车夫："你才是鬼，从菜地里跑出来，吓我一大跳！"

贾队长问车夫："10号那天晚上你大约几点钟看见此人？"

车夫说："十一点二十左右。"

贾队长问："你有表啊？怎么就能知道是十一点二十？"

车夫说："城里末班小火车十一点一刻经过这里，那天，小火车刚过不久，这个人就从菜地那边跑过来。"

贾队长心想："这就对了，凶手一定是利用小火车的轰隆声和鸣笛声开的枪，难怪周围的居民和巡逻队都没有听见枪声。"

贾队长点头："这就对了，小火车末班车到达中华门终点站的时间是十一点三十分，经过武定门和白鹭洲的时间正好是十一点一刻。"

车夫："这个人穿的西装是蓝色还是棕色，天黑看不清楚，黑皮鞋，不会错！"

贾队长："你怎么记得这么清楚？"

车夫："他踩得一脚烂泥巴，都刮到我的车帮上，害我第二天搞了半天。"

朱克明急了："贾队长，你不要听这种臭拉车的嚼蛆，这种人，为了一点赏钱就可以坏良心！"

车夫反驳："我坏良心？这么年轻漂亮的姑娘你都敢打死，还说我坏良心！"

贾队长："你不要理他，你告诉我，你拉着这个人到什么地方去了？"

车夫："他先说去夫子庙文德桥，到了后，他又说去三山街，到了三山街后又要去升州路，在糯米巷口就下了车。"

朱克明又开始大叫："贾队长，你千万别听他嚼蛆，我那天哪里也没有去！冤枉啊！冤枉啊！"

贾队长说："冤枉不冤枉我们会搞清楚的，况且我并没有说你是杀人犯，你慌什么？"

鲁俊问："要不要车夫去局里做笔录？"

贾队长："当然，你先带他去，我陪朱先生再看看杀人现场。"他对朱克明说："你不过来看看令妹被害的地点吗？"

朱克明掏出手绢擦着眼泪："太惨了，我不去，才刚差点儿晕过去的。"

"那好，我自己去。"贾队长独自走向水边，蹲下去用指甲刀挖了一块兰萍被害处的泥，仔细地装在一个火柴盒里。

当天下午，贾队长、鲁俊来到新安旅社后院，上了二楼，让茶房王明干开门进了朱克明的房间，两人打量着朱克明讲究的卧室，有收音机、手摇唱机，墙上挂着一对青年男女的婚纱照，贾队长问："男的就是朱克明，女的是谁啊？"王明干介绍："女的叫汪丽珍，家住升州路，是做绸缎生意的。五月份就打算办喜事。"

房中还有大衣橱、穿衣镜，红木雕花床上是崭新的大同被单厂的床单和绣花枕套。

鲁俊一眼看到朱克明的床底下有双黑皮鞋，弯腰把它拿出来，翻过来一看，鞋底花纹凹槽中还有一些细微的黄泥。

鲁俊对贾队长说："鞋子擦过了，但还是没有完全弄干净。把泥抠下来带回去化验。"

贾队长从公文包里拿出了在凶杀现场拍摄的鞋底花纹的照片两下对比："鞋底的花纹是一样的。"

鲁俊从衣架上取下朱克明的藏青西装，在上面发现了沾上的红绒，于是又叫："队长，你看！"

贾队长说："采集下来，回去和朱兰萍穿的红大衣上的物质化验对比一下。"

新安旅社的茶房王明干被侦缉队传来，贾队长问："10号那天朱克明是不是出去了？"

王明干说："我在店里忙里忙外的，哪里管得我家少爷去哪？"

贾队长拉开公文包，从里面取出一缕红绒："王明干，这是死者朱兰萍大衣上的红绒，这和朱克明的藏青西服上沾上的红绒一样，说明在朱兰萍临死前两人有过亲密的接触。你如果知情不报，要负法律责任的。"

王明干没有吭气。

贾队长又将皮鞋提溜在王明干眼前："这是你擦的鞋吧？锃亮，能照出人影，够专业！"

王明干："那当然，我擦了三四年的皮鞋……"突然，他意识到说错了话，于是急忙改口，"不不，是大少爷自己擦的……"

贾队长："你胡鬼呀，大少爷能擦出这样鞋？"

王明干承认："那天他中午就出去了，是穿着藏青西装和黑皮鞋走的……"

贾队长又去了"四姑娘饭馆"，问朱克明为人如何。

老板娘说："朱克明就欢喜嫖小丫头！"

二十六、朱克明自杀

16日清晨，身陷侦缉队的朱克明得知今天是朱兰萍的出殡下葬日，起床后长吁短叹，随即趴在桌前，一个劲地写着什么，鲁俊给他送的早饭根本没动。朱克明的表现反常，引起了贾队长和鲁俊的注意。到了上午11点，朱克明突然摘下手指上的金戒指塞到嘴里，吞金自杀。留下四封遗书，分别是致父母、致叔父（朱兰萍的父亲）、致未婚妻汪丽珍和致侦缉队贾队长。

致父母的信函如下：

父母亲大人膝下，敬秉者。不孝儿因堂妹兰萍被害一事，蒙受不白之冤，谣言杀人，百喙莫辩。儿自幼与妹妹兰萍感情很好，朝夕相处，就是一家人。用常理测度，做哥哥的岂能谋杀妹妹，做出如此禽兽不如，丧天害理之乱伦之事？

侦缉队破不了此案，无法交差。遂以兰萍大衣口袋中有儿写的，兰萍请其好友戴章兴小姐午后到三茅宫约会的字条为由，并押儿至兰萍被害之现场，强污孩儿是兰萍被杀的疑犯。奇耻大辱，是可忍，孰不可忍。孩儿唯有一死来证明清白。孩儿一死，不但我家断绝香火，而且二叔家亦有乏嗣之忧，呜呼，遭此飞来横祸，岂不是天要亡我朱门？人生最大不幸在白发人送黑发人，孩儿不孝，唯有在另一个世界中恭候二老，以图报答养育之恩。

不孝男克明泣拜顿首

民国三十五年四月十六日

致叔父的信函如下：

叔父大人膝下，见字如面。想我朱门，绵延十数代，到父亲与叔父这一代，手足两家，仅有克明一男。古人云：不孝有三，无后为大。当年爷爷在世之时即有遗嘱，由孙儿一人承祧二门，接续香火。遽料我朱家今遭此横祸，兰萍妹死于非命，叔父大人痛失爱女，掌上明珠，我父一脉，亦因儿遭缧绁，即丧爱子。造化弄人，天要亡我朱家，何人能救？唯有朱家自救，否则断无生路。

侄儿唯有一死以报叔父昔日养育之恩，唯望侄儿死后，叔父大人能替侄儿在奶奶面前尽忠尽孝。

所请之事，务祈垂许。以上请托，恳盼慨允。诸事费神，伏乞俯允。

不孝男克明恭叩！

中华民国三十五年四月十六日

致未婚妻汪丽珍的信：

丽珍：

我最最亲爱的妻，虽然你我尚未成亲，但已有夫妻之实；且今年五月五日，国民政府还都的庆典日，就是你我大喜之日，但目前似乎成为可望而不可即的事情了。每念及此，犹如万箭穿心，潸然泪下……

丽珍，你是知道的，我和兰萍是堂兄妹，从小一起长大，感情很好，历来如此。对于她婚事，我一向很操心的，还记得吗？我也曾托你给萍妹介绍男朋友，但她那时和一个军官打得火热，对别人的介绍和劝说都不放在心上，做哥哥的我也是无奈的。兰萍日前托我给戴小姐写个字条见面，兰萍死后，该字条被侦缉队发现，作为是我杀害兰萍的罪证，无论我怎样解释，都不能洗刷被诬之实情，致使哥杀妹之谣言满天飞。被人误会，愤不欲生。

永远爱你的克明

中华民国三十五年四月十六日

致侦缉队贾队长：

贾队长：

你轻信谣言，岂不知墙倒众人推？我与兰萍是亲兄妹，从小至大，感情甚笃，做哥的怎么会对妹做出伤天害理、乱伦之事？兰萍是一漂亮的姑娘，身边岂无异性追求？特别有一年轻军官林某，台湾南投人氏，在一次舞会上曾死命追兰萍；因其部要开往台湾，我们阻止兰萍与其交往。日前，就在该部开往台湾，他曾邀兰萍与其同往，遭兰萍拒绝，之后即发生兰萍被害之事。究竟是否此人所为亦未可知？然为何非诬我为杀害兰萍的凶手？克明唯有一死表明心迹。

朱克明

中华民国二十五年四月十六日

二十七、案件不了了之

幸亏鲁俊发现得早，就近将呻吟不断的朱克明送到长乐路的公立第一医院进行抢救，医生让朱克明喝药水，并用肥皂水进行灌肠，终于将其肚子里的金戒指排泄出来。为了治疗方便，不致再节外生枝，当天下午五点，贾队长允许朱克明的父亲朱秉礼将其从医院领回家。

在南京地方法院侦查厅上，检察官从枪的线索入手，把凶枪和其他大小不同的几支手枪都放在朱克明的熟人王立章和高有福的面前，两人一眼就认出了朱克明的那把枪，肯定地说："这是朱克明的，不会错！"

而且，通过化验，证明这把枪上沾上的泥土，和出事地点所捡到的弹壳上的泥土、朱克明皮鞋底的土灰、西装上的土灰以及朱兰萍大衣上的土灰属于同一物质。

在询问朱克明与"月月红"的问题上，朱克明的父亲朱秉礼和母亲朱陈氏坚持说："兰萍素患胃病，克明以为'月月红'为养胃药，哪里知道是打胎的？"

朱陈氏哭着叫屈："我家克明这个娃儿，就是脾气不好，平时喜欢得罪人，吃大亏诶！"

朱克明被侦缉队拘留，以及朱克明杀妹的传言被晚报记者大加炒作，消息不胫而走，整个南京市街头巷尾，市民们议论纷纷，成为茶余饭后的话资，各种各样的版本满天飞。

为了营救朱克明，其父朱秉礼花重金聘请了南京著名大律师赵文琦为其辩护。赵文琦亲自写了"赵文琦律师代表朱秉义为艳尸案释明启事，交给各家报馆刊发"。

南京刚刚复刊的《南京人报》上出现了"赵文琦律师代表朱秉义为艳尸案释明启事"，声明下列各点：

一、朱克明目疾数日，足不出户。

二、朱兰萍出事时，朱克明正和祖母、家人闲谈。

三、朱克明出事后，态度安详；吞金后，夜间睡眠安定，足见其无愧于心。

四、朱克明有未婚妻，感情很好，与妹无仇，亦无财产纠纷。

5月17日，朱兰萍的父亲朱秉义来到侦缉队，面见贾队长，要求撤案。

贾队长问："你对死者案件想怎么处理？"

朱秉义答："我请求从轻处理，我要求保释侄子朱克明！"

贾问："你老婆也是这个意见？"

朱答："是的，我和我老婆现在不愿追究了，很多事情不好说。"

贾问："对于本案，证据表明就是你侄子干的，你是怎么想的？"

朱答："我的意思，假使我家女儿是别人所害，我也不追究了，假使是克明所为，不谈了，任何一切都不再追究。"

尽管如此，侦缉队还是将有关证据和案卷转交南京地方法院检察官。

在法庭上，朱克明始终否认堂妹朱兰萍是被他所杀的。又供出朱兰萍有两个男朋友，一个姓林，即林昆福，还有一个叫高有福。说有一次在珠江路跳舞厅跳舞时，林和高为了争着和朱兰萍跳舞，双方都拔枪相对。

朱克明的母亲朱陈氏专门到戴小姐家，请她不要承认朱克明有过手枪。

茶房王明干也否认在侦缉队招供的口供，说 4 月 10 日他家少爷是卧病不起，根本无法外出，绝对否认有强奸之事，原先口供是贾队长逼供，是按照贾队长的意思说的。朱家的表妹出庭做证，说出事的当晚曾和表姐一起打牌。

尽管如此，南京地方法院于 1946 年 9 月 6 日，对朱克明枪杀朱兰萍案进行了宣判，法官宣读了审判主文：

朱克明杀人，判处死刑，褫夺公权终身，又未受允准而持有军用手枪、子弹，处有期徒刑一年，应执行死刑，褫夺公权终身。四寸白朗宁手枪（三一○一六四号）一支及弹壳一枚，均没收。

朱克明紧紧握着拳头听完宣判，一头大汗；他的祖母靠在法院的墙上顿足号啕大哭；他的未过门的妻子汪丽珍在整个庭审期间，都用一块绣着兰花的手帕捂住半边脸，默默啜泣。

朱克明大声嚷着："我对死刑的判决不服，提出上诉！"聘请的赵文琦、李模和王龙三位律师当即商量上诉有关事宜。朱克明被押往老虎桥监狱看守所。

11 月 20 日，南京高等法院院长赵琛突然收到一封自台湾基隆寄来的平快信。信封上写着："南京首都高等法院院长先生亲启"，下署"不详 自台湾寄"。打开一看，信中说："本人是一位军人，在京结识朱兰萍，一见倾心，离京后，未得朱回信，四月二日又赶回南京，四日会于友人家，因为不便详谈，晚间约往电影院，坐于最后之排，因向其提起婚姻之期，熟料竟遭拒绝，大反前誓。五日复相遇于中央商场，彼约往中山陵，途中仍要求下一决心，况且身怀有孕，只有同走离开之一法。而彼竟回答：'我有办法打胎，你不要管。'碰了这次钉子后，在愤激之下，于十日下午带了枪。到了白鹭洲空地，我就将手枪取出，逼问到底同我走不走。彼恨怒地说打死我也不能同你走。斯时我怒火中烧即失手射击，将其击倒。我应该以死抵罪，但是家中老母无依，所以只得逃走。我不是贪生怕死的人，问题是一旦投案，老母必因我之犯罪忧虑，着急而很快地死，我死有余辜，而致老母的速死，罪更大了。院长先生，有什么方法使我良心得安，你能不能把我的疑问披露一点，给我参考。如果可以投案的话，我绝对来自首。"末尾署名"在逃罪人"。

这封信一经披露，赵琛院长当即表示：如果投函人能在最近由台湾来京投案，证明确系凶手，可作自首论，从宽处置。如果此案关系人在这里故弄玄虚，一定依法追究。但是几个月过去，再无音讯。而且法院派人去基隆调查，并未查到那位"青年军人"。

这期间，汪丽珍诞下一女婴。朱家人又陷入无后的惶恐之中。

1947年7月16日，首都高等法院在朝天宫大成殿再次对白鹭洲命案进行宣判。

首都高等法院刑事庭审判长骆允协，推事申屠宸、葛之覃开庭宣判。审判长骆允协宣读判决书：

首都高等法院刑事判决三十五年度刑上字第一〇七号

上诉人即被告朱克明，男，年二十二岁，南京人，住中山北路199号，无业，现在押。有上诉人即被告因杀人案件，不服首都地方法院中华民国三十五年九月六日第一次判决，提起上诉，本院判决如下：

主文　原判决书撤销

朱克明杀人，减处有期徒刑十五年，褫夺公权十年，其他部分免诉。

……

　　至于朱克明杀人后为什么去三山街和升州路，后来才知道汪丽珍家就在这附近，而且在这两处都有店铺，买卖比朱家的大得多。汪丽珍也怀了朱克明的骨肉。如果朱克明被处以死刑，汪丽珍也是最大的牺牲者，一个案子牵涉三家人的悲剧，还能怎么办？何况汪丽珍的父亲财大气粗，走后门走到最高法院院长赵琛之处，法院还能怎么办？

　　当法律遇上伦理道德问题，执法者也从两方面进行考量，该案导致朱氏兄弟几乎翻脸，然而，老太太以死相威胁，终于摆平两个儿子之间的怨恨。道理很简单，但也很残忍。朱克明是朱姓家族唯一的血脉，如果朱秉义一定要为女儿报仇，那后果将是朱家断子绝孙，这是朱家人都不能接受的，只有保住朱克明的命才是朱家人唯一的选择。

二十八、郭沫若来到大方巷

　　1946 年国民政府决定"还都"以前，通知各国大使馆从重庆迁回南京。苏联大使馆于 1946 年 6 月以前便租用了大方巷 56 号为馆址。大方巷有苏联大使馆，五条巷 17 号有奥地利公使馆、15 号有挪威公使馆。

　　大方巷 56 号这幢三层楼房的主人叫田聚兴，以其侄儿田宁生之名，于1937 年前购地 1492.8 平方米兴建了这幢寓所。有砖木混凝土结构的西式三

层花园楼房一幢，一楼连门厅九间房间，二楼九间，三楼八间，朝南顶楼
有老虎窗。此外，有西式平房六幢二十二间，简易房一间。1946 年 6 月，
为苏联大使馆租用。

有谈民国建筑的材料说苏联大使馆租用时间是 1947 年 8 月 1 日，其实
不对，大约在 1946 年 6 月 20 日以前，苏联大使馆就已经在此办公了。郭沫
若在《洪波曲》中描述"南京印象"时就详细地记载了苏联大使馆。

1946 年 6 月 19 日，郭沫若出席国民参政会，到达南京，下榻鸡鸣寺附
近的兰家庄。21 日上午，为了去大方巷的苏联大使馆找文化参赞费德林博
士，郭沫若着实费了一番工夫。

大方巷 56 号

郭沫若在《洪波曲》一书中写道：

吉普车的司机是一位年轻的朋友，他和我一样才从后方来，对于南京
的路径丝毫也不熟悉。上午十点钟，我和费德林博士（大使馆参赞）约好，
要去访问他。为了找寻大方巷的苏联大使馆，我们在南京城里跑来跑去，
足足找了有一个钟头。地址实在太偏僻，居民大概都有戒备，就到了大方

巷附近也不容易问清。想找寻一面苏联红旗，找着了，但车一转弯，又看不见了。因为房屋太矮，旗杆不很高，故不甚显。想起了重庆枇杷山的苏联大使馆，那真是有天渊之别了……但这儿是大方巷。不知本来是哪一位二三流人物的公馆，今天突然升了格，房屋本身的外观就好像我们整个中国成为了"四强之一"或"五强之一"的那样。

汽车、卡车在馆前的空地、馆内的庭园里，露天陈列着。一进门，在廊道上摆着办公桌，接受外来的文件或访问。好几位在重庆常见的熟面孔，站在进门处呈现出欢迎的喜悦。

费博士的办公室就在进门后右手的一间，依照苏联的习惯，他的办公席和会客席，在室的东北隅，丁字形地斜陈着。

尼·费德林，1912年生于俄罗斯北高加索著名温泉疗养城皮亚季戈尔斯克（Пятигорск），俄语意即"五峰山城"。1937年毕业于莫斯科东方学院中国系，师从苏联著名汉学家阿列克谢耶夫，专攻中国古典文学，算得

郭沫若

尼·费德林

上当前俄罗斯最资深的汉学家之一了。1939 年进入苏联外交部，旋即被派遣到苏联驻重庆的中国大使馆工作。他先后在中国工作十二年，从普通外交官擢升为参赞，直到大使。在从事外交工作的同时，出于对中国文学的浓厚兴趣，他一头扎进了中国传统文化的海洋。

郭沫若为什么急于要见费德林？

原来，1942 年 1 月，郭沫若在战时首都重庆完成了五幕话剧《屈原》。该剧于 1942 年 4 月由中华剧艺社在重庆国泰大剧院公演。导演陈鲤庭，金山饰屈原，白杨饰南后，顾而已饰楚怀王，张瑞芳饰婵娟。当时的媒体报道："上座之佳，空前未有，此剧集剧坛之精英，经多日筹备，惨淡经营，堪称绝唱。"

当时，费德林在重庆观看了《屈原》的首场演出，他认为这是郭沫若影响最大、最震撼人心的剧作。还在剧本创作期间，费德林就很关注此事。当时郭沫若的私邸天官府街 4 号，常客是费德林。几十年后他回忆说："那幢很像上海亭子间的小楼书房里，壁上的名画，桌上的古瓶、铜鼎，依稀仍有印象……"

金山饰屈原，张瑞芳饰婵娟

二十九、费德林与郭沫若的友谊

郭沫若的《屈原》写得很快，从 1942 年正月初二开始动笔，十一日就完成，仅仅用了十天。因为写得太快，把一支派克笔的笔尖都撅断了。那时在重庆是不容易另配或修缮的，费德林听说后，就把自己用的一支派克笔送给了郭沫若，而郭也是把它一直带在身上的。

1943 年，费德林获得博士学位，论文题目《屈原的生平与创作之研究》，想找人翻译成中文，在郭沫若主编的《中原》杂志上发表，于是就请郭沫若帮忙，郭就请翻译家戈宝权来翻译。

戈宝权（1913.2.15—2000.5.15）

戈宝权，江苏东台人。1932年肄业于上海大夏大学，著名外国文学研究家、翻译家、苏联文学专家，曾将普希金的著作介绍到中国，他翻译的苏联作家高尔基的名篇《海燕》，被列入中国中学语文教材。费德林的《屈原的生平与创作之研究》译文发表在1944年第一卷第四期上，郭沫若给戈宝权取了个笔名叫"苏牧"，取意"苏武牧羊"的典故。

郭沫若应费德林之请，为《屈原的生平与创作之研究》一文作序，序文中说："我自然是感受着无上的光荣，因为我有了这样一位伟大的弟子……费博士真可以算是'青出于蓝而胜于蓝了'。"

1945年5月28日的晚上，苏联大使馆的费德林博士来天官府街4号拜访郭沫若，他递给郭一封邀请函，是苏联科学院邀请郭沫若去参加第二百二十周年的纪念大会。会议将在莫斯科与列宁格勒两地连续举行，自6月16日至28日，会期半个月。除法西斯国家之外各国的学者都受到邀请，中国有两位，郭沫若与丁西林先生。

郭沫若很愉快地接受了邀请，并且拿出老舍送给他的珍贵的礼品——一盒龙井茶。当时杭州在日伪统治之下，一盒龙井茶能辗转到达山重水复的重庆，非常难得。于是郭沫若与费德林实行"共产主义"，二一添作五，一人一半。

6月9日上午，郭沫若、于立群夫妇乘坐苏联大使馆的汽车去了大使馆，之后赶往九龙坡机场，费德林专门到机场送行。当郭沫若和于立群道别时，费德林博士很愉快地说：假使在我们苏联，是要来全一套的。他把两手比成拥抱的形式。但郭沫若没好意思。此行，郭沫若在苏联待了五十多天，直到日本投降后才从莫斯科返回重庆。

关于翻译《屈原》的剧本一事，"博士是受了苏联对外文化协会和戏剧协会的委托，把《屈原》介绍过去，可能的话，打算在今年（1946年）秋季的戏剧节演出。对于十分认真而不肯丝毫苟且的苏联朋友，这是一项艰难的任务，而这任务的接受却又碰在还都迁馆的青黄不接的时候，作为作者的我，头在是感觉着有点不安。博士有好些关于译述上的问题要向我提出，在重庆是没有工夫做到，一月前在上海见面时也没有工夫，没想到问题竟拖到了南京来才得到解决。"

此次，郭沫若来南京寻访苏联大使馆，"（费）博士现在是大使馆的参赞。大使昨天到上海去了，还有一位米参赞，今天午后也要到上海去，经由海参崴回国。大使馆的高级人员要算只有费博士一人在负着留守的责任了。使我十分感激，而且敬佩的是，在繁忙的公务之下，在这样炎热的暑天，而费博士还在继续着翻译我的剧本《屈原》"。

登上使馆的台阶，进入费德林的办公室，郭沫若看见《屈原》的翻译稿和好些文件一道摆在办公桌上。郭沫若看他翻译《橘颂》和《礼魂》的稿子，觉得直译未免刻舟求剑，聱牙戟口，不尽人意，于是"索性用近代语翻译了一遍。主要是采取了意译的办法，译得非常自由。博士得到我的译稿，他表示很满意。第四幕泽畔行吟时所吟出的《惜诵》断章，我劝他省略了，要用那么一景时，尽可以用《橘颂》来代替。就这样解决了一些难题，在我自己也起了这样一种心事：就在原作中，像《橘颂》《礼魂》那样难解的古文，与其照原文直录，让演出时发生困难，使听者丝毫也听不明白，不如索性用译文倒更为妥当且调和了"。

等郭沫若译完后，费德林又把他的铅笔递给郭沫若：

"这支铅笔奉送，作为纪念，和那支钢笔配合起来。"

郭沫若说："我感觉着受之有愧，但这样可珍惜的情谊又是却之不忍。我结果是默默地接受了，不知道说什么话的好。"

费德林翻译的《屈原》终于在 1951 年在莫斯科出版，1952 年搬上舞台，1 月 31 日由莫斯科玛·尼·叶尔莫洛娃剧院首次公演。

三十、白崇禧回到大方巷 21 号

南京的秋日是最美的季节。懒洋洋的太阳慢腾腾地爬出紫金山，霞光染遍南京的大街小巷，就像干瘪瘪的血管内血液涌动，充满了生机。

大方巷路口，摆放着一张长方桌，前面垂下一块脏兮兮的白洋布，这块白洋布经过十来个年头的风吹雨打、烈日烤晒，已经蜕变成破烂不堪的灰黄旧布了。上面画着两个圆圈，圈里分别写着"测""字"，还有小一点儿的三个字"诚则灵"。桌子后面一张凳子，上面端坐着一位穿着灰布大褂的瘦老头。

前度刘郎今又回。白崇禧的车路过这里，掀开窗帘，一眼瞧见路旁测字摊前的"倪半仙"，吩咐司机："停一下。"

坐在司机旁边的副官先下车，帮白崇禧打开车门。

"倪半仙"立马站起来，拱着手说："八年多未见，白将军一向可好？"

白崇禧跨了出来，微笑着："好，好，当年还真被你算准了，这场中日间战事果然不到十年。"

"倪半仙"谦虚地说："哪里，当年在下不知道会有原子弹。"

白崇禧指指西头："我要搬回 21 号了。"说完他想起了蒋介石说的"科头箕踞"。

原来，1946 年 2 月，蒋介石在南京召开军事整编会议。由于马歇尔、张群与周恩来三人小组斡旋国共矛盾，一度使中国飘浮着和平民主建国的假象。蒋介石决定军事整编，裁减军队数量。军队保留一百零八个师，国共军队之比为五比一，协定公布后十二个月内，政府应将九十个师、中共应将十八个师以外之各部队复员；三到六个星期内，政府与中共应交出保留各师表册及复员部队次序；十二个月完毕后之六个月，政府军应缩编为五十个师，中共军应缩编为十个师，编为二十个军。蒋介石请毛泽东到政府里做官，如此中国将步入和平民主建国时期。

对此，白崇禧有不同意见："兄弟以为先'剿共'，后裁军。"

蒋介石骂他："这是美国人的意见，我看你是想科头箕踞？"

"磕头？磕什么头？"白崇禧没听懂什么意思。

蒋介石："你该重新去问塾师。"

白崇禧回去问了秘书，才知道科头箕踞是隐退之意。这件事让他耿耿于怀。

于是，他拿起笔写下"科"字。

测字先生一看，笑着说："房宅风水？"

"不，时局变化！"

"'科'字左边是和，但少了口，右边是斗，看来时局发展，和的可能少，打的可能多啊。"

"有道理！"白崇禧点点头，"以后就是邻居了！"

"21号里面条件不错，外面环境差一点……"

白崇禧哈哈一笑。

大方巷西头快接近石桥路，路北是21号大院。进了大铁门，右手就是警卫室，警卫室东西两间，中间有门相通，前面收发，后面休息。东面的门出来，有一组玲珑剔透的假山石。旁有黑白拼成花纹的鹅卵石小径，直通后面的主楼。过了警卫室洋灰路往前六七米，右拐，就是一幢三层洋楼，主楼的正面是大门，上了四五级台阶即是门廊，东西相对，有两对罗马柱。经过门廊进入门厅，左右手各有三个房间，门厅靠墙有壁炉，中部有带扶手的楼梯，后部有连廊连接主楼和厨房及下人住房。楼梯转弯处上二楼，也是两边各有三间房间，二楼主卧朝南有门，通大晾台。楼梯再上三楼，对称各有三间房间，朝南也有晾台。三楼再上有阁楼，中间高，不到一米八，两边低处仅一米二三，直不起腰，阁楼朝南有两扇老虎窗。楼房的东面，是块空地，南边后墙下有一排平房，有一大间两根柱子的马房，可供饲养骏马。

白崇禧一生爱马。早年他在广西军阀陆荣廷的部队当连长时，与另一名连长黄绍竑各骑一匹马，并辔而行。在柳州南牛岩墟附近，天降大雨，山洪暴发，道路完全被大水淹没，白茫茫一片。白崇禧骑术不错，想继续前进，而黄绍竑有些犹豫，但由于年轻气盛，不甘人后，决定一起冲过去。所以二骑策马涉水而行，逐渐没顶。白崇禧双腿猛夹马肚，一提缰绳，那马一跃而起，冲出深水区。而黄绍竑不善骑术，屡浮屡沉，大呼："健生救我！"白崇禧为全身武装所累，无法施救，只好回答："夹紧马肚，抓紧马鬃，千万不能坠马。"黄绍竑几经挣扎，终于脱险。白崇禧认为，好马能救主。因此，他十分喜爱骏马，也养了几匹骏马。抗战时期，白崇禧任昆明行营主任时，喜得一匹骏马，因马身鬃毛乌黑发亮，四蹄白毛如雪，故起名为"乌云盖雪"。抗战胜利还都南京，用轮船专门运送几匹爱驹到南京，在21号专门建有马房，饲养名马，平时无事还经常研究相马经。

楼前正面过了洋灰路是一土坡，坡上遍布青草，还种植着雪松和银杏，银杏叶成串绽放枝头，在黄昏的夕阳下，显得秋意盎然。

没几天，装载白家行李的轮船抵达南京下关海军码头，上岸后改由卡车队运输。车队经过挹江门、萨家湾、虹桥、山西路，在大方巷口转弯，经过五条巷口时，路边卖烤山芋的张老头急忙用铁盖子盖在烤炉的圆口上，嘴里嘟哝着："我滴乖乖，猛虫子，慢点儿嗟……"话音未落，卡车的车帮就挂倒烤山芋的大圆铁桶，里面的山芋、铁条的炉屉和炭火都滚了出来，撒落一地。卡车来了个急刹车，车上的士兵东倒西歪，跳下来就骂张老头："老东西，眼瞎了，摆摊摆到路当中来了。"老头不服，嘴里嘟囔着："日本人在时，我的摊子就摆在这儿没动过……"

当兵的开口就骂："日本鬼子投降了，你他妈还想当汉奸！"

张老头不服："老总，骂得好，当年也不晓得是哪个婊子儿跑的了，让老百姓做的汉奸？"

"你个刁民，看老子揍你！"

"打日本逞威风，欺压老百姓算什么本事……"

围观的居民一拥而上，七嘴八舌和几个当兵的吵起来，搞雾得了。很快，大方巷1号派出所的胡所长听说前面出了车祸，急忙派出两名常警前往处理，一问才知道当兵的是给军事委员会副总参谋长白崇禧家搬家的，惹不起，老百姓那头不存在什么汉奸，又没有人受重伤，于是来回作揖，两面劝："都是一条街上的，抬头不见低头见，免伤和气。"

卫队长向白崇禧报告出了状况，白崇禧交代："你去处理一下，如果是咱们的责任，妥善处理一下，都是邻居嘛。"

卫队长转回头，按照指示，给张老头一张一百元的法币，算是解决了问题。他回到白公馆向白崇禧汇报了此事，指挥属下搬家并布置房间。

几天后，白崇禧与夫人马佩璋领着十个子女三女七男，团聚大方巷21号。他们分别是长女先智、二女先慧、三女先明，儿子先道（老大）、先德（老二）、先诚（老三）、先忠（老四）、先勇（老五）、先刚（老六）、先敬（最小）。

尽管车祸事已经处理完毕，但白家一来就与大方巷显得格格不入。

三十一、白家唯一的"全家福"

1946 年 5 月 30 日，国防最高会议作出决议：裁撤军事委员会，在行政院下设立国防部。6 月 1 日，国防部正式成立。7 月 1 日，白崇禧荣膺中华民国第一任国防部长，宣誓就职。蒋介石在国防部大礼堂颁授白崇禧国防部长印信。

7 月 7 日，白崇禧决定照一张"全家福"，以纪念抗战胜利，他让副官联系了光华照相馆，由于当天国民政府的纪念活动多，安排不开，于是将日期延后两天。

7 月 9 日，星期二。早饭时，白崇禧宣布："今天是七七抗战九周年纪念日，难得全家人都在，学校也放暑假了，吃完饭，各自都回房间整理一下，照张全家福，以示纪念。先刚和先敬由妈妈负责。"

南京素有"火炉"之称。7 月上旬，天气炎热，白崇禧上了二楼，进入卧室，打开衣橱，取出挂在衣架上的挂满勋章的新式上将军服，很郑重地穿上，戴上了大檐帽，在穿衣镜前左顾右盼，审视自己的军容，英姿勃发，不禁感慨。

这时，白家五公子先勇上楼来，对父亲说："光华照相馆的照相师来了。妈妈请你下去。"

从 1937 年 8 月到 1946 年 7 月，九年过去了，抗日战争胜利了，而家里老五先勇就是抗战爆发后的 8 月 16 日生的，转眼也九岁了。

于是，白崇禧和先勇下了楼，来到楼前的草坪，夫妻二人坐的带扶手的椅子已经放好，马佩璋坐在右边，白崇禧坐在左边，身穿白衬衫、西式短裤的先勇紧挨着母亲右侧，他和母亲之间是身穿小西服短裤的最小的弟弟先敬，父亲的左边是穿白衬衫、西式短裤的四哥先忠，中间是穿白衬衫、西式短裤的六弟先刚；他们的后排从左往右，依次是穿白衬衫、西式裙子的三姐先明，穿旗袍的二姐先慧和大姐先智，穿西式浅绿色衬衣的大哥先道，穿着浅色西装、里面白衬衫的二哥先德和三哥先诚。楼房和雪松为背景。

白崇禧一家唯一的"全家福"照摄于大方巷 21 号

"全家福"拍完后，白崇禧与马佩璋夫妇又合影一帧。

照片洗出来时，白崇禧在"全家福"照片上题写了"七七抗战第九周年纪念日全家在南京团聚摄影"，左侧有"白崇禧题民国三十五年七月九日"的字样。

白崇禧与夫人马佩璋在大方巷 21 号

根据 1946 年 4 月的南京户籍调查，白家住宅一共有两处，一处是大方巷 21 号，一处是雍园 1 号。

白家老五（著名作家白先勇），有着浓厚的南京情结。他说："我住在南京的时间虽然不长，但是对我来说，南京是个意义深刻的城市。我在作品中多次提到南京，在我眼里，它是一个象征，一种记忆符号。"

抗战期间，白崇禧一家人聚少离多。

白先勇对在大方巷 21 号寓所拍摄的这张"全家福"寄托的感情尤深。他说："全家人唯一的合影就是在大方巷的住所拍摄的，我们全家人聚一起的机会很少，去台湾后大家基本都分散在各地了，所以对这张照片很珍惜。"

后来，白先勇根据在大方巷生活的经历，以大方巷 7 号广东新村为原型，写了小说《一把青》。

小说一开始便写道："抗日胜利，还都南京的那一年，我们住在大方巷的仁爱东村，一个中下级的空军眷属区里。在四川那种闭塞的地方，煎熬了那些年后，骤然回返那六朝金粉的京都，到处的古迹，到处的繁华，一派帝王气象，把我们的眼睛都看花了。"

《一把青》以女学生朱青和空军飞行员郭轸的爱情故事为线索，讲述了1945 年至 1981 年间，从抗战胜利、国共内战到败退台湾，国民党空军及眷属被战火催逼至生死两隔，被白色恐怖迫害至人性本恶的故事，从一个比较中立的角度对战争给人们带来的伤痛进行了反思，启示人们珍惜和平。

由于大方巷属于新老交接之区域，环境远不如颐和路和雍园安静，于是白崇禧又从私人手中买了雍园 1 号的房子，与大方巷 21 号两边住，直到李宗仁为了竞选副总统到南京，没有合适的办公场所，白崇禧就把大方巷 21 号让给了李宗仁。

三十二、大方巷 21 号让给李宗仁做竞选办事处

1948 年 3 月 24 日晨八时许，数辆轿车从下关车站开出，穿过挹江门、中山北路、山西路，转入大方巷，一直来到接近通往江苏路小桥前，转弯开进 21 号白公馆大门。来人正是李宗仁和郭德洁。

李宗仁在抗战胜利后不是在北平当蒋介石的行辕主任吗？怎么搞得甩不拉几一塌刮子南来，住进了大方巷白崇禧的房子干么事呢？而且，就像样板戏中的一句台词："这回来就不走了，要在沙家浜扎下来了。"

原来李宗仁要竞选副总统了。在南京没有地方，就把大方巷 21 号的白公馆作为助选办事处所在地。白崇禧全家搬到雍园 1 号，自己则在大方巷

三楼东面留了一间房，作为与李宗仁商量事情和休息的地方。

这又是怎么回事呢？

1946 年 6 月，蒋介石发动了全面内战。国民党军先后向中原、苏皖、山东、晋冀鲁豫、晋察冀、晋绥等解放区发起猖狂的进攻。11 月 11 日，国民党军攻克了华北重镇张家口。蒋介石闻讯，喜出望外，当天就在南京宣布："11 月 15 日召开国民大会，制定宪法。"这就是所谓的国民制宪大会。

11 月 15 日上午，国民制宪大会在南京国府路上国民大会堂隆重召开。

蒋介石致开幕词说："国民大会是我们中国进入民主宪政的开端，我个人本来没有政治欲望和兴趣，而且我今年已经六十岁了，就更不像过去二十年一样能担负繁重的任务，所以将国家的责任交托于全国的同胞。"

独裁专制浸入骨髓和血液里的蒋介石竟假惺惺地表面要"还政于民"了。

大会于 12 月 25 日通过《中华民国宪法》。接下来就该召开另一个大会（行宪大会，即实行宪法），选举中华民国总统、副总统了。根据宪法规定：凡是中华民国的公民都可以竞选总统和副总统。

李宗仁曾托人询问蒋介石："能不能参加副总统竞选？"

蒋介石口头表示："为实现民主初步，本党同志可以自由竞选。本人对任何人皆毫无成见。"

得到蒋介石的同意，李宗仁决定竞选副总统。消息一出，包括北大校长胡适都表示支持，来信称："将来竞选，正如运动员赛跑一样，虽'只一人第一，要个个争先，胜固可喜，败亦欣然'。"

眼看桂系内部打横炮得厉害，李宗仁让程思远透露了司徒雷登的底牌，这一来，白崇禧、黄绍竑都收回了自己的意见，转而一致对外，支持李宗仁竞选。

同时，李宗仁竞选办事处的干将也没闲着，专门商量如何走后门的事情。

国民大会召开

走谁的后门呢？当然是和蒋介石能说上话的人，就是吴忠信和戴季陶，当年他们都是在上海滩追随蒋介石一起打江山的老弟兄。

求人办事，就是平头百姓也得送只鸡、送二斤点心之类，何况是选副总统这样的大事，一般秤砣压不住。李宗仁的幕僚长萧一山认为：德公与吴忠信关系不错，应该不用太重的礼就可以搞定。但戴季陶信佛，不太看重身外之物，这个礼应该怎么送呢？

几个人商量来商量去，舍不得孩子打不着狼，最后决定用一尊金佛来"砸倒"戴季陶。

到底是什么样的金佛能"砸倒"戴院长呢？

原来是一尊日本东京本愿寺供奉的金佛。该金佛工艺精良，造型十分讲究。一尊古佛盘腿趺坐在莲花之上，慈眉善目，衣褶吴带当风，配饰精美细腻，从头顶到莲台，约有两尺高。全身上下金光闪闪，看样子像是铜的，但有几十斤重，一个人根本搬不动，还真是黄金铸的。别的不说，单单就几十斤金子，也得算一件宝物了。

这尊古佛，据说是受日本华北派遣军司令官根本博的一个嘱托，特意从东京请到北平用来保佑日军作战的，准备在北长安街上盖一座大庙来供奉这尊古佛，没想到还未来得及盖庙，日本就宣布战败投降了。该佛被北平行辕"敌伪物资清理委员会"没收。李宗仁也认为物有所值，能派上用场，命令总务处长张寿龄从仓库中找出来，由萧一山为专使，用飞机专门运到南京，白崇禧专门派了一辆专车去机场接，运到大方巷白公馆。

萧一山将金佛安置在客厅之中，顿时佛光祥瑞、华堂璀璨，众人纷纷顶礼膜拜。有人拍手说："这下不怕老戴不收了。"

白崇禧在一旁冷笑说："我倒觉得送不送都没关系，大家都觉得要送，我也不好拦着。"

1948年3月22日下午三时，北平行辕主任李宗仁、郭德洁夫妇率领的竞选班底十余人，乘坐"空中霸王"号专机从北平飞抵上海龙华机场，受到上海市长吴国桢，各机关、团体代表及中外新闻记者，不下数千人的欢迎。一时间，镁光灯闪烁，像天上星星眨眼，又像节日的焰火，热闹非凡。

第二天，李宗仁召开记者会向莅会的中外新闻记者重申促进民主政治的决心，以及将来辅翼中枢，促民主政治的诚挚愿望。

当晚十一时，李宗仁一行从上海北站乘京（宁）沪快车驶向南京，于24日早晨七时许抵达下关车站，受到各界热烈的欢迎，随即坐上前来迎接的小轿车，开往大方巷21号原白崇禧的住宅。

因为李、白二人同为桂系，关系极好，李宗仁在南京没有房产，所以白崇禧就将大方巷21号的白公馆让给李宗仁做临时公馆。

自从李宗仁进驻大方巷 21 号那一刻起，大方巷热闹起来，成天车水马龙，迎来送往，要人不断。

《李宗仁回忆录》中说："国大代表们听说我到了南京，结队来我大方巷住宅访问，日夜不绝，真有户限为穿之势。"

大方巷 21 号被李宗仁闹得一塌糊涂。从那以后，知道白崇禧公馆的人不多，晓得李宗仁公馆的人成把抓。

1949 年解放军占领南京以后，南京市军管会关于接管国民党国防部的报告中说："大方巷 21 号为李宗仁私宅，家具很多，现尚有 40755 及 40749 两部吉普汽车（梢坏）因无人看管，本部已接收过来。"

三十三、"倪半仙"扶乩

这些天，大方巷口"倪半仙"的测字摊前，热闹非凡。

干么事呀？押宝啊！

立法院的一群人看好孙科，大方巷的一群人押宝李宗仁，闹得一污精糟。

于是都来找"倪半仙"算谁能当选副总统！这是一群人对另一群人的战争，"倪半仙"知道算对算不对他都得挨打，于是说要撒尿（suī），众人闪开，"倪半仙"趁机溜了。

当年，南京公共厕所不多，小巷裆里简易小便池不少，一面墙下摆几只木桶，背对街巷就能撒尿，也不管身后行人是女是男，尤其是女娃，着实不雅观，就是一恶俗，但人们都习以为常。大街上也有公共厕所，那只是新街口这样的大街，人来人往的地方才有，小巷裆里一般都是这样的。南京人好说："烦不了，也真是烦不了，小娃儿好说，成年人难办，尤其老年人，那时候不懂是前列腺有问题，说尿就要尿，没有简易茅厕，就在墙角解决，不然会尿裤子，那就叫疤癞眼照镜子，自找难看。"

"倪半仙"对着尿桶撒完尿，抖了抖，长舒一口气，系好裤带转身一看，暗暗叫苦，怎么呢？原来全是人，不是等着方便，而是又将他像捉小鸡一般又捉了回去，来到算卦摊，非要他说出个子丑寅卯。"倪半仙"一看不好，决定玩个缓兵之计，说："这个事太大，我们要看天意。"

立法院的问："少来这一套，什么天意？"

"倪半仙"说："扶乩！"

什么叫"扶乩"？

简单来说，就是一种比看相算命更高级的预测方法。扶乩要准备带有细沙的木盘，没有细沙，也可用灰土代替。在一只筲箕的中央，固定一支乩笔，下面用沙土铺陈一个沙盘。扶乩时，乩人拿着乩笔不停地在沙盘上写字，口中念某某神灵附降在身。由两人各以食指分扶筲箕两端，依法请神，乩笔即在沙上画成文字，作为神的启示，示人吉凶。

扶鸾时必须有正鸾、副鸾各一人，另需唱生二人及记录二人，合称为六部（三才）。在沙盘上，由鸾生执笔挥动成字，乩人按照字迹唱出来，经记录生抄录，最后，乩人对该讯息作出解释。

众人七嘴八舌："那就扶乩啊！"

"倪半仙"说："须在阴历十五夜扶乩才灵，不然不灵。"

众人掐指一算，4月23日，也就是五天以后，正好阴历十五，于是将扶乩的日子定在23日晚酉时。

4月19日，国民大会开始选举总统，选票上分别印着"蒋中正""居正"的名字。

十一时整开始唱票，十张票中倒有九张是"蒋中正"，一张为"居正"。大家心里有数，居正不过走走过场而已，有的代表却淘气，在居正票上添了"不"字，唱票的唱了数声"蒋中正"，突然一声"居不正"，引得哄堂大笑。洪兰友急忙大喊："这是废票！"他又转头斥责唱票人，"以后再遇废票，千万不要再唱了"。

尽管如此，还有的代表在蒋介石的名上打叉叉，也有写"孙中山"的，选举结果，蒋介石以 2430 张名列榜首，居正得票 269 张，此外还有废票 35 张，蒋介石当选为总统。

4 月 23 日这 入，国民大会开始选举副总统。这是选举中最激烈的一幕。大街上打洋鼓、吹洋号，宣传车上的大喇叭声嘶力竭，传单像秋风扫过的落叶，遍地都是。

一清早，李宗仁、郭德洁夫妇便坐轿车出了大方巷 21 号，汽车径直开到中山北路，拐国府路，在国民大会堂门前停下。夫妻俩下车，站在台阶上，满脸笑容。每一位代表过来，便上前握一下手，郭德洁满脸带笑地说："请帮忙！"孙科来得稍晚，也拉着夫人陈淑英的手站在国民大会堂的右侧，与代表们握手。

十点十五分开始投票，投票人依次往票箱里投递，唱票人高声唱名，一会儿尽是"李宗仁"，一会儿皆是"孙科"，不时还有"程潜""于右任"参差其间，再夹杂"莫德惠""徐傅霖"。投着唱着，票逐渐集中到"李宗仁""孙科""程潜""于右任"身上，恰似波涛汹涌，险象环生。

第一轮完毕，李宗仁得票最多，共 754 票，孙科 559 票，程潜 522 票，于右任 493 票，莫德惠 8 票，徐傅霖 214 票。按规定，无一超过代表总额一半的票数，次日将在前三名间进行第二次选举。

就在这天，一位叫龚德柏人称"龚大炮"的湖南人，在其主办的《救国日报》上，刊登了孙科和蓝妮的一段"丑闻"。

　　孙科的原配妻子是他远房表妹陈淑英，他们是在美国结婚的，育有两男两女。男的名叫治强、治平，女的名叫穗英、穗华。

　　抗日战争前，孙科在上海结识了苗王之女蓝妮，很快坠入爱河，两人生有两个女儿穗芳和穗芬。

　　蓝妮在抗战时期待在上海，利用孙科的关系与各方做生意。抗战胜利后，国民政府在各地没收汉奸"逆产"，中央信托局在上海没收了蓝妮的一批德国进口染料。孙科闻讯，致函国民大会秘书长洪兰友，说这批染料为"敝眷"蓝妮所有，要求发还。洪兰友便写信给中央信托局局长吴任沧，说蓝妮为孙科院长之如夫人，请看在院长面上将染料发还。

　　龚德柏得到此段"秘闻"，爆出猛料，原能得一笔钱，谁知孙科并不买账。于是早不登晚不登，偏偏在竞选副总统的当天，在《救国日报》头版上刊登了孙科、蓝妮"丑闻"，一时之间洛阳纸贵，轰动京华。

　　国大广东代表团气势汹汹，要去《救国日报》社发难。薛岳在国民大

蓝妮

会堂门前振臂一呼，"谁不去谁就是衰仔！"薛岳在抗战时为第九战区司令长官，曾有三次辉煌的胜仗记录，被誉为"华南虎"，此番虎威大发。这支"讨伐军"中还有陆军上将张发奎、余汉谋、李扬敬、邓龙光、香翰屏，海军司令陈策，空军大队长张惠长，可谓陆海空三军大出动。他们百十人乘两辆大交通车风驰电掣般来到太平路上《救国日报》社门前，"乒乒乓乓"大砸一阵，摔烂招牌，门破玻璃碎，一片狼藉。众人一发呐喊，杀将进去，掀翻排字架，捣毁排字盘，铅字如暴风骤雨般满天飞。龚德柏拔出手枪，守住楼梯口大叫："谁敢上楼，必与之一拼！"没想到军官们却怕死，无一敢带头冲，隔着楼梯与龚氏对骂一阵，便鸣金收兵。但经此一番折腾，孙科在竞选中颓势已现。事后，李宗仁让程思远交给刘士毅四根金条，转交龚德柏，聊充"损失费"。

4 月 23 日晚，也就是阴历十五日，一轮皎洁的明月爬上了紫金山，大方巷口扶乩仪式正式开始。

程序是先由立法院代表问休咎答案，正鸾、副鸾便可以在沙盘上推出字来，再由算命者来解释所谓"神示"。

乩坛布置好后，立法院的人节外生枝，认为"倪半仙"请来的正鸾、副鸾是熟人，可能会有鬼，提出重新找人。

"倪半仙"说："我去找两个不识字的娃儿来吧。"

于是，他临时找来家门口两个四五岁小娃儿，一男一女，男娃代表"立法院"，女娃代表"大方巷"，分别在筲箕两边，都用双手扶在筲箕边上。

九点一过，"倪半仙"大声说："维中华民国戊子年三月十五日酉时，南京大方巷口诸位在此请乩，仪式开始，首先由立法院代表先问何事。"

立法院代表伸着脖子，大声问："请问哪位大神，中华民国副总统谁人当选？"

"倪半仙"问大方巷代表："你们也是问同样的问题吗？"

"是的！"

"好，扶乩正式开始！"

一声令下，两个小娃儿闭起眼睛，身体微微晃动，两双小胳膊小手推动箕，乩笔在沙盘上游走，竟然出现了一行歪歪扭扭的字：总理自西山来。

国民党只有一个总理，就是孙中山先生。

"倪半仙"唱道："总理孙中山降乩了！"

众人纷纷跪倒，口中念念有词："天佑中华，总理显灵了。"

随即两个小娃上下左右又推字，沙盘出现一首诗：

阴雨纷纷降秋池，党国前途未可期，

若问世人谁得识？不管三七二十一。

众人急忙问"倪半仙"："这是什么意思呢？"

"倪半仙"解释："意思很明白，不管三七二十一！"

"到底啥意思？"

"天机不可泄露啊！""倪半仙"意意思思、神神鬼鬼地说。

三十四、人算不如天算

4月24日上午，国民大会堂再次进行投票。李宗仁、郭德洁夫妇依然面露笑容："昨天很感谢，今天还请帮忙。"结果李宗仁得1163票，孙科为

孙科

945 票，程潜为 616 票，结果仍未通过半数，要进行第三次选举。

是晚，程潜到中央饭店向他的助选团宣读《放弃竞选书》，他说："和谐为团结之基，克己为民主之本。木于此旨，放弃被选举权。敬请爱我的各位代表先生，于其余两位候选人中，另择一位接近诸公理想者，投下神圣一票。个人进退，不足介怀；诸友隆谊，永矢不忘。"

代表们得知其中隐情，义愤填膺，表示选程潜选定了，除非他合法落选；坚决不承认他放弃被选举权，不同意改选别人。

这一晚，大方巷 21 号白公馆灯火辉煌。李宗仁召开助选团会议，商量对策。七嘴八舌，烟雾弥漫。正当众人苦思冥想之时，黄绍竑发惊人之语："德公，你也声明放弃竞选。"

小诸葛白崇禧微微一笑，点拨道："程颂云放弃于前，德公放弃于后，看太子和哪个竞选去？"

李宗仁恍然大悟，命助选团推敲一段声明文字，曰："选举有某种压力存在，国大代表不能自由选举。最近有人散发传单，公开攻击李宗仁先生，谓李先生当选副总统，就要逼宫；或三个月后，就逼领袖出国。此外，并制造种种谣言，极尽诬蔑侮辱之能事。迹其用心无非欲颠倒黑白，淆乱视听，以打击李先生之竞选活动，而遂其操纵把持之诡计。兹悉李先生为表其光明磊落之态度，已向国大主席正式声明放弃副总统竞选。深恐社会不明真相，特为郑重声明。"

第二天上午八点钟，两千多代表来到国民大会堂，顿时像开了锅一样狂呼乱叫。众人拿着程潜、李宗仁的声明乱骂一气。洪兰友在台上对着麦克风大喊"肃静"，八千喉咙直叫"罢选！选！"一个个纸团飞向主席台。大家齐跺脚杂声直震屋瓦。眼看会议开不下去，会议主席李文范只好宣布"休会一天"。

代表们把手中文件扔得满天纷飞，骂声绕梁。

"反对包办！"

"反对独裁！"

"反对操纵！"

抗议之声传遍南京城。

孙科成为众矢之的，形势所迫，也被迫发表声明，"为肃清外间流言，消除误会"，放弃竞选。

国民党中常会也召集紧急会议，推举张群、王宠惠、白崇禧、张知本、陈布雷五人找李宗仁、程潜、孙科促驾；国民大会主席团也推出胡适、曾宝荪、陈启天、孙亚夫等人去劝副总统候选人参加选举。

在白崇禧的敦促下，李宗仁的弓不再拉得那样硬了。几番忸怩，千呼万唤，他方才应允重新参加竞选，只是说："选举一事，听国民大会公决。"但是形势完全对李宗仁有利了。蒋介石的让步，使他手下人的气焰压低许多，胡搅瞎闹的现象顿时减少。

是日第三次投票开箱，唱票者高声宣布李宗仁得票 1156 张，孙科 1040 张，程潜 515 张。按选举法规定，三选仍不过半数时挑两名选票多者，再进行四选，以票数多少论胜负。程潜因票数太少，依法退出。陈立夫保证，四选时选程潜的那一部分票可以改投孙科，孙科是有把握获胜的。

李宗仁、郭德洁夫妇是晚也没有闲着，一对贤伉俪专程前往中央饭店孔雀厅，拜会程潜和拥程的代表们，笑容满面，和蔼可亲。

双方助选团也早定下君子协定：互不拆台，互不拉选票，三选落选之人，便支持对方入选。李宗仁因此信心更是大增。

4 月 29 日上午八点，国民大会堂主席台上十二个票柜整整齐齐排列着，代表们鱼贯而上，依次投票。大喇叭中反复念着"李宗仁""孙科"的大名，势均力敌。双方助选团和候选人紧张的心都提到了嗓子眼。渐渐地，"李宗仁"多于"孙科"。在唱了第十个票柜时，孙科的神经要崩溃了，他垂着头，悄悄离开了会场。终于各个票柜都唱完了。李宗仁得 1438 票，位居首；孙科得 1295 票，比李宗仁少 143 票，李宗仁以多数票当选副总统。大会场一片欢腾，拥护李宗仁的代表互相握手，欢笑蹦跳。拥护孙科的代表则哭丧着脸，哑口无言。李宗仁、郭德洁好像又是一次决战"台儿庄"，众星捧月般前呼后拥地出了国民大会堂，脸上带着胜利的微笑。

立法院的一群代表又围住"倪半仙"的算卦摊理论。"倪半仙"笑着解释："我没算错啊，三七二十一嘛。你们若不信，去大方巷另一头看看李宗仁住几号？就是 21 号！这叫名至实归！"

三十五、人去楼空

1949 年 1 月 25 日，已经过了宵禁时间，位于大方巷口的外交部大楼灯火通明，外交部长吴铁城正召开紧急会议。时钟"当当当……"敲过十二点，会议结束。

外交部东欧司司长李友荣坐车回百步坡公馆，途中，从公文包中取出一个信封，对司机李师傅说："你辛苦一趟，把这封信立即送交苏联大使馆！"

抗战胜利以后，李友荣已是外交部东欧司司长，他去上海在祥生汽车行找到李师傅，说能有今天，全凭李师傅当年的救命之恩，请李师傅去南京专门给他开车。盛情之下，李师傅拖家带口到了南京，住在外交部对面大方巷、五条巷老虎灶丈母娘家后院，给李司长开车。

1948 年 9 月，国民政府金圆券大贬值的辰光，外交部不时给工作人员发放大米、蔬菜，以安其心。李师傅暗自庆幸，跟了个好上级。闲暇时，他就开车去新街口，把车停在《中央日报》社院子里，然后去新街口著名的公共厕所，不是去"方便"，那后面是南京有名的"金融市场"，成天有"黄牛""叮当叮当"敲着"袁大头""孙小头"，兜售、兑换外汇和银圆，只要一发薪水，李师傅就立即去倒腾银圆，也能赚取不少的差价，小日子过得不错。也没过几天，徐蚌会战国军主力打败了，共军饮马长江，江北隐隐约约传来隆隆的炮声。

蒋总统"下野"，李代总统上台，外交部也是一团糟。

深夜送信，李师傅知道其中的分量，宵禁期间，街头和沿街商店屋檐下，到处滞留着逃难的人群，全凭外交部的车牌才得以在市区内畅通无阻。李师傅开车沿中山北路在鼓楼广场转了一圈，径直开车到北平路，转江苏路，来到大方巷56号苏联大使馆门前，左右看看没人，没有熄火，便下车摁响了门铃。幽静的夜，铃声格外刺耳。"叮铃铃"的铃声只响了一声，参赞费德林出来，将小门开了一道缝隙，李师傅将信封从怀里掏出，递了进去，说："速交人使！"说完，转身上车离去。

费德林立即上到二楼，敲开罗申大使的房门，将信封交给了他。

这是一份国民政府行政院决定迁往广州的绝密情报。

原来，1949年1月21日，处于内忧外患中的蒋介石宣布"下野"，由李宗仁继任代总统。蒋介石为了拆李宗仁的台，暗嘱行政院长孙科将中山北路行政院迁走，架空李宗仁。

1月25日晚，李宗仁在总统府召集行政院长孙科、副院长吴铁城、参谋总长顾祝同以及总统府秘书长吴忠信在总统府开会，孙科说："共军南下，距离浦口仅十五公里，南京危在旦夕，随时可以威胁首都，我拟将政府迁往广州，定于2月5日在广州办公。由外交部通告各国驻京使节。"

李宗仁表示不同意，说："抗战期间，我国政府哪天不是在敌人的轰炸下办公？政府走了，我一个空头代总统留在南京干什么？"

孙科主意已定："那我管不了，2月6日政府在广州办公！"

罗申得知此事后不敢怠慢，立即上三楼的阁楼，用电台呼叫莫斯科，发送情报，请示机宜。苏联政府此时不想与国民政府翻脸，在斯大林眼里，蒋介石比毛泽东更容易驾驭。

第二天上午，苏联外交部密电回复："请罗申赴广州。"

第二天下午，代理国民政府外交部长的吴铁城召见各国大使。外交部照会各国驻华使节，请准备赴广州驻节。

　　此时，各国大使纷纷请示国内，根据中国局势发展调整政策，决定是去是留。只有苏联大使罗申占得先机，按照苏联最高当局的指示，命令大使馆人员收拾行囊，由他带队去广州，留下一参赞待在大方巷 56 号。

　　与此同时，美国国务院却训令驻华大使司徒雷登继续留在南京，采取"观望"政策，只派公使衔参赞克拉克前往广州。其他西方国家也效仿美国，将它们的驻华使节留在南京城里。

　　2 月 3 日，行政院正式宣布在广州中华北路（今解放北路）迎宾馆办公。2 月 4 日，行政院长孙科偕同副院长吴铁城等人，乘坐中航飞机抵达广州白云机场。2 月 5 日起，国民政府外交部在广州沙面侨乐社开始办公。苏联驻华大使馆主要工作人员在大使罗申的率领下，先一日到达广州，起用帝俄时代的驻广州领事馆为苏联驻华大使馆，紧挨着国民政府外交部，真够亲密的。当时，其他国家大使馆都在观望局势，揣测苏联的意图。担任苏联驻华大使秘书的 A. M. 列多夫斯基就曾这样说：

　　"外国外交官们和中国当局急需摸清此举的用意，他们产生了各种各样的猜想和推测，我们苏联外交官对这些问题的回答是：按公认的国际管理，一个外国使馆应设在派驻国政府所在地。我们明白这一回答听起来很难令人信服，但我们应依照莫斯科方面的指示行事。"

　　对苏联政府的态度，代总统李宗仁憋了一肚子气，2 月 20 日，他追到广州跟孙科交涉，要求行政院仍回南京办公。次日，李宗仁以国家元首身份，接见苏联驻华大使罗申、美国驻华代办柯慎思等外国使节，苦口婆心地劝他们回宁，共克时艰。罗申大约是觉得广州的早茶比大方巷的烧饼油条好吃多了，赖在广州拒绝回宁，整整住了近四个月。

　　直到 1949 年 5 月 30 日，人民解放军已经攻占南京一个月之后，苏联大使馆才撤离了广州。

　　即便如此，苏联对于国民党政府依然恋恋不舍，仍与之保持着外交关

苏联驻华大使罗申

系。直到 1949 年 10 月 1 日，毛泽东在北京天安门城楼上庄严宣布："中华人民共和国中央人民政府于今日成立了！"

1949 年 10 月 10 日，罗申以驻华大使的身份向中华人民共和国中央人民政府主席毛泽东递交了国书，中苏建交。又过了十八天，位于南京大方巷 56 号的苏联大使馆才退租走人。

三十六、大方巷 14 号，参议员联合会

14 号是个大院，朝南有两扇可驶入汽车的大门，有操场，南有二层西洋式建筑，整个楼房，上下有几十个房间；三层是一四方形阁楼，通顶层平台大门前有四根大圆柱，楼房呈工字形，两头大，中间为房间和走廊，一

楼南头有一出口，有三层台阶，对面是一大饭厅，与东面灶房相连，一看就是百十口人吃饭的那种。再往西就是一座小门，通大方巷，有传达室。

这座大楼房是什么人住的呢？根据1946年南京户籍普查，户籍卡上的户主为吴有训。

几十口人的住处怎么只登记户主一人呢？当时，只要是单位，别管住多少人，户主只登记法人代表。

吴有训何许人也？时任中央大学校长。

1897年4月26日，吴有训出生于江西省高安市荷岭乡石溪吴村。七岁时入家塾。1912年，进高安县的瑞州中学，后随学校并入江西省南昌第二中学。1916年7月，吴有训毕业，考入南京高等师范学校理化部，受教于留美归来的胡刚复博士。1921年，吴有训以优异成绩考取江西省官费赴美留学，进入芝加哥大学物理系学习，成为著名的物理学家A. H.康普顿的研究生，与康普顿教授一起从事X射线散射光谱研究。1925年获得芝加哥大

吴有训

学哲学博士学位，并留校任助教。

1926 年秋，吴有训回国，先后在江西中山大学、清华大学和国立中央大学任教。1929 年，吴有训在清华大学建立中国第一个近代物理学实验室，进行 X 射线问题的研究。

1936 年 4 月，吴有训被德国哈莱（Halle）自然科学研究院推举为该院院士，成为第一位被西方国家授予院士称号的中国人。1940 年，当选为中央研究院评议员；1945 年 10 月，任中央大学校长。是时，中央大学回迁南京。

从吴有训的经历来看，他不是个很有钱的人，而大方巷 14 号大院里上下两层几十个房间也不是住家用房。原来，在 1946 年南京市人口登记时，这幢大楼内起码住有百十人，户主只有吴有训一人。因此，大方巷 14 号应是中央大学单身教师的宿舍。

日军入城十三天以后的大方巷 14 号

1937 年 12 月，日军攻陷了南京城，大方巷 14 号被日军占领，成为日本南京警备司令部所在地。院内一度还建有日军无名士兵墓。1938 年 1 月 1 日，日军南京警备司令官少将佐佐木到一就在这里向（伪）南京自治委员会成立发出致辞。许多镇压南京人民的条文和布告都出自这里。

1948 年后，大方巷 14 号成为南京参议员联合通讯处。南京参议会是怎么回事呢？

1946 年 5 月，抗战中迁重庆的国民政府还都南京，宣布结束训政，还政于民。南京市政府成立临时参议会，清查户口，分区编组，共计 12 区，392 保，7141 甲，人口 144987 户，男女人口合计 652029 人；后又并入江宁和汤山及四乡，16 保，191 甲，2735 户，男女合计 716508 人，发给国民身份证，继而举办公民宣誓，成立南京市第一届选举事务所，再进行参议员普选，南京 12 个区加上农会、工会、商会、教育会、自由职业，共选出参议员金陵大学校长陈裕光、营造商同业工会理事长陶桂林、中央组织部视察郭兆祺等 63 人，候补 59 人，共计 122 人。这些各区选出的参议员需要有联合通讯处，而且都需要办公室，这样，大方巷 14 号便成为南京参议员联合通讯处。

三十七、五条巷 15 号，胡蕴华住宅

五条巷 15 号是胡蕴华于 1934 年建的寓所，是砖混木加混凝土结构的花园洋房二层一栋二十间，西式平房一栋五间，厨房三间，中式平房二栋九间，活动白铁房一间，共计三十八间。能建起如此奢华漂亮的别墅绝非平常人物。

五条巷 15 号

　　胡蕴华何许人也，民国名人大词典上查不到，好多人不晓得。

　　听我来告诉你：胡蕴华是个知识女性，南京"太平蚕种场"的场长。

　　20 世纪 30 年代初，江苏省有三大现代蚕桑试验中心，即苏州、镇江和南京。南京的蚕种场不少，蚕种场的蚕种生产分为三级繁育（原原种、原种、一代杂交种）和四级制种（原原母种、原原种、原种、一代杂交种），胡蕴华的太平蚕种场算上一号。该厂有职工和技术人员共二十余人。这里有桑园二十余亩，绿油油的。

　　太平蚕种场一年春秋两季约收蚕纸一万多张，一张蚕种约二万五千粒卵，每张可卖一万元，一亩中等以上肥力之桑园，一年可饲养蚕种两张半，产蚕茧七十五公斤，再卖给缫丝厂。农民学会了养蚕技术，是脱贫的好途径。

　　所以，蚕种场就是胡蕴华致富的手段。但她的技术是从何而来的呢？

　　有句话是这样说的：一个成功的男人，身后必定有一个优秀的女人，反

之，一个成功的女人背后，肯定也有一个优秀的男人。胡蕴华蚕种事业有
成，是离不开她的先生常宗会的鼎力帮助的。

常宗会，安徽省全椒人，与《儒林外史》作者吴敬梓是同乡。他们俩
一位是文学大家，一位是著名农业蚕桑畜牧大家。

1919 年 7 月，毕业于安庆龙门师范的常会宗，作为安徽学生代表在上
海加入了全国学生总会，曾亲自聆听孙中山先生的教诲；同年底，赴法勤工
俭学，学习农业科学，他认为要使中国农民增加收入，逐步富裕，就要打
破传统的单一耕作，宜农则农、宜桑则桑，因地制宜，发展农桑事业。于
是，他撰写了《改良中国蚕桑计划》的论文，1925 年获南锡大学理科博士
学位。回国后，任国立东南大学农科蚕桑系教授，从事蚕桑、畜牧、烟草
方面的教学、科研工作，并担任"中国合众蚕桑改良会"与国立东南大学
农科合办的南京蚕桑试验场场长。

经人介绍，常宗会结识了美丽贤良的胡蕴华，两人喜结连理。

常宗会（右四）与胡蕴华（左四）结婚照

胡蕴华与常宗会

当时的大学院院长蔡元培先生为二人写了证婚词：

社会组织，托始夫妇。互尊人格，互尽义务，互谅所短，互信所长；亲爱不渝，幸福无疆。

由于有先生在技术上的支持，1930 年胡蕴华在太平门外创办了太平蚕种场，技术人员和职工都是安徽全椒人。在全场上下的努力下，蚕种场取得了很好的效益。此外，南京还有几所规模较小的蚕种场，如务本制种场和金陵大学蚕桑系蚕种场等，各场年产蚕纸不过数千张而已。由于常宗会推广先进的养蚕技术，各蚕场和当地农户均得益不少，其中各蚕场年产改良蚕纸约有十万张，总值在十万元以上，如每张以产茧二十五斤计算，可产茧二万五千担，农民可收入九十五万元，是当时丝绸纺织业的一项重要收入——品种和质量居全国之冠。

某一天，太平蚕种场来了个年轻人，满口全椒话，是来找工作的，他——就是张劲夫！

张劲夫后来参加了革命，中华人民共和国成立后历任要职，最终成为国家领导人。当年他到南京晓庄学校求学时，却是一个近乎乞丐的穷学生。

回忆这段在南京求学和工作的历史，张劲夫说："（全椒）学校的校长兼老师的邓西亭先生，他原是南京高等师范学堂的毕业生，向我推荐去晓庄学校，他说这个学校不收学费，在农民家里搭伙，膳食费也便宜，适合你这样的学生。这样，我就在 1930 年 5 月间，去到了晓庄。"

没想到在一个月前（1930 年 4 月），该校已被国民党当局勒令关闭，等了几个月，不见有转机，于是张劲夫到南京太平门外蚕种场求职，胡蕴华收留他做了工读生。有了安生的场所，渡过了难关。张劲夫学习工作努力，不久当了蚕桑指导所主任。

1932 年，陶行知从日本避难归国后，张劲夫决定赴上海投奔陶行知，加入了山海工学团的工作，参加过抗日救亡运动、抗日敌后游击战争、解放战争。新中国成立后，在国务院、国家部委和地方多个领导岗位任职，成为我国科技和财经战线的杰出领导人。

抗战期间，常宗会抛弃了在南京的事业，携妻子远赴云南大学任教，并同时兴办农场，发展云南的卷烟事业，实现科学救国的梦想。抗战胜利之后，1946 年，常宗会被选为国大代表，次年任河北国营农场及国营湖北金水农场场长等职；后因不满蒋介石的内战政策，愤然辞去一切职务，自费前往大洋洲考察畜牧业。

胡蕴华位于五条巷 15 号的房子后来租给了挪威大使馆作为馆址。

1935 年 10 月 8 日，南京市政府在公布的《南京市内外国使馆租用馆址办法》中规定：一是"申请租用南京土地建筑馆舍，其地点与面积，由外交部呈请行政院核定之"；二是"租用馆址，其租金全部缴清后，即由南京市政府、外交部会同外国使馆订立承租界桩"；三是"租用馆址，除供使馆官员办公居住外不得移转或作其他收益及经营之用"。根据 1948 年 6 月的统计，南京共有三十六国大使馆、公使馆。在这之后还有巴基斯坦等几个国家与中华民国建交，加上战时的日、德等国使领馆，民国时期在南京共设有五十多家大使馆、公使馆和总领事馆。

大方巷和五条巷就有四家租给外国使馆使用，即奥地利、挪威、西班牙和苏联使馆。

1949 年 4 月，解放军占领南京。挪威大使馆走了，五条巷 15 号的房子，因为常会宗夫妇不在南京，遂作为无人住房被房管局代管。

是年底，常宗会夫妇回国，常宗会先后担任哈尔滨农学院教授、南京农业专科学校教授等职；退休后，他还敦促亲友对祖国四化建设多作贡献；1985 年因病去世。胡蕴华情况不明。

胡蕴华的房子虽没有归还房主，但也没有被拆毁，至今仍为房管局所有。

下编

飞入寻常百姓家

序：

平常巷陌

在我的印象里，大方巷与五条巷这半边是一条充满了烟火气的老巷裆。

"喔喔喔……"每天一清早，随着和平农场一阵阵鸡叫声，老巷裆从梦里醒来，一天的生活开始了。

家家户户门前劈柴火斗炉子放煤球，多少只手摇着比济公那把还破的芭蕉扇子，"哗啦哗啦"地来回不停地扇，烟雾缭绕，"喀喀喀"，咳嗽不断。

十几个臭烘烘的马桶摆在路边上，盖子掀开，梳着巴巴头的中年妇女，左手按着檐口，右手握着竹刷子没得命地绕圈子，"唰唰唰""涮涮涮""洗唰唰""洗涮涮"。

丁家小店的丁妈妈忙着下门板，每块板都有记号，"壹贰叁肆伍陆柒捌"，靠在墙上，按次序摆好，再用一根麻绳拴起来；一根鸡毛掸子挨着商品一个个掸灰，一块旧抹布不停地擦抹柜台，等着第一个顾客上门。

在把华里东头和五条巷交界口斜对面有个木桶烧饼铺，那是一个非常传统的小铺子。做烧饼的师傅是个中年汉子，高高的个子，上身套着围裙，手上戴着粗布手套。烧饼炉子有一米多高，炉膛像个大坛子，外面用砖和泥包住，最外侧用木板箍住，故而叫"木桶烧饼"。面在大案板上和好后，扯成很多层，撒上盐、葱花、油再揉好，做成一个个剂子（小面团）。然后用擀面杖擀薄，用刀切成一块块，用水抹上，在芝麻盆里一蘸，烧饼毛坯就好啦！炉膛中间是红红的煤火，老板将面饼一个个贴在炉膛里的炉壁上。跳动的火焰映红师傅的脸，在晨曦的微光中格外抢眼。等面饼在烈火烧烤的作用下由白变黄，酥焦香脆后，老板用长柄铁钳将烧饼从桶壁上一个个铲下来，夹到桶盖上。那时两分钱半两粮票一个烧饼，买两个烧饼一两粮票四分钱。烧饼非常好吃，松软可口、外脆里酥，香味满街飘逸。

北头老虎灶台并排两口大铁锅里，中间还有小瓦罐，雾气朦胧，人灶炉火熊熊，开水锅的开水滚了，卖水的大妈右手大铁勺，左手漏斗，忙着冲水，竹壳水瓶、铁壶、钢种锅的互相碰撞，大铁勺不断把预热锅的温水往开水锅里添加；打水人拎着的水瓶里漏出的水滴滴嗒嗒，一路回家。

南面卖糍粑的摊主在路边支起炉子放上油锅，把油烧热，再把糯米切成长方形的一块块坯子放进油锅里炸，还有炸油球和炸油条的摊子，这些米面食品在锅里煎熬得"吱吱"作响，引诱着排队的人群忍不住咽口水。

张家老头、工家老太的问候声，此起彼伏的"笃笃"棒子声，小贩吆喝声：

"桂花酒酿小元宵、赤豆元宵、莲子藕粉小元宵……"

"炒米粑粑欢喜团……"

"卖甑儿糕哎……"

不时夹杂几声熊孩子"卖屁儿糕""炒屎粑粑欢喜团……"的淘气声和大人"讨债鬼"和"小炮子子"的责骂声……

部队家属院的阿姨拎篮子买菜回来，小学生三三两两背着书包上学，上班一族急匆匆地出门，偶尔也有一两辆脚踏车"叮铃铃"而过。

整个老巷裆构成一幅和谐的画面，各种声音合奏出老巷裆里的日常生活交响曲。

一、换了人间

1949 年 3 月，长江北岸炮声隆隆，解放军八兵团第三十五军发起了三浦战役（江浦、浦口、浦镇），扫清了长江北岸国民党军的防务。南京城里乱作一团，达官贵人、政府要员、有头有脸的商人、公务人员，甚至平常百姓纷纷麇集在大校场、明故宫机场，或拥挤在下关沪宁车站，或沿宁杭公路纷纷逃离南京城，将大批的房产遗留在南京的大街小巷。

4 月 23 日，在北平西山的毛泽东、朱德一声令下，长江北岸霎时间千篷竞发（船民忌讳说帆），浩浩荡荡杀奔南岸而来，南岸的国民党部队早已屁滚尿流地逃离防区，开启了逃亡模式。解放军第三十五军先头部队在下

刊登南京解放消息的报纸

关登上南岸，沿中山大道，经过萨家湾、三牌楼、山西路、大方巷、鼓楼，黎明时分从长江路直奔总统府，撞开大铁门，一部分战士沿着中轴线往里冲，另一部分战士登上大门的城楼，扯下了旗杆上的青天白日满地红旗，一个旧政府坠地，一面象征红色政权的党旗沐浴在朝阳下冉冉上升。

1949 年 4 月 23 日，第三野战军解放南京，毛泽东主席得知解放军占领南京的消息后，兴奋异常，夜不能寐，挥毫写下《七律·人民解放军占领南京》：

> 钟山风雨起苍黄，百万雄师过大江。
>
> 虎踞龙盘今胜昔，天翻地覆慨而慷。
>
> 宜将剩勇追穷寇，不可沽名学霸王。
>
> 天亦有情天亦老，人间正道是沧桑。

进入南京城的部队和政府机关按照对口的原则，开始接收房子。

陆军接收中央军校陆军的房产，空军接收国民党空军司令部的房产，海军接收挹江门国民党海军司令部，公安局接收国民党公安系统，政府部门接收政府部门，大机关周边的公馆、官邸为接收单位之领导按职务高低和房产质量所拥有，大量无人房产谁先到就是谁的。很多农村兵一进城见啥都新鲜，用抽水马桶淘米，拽断电灯线举着行军之类笑话也多有发生。

1949 年 6 月 10 日，南京市委、南京市军管会发布关于管理公共房产之决定：

南京解放之初，由于管理房屋的机构未能及时成立，分配管理办法尚未正式规定，而部队、机关又大批进入城市，在住房问题上产生了很多不应有的现象，如先到者住得太宽，占用家具太多；后到者则有感受房子不足的困难，许多公共房屋因遭破坏，便无人去住，以致任其继续破坏，无人负责，损失之大，不可计数。兹根据1948年12月中央关于城市中公共房产问题的决定及本年5月中央对卫戍部队城市驻房指示的精神，规定具体办法如下：

一、各机关、部队应即开干部会，由该单位主要负责同志将中央上述指示（附发）重新传达，并进行自我检讨，是否有违背中央指示的现象与浪费房屋用具、水电等事，从思想上找出根源，积极进行爱护房屋用具、节省水电的教育，定出纠正办法。

二、在军管会及市政府下成立房地产管理委员会与房地产管理处，所有市内公共房屋，包括机关、营房、仓库、宿舍等，不论有无机关或个人居住和已否分配，一律由其接收和保管。已逃走之国民党政府官员之私人住宅连同家具设备在内，已无主人负责管理者，由房管处代管，俟该房主回来后，依法分别予以处理。如现在有本主在南京，或有人代管而在政策上不应没收者，应即将该房产交给本主或代管人代管。

三、部队、机关现在住用之房屋、用具等均须向房管处忠实陈报，以便调度。新来之部队、机关如须住用房屋及用具须先向房管处接洽，取得同意，并将其所需要之房屋数量情况及家具设备造具表册，向房管处登记，转呈军管会批准后，方得进住，不得擅自强住，或隐瞒不报。

四、除卫戍部队有特殊警戒任务，须在市内住用一定房屋者外，一切战斗部队一律移住营房及原敌警卫部队之住室，不得强住公馆区及商店、学校和民房。

五、机关单位住用房屋应各按系统，并应尽量紧缩，不得有过高的不合理要求。

六、反动首要之私人住宅，未经军管会特许，不得进住。富有历史意义或特殊建筑之房屋（如中山陵园、博物馆、伪总统府、国民大会堂、研究院等）应予保存，不准任何机关、部队住用，尤不准随意搬用东西。

七、部队、机关住用房屋、使用家具，应加爱护，水电应加节省，否则除不许其继续居住或停止供给水电外，并须负担赔偿之责。

八、部队、机关搬房子时，任何东西不许移动；走的、来的、看的三方面要当面具结，交接清楚，做到来明去明，原封不动。

九、房管处接收所有公共房屋后，即拟定房屋分配计划，经批准后，由军管会、市政府以命令实施之。

十、任何部队和机关及个人住用房屋者，均须缴纳房租费和水电费。其细则由房管处拟定，经批准后施行之（水电费一律由该机关或个人自理，按水电公司章程付费，不得拖延或欠付）。

十一、本规定到达后，各机关、部队均需召集会议，进行传达并对军管会作报告。

中共南京市委会南京市军事管制委员会一九四九年六月十日

6月12日，南京市军管会发布蒋伪房产问题处理的通告：

（一）

（军管会、人民政府命令、房字第一号）

兹为接管蒋伪政权及其反动首要之房地产，便于保护不使破坏起见，京市房地产管理委员会，任命李达、陈士渠、陈同生、焦成、余非、宋炜、朱启銮、汤成功等八人为委员，以李达为主任委员，陈士渠、陈同生为副主任委员。下设房地产管理处，任命朱启銮为第一处长，汤成功为第二处长，直接办理上项房地产接管及分配工作。所有来京部队、机关各单位等，如需房屋，须向该处事前接洽，听候分配，不得擅自进驻为要。此令。

（二）

查蒋伪反动政权统治南京期间，为达成其"反共反人民"之目的，及满足其穷奢极欲之享受起见，曾建有各种机关、营房、仓库及宿舍等，为数极多。此等所在，过去均为反动统治的罪恶渊薮。现南京既经解放，凡上述蒋伪公产及四大家族战犯的房地产及其全部设备用具等均将分别接管。任何部队、机关、团体及全体市民对此项财政均只有保护之责，而不能加以任何破坏和占为己有。解放之初少数不良分子，乘社会秩序未全安定之际，对房屋、家具、树木等曾有所破坏，兹特布告周知，凡保护有功者予以奖励，破坏偷窃者依法严惩。上述蒋伪房地产除已接管者外，尚有不少或化名或转手或以特殊方式掩蔽而隐瞒不报者。对此破坏我全体人民的财产之情事，全体市民均有检举揭发的责任。凡检举属实者酌予精神或物质之奖励，其仍隐匿不报者，一经查觉，决予严惩不贷。切切此布。

当时，南京伪官佐之公馆甚多，有的全家逃亡，有的伪高级官员出走，留人看管者，在没有宣布没收前，为防止损坏盗窃，一律可代管，干部不足时，雇人看管，免遭损失，何者应代管，何者应没收，何者不应代管，统由调查研究处理。

大方巷一带的原达官贵人房产基本都闲置下来，第三野战军后勤部接收了国民党的衙门和私人房产，陆续搬进了一批又一批的新居民。

二、大方巷 14 号，三野后勤供给部大楼

大方巷 14 号这座大楼前排满了吉普车、大卡车，这座大楼成为第三野战军供给部机关大楼。后勤部司令员刘瑞龙、参谋长李厚坤、政委谢胜坤、供给部部长蔡长风等成为这座大楼的主人。各种机要文件物资陆续搬进了这幢大楼。

1949 年 5 月 27 日三野部队占领大上海，担任三野供给部部长的蔡长风，奉命去上海苏州河北岸看仓库，负责接收国民党政府和大资本家的军需装备和物资。当时的南京，为第二野战军和第三野战军共同占领，刘伯承为司令员，邓小平为政委，陈毅、粟裕为副司令员，南京城内的国民党各机关衙门都是二野后勤供给部杨以山部长负责接收的。8 月底，南京的接收工作基本完成。到了 9 月下旬，毛泽东和中央军委制定了二野进军大西南的战略任务，二野就将接收南京的成果交给了三野。

这时，蔡长风率三野供给部机关回防南京，进驻中央北路大方巷这座昔日的南京临时参议员联合通讯处大楼。

大方巷一带的洋楼、别墅，几乎都换了新主人。但是他们都属于临时性房客，流动性比较大。三野后勤部参谋长李厚坤率先进驻这里，前方进军势如破竹，随即，李厚坤跟随部队进入大上海。席不暇暖，三野第十兵团第二十八军、第二十九军和第三十一军于 7 月上旬开始向福建地区进军。

三野第十兵团领导机关兼福建军区在福州成立，叶飞任司令员，政委韦国清，李厚坤奉命接任第十兵团后勤部部长。

李厚坤

李厚坤，湖北石首人，1931年1月参加中国工农红军，1932年入党，1935年参加长征，历任团军医处供给主任、红军大学（后来的抗日军政大学）粮秣科科长、抗日军政大学山东分校供给科科长、胶东军区后勤部部长等职。1947年春，调任华东野战军后勤部第二副司令兼参谋长。华东野战军和第三野战军合并后，任第三野战军后勤部参谋长、第十兵团后勤部部长。

由于工作太辛苦，李厚坤的身体出现不适状况，叶飞司令员关心地说："老李，我们先行一步，不然你留在上海工作也行！"

李厚坤说："没关系，司令员，我休息两天，等我爱人从南京来后我就动身！福建是你的家乡，解放福建少不了我。"

7月下旬的一天，大方巷一座小洋楼门口来了一辆美式吉普车和一辆十轮大卡车，卡车上有一个排的战士，穿军装的葛玉芳抱着两岁的儿子李新国同保育员都上了车。

一名班长对吉普车司机说："同志，稍等一下，我去买包烟。"

他来到路对面树荫下的香烟摊前，说："老板，来包'大前门'！"

当年南京的香烟摊都是流动的，也有在商店里卖的，更多的是烟贩子身背扁木盒子，里面排着各种牌子的香烟，走街串巷叫卖。

卖烟的小贩头戴遮阳草帽，四十来岁，他真正的身份是原国民党保密局南京站联络员。军统特务利用各种身份潜伏下来，他们发现大方巷一带有部队高级机关，于是，化装成小商贩，总在大方巷一带转悠，窥伺动向，搜集情报。

"老总，这么热的天要出远门？"

"是啊，蒋该死还没死呢，要将革命进行到底嘛！"

"到哪块抓老蒋？"

"军事秘密！不过告诉你也没得关系，去上海。"

"老蒋已经不在上海了。"

"看见吗，两部车，我们到上海接个大首长，再去福建，跑到天涯海角，也能追上老蒋！"

对面的司机催促着："磨蹭啥呢，走了！"

"走了！"

他打了个招呼，几步过路，爬上大卡车，吉普车在前，大卡车在后，一溜烟，车出了大方巷口。

没想到，车在半途就遭到敌人的埋伏。

正是那个香烟贩子见车队驶离大方巷后，随即往西拐进五条巷，来到19号院临水塘的那幢小楼下吆喝着：

"卖香烟喽。老刀牌、大前门、金字塔、双喜牌！"

二楼窗户开着，一个中年烫发女子伸出头喊了一声："卖香烟的，来包老刀牌的……"紧接着，一位身穿旗袍、拖着撒板儿的女人从楼上下来，喊道："到这块儿来。"

烟贩子答应着过去，放下木架子，擦擦头上的汗，从木盒子里拿出香烟递给女人。

这个女人不是别人，正是军统南京站的谍报员，她收到情报，得知三野后勤部高级人员的动向，迅速将这一情报通知从浙江到福建的沿途各站点。

葛玉芳一行到上海与李厚坤会合后，休息一天，便向杭州方向前进。

8月3日17时许，一辆吉普车和一辆大卡车从浙江省嵊县县大队部出发，沿着公路向金华方向开去。前面的吉普车上坐着六个人，他们分别是李厚坤和妻子葛玉芳、两岁的儿子李新国、两名警卫员及随行的保育员。大卡车上坐着一个排的解放军战士。

原军统浙江站人员安我华，通过电台得知了有共军大官将从此地经过，于是设计了一个伏击方案，将前进中的两辆车截断，再集中力量消灭吉普车里的人。于是他们隐蔽在村头的空屋里。由于路况不太好，加上吉普车跑得快，两车之间渐渐拉开了距离，当他们由绍兴过嵊县途经东阳胡村时，突遭安我华残匪伏击。匪徒先放过吉普车，再将一棵大树放倒，阻挡着后面的卡车，然后发动突然袭击，集中优势火力伏击吉普车。一部分兵力阻击落在后面的警卫卡车。李厚坤猝不及防，立即下车与敌激战，坐在车上的葛玉芳中弹牺牲，寡不敌众，李厚坤在战斗中不幸被流弹击中牺牲，警卫员、司机、通讯员全部壮烈牺牲。李厚坤的独生子李新国被压在身负重伤的保育员身下，侥幸生还，被残匪掳走；后面大卡车上的战士大部分牺牲，卡车也被残匪放火烧毁。

噩耗传来，惊动了浙江省委和华东局。华野首长陈毅、谭震林以及时任浙江省公安厅厅长李丰平分别发来电报，要求"迅速查明情况，组织力量，限期破案"。东阳县委迅速行动，由县委书记戴光带领公安人员调查，认定为安我华等人所为。又费尽周折，找到被土匪掳去寄养在农民家里的孩子，一并带回部队抚养。

再说，军统获知安我华残匪杀死了第三野战军后勤部参谋长，顿时觉得是莫大的功劳，便在各站军统特务中进行表彰，给特务们打了一针鸡血，尤其是南京地区的特务伺机谋杀共产党高级干部，为了制造混乱，在明故宫机场附近打冷枪，发射信号弹，在群众中散布谣言，活动猖狂。

直到 1950 年 3 月，安我华残匪终于在诸暨白枫附近被围歼，俘匪五十余人，匪首安我华被活捉。5 月中旬，经过多轮审判，安我华这个罪大恶极、恶贯满盈的匪首，被押赴刑场枪决，受到了应有的惩罚。

南京市公安局也侦破了多起特务活动，逮捕了特务分子，终于稳定了社会治安。

三、大方巷新居民

1949 年 7 月，大方巷 12 号的小洋楼搬进了三野后勤部供给部部长蔡长风一家。据这一家的小主人，当时只有六岁的蔡玲回忆："战争年代，我家一直居无定所。1949 年解放南京，部队进城，只能暂住国民党、资本家逃走后遗留的房子。我家也跟着从乡下的土屋茅棚，被安排住进了富豪逃走后遗留的洋楼、别墅。我最早的朦胧记忆就是 1972 年前从南京大方巷开始的。这里有我的一段童年……我记得，大方巷是一条并不宽大的僻静小街，没有商铺，路边栽种着高高的大叶子树，后来知道这是法国梧桐和菩提树。各式洋楼别墅错落路旁，遮掩在郁郁葱葱的林木花卉之中。这里曾是原国民党要员、富豪和外国人居住的地方。"

新居民蔡玲和她的弟弟和平

他们家是从哪里搬来的呢？在此之前，蔡玲一家居无定所，而且生存还受到滔滔黄河水与国民党飞机的严重威胁。

蔡玲说："1947年1月，我的父亲蔡长风担任华东野战军供给部部长。1947年，国民党军队对山东解放区发起重点进攻，华东野战军在山东惠民、德州一带组建华野后方留守处，安置伤病员及家属和孩子。

"据母亲回忆，当时父亲在前线打仗，由父亲的秘书张少卿、警卫员齐玉君、马夫老吕负责护送母亲、四岁的我与一岁的弟弟和平转移到留守处。过黄河时，头顶有国民党飞机盘旋、轰炸、俯冲、扫射，脚下是泛滥的滚滚黄河水，风大浪高，波浪滔滔，渡河的木船很少，人员严重超载，警卫员齐叔叔用自己的身体掩护着我与和平，冒生命危险艰难渡河。好不容易过了黄河，在黄河滩的开阔地上，敌机仍在头顶向渡河队伍扫射，张少卿叔叔抱着和平，指挥我们一口气跑了六七里，冲出黄泛区，到达安全地带。我和弟弟和平从此跟随母亲在华野后方留守处生活两年。

"由于国民党对山东解放区重点进攻，敌机经常来轰炸扫射，我们在后方留守处的生活也并不安定，经常行军转移。特别在临朐、南麻战役前后，适逢雨季，部队前方作战，我们随大人天天转移，跋山涉水，衣服淋湿，山路泥泞，吃不上饭，持续半月之久，大人累得精疲力尽，我们也都瘦了两圈。直到辽沈、平津、淮海三大战役后，我军从根本上扭转战局，华野后方留守处（1949 年春更名为三野后方留守处）从鲁西北迁往曲阜，不再颠沛流离、经常转移行军了，我们在留守处的生活才渐渐安定。6 月 13 日，母亲在曲阜三野后方留守处生下我的二弟阜平。"

这一切几乎在一夜之间发生了天翻地覆的变化。

蔡玲一家成为大方巷的新居民。她说："7 月，母亲带着我和两个弟弟和平、阜平，从曲阜三野后方留守处迁到南京中央（山）北路大方巷，见到久别的父亲。那时，我六岁，和平三岁，阜平刚满月。"

从茅草房、豆油灯，住进大城市的一栋独门独院的洋房，院里栽有很多大树，又高又密，在楼上窗口伸手就能够着枝叶。当时小孩子的兴奋与高兴的心情可想而知。

"我和和平乍从乡下进城，住进别墅洋房，茅草屋、豆油灯变成楼上楼下、电灯电话，真跟刘姥姥进了大观园一般，目不暇接，样样称奇。由于南京刚刚解放，治安秩序很差，不时发生潜伏敌特投毒、纵火、爆炸、绑架和暗杀，时闻冷枪。那时又无托儿所，从安全出发，父母对我们看管很严，哪里也不准去，只得天天关在家里。

"1949 年夏，南京热得跟火炉一样，街上和院子里的树叶也好像被太阳烤蔫了，无精打采地耷拉着，楼里的窗户经常被大人关上遮挡室外的热浪。和平正值顽皮淘气的年龄，不让出楼，可给憋坏了。早晚稍许凉爽一点，只要大人一开窗户，我跟和平就趴在楼上窗台上看外面树枝上的鸟和松鼠，听知了拼命地鸣叫。鸟的羽毛五颜六色，非常漂亮，时时发出三两声悦耳的啼叫；松鼠圆圆的眼睛，蓬松的大尾巴，就在我们眼前一米外的树枝上跳来蹦去，追逐嬉戏，可爱极了。"

没多久，部队实行整编，三野后勤部不少高级干部转业到南京地方工作。后勤部司令员兼政委刘瑞龙就转业到华东局担任农业委员会书记，蔡长风也响应七届二中全会关于全党要学会做经济工作的号召，从部队转业，任南京市财政局局长兼供销总社主任。

蔡家搬来不久，这条往日僻静小巷里的过往行人、叫卖小贩——挑挑子卖菜的，背木箱端板凳擦皮鞋的，摇拨浪鼓吆喝卖食品杂货的，挎着个扁木盒子卖香烟的，提竹篮子卖鲜花的一下子多了起来。

有一个卖棒棒糖的干脆就在蔡家院门口支摊叫卖，一待就是半天，好像粘在了那里。

蔡玲回忆："一天，父亲的老战友，我们眼中的'解放军'王义忠叔叔来我家（可能是向爸爸汇报工作，爸爸还没回家），听到院门口小贩摇拨浪鼓的吆喝声，抱着和平、牵着我下楼，给我们一人买了一根包着花花纸的棒棒糖，还特意给和平买了几粒粽子糖（咖啡色，三角形，无包装）。在乡下我们从未吃过这么高级的糖块，喜得和平直往王义忠怀里钻，咂巴着嘴，连声啧啧：'好好吃呀'。"

大方巷的棒棒糖的甜蜜，替代不了金门岛的苦痛。三野十兵团后勤部失去了李厚坤，工作受到一定的影响，渡海作战的船只筹备严重不足。10月25日，二十八军部队分别从莲河、大橙岛、后村等地启航，作为第一梯队渡海作战的三个主力团一个加强营，在强攻登陆后，奋勇冲击，一度登上了前沿阵地。但是，天亮以后，潮水退下木船均被搁浅，被赶来支援的国民党飞机全炸毁在沙滩上。没有船，就没法回去接第二梯队前来增援，也令登岛的部队没有了退路。

第二十八军前线指挥部原计划再运送一万一千人作为登岛作战的第二、第三梯队，因缺乏船只无法进行。此时，胡琏的部队已经登岛，近万名士兵的第一梯队与三万多名国民党陆海空守岛部队激战了整整三天三夜，孤

第三野战军供给部部长蔡长风

立无援，弹尽粮绝，或壮烈牺牲或被俘。叶飞等人只能望"海"兴叹，毫无办法。这是第三野战军在解放全国战争中遭受的最大的一次失败。

惨败的消息震惊了毛泽东和中央军委。

1949 年 11 月 8 日，中共中央军委主席毛泽东发电批评十兵团："以三个团去打敌人三个军，后援不继，全部被敌歼灭，这是解放战争三年多以来第一次不应有的损失。"

中央军委给十兵团的任务仍是继续准备攻打金门岛，继而解放台湾，完成祖国统一。

十兵团总结教训：金门失利的重要原因，是后勤保障没有跟上。当务之急，必须即刻选派具有丰富部队后勤工作经验的优秀干部，负责十兵团的后勤工作。

是年底，蔡长风率由南京各界人士联合组成的参观团赴东北，观摩学习东北老解放区的工业生产。在哈尔滨、大连及旅顺口参观后返程途经北京时，解放军总后勤部部长杨立三紧急召见他，说："1936 年你就是红军二师供给处处长，也是老后勤了。目前福建前线迫切需要有部队后勤工作经验的领导，我已推荐，军委已决定调你到福建前线。事不宜迟，即刻前往。"这样，离开部队在南京从事地方工作刚五个月的蔡长风，又重新穿上军装，即刻奔赴福建前线。

照片上的蔡长风穿的已不是解放军军装，而是实行供给制时为地方干部配发的蓝棉制服，而邓宛如依然穿着黄绿色部队军装，戴着军帽。

军统特务知道杀害一个李厚坤，中共方面肯定还会再派干部去前线，命令加强搜集情报，并要求在浙江到福建各地安插残匪继续沿途截杀解放军高级干部。

有了李厚坤的教训，这一次，三野后勤部抽调了一辆美式小吉普、一辆美式中吉普、两辆美制十轮大卡车，整整一个加强排的兵力，全部美式装备，个个荷枪实弹，全副武装护送蔡长风一家离开大方巷，前往福建前线上任。

1949 年冬，蔡长风、邓宛如和蔡玲、和平、阜平于南京大方巷住宅合影

虽然道路崎岖，山高林密，不时还有土匪打黑枪，但是车队行动起止，行程、路线均由蔡长风一人掌握，严格保密，最终得以平安抵达任所。

大方巷的记忆留在了蔡玲的脑海中，几十年都挥之不去。

蔡玲说："1956年冬，我家从上海搬到北京。有一年王义忠叔叔来家看我们，提起南京往事，他跟我说：'大方巷里不太平，也有敌情。门外的那些小商小贩里，就有国民党潜伏的特务，后查明那卖棒棒糖的就是个军统，都是冲你父亲来的。'闲谈间，王叔叔还举了一些敌特投毒、纵火、破坏、绑架、暗杀的例子。感慨道：'革命不容易啊，你父亲和我们这些人都是幸存者呀。'向我提起南京往事的，除王义忠外，还有父亲解放战争时期的秘书张少卿（后任南京军区工程兵部部长）、老战友张云茂（后任南京军区后勤部参谋长）等人。1966年'文革'初期，我'大串联'到南京，专程去看望这两位张叔叔及他们的夫人马阿姨和于阿姨，他们都向我谈起当年父亲在南京工作时的社会局势、父亲所处的危险环境和工作情况。我没当回事，听听就过去了。光阴似箭，眨眼几十年过去，现在我提笔回忆1972年前南京人方巷的童年，冉回首几位叔叔阿姨的肺腑之言，这才体会到1949年的下半年国民党原首都南京全城潜伏大批特务，确实不同寻常。"

有一天，14号门前卖棒棒糖的小贩突然被大方巷口的一位三十多岁的姓倪的所长带走了。经过审问，此人正是军统特务，任务就是伺机刺杀三野的高级干部。这位倪所长就是当年的"小泥鳅"。他参加新四军后，屡立战功。南京解放后，组建公安局，于是就按专业转到公安系统，分派到大方巷派出所当所长。他是大方巷人，对那里老门老户的情况熟悉，加上他的父亲老倪头也参加了工作，居民委员会加强了对街道的管理。公安机关加强了巡逻和盘查，逮捕了一些特务分子，于是锁了一些化装的小贩，牵瓜扯蔓，拔出萝卜带出泥，五条巷19号的特务窝点和电台也被起获了。

从那以后，莺歌燕舞，歌舞升平。

四、"前线"三团进驻大方巷

1954 年，华东军区后勤部机关搬出了大方巷 14 号，解放军艺术剧院后改名南京军区前线话剧团、前线歌舞团和前线歌剧团，都搬进大方巷 14 号大院，大楼的南头是话剧团所在，中间是歌舞团，最北面是歌剧团。

前线话剧团（简称"前话"）的中心，南面的楼下一层，有个走廊门，进去后右面有会计室，左边有团部办公室、创作室，还有医务室。再往里走，左侧一间大屋，地平面比走廊低了两层，是绘景间，平整的水泥地面中间立着两根顶梁的水泥方柱。靠窗的一排架子上整齐地码放着成箱的各色"三花粉"（小方纸盒装的三花牌粉状广告色），颜料架前方中间有一个外表涂着藏蓝色釉彩的大陶缸，用来盛装温热水融化的桃胶（阿拉伯树胶），作为调制绘景颜料的胶水。右侧墙角里堆放着十几支道具刀枪，当年"前话"演出的枪械都是真家伙，有三八大盖、汤姆逊冲锋枪等枪械。《东进序曲》《霓虹灯下的哨兵》《第二个春天》《哥俩好》等大型话剧的影片，都是舞美设计大师原文兵、周洛等人在这里绘制的。紧挨着道具间的就是设计室。

那时的人都严于律己，公私分明，原文兵的小儿子伟庆带着他的妹妹小五子在绘景间看见墙边角落里堆放着不少彩色的零碎塑料管，那是制作舞台上南京路霓虹灯布景的废料，很是好奇，捡了一把放进自己穿着的工装裤口袋，回家后被父亲严肃地教育了一番，批评他不该把公家的东西拿回家，并要伟庆送了回去。

对面是楼梯，呈"之"字形通往二楼，出楼梯的左面就是一大间阅览室，门口有一块黑板，漂亮的粉笔字记述着时事政治和团里动态。里面有两张大桌子，上面有报纸、画报之类；有长木椅子，围在桌旁，此外靠墙还有乒乓球台子和书报架，供演员们休闲时锻炼和阅读之用。

往南走到头是排演场，进门是一排一排的长椅子，有六七排，之后是一排椅子，那是导演、副导演和领导等的座位，还有矮茶几。每日上班，铃声一响，开始排戏，石岩、洛平、莫雁等导演和剧务就坐在第一排，演员、学员们各就各位。整个排演场鸦雀无声，没有人喧哗嬉闹，没有人交头接耳，就连盖茶杯盖都不敢有动静。尤其是石岩导演，只要不满意，就开始"骂人"，不管是大腕还是新手，被骂得晕头转向，下不来台。因此，他私下就落了个"老恶霸"诨号。洛平导演排戏和风细雨，如果演员坚持己见，就说："好吧，按你的来！"莫雁导演也较固执，有时正排戏，就和演员吵起来，脸红脖子粗。

从排演场出来，往北走过阅览室，是新兵学员宿舍，住了许多学员，老学员有程建勋、王群（著名演员王馥荔的丈夫）、余小娜、赵乃秋、孔庆梅等人，新学员有涂中如、陈永禄、何春年、廉成金、刘永华、刘爱玲等人，当时演员分成一队和二队，演出的内容完全不同，比如一队演《霓虹灯下的哨兵》，二队演《东进序曲》。当时"前话"创作力量强，创作组有组长王云、顾宝璋、白文、杨履方、刘川、所云平，个个有绝活，好剧本如春潮不断，团长张泽易的军装四个口袋，上衣口袋里两个剧本，裤子口袋里两个剧本，不少优秀剧本自己团演员不够演不过来，如王云的《决战》剧本就给了李默然的辽宁人艺和上海人艺去演，刘川的《第二个春天》也让上海人艺去演。张泽易事业心极强，野心勃勃，提出口号："全团一盘棋，北京夺红旗"，他还打算再组建演员三队和演员四队，四台大戏同时演出，那叫什么劲头！估计硬件设施跟不上，光排演场就不够，还有种种原因，未能实现张团长的宏伟目标。

五、大年夜"红烧肉"

　　1960 年起，每年的大年三十晚上，大方巷 14 号团部都要举行联欢晚会，有点类似过去剧团的"封箱"晚会。我小时候就听我爹唱过：阿拉木汗什么样？身段不肥也不瘦。她的眉毛像弯月，她的腰身像绵柳，她的小嘴很多情，眼睛能使你发抖。"阿拉模范"在哪里？吐鲁番西三百六……还有带着你的嫁妆带着你的妹妹赶着那马车来。

　　演员们各演一出拿手戏，而最后一出则是最为精彩、最值得期待的反串合演。我爹出场，身穿新疆长袍，戴着花帽，敲着脸盆当手鼓，单膝跪着，和穿着色彩艳丽连衣裙的汤先荣阿姨边唱边跳"阿拉模范"，汤阿姨腰如水桶，扭得很欢实，等我爹唱到"身段不肥也不瘦"，引得全团哄堂大笑。

　　还有周洛叔叔用"川普"朗诵"红烧肉"自创诗，精彩之极。他摇头晃脑、四川话抑扬顿挫：

　　青菜烧豆腐，茄子烧辣椒，

　　毛豆炒韭菜，包菜胃中烧，

　　打牙祭啊，还是红烧肉！

　　我最喜欢吃的是红烧肉啊，

　　红烧肉啊——

　　香软入喉，

多年不见，

浑身思念，

啊！我的最爱，

啊！红烧肉啊，一年能现几度秋？

把我想坏、让我发愁……

我的红烧肉啊！

他声情并茂地绘声绘色地朗诵着、因为那时正是三年困难时期，每人凭肉票，一月只有二两肉，食堂里天天飞机包菜，让人想吃肉都想疯了，对红烧肉的渴望，在周洛叔叔口中无限渴望地念出来，引起全场的共鸣，引发了一阵又一声的笑声。

几年之后，他就哭出来了，为逞一时口舌之快，没吃成红烧肉，却成了专政的对象，"攻击污蔑社会主义，抹黑三面红旗"，他被极左分子挂上牌子进行批斗。

这些节目都别出心裁，给物质条件贫瘠的人们带来精神上的欢乐，权当是对红烧肉的怀念了。不料几年以后，轰轰烈烈的洗涤灵魂运动开始了，人们幡然醒悟，某人在晚会上公然叫嚣最想念的竟是红烧肉，这不是污蔑又是什么？其居心何其毒也，于是忏悔与深挖灵魂深处私念的革命一次又一次激荡着，估计那时周洛的肠子都要悔青了吧，一时的口腹之欲，竟引来无数次的狠斗，灵魂深处一闪念，唉——

还有一个节目叫蒙古摔跤，两个人抱在一起，扭打着，都想把对方摔倒，最后一个大人站起来，原来是李焕成叔叔穿了一件特制的棉袍，手脚各套一双靴子，直把我看得目瞪口呆。

六、我送父亲进"牛棚"

1967 年的一天，我们从军人俱乐部看完《列宁在 1918》，正兴高采烈地从小门进了 14 号院子，一切都变了，大楼侧门的一面墙，从上到下都是白纸墨汁写的大字报。

几乎涉及每个老演员、导演和作家，在靠近传达室紧挨大方巷一侧的墙上，我第一次看到父亲的名字，上面还打着叉叉，写着"反动军官"，"胡宗南战干四团艺术教官"。大字报是谁写的我不知道，但艺术的"藝"字是繁体，我不认识。那时都是简化字，这么多笔画不认识。我当时感到无地自容，有一种天塌了的感觉。

后来，和我爸关系非常好的叔叔阿姨都变脸了，一天夜里，一个非常熟悉的大嗓门在家门外喊着："开门"。我爸开了门后七八个叔叔阿姨就闯了进来，抄了家，连我们学习用的三抽桌都被撬开了。我们家本就没有什么东西，书也是团里发的学习资料、《毛泽东选集》之类，要么就是课本。指导员从我弟的枕头下搜走一本《绞刑架下的报告》，这本书其实是捷克作家尤利乌斯·伏契克创作的纪实文学。伏契克在这部以他的鲜血和生命写成的书中记述了他和他的同志们对纳粹分子的斗争经历以及自己被捕入狱的经过，表达了他对生活的热爱，对祖国和故乡的深深眷恋。该作品自1945 年在捷克出版以来，已被译成九十多种文字，在世界各国人民中广为流传。在中国，早在 20 世纪 50 年代，就先后发行过两个根据其他文字转译的版本，对中国读者起了极人的教育和鼓舞作用。

一副胜利者嘴脸的朱指导员一看是外国人名，硬说是"大毒草"，把它强行抄走！就是这些经常来家喝酒的叔叔阿姨带走了我父亲。

记得 1968 年的年三十晚上，我们家在吃年夜饭，情景很是凄凉。在外屋的三抽桌上，用红纸包着的一块砖上，供着毛主席的瓷像，身穿大衣，右手伸向前方。左右点燃着两根红蜡烛，房间拉线开关控制着二十五支光的电灯泡，烛光与灯光摇曳着。一张小方桌上放着久违的红烧肉，还有我妈自制的什锦菜和腌菜，一个咸鸭蛋切成四块，还有一大碗青菜烧豆腐，零拷的二两洋河高粱酒，丰盛之极、奢侈之极，这日子反正不过了，吃完拉倒。

为什么呢？耽误不得，九点整，我老爸要去"牛棚"报到。

一番仪式感极强的请示后，我妈宣布晚宴正式开吃。大家默默地吃着，无一人吭声。三杯酒下肚，老爸发话："二小子，去给我盛碗饭！"

压抑的气氛使二弟感到害怕，他拿起碗盛好后，转过身来，只听见"当啷"一声，二弟把碗摔在地上。

老爸颤抖着说："儿子，你把你爸的饭碗砸了……"

二弟当时就吓哭了。

老爸也老泪纵横："做了牛，不知有没有草吃。"

我第一次看见大人哭，还是老爸哭，我的眼泪也在眼眶中打转，放下筷子，不知如何是好。

家里只有抽泣声。门外也很安静，没有过节的鞭炮声，漫天的雪花在风中飞舞。

八点半了，老爸起身，从床上拿起大衣，上面缝着个白布条，上有"牛鬼蛇神"四个字。我从床上抱了一床被子，临出门，老妈叮嘱着："王者，你可千万要想开，家里还有三个孩子……"

老爸走了，冒着大雪，我跟在后面，谁也没说话。大方巷只有三四盏昏黄的路灯，映照着雪地，随着我们的步伐，灯杆的影子一会儿长，一会儿短，我们的影子也一会儿长，一会儿短。十分钟后，我们来到大方巷14号。门房的老倪伯伯和我们会意地点点头。

"牛棚"就在"前话"团部一楼走廊右侧的制景间中。父亲敲开双扇门，开门的是顾宝璋叔叔，里面还有张泽易、王云、丁尼等许多熟悉的面孔，只是胸前白布条上的内容各有不同，有"走资派"、有"三反分子"、有"叛徒"、有"黑线人物"，等等。

那一夜给我留下了终生难忘的记忆。

王者一家旧照

七、"窃书不为贼"

　　在这个大院大楼的西北角，有一处公共的洗澡堂，男女按时间分开，是男的一三五、女的二四六，还是一周共开放两天、男女各一天，记不清了，家属是否能洗，也记不得了。破"四旧"那会儿，开始动员各家交旧书，什么是旧书呢？只要不是《毛主席语录》《毛泽东选集》，其他包括刘少奇《论共产党员修养》都属于旧书，"苏修"的《论演员的自我修养》《钢铁是怎样炼成的》，也全在上缴之列。

　　我爸不大看书，家里的三四本书是他打了捆自己提到单位去的，14号大院专门腾出了洗澡堂，来堆放各家自动上缴或被抄家抄来的成捆的"四旧"书籍，开始还是成摞成摞的，后来实在太多了，只要送去就顺着门往里扔，最后竟成了一座山，一直伸展到后山墙上，山墙上有个气窗，离地面约两米高，都差点被堵严实了。用汗牛充栋来形容一点也不过分。

　　一天，政治部来了几辆卡车，停在大门口，将话剧团全体人员都押上了车，拖到方山什么部队去集中学习了。

　　小伟神秘兮兮地来找我："告诉你个秘密，话剧团被抄的书全堆放在洗澡堂里，听说月底就能排上队送到化纸炉中销毁。"

　　"走，去洗澡堂看看！"

　　"看看"就是去踩点。

　　我们无事佬一样，双手插在裤子口袋里，从小门进了14号大院，先进了大楼，顺着走廊，"贼"眼烁烁。整个大楼没有一个人，除了走廊墙上写着各样的标语外，还有几张零星的大字报，走廊中间的窗户临着外面的操场，篮球架以及洗澡堂，都无人迹。澡堂前门有铁将军把门，砸不开锁肯定进不去。我们转到洗澡堂后面，那里是装置队职工陆德山种的菜地，过了菜地就是后墙。我们决定从气窗翻进去。

踩完点后，我们到了挹华里 18 号找原伟华，他也是个书虫子，一听也是喜不自禁。伟华还满嘴之乎者也，因为他读过鲁迅先生的《孔乙己》，开始引经据典："窃书不能算偷……窃书！……读书人的事，能算偷么？"

对！有鲁大师指引，浑身是胆雄起起！

第二天一早起来，天阴如晦，上午淅淅沥沥地下起了连绵的秋雨，中午时分，一切装束停当，穿上父亲被扯掉领章的宽大军装和两个大口袋的军裤，外面用军用雨衣一裹，就去了洗澡堂。小伟体瘦，踩着我的肩膀，没费多大劲就翻进澡堂，顺着书山滑下去，接着我和伟华也相继爬进去，都掉进了书堆。于是各忙各的，我找到一套《侍卫官杂记》（不全）、《三侠五义》和《三言二拍》（不全），还有一本《莫里哀喜剧集》，拿不了，给小伟了。

小伟一看："这就是我们家的，我记得很清楚，那年排《没病找病》，我爸翻箱倒柜找这本书，现物归原主了。"

伟华找了一套《莎士比亚》全集（不全），还有《三希堂》法帖（不全），小伟找的什么记不得了。因为我们衣裤口袋太小，也拿不了太多，恋恋不舍而去。

啥事不能上瘾，一有瘾就闹腾，第二天下午决定再去。于是轻车熟路，我们三个"窃书贼"很快就从原路翻进澡堂，开始大翻特翻。拿起这本，翻开一看，不错，放在一旁，又去翻其他的，时间一长，感觉不对，于是将挑来的书塞进口袋，爬上气窗，打开插销，"哒拉"一声响，伸出脑袋，正好与蹲在菜地里拔草的老陆伯伯眼睛对在一起了，我赶忙缩回去："坏了，老陆在外边，发现我了……"

于是，我们几个慌忙把口袋中的"食粮"掏出来全扔了。

陆德山的动作也很快，他很快开了澡堂门进来，大声斥责："人家把'毒草'都集中起来，你们却专门来'吸毒'！"

"我们没'吸毒'，是来、是来……"

"是来什么？"

"没来什么！"

"我们又没没干什么……"小伟突然开始结巴。

他老爹是副团长，虽然也在横扫之列，但老陆伯伯还能拎清，挥手让我们走了。

很快，前线"造反派"领导就听了陆德山的汇报。我原先还挺同情老陆的，他家里生活条件不富裕，不过，那会儿有钱人家也不多。我记得非常清楚，每天中午，只要食堂一开门，技工老陆和老方不分伯仲，冲在汤桶前，一把抢过大铁勺，无声沉到桶底，手腕一转，轻盈沿着桶边慢慢滑动，一圈过来，桶里的菜叶几乎一勺打尽，第二勺再来一下，一吹汤桶便成三道浪，鲜有漏网的菜叶。之后他们再心满意足端在桌前，吸吸哈哈来上一大口，再慢悠悠去打饭。一年之中，没买过菜，也吃得很滋润。于是我们私下称陆德山为"陆大勺"。

"妈的，兴你捞汤中菜就不兴我们抢'四旧'书？"我一肚子不服，但由于父亲的历史问题，自然是不敢硬顶，只有告饶的份。

这件事传到团里，第一倒霉者是我爹，历史不清，教子不严，偷阅"毒草"，罪上加罪。他老人家回家，对着我大发雷霆："'毒草'清除都来不及，你还专门去偷？"

"没偷！我们是窃，窃书是文人的事，不为偷！"

"不管是窃是偷，都是被'文化大革命'清除之列，都交出来，送回去，不然你老子还要戴高帽子,挨批斗!"

　　罪名太大扛不住,我只好将斩获品悉数交出,我爹立马打捆送回团里。伟华和小伟也好不到哪里去,一切缴获要归公。不过,伟华说他爸回家,严厉地问:"你们是不是去澡堂拿书了?"

　　伟华见"罪名"很轻,于是低头认罪。

　　"把书送回去!"

　　瞧瞧人家,举重若轻!

　　小伟赖得一干二净,没拿就是没拿。下乡前我找他借书,他又把那本《莫里哀喜剧集》借给我了。

八、大方巷 56 号轶事

　　1964 年左右,大方巷 56 号的政治部幼儿园停办了,该处两幢楼和附属排房让给了前线话剧团的演职员住。

　　当时的话剧精英、电影明星都住在 56 号院子里,《柳堡的故事》的二妹子、《霓虹灯下的哨兵》的春妮扮演者陶玉玲就住在后院二楼,楼下是作家兼演员白文和导演李洛平家,还有《柳堡的故事》中的副班长扮演者、《霓虹灯下的哨兵》中的童阿男扮演者廖有樑住后院排房,童妈妈扮演者吴斌,演员、作家牟克和指导员朱兆章等都住在前院一楼里面。赵大大扮演者袁岳和他的浑家曹银娣(电影《舞台姐妹》中邢月红的扮演者)住二楼,还有指导员王怀义一家,有三个女儿一个儿子。王德章和小会计张爱琴带着女儿及侄子阿明一家。三楼有老班长扮演者刘鸿声一家,刘和老婆离婚后搬走，彭管理员一家搬进去。前楼东边一排房有金甲家，还有食堂豆腐大王老董家和土青松家。前楼后面有排房，住司务长于本一家，有一子一女，女孩叫苹、男孩叫果，成天在大院里疯玩。白天于本在院子里吆喝"苹——果——骑（吃）饭了"。晚上于司务长在院子里大喊"骑个猪"，原来他好下象棋，搬个小木凳在路灯下下棋，动不动就"骑个猪（吃个卒）"。

大方巷 56 号，现改为 64 号

　　我家住在两个院子中间的两间平房中，原来是白公馆的警卫室。门前有玲珑剔透的假山石和紫藤。那时候我三弟看了电影《地道战》，带着一群红小兵在门前"挖地道"，从假山的洞中掏出了一把国民党军藏下的左轮手枪，已经锈蚀得不成样子了。

　　后楼一层是李洛平、白文家，二楼是陶玉玲、黄国林家，三楼是丛志军、李常家，四楼是于生家，阁楼是李洛平的儿子李辛、李伟家。

　　最后还有厨房、原卫士宿舍和东面的马房，也改造成一排平房，作为单身演员、职工的住房。

　　《霓虹灯下的哨兵》大火之后，有一段时间，经常有"粉丝"堵在56号大院门外，想进去找电影明星签字和见面。廖有樑曾经一度在最后面的排房里住。因为在最后面，比较隐秘，所以连本院的一些孩子都不知道他住过。

　　廖有樑原是二十军文工团的，调到"前话"做演员，外形英俊，人也很精神，模仿力、表现欲极强。一次，和陶玉玲几个人一起走在大街上，也不管行人，忽然问："你们见过许司令员吗？"他把棉帽往下一拉，嘴唇往上一翻、腮帮子一鼓，活脱脱许世友的神情，简直惟妙惟肖，逗得大家哈哈大笑。

　　他自从和陶玉玲演了《柳堡的故事》以后，被称作金童玉女，这样一对青春偶像是20世纪五六十年代年轻人崇拜的偶像。男孩子的择偶标准是"二妹子"，女孩子找对象的标杆是"副班长"。

　　但廖有樑与陶玉玲只是保持着很纯洁的战友之情，在生活上相互关心，工作上相互帮助。

廖有樑剧照

廖有樑也很重情义，陶玉玲结婚后，第一个女儿不幸夭折了，伤心欲绝，廖有樑就去陶玉玲住的五条巷 19 号楼下，一直守在那里，陪陶玉玲度过最艰难的时光。

大约是 1966 年前后，廖有樑结婚，爱人是武汉军区胜利文工团舞蹈演员谢理玢。两人的结合可谓俊男美女。婚礼是在军人俱乐部旁边的小红楼里举行的。一间布置得革命化的新房，门上是红彤彤的喜字，桌上铺着红桌布，摆放着一摞摞的《毛泽东选集》四卷，还有语录和单行本，全是"前线"战友送的贺礼。还有一床红绸被面、红褥子。"前话"56 号大院的孩子都去看热闹，想得到一两颗大白兔软糖。廖有樑发表结婚感言，几度哽咽，大意为如果没有毛主席、共产党，就没有今天的幸福生活云云。婚后不久，新娘子又回武汉上班。由于两地分居，于是他搬到 56 号大院最后面的一间平房居住。他的身体不好，有胃病，经常胃疼。他又没开火，热水、热汤、热饭都吃不上。当时我家的厨房也在最后一排，不过在西头，于是他便经常到我家来找我妈帮忙，热个饭、烧瓶开水什么的。

那时 56 号门禁还比较严，外面的人敲门一般都不开，于是经常听见"砰砰砰"的敲门声，门口的阿姨就像约好似的，都不开门。

某天，大门旁的小门又被拍得山响，我实在被烦得受不了，于是就去开门，一看，是一群挂着"南师附中"校徽的女孩。南师附中是南京一流的中学，比我们这些"破二九"的三流的学校高大上，不看僧面看佛面，于是弱弱地问："你们找谁？"

"找童阿男……"

"找副班长……"

"找廖有樑……"

于是我便"引狼入室"，轻车熟路，带着一群女孩绕道后楼旁的排房，来到廖有樑叔叔的房门前叫了声"小廖叔叔——"

廖有樑开门眉头一皱，马上笑嘻嘻地说："来来，请进！请进！"一群莺莺燕燕欢快地飞进屋，她们是来看明星的。我知趣地退出来，他出来送我，眉毛、眼睛、鼻子和嘴都在动，我知道他很恼火，但我做了个无可奈何的手势就走了。

二十多年后，我从河南大学调回南京中国第二历史档案馆，有位女同事问我："原来你家住在哪里？"

我说："大方巷56号。"

她说："我去过你们院子……"

"去干么事？"

"去看明星廖有樑。"

"你是哪个学校的？"

"南师附中的。"

我乐了："当年就是我给你们开的门，带路党。"

有新人笑就有旧人哭。

大方巷56号离婚的也有几对。

刘鸿声在《霓虹灯下的哨兵》中扮演老班长洪满堂。剧情是他拿着被排长陈喜丢掉的破袜子，对连长说："这还有个好样的呢。"一扬手中的袜子，一语双关"甩啦！"

其实，生活中，刘鸿声真把发妻甩了。

刘鸿声，1931年3月10日出生于山东牟平，十六岁入伍，成为胶东军区烟台独立团一营三连机枪班战士，由于有表演才能，参加了胶东军区政治部文工团，从此成了一名文艺兵。

刘鸿声随着大军南下，新中国成立后，先后调入南京军事学院文工团、南京军区前线话剧团当演员，参加过《烈火红心》《霓虹灯下的哨兵》《第二个春天》等影剧的演出。

刘鸿声在《烈火红心》中的剧照　　　　　　　　吴斌结婚照

当年刘鸿声在山东老家娶了个老婆。后来刘鸿声调到前线话剧团，把老婆从老家接到部队。1965 年，他家也搬进大方巷 56 号前楼三楼。

他有一女一儿，儿子叫亚力，我们叫他亚历山德鲁。为啥叫这个名呢？当时世界乒乓球锦标赛，有罗马尼亚队女队员亚历山德鲁向中国队发起了挑战，决赛经过五局苦战击败了孙梅英和邱钟惠，获得女双冠军。当年，我们从广播中知道这个名字，所以就喊刘亚力"亚历山德鲁"。刘鸿声还有个弟弟，比他小得多，只有十几岁。在山东老家时，父母走得早，老嫂如母，一直将他带大。我们不知道他大名叫什么，都喊他"小送"。

当时小送成天背着小亚力在院子里玩，亚力有两岁左右，患有小儿麻痹症，走道一瘸一拐的，穿了一双皮鞋，右脚的鞋上有根金属的白条，拉着皮鞋。

记得是个冬季，忽然有一天，刘鸿声和发妻离婚了。一天晚上，天空

老班长（右一，刘鸿声饰）与春妮（左一，陶玉玲饰）

飘着毛毛细雨，那是南京特有的天气，冬天下雨的日子，比下雪还冷，晚上，我妈和我家老三，去前楼楼下的吴斌阿姨家。只见刘大嫂怀里抱着小的，小送牵着亚力和他姐姐，一家人从楼上下来。他们就要离开 56 号，返回山东老家，亚力还发着烧。

郭奶奶问："这孩子发高烧，今天不走吧！"

"都清干净了，打了车票，咋能不走？"

"小送送你们？"

"不，小送和我们一起走，从小到大，他一直跟着我。我征求过他的意见，他坚决不和他亲哥一起生活，愿意和我们一起回农村！"

"嗨，还说啥呢。"

屋里一片唏嘘声。

一群人送他们出了门，下了台阶，自始至终，没看见"洪满堂"的身影。团里的中吉普带着一家子走了，就像"霓虹灯"中春妮离开时，老班长"洪满堂"的台词："就让她这么走了，她们用小米把我们养大，用小车把我们推过长江、送到南京路，就让她含着眼泪回去了，乡亲们知道了会怎么样？"

戏如人生，人生如戏！

其实这个故事还有一个版本，听上去有些狗血。原来，刘大嫂在山东老家时，曾经与一位同学相好。多年后，那位男生思念不已，写了一封信到鼓楼五条巷 19 号，是邮递员投到院子大门外的信箱里的，信箱就钉在大门上，是一个木质的长方形的盒子，长约一尺，宽约半尺，顶端有一指宽的缝隙，可塞报纸杂志明信片之类，当然也会有信件。一天刘鸿声下班，鬼使神差，这封信就到了刘鸿声的手里，那时的人都不懂尊重别人的隐私。刘鸿生把信私拆了，于是就发生了后面的离婚的事件……

问题是刘大嫂早就跟这个同学相好，断了音询怎么又联系上的，怎么会有地址？这些都不得而知，肯定在信中有表达思念之情吧！但感情是纯真的。刘鸿声正愁找不到理由离婚，这下逮了一个正着，终于离婚了。刘鸿生的亲弟弟小宋，我们管它叫"送果头二两油"，执意要跟嫂子回老家，于是刘大嫂就领着三个孩子晓宁、亚力和亚宁，还有刘鸿声的弟弟小宋，一同迁回了老家。多年以后，刘鸿声又把大女儿刘晓宁的户口迁回了南京。她告诉当年的小伙伴李青青说："我们在乡下很苦！我妈是被冤枉的。"

九、五条巷老虎灶

从大方巷中段，大约二分之一处，即大方巷 14 号大门斜对着一条小巷，就是五条巷，这是一条比大方巷还要窄的老巷裆，有五六百米长，比起大方巷更具烟火味。从五条巷北口进来，路是石头块拼成的路面，骑个自行车、拖个板车咯咯噔噔的，偶尔也有汽车经过，都是来搬家和搬运东西的。巷里人家多是社会底层，有开老虎灶的、卖自来水的、卖大碗茶的、卖烤白薯的、卖糖稀的、卖甑儿糕的、刷马子（马桶）的、挑高箩的、砸煤基的、炸米花的、箍桶的、拉黄包车的，都是社会底层，还时不时地有走街串巷的小贩，嘴里吆喝着：

"卖酒酿、卖桂花酒酿……"

"洋糖粽子冰糖球……"

我妈告诉我：我小时只要听见外面喊"洋糖粽子冰糖球球"，我就踩着凳子爬上桌一把抓过瓷缸子，之后滑下地就没得命地往外窜，嘴里直喊："洋糖粽子，洋糖粽子！"

20 世纪 90 年代我妈来南京，住淮海路时还说这一段，我就回她："原来我的糖尿病老底都是那时您惯出来的。"

五条巷、挹华里一带，小街小巷，旮旮旯旯，我们就像草丛里的蟋蟀，树枝头上的知了，成天盘在这一带蹦蹦跳跳，乱窜乱跑，前院后墙，高坡低洼，对这一带环境还是很熟悉的。

五条巷靠大方巷这半边，19 号对过，即 64 号，是一家老虎灶，主家姓程，在五条巷口住了几代人，茶炉子见证了这一带的风云变幻。

程玉昇祖上是徐州沛县人氏，好像与吹响器的有关。吹响器的俗称吹喇叭的，三代朝上，不管谁家死了人都要请响器班来吹丧曲，呜里哇啦。有钱人家财大气粗，一班和尚一班道士轮流念经，响器班小喇叭能吹几天几夜。穷人家再穷也要请一位，从家里一直吹到坟地，入土为安。南京也是一样。到了民国年间，马子明乐队的西洋铜管乐开始流行，响器班子逐渐退出城里市场，但农村还是盛行。吹响器的与吹号的有相通之处，所以，吹号手这个职业就是从吹响器那里来的。

在军阀混战的年代，号兵是一种专门的职业技能，在军队里吹号，和军官一样也算是一个体面的职业。从师部到旅部、团部、营部和连部，各级都有吹号的。部别不一样，级别也不一样，饷钱就额过（南京话，意为差别）大了。师旅一级叫司号官，只有一个名额，每月大约发饷二十五两；团一级叫司号长，每月大约在二十二两；下辖四个营的号目，每名号目大约拿八两半；每营下辖八名号兵，每个连号兵一个月大约六两，相当于一个正目（班长）的薪饷。

在信息不畅通的年代，队伍的行止、吃饭、休息、睡觉、冲锋、撤退，几千号人怎么指挥？全靠着号兵腹中一口气，口中一支号，嘀嘀哒哒嘀嘀，全军动作整齐，行动共同划一，大将军能耐再大，没有号兵传达指令，调动全军仰卧起坐，也等于白费。因此，那个时代的号兵是连长的代言人，也称"老爷"。即便敌对的军队，号兵老爷不分敌我，按现在的说法：号兵之间有个群，彼此相互联系。不管张大帅还是吴大帅，一旦这个大帅垮台，就有"猎头"来找，去另一方的大帅处照样吹号，他们倒是没啥立场，给谁吹都行。

这位程玉昇早年给张勋的辫子军吹过号，辛亥革命后又给冯国璋部队吹过，也给张宗昌、杨宇霆吹过，后来还给东南五省联军孙传芳大帅吹过。总之，从号兵干起，到号目、司号长都吹过，因为吹号要懂点音阶音律，半时也给队伍上教教大帅练兵歌之类。

《小站练兵时期军歌》歌词：

朝廷欲将天下太平保，大帅通令遵旨练新操，

第一立志要把君恩报，第二功课要靠官长教。

……

到了辫子军时代，张勋自称是张飞的后人，程老爷就换军歌了：

三国战将勇，首推赵子龙，长坂坡前逞英雄；
战退千员将，杀退百万兵，怀抱阿斗得太平。
还有张翼德，当阳桥前吼，七啾喀嚓响连声；
桥塌两三孔，河水倒流平，吓退曹营百万兵。
……

到了中华民国时期，程老爷就教新词：

中华民族五族共和好，方知今日练兵最为高，
大帅练兵人人都知晓，若不当兵国家不能保。
……

其实吹来吹去，曲调都是德国皇帝威廉二世时，由段祺瑞等留德学生带过来的。

1928 年，北伐胜利，中央军部队不用这个曲子了，又让红军接了过去，改称"三大纪律八项注意歌"。

当时，程老爷已过中年，吹了二十多年的军号，气力不够，也吹不动了。照理说一个老兵油子，能没有恶习吗？他还真没得，吃喝嫖赌样样不沾，推牌九、耍钱、敲诈勒索都不会。多年的兵饷积攒下来，袁大头也挣了好几百块，从老家徐州沛县娶了李家的女儿做媳妇。过去的女人都没文化，也没名，一般都是夫家姓在前，娘家姓在后，叫个某某氏。但程老爷识俩字，走南闯北，赶时兴，给新媳妇取名叫李秀清。

这位李秀清也是个有主意的、能干的女人，用男人的钱在五条巷口开

了一家茶炉子，俗称老虎灶。

什么叫老虎灶？一个消失了几十年的古老的职业，那时节，家家户户没有自来水，都去水塘以及玄武湖、秦淮河里挑水吃。但一般人家都没有引火的劈柴、木屑之类烧开水，小康之家就买柴火烧水做饭。

每天早晨，各个城门口都是运送柴火的长队，有马车拉的、驴子驮的、人力挑的，城中街道都是卖柴火的小贩。如果居民家里人少，又没有暖瓶，烧壶水就不划算，于是每条街道上就出现了集中提供热水的茶炉子，供居民饮用或用热水之类，俗称老虎灶。

程家在五条巷的老虎灶是木板房子，在店堂口垒个大灶，有专门烧水的两口大铁锅，靠墙的大锅旁边有垒的烟囱，一直伸出二楼的房顶。在大锅旁还有两个瓦罐，在两口锅中，有一口是开水锅，火在下面烧开水。第二口锅是预热锅，是利用火的余热将水烧热，当开水锅的水快舀完时，就把预热的水舀入开水锅，这样水就开得快了。小瓦罐里装的是开水，作为储存。当大锅开水不够用时，就可舀小瓦罐里的水来代替。

主家发售筹子，或叫榷子，使用小竹牌子，刻上字，一分钱一勺水，买筹子一毛钱可以多一勺。每天早上，老虎灶前就排起长队，顾客把水瓶或水壶放在灶台上，店主左手将漏斗放在水瓶口里，右手舀一勺开水，朝漏斗里灌下去，一勺水灌完，不多不少正好就是一瓶水。虽是本小利薄，赚个差价罢了，但当时街坊邻居是须臾离不开的。

程家老虎灶的后面还有两排木板房，总共有一千多平方米。

程家老婆在五条巷经营一爿老虎灶，程老爷又花钱运动，托人找关系，在下关警察局觅了个警长的职务。局长是他当年从战场上背下来的兄弟，还算够意思，一顿酒吃下来，局长说："老程，看在你救过我的份上，我给你安排一下，去码头做巡视员，月薪六块大洋，不算多，但要看你会不会玩。搞得好，发死了，不是看在老弟兄面子上，照死这个肥差不得给你！你懂啊！"

　　那时码头上都是跑单帮的，背个大麻包，鼓鼓囊囊的。警察照常拦住："什么东西？打开检查，有没有违禁品？"

　　违禁品就是大烟，逮到要罚死。于是小贩会说："警长，保证没有违禁品！"

　　"有没有你说了不算，解开来看看！"

　　小贩放下麻袋："警长，解开来不是不行，再捆上就得个把钟头，养家糊口不容易，您老高抬贵手，行个方便！"

　　"你方便了，我就不方便了。不解也行，"说着从腰上把别在皮带里的一根尺把长的钢管，前头尖，呈半圆弧状，"我只要对麻袋一戳，什么玩意都带出来了，不怕你不说实话！"

　　小贩一见没得不老实的！

　　警长大拇指和中指尖捏住大洋中间，放在嘴唇上呼地一吹，放在耳边，发出"嘤嘤"的响声："看你懂事，不为难你，下不为例，死走死走！"

　　卖大烟膏的就过去了。你算算，一天到晚十来班船，少说挣个十几块大洋，南京话：碍的！就是靠得住的意思。到了发饷的日子，警长有数，六块大洋孝敬局长。你说是不是肥差呢？

　　程玉昇是个呆子，榆木疙瘩脑袋，小贩的大洋塞进荷包，他马急掏出来，摔到地上，拿着警棍对着小贩喊道："还敢贿赂公务人员！必须打开麻包！"

　　自从他上了岗，哪天也要抓几个贩大烟的，贩烟土的绕点儿路，从中华门上岸，结果程玉昇一分钱没拿到，差点把局子里外快的创收门路都堵死了。到月底领饷，局长还倒贴六块给老程，气得直骂："你狗日和袁大头有仇，下个月去站街吧！"

　　老程就在下关溜达，每个月只拿六块钱，他觉得安生多了。

　　再看李秀清，在大方巷、五条巷玩得热火朝天，一个老虎灶都搞雾得了，两条街上没得不认得的人。家里头两个女儿都上学，放学回来就帮忙添柴烧锅，生意是红红火火，大钱没得，银角（南京人念"郭子"）子、铜钱直朝家里头滚。加上李秀清又格外会说，张家长李家短没得她不晓得的，就这样，老虎灶又是"新闻发布中心"，南京城人事小情在这里都可以得到传播。

南京没得春秋天，就冬夏两季。尤其是到了冬天，一条巷子里黑洞洞、冷冰冰。最暖和的地方就是老虎灶，虽然熄了火，周围还是有余温。家门口的人自动聚集在茶炉子周围，抱团取暖。李秀清开始摆场子，前三皇后五帝，三国水浒西厢记，讲故事哎，都让她说得头头是道。

看官或要问李秀清不是不识字吗？哪里会看这么多书？原来，还是老程。他有个习惯喜欢看书，但老婆跟他说："看书不能像闷头鸡子，要打鸣，读出来，才懂啊，读给我听。"于是夫读妇听，加上她极聪明，记忆力又好，于是日积月累肚子里也有不少货。天天晚上家门口一堆人，只听勺子一敲："开讲！"老虎灶又成为五条巷口一道靓丽的风景。

李秀清生了两个女儿，老大嫁给了国民党，老二嫁给了共产党。这差别怎么这么大呢？先说老大的男人。

老大的对象也是徐州邳县人，来南京讨生活。一天，一位二十来岁的年轻人来到老虎灶前，对正在冲水的李秀清说："大娘，给碗水喝吧。"

"听你的口音是邳县的？"

"俺家张楼的。"

一听是乡音，李秀清也是格外热情："俺家李家庄的，离得不远。"她倒了一碗水："拉过条凳，坐着喝。你姓啥？"

"俺姓李，叫李大明。"

"巧了，原来是一家子。来南京有没有找到差事？"

"哪有那么容易。大娘，你这缺人吗？"

"人不缺，如果你没地方，就先在我这里帮帮忙，骑驴找马。"

就这样李大明算有个落脚的地方了。

李大明人很勤快，心灵手巧。

大方巷对面是国民政府外交部，汽车有十来部，经常到大方巷口的自来水出水地来洗车，李大明就帮人家洗车，有的车出了毛病，就跟着帮忙拿扳手，递钳子，小毛病也能拾掇。时间一长，都是朋友了，外交部的司机也让他动动车，慢慢地他就跟着学会了开车。后来就去了上海祥生汽车行开出租车。

1932 年"一·二八"淞沪战役期间，当时还是外交部亚洲司小科长的李友容带了一份重要文件，被日本间谍侦知，展开追捕，情急之中，李友荣拦了一辆祥生车行的出租车，开车的正是李大明。李科长说他正被日本人追杀，希望司机救他。热血青年李大明凭借高超的车技和对上海道路的熟悉，七拐八绕，硬是在公共租界里把日本间谍给甩了。李友容感激不尽，于是说一定会报答他的；并劝说他回南京，帮自己开车。这样，李大明又回到大方巷，李秀清也欢天喜地，把李大明介绍给自己的大姑娘程锦华。

没两年，抗战爆发，李大明带着家属，跟着外交部迁往重庆。抗战胜利"还都"，他已经成为李司长的副官。国民党败退台湾前，曾去台湾给外交部打前站，回来后带来许多南京人不认识的水果，什么凤梨、芒果、火龙果之类。很快，又跟着大部队再去台湾，说是十年八载准回还。谁知四十年过去了，直等到两岸开放之后，能回来探亲了，年龄也大了，再加上老头在台湾又娶妻生子，身体也不好，曾托人来家看看，但人终究没有回来。

二姑娘叫程惠华，嫁给共产党，这命运又是怎样安排的呢？

二女婿姓艾名丕良，祖上是山西洪洞县大槐树那边的人，明初被朱元璋皇命迁移他乡，离开大槐树。这一支艾姓往西过了黄河，去了陕西榆林一带，落地生根，开枝散叶。到了 1948 年，艾姓子弟丕良就参加了徐向前指挥的第十九兵团，该部原属华北兵团，攻打阎锡山老巢太原城。阎老西在太原经营数十年，太原城固若金汤，毫不夸张，这块骨头特别难啃，把徐老总都累病了。中央派第一野战军司令员彭德怀到太原前线接替指挥，总算在 1949 年 4 月把太原城拿下。之后,第十九兵团跟随杨得志司令员转隶第一野战军,进军大西北,先后参加扶风、兰州等战役。又与马鸿逵的马家军作战,9 月终于解放宁夏省会银川。艾丕良有文化、思想觉悟高,转业分配在省委宣传部工作。

老程家的二女儿程惠华在鼓楼小学毕业后,在南京读卫校。该学校由美国人始创于 1918 年,其前身为金陵大学鼓楼医院高级护士学校,中华人民共和国成立后曾改名为南京市鼓楼医院附设护士学校。

20 世纪 50 年代,共青团员程惠华响应国家号召,支援大西北,去了宁夏银川,在医院做助产士。经人介绍,认识了艾同志,二人结为伉俪,夫唱妇随,顺风顺水。

1949 年 4 月,百万雄师打过长江,南京解放了。从下关码头、挹江门,沿中山北路,一队队的解放军迈着雄壮的步伐向市区前进。老虎灶炉火熊熊,李秀清一个劲地添柴烧开水,让老伴和儿子用木桶挑到大方巷口,在倪元廷的测字摊上,摆满了大茶碗,里面全是满满的开水,程玉昇热情地招呼战士们解渴饮用。听着解放军战上高唱战歌,夸赞道:"你们大帅练兵歌唱得比我们那时好!"结果解放军一个文化干事严肃地批评说:"什么大帅练兵歌?这是三大纪律八项注意歌!你这老脑筋,得改改了!要好好改造!"

程玉昇的汗下来了,再加上他的伪警察身份,从此不大敢出门溜达了。

新政权成立之初,各地潜伏着的国民党特务等各类反革命分子,以"长期潜伏,等待时机,重点破坏与暗杀",威胁着新生的人民政权。

1950 年 10 月 10 日,中共中央发出《关于镇压反革命活动的指示》;12 月,镇压反革命运动在全国范围内开展起来,打击的重点对象是特务、土匪、恶霸、反动党团骨干和"反动会道门"头子。

一天,程玉昇苦着个脸回家了,说:"大方巷口测字老倪的儿子在派出所当所长了,内部消息,凡是国民党的排长、连长、警长和局长都要去派出所报到，要抓人了。"

果然，1951 年，全国规模的群众性镇反运动开始了。一些罪大恶极的伪连长、伪警长都陆陆续续被枪毙了。程玉昇是伪警长，也进了老虎桥监狱，他胆子小，终日吃不下、睡不着，很快身体就出了问题。

镇压反革命运动坚持党的领导和发动群众相结合的方针，力求做到"打得稳、打得准、打得狠"，贯彻执行"镇压与宽大相结合"的政策。经过多方调查，查明程玉昇虽然是伪警长，但他没有劣迹，监狱方与大方巷派出所协商，因此允许他保外就医。程玉昇当了半辈子的兵，胆子特别小，都是吓出来的病，健康状况越来越差，在 1954 年冬天就病逝了。

一班吹响器的兄弟，滴滴嗒嗒，响器声声，如诉如泣，一直送灵柩到中华门外的坟地，老头这一生就算了账了。

程玉昇走了之后，家境并没有太大的影响，全靠李秀清的老虎灶生意支撑着。

到了 1957 年初夏之交，全国大张旗鼓进行"反右"斗争。不久，事情悄悄发生变化：开始二女婿艾同志是"反右"领导小组成员，积极参加运动；后来也不晓得哪根筋搭错了，角色转换，由打"右派"的转换为"右派"，被开除公职，发配宁夏固原农场劳动改造。当时他老婆已怀孕，生了个虎头虎脑的大胖儿子，小名就叫小老虎。一个女同志人生地不熟，要上班，还要带小孩，这怎么搞？没得办法，就将儿子送回南京外婆家。从此，五条巷老虎灶旁就有了一只小老虎，大名艾萌。

小老虎他妈受到"右派"分子牵连，被分派到边远贫瘠的苦寒地带的一个小镇的卫生院，当一名妇产科医生，接生了许多小孩，很受当地人爱戴，大人孩子都喜欢她。

小老虎幸亏在南京落了户口，不算黑户。他在外婆家也是兴得一头核子，但在外面特别老实，稍大一点儿开始读小学。兴许是父母的问题，小老虎有心理阴影，是个闷头鸡子，是班上最老实的孩子，从小到大不吭声，平时总是跟在一个叫朱金龙的厌蛋后面。老师给他们罚站，老师走了，朱金龙也走了，小老虎还一动不动地站着。学习是一塌糊涂，整个不开窍。好在那辰光，没得什么起跑线，学不学都没得事。动乱年代，社会秩序很乱，小孩不上学，在外玩容易出事，对面 19 号院子的军人李传弟，他的女儿和小老虎同班，于是就把这些调皮鬼召集到一起，办学习班，防止这些孩子学坏。

李秀清是个热心人，人缘非常好。左邻右舍谁家有难，必出手相助，小孩开学没钱交学费，月底揭不开锅，都来找老虎灶，她都来者不拒，从几毛到几块慷慨借给别人。

她经常说："你们手上的工资都是死钱，我这里是长流水，钱不多，天天有，谁家没得个拉不开栓的时候？"

在计划经济的年代，物资都是凭票供应。忽然有一天，小老虎家门口来了一群"黑"人，为首的汉子见到李秀清就喊"大娘"，眼泪纵横，成了大花脸，只把李秀清弄蒙了，听口音是徐州那块人，一说小名，原来是老家亲戚。那边闹灾了，头在没有法子，就来南京投亲靠友了。为啥都成了黑人呢？都是爬煤车来的，搞得一脸一身都是煤灰，只有牙齿还是白的。李秀清用水管接在龙头上，对着这群黑人猛呲起来，直到恢复原来的模样，然后又找出一些旧衣服让亲戚们换上。亲戚们也不白来，晓得城里粮食定量供应，就是有钱没有粮票还是买不来吃的，于是将家里存放的山芋干背了来。

从那以后，小老虎家天天山芋干烧稀饭，把小老虎吃得直反胃，哕黄水，打心里烦透了这些人。吃饭时自己搬个凳子坐旁边，从来不和亲戚们坐在一张桌上。农村的亲戚住了一两个月，快到麦收了，要回去了。他们走的时候都穿上八成新的衣服，买了火车票，一个个很满意地走了。

小老虎中学毕业了，唯一的出路就是下农村。小老虎干脆就去了宁夏，投奔他爹妈。

突然一日，大方巷墙上的标语变了，"将无产阶级文化大革命进行到底！"换成"我们也有两只手，不在城里吃闲饭！"

许多下放户举家迁徙，在锣鼓声中，就像当年老祖宗哭哭啼啼离开大槐树一样，坐上一挂一挂大卡车，被拖过长江大桥，去了苏北的广阔天地。

大街上冷冷清清，行人明显少了。开老虎灶的属于服务行业，没有下放，大方巷、五条巷来老虎灶打开水的人家少多了，勉强维持。

"文革"以后，百废待兴，落实政策，小老虎的父亲平了反。1983年，他的母亲作为医生因为在少数民族地区长期从事科技工作，被中华人民共和国国家民族事务委员会、劳动人事部、中国科学技术协会特授予荣誉证书；1988年授予"全国卫生文明建设先进工作者"称号。

再后来，李秀清也做不动了，家家户户用上了自来水，老虎灶关门歇业只是时间问题。到了20世纪90年代，大方巷、五条巷拆迁，老虎灶也在红线内。一千多平方米，只给了拆迁款两千块钱，都被小老虎的舅舅们分得了。但是，吃过苦的小老虎长大之后做了生意，就一个爱好，拼命读书，当了没有不良嗜好的部门经理，后来做到美国通用公司雪佛兰汽车华东区总代理，老虎灶家卖水的小老虎，变成卖汽车的大老板了。

十、五条巷 48 号的恋爱故事

1955年，南京军区前线话剧团从炮标教练场搬到大方巷，五条巷48号。一栋很别致的、带小花园的二层小洋房，就成为前线话剧团的宿舍，住进了两家人，楼下是团长阮若珊家，楼上是老团长沈西蒙家。

这座房子在 1949 年前是西班牙国家驻南京国民政府的大使馆。房子是租用的，最早的房主身份搞不清楚了，目前这座楼房已经被拆迁了。

先从楼下说起吧。

人人那个都说哎，

沂蒙山好，

沂蒙那个山上哎，

好风光

……

著名的《沂蒙山小调》歌词就出自阮若珊之手，曲作者李林。

阮若珊，河北怀来县柴沟堡镇人，家境殷实。其父阮慕韩在日本庆应大学留学，回国后参加共产党。1946 年解放区闹土改，将祖传的三千亩地以及房屋、店铺、作坊等献给当地农民，被晋察冀中央局誉为"从地主阶级转为无产阶级立场的党员"。其母毕业于保定二女师，思想比较开放。阮家后迁至北平，父亲一面在中法大学、法商学院教书，一面从事地下工作。阮若珊在北师大附中上学时，正值华北危机，参加了轰轰烈烈的"一二·九"运动，当时她才十四岁，年龄不大，是老革命了。

因为 1937 年七七事变前参加革命的，算红军干部；七七事变后参加革命的，算抗日干部；抗战胜利后参加革命的，算解放干部。

阮若珊是响当当的老红军干部。

阮若珊 1936 年在北平参加了"抗日民族解放先锋队"，抗战爆发后转入教会学校贝满中学上高中，后到冀中抗日根据地，进入太行山抗大第五期学习。毕业后在文工团当演员，后到鲁中抗日根据地从事文艺工作。

在沂蒙山工作期间，阮若珊与文工团团员李林结婚，先后生下两个女

阮若珊

儿（丹妮和丹娣）。解放战争爆发后进入东北，阮若珊任辽东军区文工团教导员；1949年阮若珊担任武汉中南部队艺术学院戏剧系主任兼实验剧团团长，此时已单身。不久，调广州战士话剧团任团长。她与李林离婚后独自带着两个女儿生活，1955年春调南京军区前线话剧团任团长。

在"前话"期间，阮若珊已经是师级干部，她与连排级干部黄宗江的恋爱成为一段佳话。

1956年一个炽热的夏日，五条巷48号大门前的电铃响了。阮若珊的保姆开了小门，只见一位年龄在三十多岁的英俊军人站在面前："你找谁？"

"我找阮团长。"

"请跟我来！"

房门被推开了，年轻人走进来："阮团长，请你看看！"

阮若珊还没看清此人的模样，那人就关上门走了。

阮若珊以为这厚厚的信件里装的是稿件还是别的什么，于是放在一边去继续忙她手中的事。

吃完中午饭，孩子们和保姆都午睡了，阮若珊打开信封一看，原来是一封洋洋万言的求婚书。最后的署名是"您的，陌生的黄宗江"。

"黄宗江？好像听团里人提到过此人，也许在团部办公室匆匆见过一面？不大记得，反正从来没有和这个名字有过任何联系或联想。"

黄宗江是个怎样的人呢？

黄宗江，大才子，浙江瑞安人，生于北京西单大木仓胡同。出身书香世家，父亲是电机工程师，留日的洋翰林，他的爷爷、太爷爷，也都是清翰林。黄宗江兄弟姐妹七人，他排行老三（有同父异母的两个姐姐），还有二个弟弟和一个妹妹黄宗淮、黄宗英、黄宗洛、黄宗汉。

他从小热爱戏剧。1935 年 17 岁的黄宗江在南开中学读高中期间，投身南开戏剧活动，暗恋了女校的一个学生。后来，两人都考入了燕京大学。两人在剧社排演话剧《雷雨》，女生演四凤，黄宗江演周冲。后来，女生爱上了剧中周萍的扮演者。于是黄宗江便赌气服药，但自杀未遂。

1940 年，在燕京大学上学的黄宗江爱上了一个在他眼中模样酷似英格丽·褒曼的女同学，无奈剃头挑子一头热，那女孩子却因为失恋要为别人殉情，有过自杀"经验"的黄宗江原本要陪她自杀的，但最终选择了中断燕京大学的学业，只身前往上海，经过黄佐临的介绍，考进了上海剧艺社。

太平洋战争爆发后，黄宗江去了重庆参加剧团。1944 年，黄宗江脱离重庆演艺界，加入了中国赴美参战海军，在美国迈阿密的一个海军训练中心受训，在"基本英语"的高年级班里，他认识了一位穿军装的女教员，叫温妮，开始了恋爱。直到温妮原先的男友回心转意与她和好，黄宗江临行前与温妮长吻作别。抗日战争结束后，黄宗江因患肺病而被海军除名；随后，他又进入燕京大学继续学习。1946 年，与在电影《大团圆》中饰演小妹的朱嘉琛结婚。再后来，两人离婚。

1949 年上海解放。黄宗江在十字街头，突然看见同行白文，穿着一身军装，很神气地迎面过来。白文，江苏常州人，生于北京。原名刘骏仁，字云程，笔名白文。1939 年在上海参加学生救亡协会，次年加入中国共产党。1941 年后历任上海若干剧团演员、圣约翰大学英语系学员、第三野战军特纵队文工团团长。在白文介绍下，黄宗江参加了解放军，后来调八一电影制片厂工作。

1956 年，经沈西蒙推荐，八一厂让黄宗江到南京与胡石岩修改小说《柳堡的故事》，将其改编为电影剧本，此时还是连排级干部的黄宗江爱上了时任南京军区前线话剧团团长阮若珊。他大胆给阮若珊写了一封情书。由于他的字龙飞凤舞，胡石岩主动为其将这封洋洋万言的情书工工整整地抄了一遍。然后才有了小排长大胆送情书的那一出新戏文。

阮若珊经历青年时代不幸的婚姻，因为这一段痛苦的、经常自责而又不能摆脱的无望的爱情……她已经将感情的闸门紧紧关闭，决心和两个女儿相依为命，再也不愿意在感情的困惑中折磨自己了。毕竟三十五岁都过了，并且对戏剧事业有着执着的追求，这些已经包容了全部的情感，"但宗江的信激起我内心的波澜，打破了平静，对这样一个真诚的、坦荡的、谨慎严肃而又热情的人，不可以随便对待。从他的信中感到他的才气，品格不俗，很有些相见恨晚之感。但又有顾虑，毕竟很陌生，距离较远，我才貌平平，不像他幻想那么好。"阮若珊一下子不敢接受，但对他已有好感，难负他一片痴情……这期间，黄宗江的好友王啸平、胡石言也常向阮若珊介绍宗江是个好人……黄宗江急于得到答复，在南京的一个暑假，他几乎每个清晨都来看阮若珊，他很喜欢阮若珊的两个女儿，他们很快地互相了解，感情迅速升温。他们像两个大孩子一般去游玄武湖，乘着木船，船娘摇着橹，在暮色苍茫中度过美好的夜晚。两个中年人，过了一段谈情说爱的日子，在美丽的玄武湖定了终身。

其实，这个爱情故事不亚于柳堡的故事，柳堡讲述的是一个排长和农村二妹子的爱情故事，五条巷的爱情讲述了一个排长和师长的爱情故事，而且更反传统，更惊世骇俗！

十一、日本阿婆和她的女儿

　　20 世纪 50 年代，在五条巷的石头小路上，经常能看到一个日本女人的身影，她五十多岁，迈着内八字小碎步，见人很客气地点头打招呼，不缓不急地走到 48 号门前按响门铃，里面的仆人开门后，她就鞠躬，表示感谢，之后才进院子。

　　院子里的小楼住着两家人，楼上是老前线话剧团团长沈西蒙家，楼下自从团长阮若珊调北京以后，新任团长张泽易和夫人陶正琴带着三个皮猴子住在楼下。沈西蒙和张泽易都是新四军，也都是老革命了。

　　沈西蒙 1919 年出生在上海，父亲是邮政局的邮差。他从小喜欢戏剧，1937 年淞沪会战后，投身抗日救亡运动，参加了上海战地救亡服务团。1938 年秋经南昌新四军办事处推荐，参加了新四军战地服务团，在此阶段，创作了以《甲申记》《盐城之战》《花子街》为代表的话剧和歌曲，对抗战后期的"整风"运动和抗战的最后胜利起到积极的作用。

　　全国胜利以后，沈西蒙担任华东军区第三野战军解放军艺术剧院院长、前线话剧团团长，坚持将前线话剧团建设成为一流的文艺团体。将华中军区文工团、苏南军区文工团、三野后政文工团以及军文工团的优秀人员集中在一起，成立了解放军艺术剧院。

　　这期间他发现并爱上了一位年轻漂亮的女演员余肖梅。余肖梅来自苏南军区文工团。其父是浙江义乌人，1920 年前后，去日本东京留学，后来娶了一个日本女子为妻，抗战期间，夫妻俩毅然决然回到中国的老家义乌，生了两个女孩。其中大女儿就是余肖梅，喜欢唱歌跳舞，也参加了抗日文艺演出，后来参加了苏南军区文工团，1953 年参加沈西蒙的剧本《杨根思》的演出。沈西蒙一下子就喜欢上了这个活泼漂亮的女孩，想与之建立恋爱关系。余肖梅又惊讶又担心，第一反应是表示反对，刚解放不久，阶级斗争这根弦绷得很紧，余肖梅知道她的母亲是日本人，尤其是在"镇反、三反、五反"的大背景下，复杂的社会关系都需要经过组织上调查、研究和批准。经过一系列的过程，看不出有什么大问题，但是对沈西蒙这样的高级干部来说，家里有个日本亲戚还是不太合适的。她出于对沈西蒙的前途考虑，于是便拒绝了他的求爱，并说："如果在一个单位工作不方便的话，自己可以复员或转业。"

此时，在爱情和事业面前，沈西蒙选择了爱情，他坚定地向余肖梅表示："如果上级领导不同意我们的婚事，那我可以选择和你一起复员、转业，去地方工作，谁也不能阻止我们的爱情。"

上级领导经过必要的外调，了解了余肖梅的父亲和母亲的经历与日本

沈西蒙

余肖梅

军国主义不但没有关系，并且反对日军发动侵华战争，在中华人民共和国成立前支持女儿参加解放军。因此，就同意了沈西蒙、余肖梅的婚姻。

两人结婚以后，余肖梅的母亲也跟着女儿一起，来到五条巷 48 号的"部长楼"生活，从此，一位日本阿婆就出入在五条巷中，孩子们都叫她"外婆"。她的孙女沈红出生后，老太太帮着带孩子，喜欢买一些头油，将头油擦在孩子的头上，按日本女孩的样子，给红红和邻居家的女孩青青梳小油头，清清爽爽，头发雪亮雪亮，成为五条巷中一对俏丽的姊妹花。

阿婆是有文化的。但阅读中国的报纸有困难，于是就订了一份日文版的《人民中国》，了解中国和日本国家的事。

在中国几十年，阿婆始终还保持着一些日本的生活习惯，每天要洗澡。那时五条巷的居民还在挑水、买水吃，大方巷一带的居民或两个星期或一个月去鼓楼鸡鸣酒家旁边的大众浴室泡一次澡，搓搓老皴，去去厚泥。阿婆每天洗澡是一件非常奢侈的事。当时的洋房里都有浴室，但外婆也觉得太浪费，她就在 48 号一楼到二楼的小卫生间里，找箍桶匠做了个木桶专门洗澡，再用洗澡水来洗衣服。

48 号与斜对面的 19 号很近，她家红红经常去 18 号青青家玩，到了吃饭的时间尚不知道回家，这时外婆就去找，但从不高声大叫，而是很有礼貌地敲门，里面开门后，总是先鞠躬，再说："打扰了，我来找红红回家吃饭！"如果是借东西就说："不好意思，给您添麻烦了，肖梅叫我来借一把老虎钳子。"

外婆从大门进来，往李传弟家住的小楼，要往右拐上一条砖铺的小路，两边是泥巴地。如果，正好见李传弟出来，外婆一定要从砖地退到泥巴地，连连鞠躬，垂首低眉，恭恭敬敬地说："您上班啦，请先过去！"

有时外婆一人在家时还会用日语哼一支小调，略带悲伤的旋律，寄托无限思念，或许是外婆想起了她的家乡和久违的亲人，后来才知道，这首歌曲叫《樱花》。

"文革"一开始，就有人勒令外婆回了浙江。几年后，沈西蒙重回军区文化部工作，不久肖梅阿姨得了鼻咽癌，外婆又回到了五条巷48号。

1978年8月12日，《中华人民共和国和日本国和平友好条约》在北京签字，外婆非常高兴，嘴里喃喃地说："或许很快就可以回东京呢。"

1980年前后，沈西蒙离开南京，去了上海，肖梅阿姨因为鼻咽癌在上海住院，后不幸病逝，真正应了那句老话：人去楼空，只有肖梅阿姨的妹妹、妹夫住在那里照顾妈妈。

后来，外婆走了，不是回日本，而是去了祖堂山。那年，天特别冷，外婆还是要洗澡，用煤基斗炉子，死于煤气中毒。

说了外婆，想到肖梅阿姨。她年轻时的确很漂亮，对每个人都很亲切，当时她家是五条巷唯一的大人物，沈西蒙官拜上校，是军区政治部文化部部长。但肖梅阿姨却一点也没有官太太的架子，她唯一冲着发火的对象就是沈部长，大嗓子一喊，估计沈部长骨头都酥了。

在那个特殊年代，肖梅阿姨也被游街，脖子上挂了两条丝袜，提溜着两只高跟鞋。前线话剧团的"牛鬼蛇神"大集合，"造反派"撸去了他们的红帽徽、红领章，让他们每日去团里特设的"牛棚"学习改造。当时我父亲也在"牛棚"之内。每日早晨，去团里报到。当他走到五条巷口时，只见肖梅阿姨就在他前面，双手插在棉裤口袋中。那时，"有问题"的人之间是禁止交谈的，所以等两人相接近的一刹那，肖梅阿姨迅速从口袋里拿出个纸条之类的塞进我父亲的手中，没有任何话，之后，便很快分开。诸位看官不要误会，不是什么特务接头传递情报，掏出来的是二十斤粮票。

我爸每月有粮三十斤，我大约每月二十六斤，我二弟二十四斤，三弟二十四斤，我妈每月二十二斤。常言说，半大小子吃死老子，加上油水严重不足，家里粮食根本不够吃。寅吃卯粮，不到二十天就得提前领取下月的粮票，否则吃不到头，成天半饥半饱的日子很难受。

大串联时我们都喜欢去上海、杭州，吃一种酱油水下的阳春面，不收粮票。也就是说在其他地方吃饭都要粮票。

当我爸把粮票交给我妈，她的眼里就发着惊喜的光芒："这月可算接济上了，哪里来的？"

"余肖梅给的。"

"在团里？不怕别人看见？"

"在大方巷口，偷偷摸摸，像做贼一样。"

"千万小心，别再连累了人家！"

……

有句戏词怎么说来着："穷不帮穷谁照应？"在隔离审查的日子里，肖梅阿姨经常接济我们家粮票。现在的人们即使不会理解计划经济年代的苦日子，或许也能理解在自顾不暇的年代，人与人之间的友谊和情谊。

十二、五条巷 17 号的变迁

　　五条巷 17 号（原 12—1 号）是一座三层的小洋楼，二楼有半圆形晾台，东南、东北角各有两栋城堡式建筑楼，带阁楼，有老虎窗。门厅入口处有两根罗马柱。这里曾是国民政府湖北省主席张笃伦的公馆，修建于 1936 年，国民政府"还都"以后，租给了奥地利做公使馆。

　　张笃伦，别号伯常，湖北安陆人。1906 年考入湖北陆军小学堂，该校设于武昌黄土坡（原武备学堂原址），学制为三年。当年招收五百六十人，张笃伦、万耀煌、刘文岛、蓝文蔚等人均为该校第一期学生。后升入武昌陆军第三中学，再升入保定军官学校。辛亥革命爆发后，张笃伦与万耀煌到天津，南下上海，回湖北参加与清军作战。停战以后，他们回保定军校复课恢复学业，在该校第一期毕业。1921 年，张笃伦随孙中山南下护法，参加北伐，曾任汉口特别市公安局长。蒋介石建立南京国民政府后，张笃伦代表刘文辉二十四军，经常前往南京，与蒋介石搞好关系。于是其妻沈绥箴

五条巷 17 号，原张笃伦的官邸

在南京五条巷买了五百五十平方米的土地，修建了面积有四百二十九平方米的青砖红瓦的西式三层楼房。房子建好后，人还没住，抗战就爆发了。张笃伦于 1938 年任重庆行营办公厅副厅长、西昌行营主任。抗战胜利后，蒋介石就着手解决龙云问题。1945 年 9 月 25 日，蒋介石、宋美龄到西昌，随蒋同行的大小官员共一百五十多人，由张笃伦妻子沈绶箴出面，上下打点，每人送一块哔叽衣料，再分级别另送云土（云南出产的鸦片）或现金。10 月 5 日，龙云被迫下台，蒋氏夫妇也返回了重庆，在西昌一共住了五天。在解决龙云问题上，张笃伦与蒋介石保持一致，很快成为陪都重庆市长。

张笃伦（1894—1958）

沈绶箴

通过运作，张笃伦在1948年担任了湖北省政府主席。其妻沈绶箴又在武昌大东门大兴土木，建了一座新公馆，南京的公馆就出租给了奥地利做公使馆。1949年1月，行政院长张群飞来湖北，传达蒋介石拟将重庆再作陪都的打算，特邀张笃伦一起去重庆组建西南军政长官公署。张笃伦便向白崇禧请辞湖北省政府主席之职，再次回到重庆，出任西南军政长官公署政委会秘书长。

　　1949年10月以后，张笃伦到台湾。1958年10月2日在台北病逝。他在南京五条巷17号的房子为华东军区接收，成为军产，在20世纪50年代属于解放军剧院和前线话剧团宿舍，顾宝璋、赵衡夫妇和孩子凤儿、宁儿、辛儿等人住在二楼上，还有白文、姜曼璞夫妇；楼下住着副团长李洛平一家，有儿子李洋、李辛、李伟，女儿坚坚、雪雅、园园。后来这些人家都搬到挹华里2号和7号院子。这里又成为南京军区军人俱乐部的宿舍，是陆主任、方正、徐淑锦和画家陈琪的住处。

十三、五条巷 6 号是魏修徵的老宅

　　五条巷 6 号是魏修徵旧居，该建筑坐北朝南，砖混结构，青砖红瓦，普通风格建筑，假三层带老虎窗，总建筑面积约二百七十平方米。魏修徵是什么人，住这么大的房子？

　　魏修徵，女，父亲是基督徒。家中有兄弟姐妹。幼年时在美国基督教会美以美会所办教会学校读书，从教会小学、汇文女子中学到金陵女子大学，受过十五年的基督文化教育，却自称"毁坏葡萄园的小狐狸"。

　　《圣经·雅歌》说："要给我们擒拿狐狸，就是毁坏葡萄园的小狐狸，因

魏修徵

为我们的葡萄正在开花。"这句话的意思是在教会生活中要防范对教会的纯正信仰、弟兄姊妹的合而为一构成破坏性的力量。小狐狸的特点就是狡猾、诡诈：外在装出属灵、爱主和敬虔的样子，实际是为着自己的私利，采取狡猾和诡诈的手段暗中进行活动，在正常的信仰生活中掺杂不应该掺杂的内容而导致上帝的教会受损。

中学时代的魏修徵，性格倔强、怪癖、骄傲，她对于教会和耶稣的信仰并不非常虔诚，而是逐渐淡漠，认为做礼拜只是繁文缛节罢了。用她自己的话说，几乎完全成为一个"无神派"，不觉得是"罪"反而引以为"荣"。大学时代，因为一些传教士的不公平，使她对基督教的教义产生了极大的怀疑，把精力都放在努力学习科学知识方面，既不喜欢与人交往，又不爱参加各种活动，唯一的兴趣就是上图书馆和实验室。空闲下来就是喜欢回家，与父母兄弟姐妹在一起，其乐融融。1923 年女大毕业，就在省立女子中学和汇文中学教书，本着"基督徒的精神"，在省立中学的七年时间中，兢兢业业，从未请过一小时的假。后来，她又转入金陵中学任教。

金陵中学的确是一座完美的校园。百亩土地呈长方形，东西长，南北短，当时校门开在偏东北向的干河沿前街。早在 1888 年，金陵大学与金陵中学的前身——美国基督教创办的汇文书院便已成立。书院于 19 世纪末 20 世纪初，沿校园东西中轴线，兴建了一系列西洋古典建筑，有东课楼、礼拜堂、钟楼、口字楼、西课楼、口字楼，北向还有青年会（图书馆）。其中特别突出的是建于 1889 年的钟楼，它是券廊式殖民风格的三层楼房，堪称当时南京高层建筑。这些建筑风格统一，青墙、红顶、斗拱式窗棂。1934年，校长张坊又采取募捐方式兴建了全国中学都少有的近千平方米的体育馆。学校有南、北两个大操场。道路宽敞，四通八达。教室充足，理、化、生物实验室齐备，实验仪器都为进口，实验用煤气由老师自制，显微镜保证人手一架，图书丰富。

金陵中学钟楼

教会学校的英语课是最好的，英语教师水平更高。有个校友回忆："母校教师大多正直朴实、学有专长、尽心尽职、严谨治学。我的第一位英语老师是徐卓书，口语水平很高，又自编英文文法，能简明扼要地抓住要点，编的顺口溜又好记又好做，效果很好。第二位英语老师是魏修徵女教师，她的发音非常准确悦耳，往往把课讲到一定段落，就在黑板上写出英语作文题目，一下课就要我们交上英文作文……"

1937 年 12 月，日军进攻南京前夕，金中校长张坊带领着部分师生西迁，德国友人约翰·拉贝曾将金大附中作为国际红十字会南京安全区难民收容所之一。留守南京的金大附中师生们救助难民、守护校产。

身材瘦小的魏修徵亦随张坊和师生们踏上了漫漫征途，在流亡迁徙六个月之后，终于在四川万县安顿下来。魏修徵重执教鞭，站上讲台。烽火关山，家书万金，一封书信寄往上海，与家人取得了联系，得知在骨肉分离的日子里，母亲中风、父亲绝望无意于世的消息，于是她急忙上路，花了五十多天时间，途经七个省份，舟车劳顿，千辛万苦到达上海，一路上不停祷告，求神保佑她见到双亲。靠着精神力量的支撑，在 1941 年秋冬之

东课楼

际，平安抵达上海，见到卧病在床的母亲和须发皆白的父亲。她认为是万能的主在帮助她，很快恢复了去教堂做礼拜。两年之后，魏修徵又返回南京，金中的校园内又响起魏修徵悦耳的英语声。

在日军占领南京时期，坚持在干河沿的人们，先后办起金陵补习学校、鼓楼中学、同伦中学和南京金陵中学。抗战胜利后，万县金陵中学及驻蓉分部于1946年迁回南京，与南京金陵中学合并，恢复校名为金陵大学附属中学。

1946年，魏修徵在五条巷6号修建了一幢楼房，将在上海的亲人都接来一同生活，其乐融融，原想着从此一家人在此安居乐业，孰料钟山风雨起，于是举家迁往上海，后又前往异国他乡。

十四、"六号门"记忆点滴

　　第二野战军进入南京后，魏修徵的房子一度成为军产，真正小家变成大家，成为华东军区解放军剧院的宿舍。当时有部电影叫《六号门》，是郭振清主演的。于是团里人称五条巷6号为"六号门"。

　　一楼西头有演员王者、梁红家五口人；东头有演员张帆、徐一亢家七口人，孩子繁芝、伟正、大眼睛、娃娃、小五子（后调八一电影制片厂）。

　　一楼西头靠后（楼梯拐角后一点），住着舞美卢雨稼夫妇和儿子小咪、小华；大门进来西头还有平房，可能过去是厨房或下人房，现在卢雨稼的儿子小龙住在这里。

徐一亢与张帆

　　二楼西侧住着演员丁尼、赵秀蓉家六口人（孩子阿薇、婷婷、媛媛、如如），中间住着演员白钢家，西头是演员田烈、蔡佩莹夫妇和女儿田和、田平；三楼住着演员李恩琪、陈铮夫妇，还有舞美白盾、朱佩蓉夫妇。几十口人挤在一处，满满当当，像个大家庭，可热闹了。

　　那时部队实行供给制，家具和衣服鞋袜由公家配发，大人是军装，孩子们的衣服也是幼儿园统一的。白天，各家的门都不关，任凭猫狗都嫌弃的"公鸡头子"在楼上楼下的各个房间和楼道里躲猫猫、"官兵捉强盗"，疯一样地乱窜乱喊。

　　女娃们则分成两拨，手牵手地在院子里做游戏，一唱一答：

　　我们要求一个人，
　　你们要求什么人？
　　我们要求大眼睛，
　　什么人来同她去？
　　就是我来同她去……

　　之后这边的女孩就冲过去，拉住对面喊到名字的女孩，然后双方拖拽着，等把女孩拉到自己阵营后，游戏重新开始，由输掉的一方再来："我们要求一个人，你们要求什么人？……"

　　如此反复。

　　稍大一点的女孩则跳猴皮筋，嘴里唱着流行的歌谣：

　　石头打铁叮叮当，战士英雄黄继光，黄继光、邱少云，他们牺牲为人民。

　　猴皮筋，我会跳，"三反五反"我知道，反贪污，反浪费，官僚主义也反对……

我并不常和小朋友玩，不记得"六号门"时的玩伴了。我三个月大时，父母很忙，就把我送到保育院，是老资格的保育院成员了，终日抱个洋娃娃，反复一句话："我要回家……"

由于缺乏母爱与父爱，我性格内向，恐惧和人打交道，属于南京话"闷头鸡子"，夹生，不讨喜。每次爸爸带我去单位，如果不是爸爸让我喊"叔叔"或"阿姨"，从来不主动和人打招呼。团里的大人们给我起了一个外号叫"二百大钱"，意思是我成天苦着脸，就像总有人欠我的钱。不像我二弟二小子，比我小两岁，聪明伶俐，长得又漂亮，从小招人喜欢，见人就叫"爸爸"或"老丈人"。每逢星期六或星期天，就有团里年轻的叔叔阿姨来"借"去玩一天。听我妈讲，我弟弟一岁多时，差点被我噎死，那是大年三十晚上，大人们都在吃瓜子、聊天。我妈让我看着摇篮里的弟弟，我就抓了一把瓜子，一颗一颗往老二嘴里塞，等我妈发现时，老二的小脸憋得发紫，嘴巴里全是葵瓜子，手舞足蹈，差点被我噎死。

三岁那年，我从北京路幼儿园回来，大人都不在家，我妈妈和三楼的朱佩蓉阿姨关系很好，我以为她在朱阿姨家，于是爬上三楼。朱阿姨家门大敞着，并没有人在家。只见老虎窗台上，有个东西闪闪发亮，好奇心驱使我过去，原来是一块圆圆的带链子的小金表，很稀罕，也好玩。于是我把表装进口袋便下楼回家。那时我有了弟弟，于是我和爸爸住在走廊旁一处房间里。房间空间很小，进门就是一张床。我掩上房门，掏出小金表，正趴在床边上玩。这时爸爸推门进来，我一回头吓得急忙把表塞进被子里。爸爸问："你藏什么？"我的脸上满是惊慌失措，"没、没什么！"

爸爸掀开被子，一把就抓过那块金光灿灿的手表，厉声问："哪里来的？"

"我，我从佩蓉阿姨家拿的……"

"笃——"一个实实在在的大毛栗子敲在脑壳上，只觉得天旋地转，眼泪、鼻涕齐飞，顿时杀猫一般，嚎得没得人腔。之后，我爸的铁爪死死拧住我的小耳朵，大步流星地向楼梯口跨过去，我的身体几乎脱离地板，双手拼命捂在耳根处，身不由己地跟着他高大的身影向前奔去，直飘到三楼，跌落在朱家地板上。

"老头，这是干什么？"

我爸伸开手，金表出现在佩蓉阿姨面前。

紧接着一巴掌扇到我后脑勺上："道歉！"

我抽泣着，把拿表的经过说了，并请求朱阿姨原谅。

佩蓉阿姨笑了："我随手放在窗台上了，回头就不见了，正说表哪里去了，没事，老头，孩子小，不懂事……"

当天晚上，我和老爸睡在一起，我习惯性把腿放在他身上，一想不对，急忙缩了回来。不料，老爸一把攥住，又放回身上。战战兢兢中，老爸教育我，不经别人允许，拿别人的东西是可耻的。

直到1955年，解放军剧院改为南京军区前线话剧团以后，重新调整宿舍，"六号门"里的大家庭都星散了。房子不知怎地归了地方，属于鼓楼区房管局管理，直到现在还是住了若干人家，满满当当的。

六十多年以后，我专程去了五条巷，看着面目全非的"六号门"，一楼、二楼和阳台，三楼西头的老虎窗，小金表……

往事如烟，那些人，还有那些事都淡出或消失在时间的长河之中……

十五、挹华里 15 号的回忆

　　我们住过的挹华里 15 号已经不复存在。20 世纪末拆迁，已经夷为平地，又盖上楼房了。但那个小院的记忆至今还留在脑海里。

　　15 号是一个两进院子，后院东头绕过房子有一个两间的公共厕所，两个院子二十多户人家共用。挹华里 15 号是相连的两房两院，前院是中式小瓦房，后院是西式大瓦房。中间是个长方形小院，西边有墙垛连接着两扇大门，后院的西式房的南头，还有个院子，西面墙中间也有扇大门。

　　这原本应该是两个院子，自从作为前线话剧团的宿舍，房客都是一个单位的，因此成为一处住宅，但前后院的两个大门平时都紧闭着，只有中式房最西头有一个小门开着，进来有条黑洞洞的走道，两边都是一间一间的木板住房，之后又是正对着的四间房间，有厅房，出门下台阶就是北小院。

　　这里西边两间曾住过演员王林佳、舞美队林成寿，对面是舞美设计周洛和方炳林，周洛和他的老娘都是四川人。周洛担任前线舞美队队长，他画树最有名。在话剧《杨根思》舞美中，他和原文兵绘制的树可以乱真，苏联舞美专家雷科夫当时在北京电影学院、中央戏剧学院讲课，观摩了前线话剧团的演出，当大幕拉开，参天大树映入眼帘，把苏联专家看得一愣一愣的，以为是把树砍了搬上舞台，直到他上前去摸，才知道是画的，夸赞说："你们是画树的专家、设计树的专家！"周洛也因此获得"周大树"的雅号！他有个小脚老娘，三寸金莲，拄着拐棍颤巍巍地上街，经常提着一只猪脚回来，戴上老花镜，用镊子将残余的猪毛拔去，直接放在煤炉上来回烤，满院子都是烤猪蹄味。然后，老太太的腮一张一瘪，啃得很来劲。

　　过道的板房里住的并不是舞美队的单身汉，他们都有家，团里宿舍紧张，住在外边，有时时间紧任务重，临时加班就住在这里。我记得有陆才照、卢仲庆、刘广生、老方和小方等人。刘广生的老婆也来住过，还有孩子。

　　刘广生是个瘦干儿，典型的"扬州嘘子"，是舞美队技工，做道具的，三十多岁，花白头发，舞台上换景之余，还客串个新四军司号员什么的，斜挎在腰间的铜号飘着红绸，当一口普通话的孟司令下令："司号员，吹冲锋号！"他就用扬州话大声回答："四！（是）"一溜烟跑下去。好在新四军中苏北人很多，台下的观众也发出会心的笑声。

　　刘广生还有一段有趣的轶事。《霓虹灯下的哨兵》中第六场童妈妈家中场景里低矮的旧桌，在一次运景中不慎摔断了，来不及整修，刘广生就临时用一段铅丝绑起来，先应付演出。不料，台下有别的剧团观摩演出的道具师傅，见"样板戏"如此处理，认为必有艺术构思，回去便也把桌腿折断，照样用铅丝缠起，此事传到团里以后，大家哈哈大笑，从此送给刘广生一个"刘铅丝"的绰号。

　　刘广生的老婆是草台班子唱扬州戏的，绰号"小辣子"，一头大波浪卷，穿件旗袍。有一年我跟刘广生二儿子在军人俱乐部小礼堂看过他妈演的《三看御妹》，一句不懂，就觉得戏服很鲜艳，前线话剧团没得这种服装。脸上的妆很浓，有点儿意里八怪的。他家这个老二，厌得滴屎，七八岁左右被人贩子拐走了，那时节家里丢个孩子，南京人好说多大事啊，守着派出所都不去报案，家家不够吃，还能多领二十斤粮票。老二就这样子被卖给一个杂耍班子翻跟头玩猴子，浪迹江湖，在长江上下游一带跑码头。三年以后，杂耍班子又来到南京码头撂地摊，这个小把戏认得这是下关。班主也精，知道他是南京人，怕他跑了，在不耍猴时就关在帐篷里，不允许穿衣服，这孩子（扬州话念 xiá zì）有点儿鬼六三枪，趁天黑说要撒尿，钻出帐篷，赤裸着身子顺着中山北路一路狂奔，按照扬州评书王少堂先生的话说，兔子是他家孙子，一口气跑到云南路，窜进西桥，从旮旮旯旯里头逃进挹华里 15 号，把她妈吓一跳。骂道："讨债鬼，还回来？人家老头老头没得裤头，你倒是更来斯，精屁股哴当，什么都没穿！"于是，抄起细竹竿照着头上、身上、屁股上一顿刷。坏了，从此打呆的啰，天天在院子里望呆，他妈叫他剥蚕豆，他把剥好的豆子全扔在地上，还把壳子塞在嘴里嗑。

夏天的夜晚，天气太热，家里根本没得办法睡觉，我们都把竹床搬到院里乘凉，听前院的"王老三"（王林佳）叔叔讲故事。

王林佳老家在山东青岛，原来是一名战士，当过班长、排长，到前线话剧团时连普通话也学（说）不好，把话剧团学（说）成话剧"坛"，差点被淘汰。"前线"的性质是为兵服务，王林佳就是一个兵，团长发现他擅长演兵，所以把他留了下来。他在话剧和电影《东进序曲》中饰演新四军营长王勇，当他被苏鲁皖游击总指挥部副官李广文打伤后，押着副官回来，

《东进序曲》剧照，左为王林佳

见了政治部主任黄炳光，气哼哼地指着受伤的胳膊说："娘的，他们开枪了！"一看就是那回事。

胶东银（人）自带浓浓的黄壤泥味，伤风感冒不吃药，上菜场买上二斤山东大葱，老皮一扒，坐在小板凳上，咔嚓咔嚓，像兔子一样，一会儿十来根下肚，造得一头一身汗，感冒就完全好了。

1958年前线歌剧团正排演《红霞》，下班后，王林佳刚进挹华里15号院子，他老婆纪秀珍烧得一锅螺蛳发出阵阵扑鼻香味，于是掀开锅盖，一看是螺蛳，捏了一个，放在嘴里嗄了一下，把肉吸进去，螺蛳壳和肚肠之类往后一丢，拉开嗓子就开心地唱《红霞》中青山大叔的段子："大火烧来了啊，乡亲们啊，来吃螺蛳——"

青山大叔是前线歌剧团演员杜明新扮演的，王林佳与杜明新是一条船，也就是连襟，两姐妹类似于同一块布料，两个男子分别娶了一对姐妹，就好像穿了同一块布料的衣服，所以被称为连襟！纪秀珍的妹妹纪秀梅和杜明新是夫妻，杜明新与王林佳连襟。这些天来，王林佳就爱唱"大火烧来了呀，乡亲们……"下面随心所欲，有时吃包子，反正不一样。

他这一唱就是集结号。他家的莉莉、玲玲、毛毛三个孩子和我们一群孩子都围了过去。他有意整我们，用铲子铲出几个正在锅里咕嘟的螺蛳，一人手里倒上一个，看着我们被烫得又想扔又舍不得的样子，哈哈大笑。

他的老婆纪秀珍是胶东人，没什么文化，是个工人。长得很漂亮，一根粗黑的大辫子垂在脑后，身材苗条，喜欢穿背带的工装裤，白衬衫，脚下带绊的红皮鞋，还专门钉了两块鞋钉，走在五条巷的石头路上先声夺人，老远就能听见"咔咔"的鞋钉和石头的撞击声。五条巷街道两边的居民就议论："电影明星来了。"

有次我们弟兄几个恶作剧，把一只灌满水的胶皮靴搁在稍微打开的房门，想淋我妈一头。那时不管是谁家，进门都不用打招呼，正巧纪秀珍阿姨一推门，黑色胶皮鞋正落在头顶，她刚洗完头，还没干，就被胶鞋里的污水倒了一头一肩膀，她顿时气得柳叶眉倒竖、面若桃花，跳着脚骂，我们几个熊孩子乐不可支，她从门后摸了把笤帚就打，我们几个有的钻到床下，有的躲在箱子后面，比躲猫猫还尽兴。

她家还有个老母亲，眼不好，满眼眵目糊，我们叫她瞎姥姥。后来老太太眼睛完全看不见了，他们两口子都上班，孩子还小，由我领着瞎姥姥去三牌楼诊所看眼睛。

再后来纪秀珍腿出了问题，动了手术，只剩一条腿，红皮鞋被扔在角落里，长期吃激素，身体虚胖，坐在床上像尊弥勒佛，再后来就病死了，留下可怜的三个孩子……

小北院的西边还挖了菜地，种了些绿油油的小菜秧和萝卜之类，物资困难的那几年，我老爸还种了两小畦烟叶，施肥浇水，等到收割的季节，摘下金黄的叶子再摊到地上晒干，搓碎了卷烟抽。北小院中间有砖铺的通南面的房子。进门后东侧原先是一个小厨房，再往里是一间客厅，其实是两家人合用的厨房，有两个小铁皮烧煤球的炉子，三屉桌两张，上面放着各家的碗橱、砧板、菜刀、锅铲、油瓶等物件。东西两边各有两间卧室，出了客厅有门廊，下了三层台阶就是南院。

连接着南北房角的东面有一堵近两米高的院墙，南房东外有小径，往南里面有公共厕所，东墙的那一边就是五条巷5号，李玛利住宅。

我们家大约在1956年从五条巷6号搬到挹华里15号后院西边的两间房，西晒，南京的夏天是三大火炉之一，热得出名，所以我印象特别深。我家在此住了近十年。我家对面东面两间房是演员吴斌家。我们搬去不久，她就结婚了，爱人是汤山炮校的一名军官，名叫郭浩。

吴斌阿姨十四岁就参加新四军文工团，以后到了前线话剧团，到三十多岁还没有对象，那时就是老姑娘了。前话的演员李传弟和汤山炮校的郭浩是华北联大的同学，两人关系很好，于是就有意撮合二人的婚事。郭浩回家就和母亲说了。老太太一听："我先去瞧瞧，瞧上了，你们再见面。"于是郭奶奶就坐车到城里，来到大方巷14号，吴斌阿姨正在传达室等候，手里还拿着一张报纸，郭奶奶上去就拿掉报纸，左看右看，满意地点头："就是你了！"婚姻就这样成了。

我曾亲眼目睹吴斌阿姨和郭浩叔叔结婚，那天晚上屋里屋外都贴着大红喜字，前线话剧团的叔叔阿姨和汤山炮校的军人们，挤满了堂屋和东面的两间房，欢声笑语，声震屋瓦。吴斌阿姨的侄女少君将大把的喜糖塞给来宾，李传弟叔叔用线吊着一颗苹果，站在椅子上，让戴着大红花的新郎新娘去啃，眼看双方就要咬着苹果，李传弟手往上猛一提，梁泉阿姨一推吴斌阿姨，新郎新娘就嘴唇对碰嘴唇，那年头人们头脑中还很封建，看到接吻就认为是"黄色"镜头，于是前线的战友和炮校的军人们就哈哈大笑，手舞足蹈，热闹得一塌糊涂。

郭叔叔平时不在家，住在汤山炮校，周六晚上回来，周一清早才六点多钟，总有一辆军用吉普开到大门外，有司机高叫"郭的谋、郭的谋……"将我从梦中唤醒。我好奇地问我妈："谁是郭的谋？"

我妈笑着回答："人家喊郭参谋，你郭叔叔是炮校的参谋呢。"

后来听我妈说，郭叔叔在年轻时父亲就不在了，日子很苦，便离开家参加革命了，音信全无，郭奶奶以为他不在了，后来他弟弟也离开了家，直到革命胜利后他才回家见老娘，他弟弟也穿军装回了家，是北京空军的。

郭浩叔叔的老母亲，个子挺高，人很干练，放大脚，东北内嘎达银（人），"卖肉买油"不分，我们叫她"郭奶奶"；吴斌阿姨也带着老母亲，一个个子不高、胶东口音的小脚老太太，比较安静，因口音问题，我不太和"姥姥"说话，只记得她好说"夜儿黑里"……

当时进门处的小屋被我占领，只能放一张单人床和一张桌子，西边两间房里面一间我父母亲住，外面的一间我两个弟弟住。吴斌阿姨家里面的一间他们夫妻俩住，外面的一间奶奶和姥姥住。当时两家人共用一间堂屋。

三年困难时期，大家都吃不饱，地主家也没余粮。去军人俱乐部电影院看电影，观众打嗝全是飞机包菜味。有一年深秋，郭奶奶在山西路菜场排了老长的队，她的前面有几个箩筐，还有半截砖头，都在那里充人，等到大中午，才买了半簸箩胡萝卜回来，将上面老厚的泥洗干净后，就放在堂屋的桌上。我是属兔的，早就瞄上了那一根根黄橙橙的胡萝卜，等到夜深人静，饥肠辘辘，两边房间的大人孩子都睡着了，我就悄悄掀开被了，开门溜进堂屋，从簸箩中拿了两根胡萝卜，回到被窝里，咔嚓咔嚓，风卷残云，不要太好吃了。估计人参果也没有胡萝卜好吃！不甘心，吃完了又被馋虫勾引得睡不着，于是又下床，挡不住的诱惑，再去偷胡萝卜，回到被窝，三下五除二，又没了，还是想着外面的胡萝卜，如此三番五次，把胡萝卜吃光了，这才美美地睡去。半夜，突然被一阵阵腹绞痛疼醒，冲下床，打开门，根本来不及去公厕，就在小菜地稀里哗啦喷涌了一大摊；回到床上不到半小时，米不及穿棉衣，又冲了出去，来回几次折腾，天明时分，重感冒，浑身烧得像炭盆一样。

我妈来喊我起床上学，哪里还爬得动？她又问我："外面菜地里是不是你拉的稀？"

"不是！"我觉得有损我的形象，坚决不认账。

"我是怕你夜里起来冻着！还不承认……"

"唰唰唰……"

于是"小细排"就在病榻上，被我妈的鸡毛掸子亲切地问候一顿。

听见哀号声，郭奶奶拿着簸箩进来了，我顿时感到大难临头，而郭奶奶拉开我妈，用手在我额头上摸了一下："别打了，烧得像个小暖壶。"她用身子挡住我妈，拿着簸箩的手竖起一根手指狠狠地在我额头上戳了一下，狠狠地瞪我一眼，一语双关地说："有病了，就饶了这一回吧！"拉着我妈就出去了。

冬天的南京，房檐下垂着一尺多长的冰凌，人们的脸上都皴得红血丝。我们的手脚上全是冻疮，有的粘在单鞋薄袜上，疼得钻心。

一天，郭奶奶不知从哪里得了一个治冻疮的"秘方"教给我妈，就是用红绿大辣椒把里面的籽抠净后，放在蜂窝煤上去烤，等烤得滋滋地流油，猛地烀到脚上冻疮处，立即用洗脚布紧紧地缠上。我就像被上刑的人一样，惨叫一声，几乎昏厥。郭奶奶还一个劲地安慰我："忍一忍，明天冻疮就好了。"

于是乎，双脚双手都被烧熟的红绿辣椒烀满了。十二岁的我，在如此酷刑下钻心钻肺地疼痛难忍。过半个小时后，去掉了外面的毛巾和布条，只见手上脚上全是鸽子蛋一样的大水泡。我妈呆了，郭奶奶也呆了。这时，她俩作出了一个英明的决定，送我去团里李军医那里。当李军医揭开外面的布，露出血红的大燎泡，李军医从未见过如此血淋淋的冻疮，更是呆了："怎么搞的？"

我妈将治疗经过向李军医描述一遍后，李军医拿着镊子棉签膏药一面给我治疗，一面一个劲地摇头："乱弹琴，真是乱弹琴！"

打那以后，郭奶奶对我的态度大变，经常给我留些好吃的，还尽在我妈面前造死里夸我。有一点要说明：偏方还是管用的，我的手脚痊愈后，冻疮也好了，以后每年冬天都不再生冻疮，一直到下乡，冬天割苇子，在刺骨的冰水中劳动，都没有再生过冻疮。

吴斌阿姨肚子大了，生了女儿燕燕，我们高兴得就像自己家添了个妹妹。几年后又生了燕梅。两家人就像一家人一样，两个妹妹小时候，我们哥三个经常领她们到军人俱乐部去玩，扛在肩膀上，一去就是半天，家里人也从来不去找。我妈的脾气不好，我们哥几个也淘，她动不动就挥舞鸡毛掸子，大喝一声："跪下！"于是，小哥几个扑通扑通跪下，燕燕听见我妈嗓子，也急忙进了我们家，挨着几个哥哥跪下。有一次，这一情景正好被下班的吴斌阿姨碰上，乐了好几天。几十年后说起这一板大家还忍俊不禁。

有一次，我假模假样做好人好事，主动拉着算命先生的竹棍的一头，拐进挹华里一条极小的巷裆，前天刚下过暴雨，前面都是积水，走着脚下打滑，潮唧唧的。他感觉不对，问："这到哪块了？""到清凉山了！"说完我把手里的竹棍一甩，拔腿就跑。只听见后面盲人在喊："小炮子，等我晚上到你家。"我真以为他能算出我家在哪里，一口气跑到家，吓得躲在床下面，连我妈喊我吃晚饭也没敢出来。

15号前院房屋和东墙连接处，紧挨着一棵桑树，长满了茂密的桑叶和紫红的桑椹，这是属于我小霸王的，将那棵桑树据为己有，养了许多蚕，有吃不完的桑叶。院外的孩子来采桑叶，我就爬在树上，吓唬前来摘桑叶的小孩。有次下着雨，我的同桌"王猴子"趁机来偷桑叶，我发觉后还用雨伞打哭了她。后来她爸上门理论，把我吓得不轻，我被家长罚跪，饿了一顿饭。

顺着我的桑树还能爬到一丈多高的墙上，沿着墙再爬到房顶上。房顶两边各有一个方形的烟囱，和房内的壁炉相通。我先爬到树上，再爬上墙头，沿墙头到和房檐接头处，再爬上房顶，把装有天线的竹竿靠在西边的烟囱上，下面就是我家。我把一根绝缘铜丝坠下去，顺着窗户再拉到我的床头，这叫天线；再用一根铜丝顺出窗外，在墙边钉个大洋钉，接上去就是地线。干么事啊？现在的小朋友都不晓得，装矿石收音机！

20世纪五六十年代，小屁孩最时髦的玩意儿是装矿石收音机，我也为之痴狂。每逢星期天上午便从挹华里步行到新街口邮局后面的摊贩市场，那里卖旧衣服、鞋子、针头线脑、日用杂货的，画像的、刻章的、修钟表的、修钢笔的、变魔术的，各种手艺活应有尽有。再往里走，半截墙围起来的饮食摊位，一个紧挨一个，人声鼎沸、大吃二喝。走到后面，是一排稍大的平房，几个大门口贴着海报，那里是小戏院子，演出的多数是扬剧、淮剧、吕剧等地方剧（后来听说也有京剧、相声等名家来演过戏），还有说书的。

我拱在人群中，蹲在地上去挑矿石零件，囊中羞涩，只能软磨硬泡，掏个一块多钱、最多两块钱去淘个矿石，即一个一厘米左右的塑料圆柱体，中间有个小孔，里面有块小小的矿石，连带着单个耳机。回家后，找块三合板，锯锯搞搞，再把矿石柱固定在长方形的板上，一头接天线、一头接地线，然后再把天线和地线接在矿石机上。戴上耳机后，里面有刺耳的噪声，用一根针捅进矿石的塑料圆柱体中，慢慢拨动，直到矿石转到最灵敏处，声音便清晰洪亮，有时听着听着声音就变小或噪声变大，于是用针戳进小孔再继续拨。听得最多的是王少堂扬州评书水浒《武十回》《宋十回》……

我印象最深的是 1961 年，第一次从矿石收音机里传来南京人民广播电台播音员的声音时，兴奋得差点没晕过去。第二十六届乒乓球锦标赛张燮林大战西德削球手绍勒尔的那场比赛，我戴着耳机，从半夜一直听到早晨。

我妈多次警告过我：爬房子早晚要出事。

不幸言中，有次我在绑天线时，压在旁边的两块青砖突然滑落下去，墙外是一条小路，墙下是对面一户人家的烧树枝叶的土灶，灶旁蹲着个六七岁的女孩在烧锅，那两块砖正砸在大铁锅盖上，锅里的水四溅，吓得女孩哇哇大哭，人家大人出来了，是部队农场的一位场长，没什么文化，资格很老，只能去管管部队的菜地。家里孩子有好几个，当时他也在家。我们院子人也出来了，我吓得躲在烟囱后瑟瑟发抖。当郭奶奶抬头，发现是我在房上时，叫来我妈，立即命令我下来，出来向人家赔礼道歉。那位场长很客气，说："孩子嘛！哪有不上房的，再说没伤到人，算了吧！"

我妈除了赔人家铁锅外，少不得让我吃一顿"毛竹竿下面"（被鸡毛掸子猛抽一顿）。

挹华里 15 号后面是一个小院子，可以停一辆小汽车，其实真正的大门在这里。这座院落原来是个官宦人家，几年后我们搬走，原文兵叔叔一家搬来，原叔叔是舞台设计大师级人物，他们住在吴斌住过的房子。原伟华"占领"我住过的小屋，我家"故居"则是搞无线电的阿黄叔叔搬进去。后来伟华当兵去了"前线"，克绍箕裘，进了舞美队。后来入住的人家在洁理墙下的一处小土堆时，发现里面埋着各种国民党勋章、奖状、委任状、中正剑等物件，统统上交了。

十六、我的上海路小学

1958 年，我在南京上海路小学读一年级。从五条巷出来就是云南路，往南过了路口就是上海路。那时的上海路是一个大坡，比现在要高多了，很少有拉三轮的和骑自行车的能骑到坡顶，大多都在半途停下来，再推上去。但从坡上下来，车就飞快，我曾亲眼看到一个可怜的同学被车撞倒。那年头孩子们上学放学都没有大人接送。

上海路小学在金银街，很简陋。进了大门就是一个不大的操场，操场的尽头有一台阶，两边有冬青和迎春花，上了台阶就是两排教室。教室的后面是一个土坡，有围墙但不高，外面就是一片高高低低的乱坟岗，我们经常爬过墙去，在坟头之间打闹和捉迷藏，有时还逮吃草的白鹅，将它们的翎毛拔下来做毽子上插鸡毛的管子。男娃不踢毽子，拔鹅毛是为了送给女娃。

那时的北阴阳营只是一条土路，路两边都是土坡，坡上都是乱坟地，有的坟头就在路边，朽木棺材就暴露在路边上。我那时和小伟结伴上学，小伟大名叫李伟，是"前线"副团长李洛平的第三个男孩，他家在挹华里2号，路过我家时就喊我一声，我们钻出挹华里的小巷裆，从西桥经过云南路，再到上海路；有时放学也走金银街东边小路，横穿北京西路，走北阴阳营小路回家。

后来我才知道，阴阳营原本叫鹰扬营，明代洪武皇帝朱元璋鹰扬营卫队曾驻于此，故名"鹰扬营"，后讹传为"阴阳营"，分南、北两巷，即南阴阳营和北阴阳营。

我们经常从坟地中间穿过去，开始还有点胆怯，时间一长，习以为常。

在除"四害"的岁月，"公鸡头"手里都有弹弓，女娃儿满世界敲着破脸盆，要消灭麻雀；学校还要求每人每天要交十只苍蝇。我家在挹华里的院子里有公共厕所，里面撒有六六粉，药死了不少苍蝇，我每天就用火柴盒满满地装起一盒，还分给打不着苍蝇的同学小伟。学校还组织我们用竹竿去钩打树叶，晒干了，搓成碎屑，说是可以喂猪。

从一年级起，我们就分男女界限，用小刀在课桌上斜斜地划上"三八线"。有时，我的同桌"王猴子"即王晓峰，写字时"侵略"过来，我就毫不客气地用拳头敲她的胳膊，她常常被我揍哭。

一天，老师拿着名单念同学的名字，叫到名字的同学就可以发一块豆饼，"王猴子"也分到一块，喜笑颜开。我则瞪着眼，恶狠狠地说："带我伙一点儿！"（我们那时都管要别人的东西吃叫"伙一点儿"。）

看到我垂涎欲滴的样子，"王猴子"就把手里的豆饼分我一半。我问她为什么老师给她豆饼而不给我，她拉起裤腿，用大拇指使劲在小腿上一按就出现一个小坑，半天起不来，原来她是浮肿，只有浮肿的学生学校才发给豆饼。她爸爸是高干，高干家的孩子也浮肿，营养不良，一般老百姓的生活可想而知。

小学校大门西边有一个院子，里面是平房，中间用竹子交叉编成的竹篱笆与学校隔开。那一家有个四五岁的小男孩，长得很可爱，每天会扒着篱笆看我们上学，和我打招呼。我会到篱笆前和他说话，也把自己的糖果咬一半和他分享。

秋冬季节，南京流行大脑炎。学校规定每天上学必须戴口罩，校门口有老师和高年级同学检查，没戴口罩的不让进校门。我和小伟经常进行互助，把口罩和带子分开来，我把白白的带子挂在脖子上，再塞进前襟里，而小伟则将没带子的口罩捏在手里高高地一扬，大摇大摆进了学校。第二天，我们就交换角色，反复运用，从未失手。

有一天早上，我专门带了我爸爸从福建出差带回来的酒心巧克力糖，在篱笆前等那个男孩。隔着篱笆，只见院子里有一辆电动三轮车，旁边有个六菱形的铁皮箱子，铁盖子打开着。我正在琢磨那个箱子是干什么用的，门开了，一个戴着大口罩的穿着灰制服的大人横抱着那孩子出来，他的一只胳膊垂着，他妈妈跟在后面擦着眼泪，看见我，就走过来说："弟弟得了大脑炎，昨天夜里死了。"我眼睁睁看着那孩子被放在铁箱子里，盖上盖子，被摩托车载走了，第一次感到了死亡的恐惧。从那以后，再也不敢和小伟共用一个口罩了。

我小时候也喜欢音乐，大约二年级时，听见送殡队伍里的马子平军乐队演奏的丧曲很好听，于是跟在后面一边听一边学唱，不知不觉到了雨花台，找不着回家路，吓得腿都软了。后来经警察叔叔指路，找到新街口，这才回到大方巷。

十七、我的"艺术"生涯

三年级时，我很讨厌新来的音乐老师。有一次上音乐课，老师在黑板上挂上毛笔抄写的简谱和歌词的大白纸，我偷偷用弹弓来打歌页，不料打在老师的后脑勺上，老师愤怒地转过身，大声问："谁干的？""王猴子"很快站起来揭发我。

"滚出去！"

于是，我被老师赶出了教室。从那以后，我和音乐老师结下梁子。

又有一次，上课的钟声响了，我在教室里唱："工人叔叔打坏蛋……"音乐老师进来，问："你鬼唱什么？"又是"王猴子"揭发："他唱工人叔叔大坏蛋！"

音乐老师二话不说就拖我到大队辅导员处，让我写检查。

大队辅导员问："为什么唱工人叔叔大坏蛋？"

我申述："我唱的是工人叔叔打坏蛋！"

"你再唱一遍……"

我唱完后，她问："这是什么歌？"

我拧着脖子："我瞎编的！"

不料，她来了兴趣："你编的？好！我看你挺有天分的，我这里有小红花艺术团的招生表，星期天你去中山东路的市总工会参加考试。"

总工会是一幢民国建筑，建于 1933 年至 1934 年间，是盐务署办公楼，共三层。1949 年后成为南京市总工会所在地。

那天，是我妈带我去的，那时她在中山东路西祠堂巷的南京人民广播电台上班。她只送我去了一次。

大楼里是水门汀地，有楼梯和扶手。各个学校都推荐了不少孩子，乱哄哄的，叫到名字的就上楼，在房间里进行考试。等轮到我，我就唱了一支歌，主考官问了一下家里的情况。知道我爸是前线话剧团的，很快录取通知书就发到了学校。

入团有个仪式。我们一大群"幸运儿"去工人文化宫电影院看了小红花艺术团的汇报演出。老师鼓励我们，要不了两年，我们就可以和老团员一样上台演出了，听得我们这些新团员热血沸腾。接下来又放了一场电影，是个外国片，片名叫什么早忘了。我只记得一个情节，一个男孩，手里拿着一根棍，在高低不齐的铁栏杆上划拉出音阶，嘴里哼唱着……

我被分配在小提琴组，学拉小提琴。我们和其他学跳舞唱歌的不在一起，活动地点在三元巷1号。从新街口往南，顺着中山南路走一站路就是三元巷。进了巷口不远，路南有一个两边有石鼓的门楼，进去后两边是厢房，最后是三间上房，转过上房后面有一月亮门，穿过后门，还有一个大院子。

提琴组活动就在前院的厢房之中。

直到三十年后，我在中国第二历史档案馆上班，一次在档案中无意发现三元巷的这个院子在民国十六年（1927年）以后，一度是蒋介石的国民革命军总司令部的所在地，前院是蒋介石办公处，后院是他和宋美龄下榻之处。

我从一个姓熊的"指导"那里领到一把带盒子的小提琴，他教给我们拿琴几个基本动作后，就带我们去认识五线谱，什么升号、降号，看得我头晕眼花。

熊教练四十岁左右，个子不太高，他对着谱子，一边拉，脚还打着拍子，嘴里唱着："少来来、嗦来来、拉来来、嗦来来、少来来……"

他让我们一个一个地模仿。我们十多个孩子每人拉一遍，也就夕阳西下了。

我成为"小红花"一员后，兴奋不已，提着琴到学校，在音乐老师面前来回走了几趟，以示得意。

每周四下午三点到五点，是艺术团活动时间。我从学校出来，沿上海路到五台山，再到汉中路、新街口转到中山南路三元巷。回家时如果坐公共汽车回大方巷，须经三元巷、新街口、长江路、珠江路、鼓楼、大方巷，也要五站路，再经五条巷回挹华里。如果坐汽车，只需五分钱，但那时家庭不富裕，九岁的我基本上来回步行，于是视这段来回近两小时的路为畏途。

每次去活动，熊指导都是让我们反复练习，拉来拉去，总是："少来来、嗦来来、拉来来、嗦来来、少来来……"极其枯燥无聊。拉了快两个多月的琴，连《东方红》都不会。

南京在 11 月中下旬开始进入冬季，天黑得很早，每次等练习结束，我孤零零地提着琴，在昏黄的路灯下，踽踽独行。

这还不是最可怕的。出了三元巷口不远，在中山南路上有民国时期著名的中国殡仪馆。南京解放后依然是殡仪馆，经常能看见运送死人的殡仪车和哭哭啼啼的家属、亲友进进出出。白天经过时还不觉得，天黑以后，大门前灯火通明，而勾头往里一看，黑黢黢、阴森森的，令我后脊梁发紧。我总是慢慢蹭到殡仪馆大门的一边，等有大人路过时，一起过去，而当时那一带，尤其是冬天，行人稀少，偶尔也有卖馄饨的挑子，在摇曳的微弱的电石灯中等待顾客。遇到没人时，我只得在离殡仪馆不远处停下脚步，然后铆足劲，拼命一般地窜过去。扑通扑通的小心脏狂跳着，要走过新街口后才得到平复。

那年寒假，南京城下起纷纷扬扬的大雪，雪后，我还要提着琴从家出来，一步一滑地从五条巷向三元巷方向前进。等走到三元巷，浑身是汗，没拉半小时，身上又凉下来，手指、脚趾也麻木了，苦不堪言。

我多次和我妈说不要学琴了，可她就是不同意，有时找借口不想去，也没少挨鸡毛掸子。

四年级到了，我从上海路小学转到了山西路小学，学校位于西流湾公园对面的人和街口，离军人俱乐部和五条巷近得多。山小也是篱笆墙，但临街是个三层楼，操场在后面，比上海路小学气派多了。那时学校突然兴起跳集体舞，每周四下午，同学们都在操场上自由自在地跳集体舞，或者去西流湾公园玩耍。我却为了"工人叔叔打坏蛋"付出的代价，要到三元巷去学琴，活受罪，实在觉得不划算。沉重的思想负担搞得我成天心事重重。

一天夜里，冷冷的月光照进窗户，桌上的小提琴弦突然都崩断了，我吓哭了……被妈妈摇醒，原来是场噩梦。

第二天下午，我又提着小提琴去了中山南路三元巷的活动室，把小提琴还给了熊指导，告别了小红花艺术团。那天回来，还是那么远的路，我却觉得走得格外轻松……

十八、挹华里 2 号的萝卜头

挹华里 2 号大院民国时肯定是高官的住宅，因为里面的两栋西式楼房被拆，是谁的房子，尚待查阅资料，姑且存疑。

挹华里 2 号院子位于挹华里中段北侧，院子不算很大，呈现一个不太规矩的长方形，东西短、南北长。院中两栋小楼原是分开的，早先是两个院子，有围墙隔开，各走各的门，后来归前线话剧团使用，为了便于管理，将西侧的门用砖封死，中间的隔离墙被拆去，两院合成一院，只有东门可以出入。但东门实际是一溜平房，在中间拆了一间房将其作为大门，大门上方是房梁与屋顶。院内两座三层小楼坐北朝南，前面是一片不大的空地。一条砖铺的小道从大门斜通至西边的小楼和三间西式小平房。东边三层小楼的一层，大房间朝南是一扇玻璃双门，外面是个大阳台。从阳台左侧有台阶可以直通院子，在一条平行的小道南边是几块菜地，种满了蚕豆、辣椒、老玉米之类的。院子里绿化不错，槐树、冬青树分布在院子各处。每到夏日，鸟叫蝉鸣，轻风拂过，树影婆娑，很有点世外桃源的味道。

挹华里 2 号大院 2 号楼

整个院里共住有十几户人家，从大门口的左右两排平房说起：东边是军医李玉堂家，夫妇二人带着大女儿娜娜和小儿子小军。西边一户是刘德尧和苏阿姨家。刘德尧是电工，前妻病死后，留下两个儿子，大儿子小东、二儿子老虎，老虎大名刘举成。后来老刘与苏阿姨再婚后，生了女儿梅子和小儿子立新。

院子里两栋楼，从东开始，一层是刘川家，二层是马学士家、魏启明家。小楼西一层是顾宝璋家，西二层是金甲家、杨兆全家。中间的二层半小楼东面一、二层都是王云家，楼西面一层是桂步云家。西面的小平房先是所云平家，后来是杨履方家。所有住户当时都是前线话剧团的成员，创作室的居多（王云、顾宝璋、刘川、杨履方），其余都是演员队的著名演员（金甲、马学士、桂步云、魏启明等）。

别看住户不多，可孩子却不少。顾家的孩子最多七个（三男四女），其次是王云家四个（一女三男），所家三个（三男），杨家三个（三男），金家两个（一女一男），马家两个（两女），刘家当时一个男孩。除去搬走的所家，还有顾家几个孩子岁数稍大，有他们各自的朋友圈，其余皆是"厌蛋头儿"。

"厌蛋头儿"年龄相近，故臭味相投、颇讲义气。同吃同住尚无可能，但"两眼一睁玩到熄灯"是真实的写照。那个年代，上幼儿园还不够格，父母都忙于事业，整个家基本都交给阿姨和老人，这也给"厌蛋头儿"们创造了发挥"才能"的空间。阿姨们的呵斥叫骂声在院子里此起彼伏、不绝于耳，"厌蛋头儿"们四散奔逃、乱成一团。这些都构成了2号院交响曲里的特殊乐章。

每天清晨东方欲晓，晨曦在槐树梢上悄悄抹上一缕金黄色，雾气在花木中萦绕，2号院还在沉睡之中，新的一天来临了。第一个打破宁静的是阿姨们出门买早点的互相问候，阿姨们多数来自南京周边，南京土话和苏北（扬州）话此起彼伏。

阿姨们操着南腔北调的方言土话排队买着烧饼和早点，或挎着菜篮子，互相调侃着往回走。她们的身影最后都消失在2号院子的各家门洞里。

七点左右，各家主人夫妇先后出现在各家门口。"前线"的作家和演员们身着军装，头戴大盖帽，手提着公文包，步履轻盈地走出 2 号院子大门，沿着五条巷被鞋底磨得发亮的石块路走向大方巷 14 号前线话剧团大红楼。他们的妻子也打扮得干净利落，裙裾飘飘出门而去。

俗话说，"山中无老虎，猴子称大王"。大人们的身影消失在院子大门外不久，各家各户的门就悄然打开，一个个小脑袋、一条条身影鱼贯而出。寂静的院子立刻变成欢乐的游乐场！

前线话剧团挹华里 2 号"游击队"正式亮相。队长刘一江一声招呼，众头领从各自楼梯上翻滚而下，来空场集合。有王云家的"游击队"军师——王小军（王家排行老二，绰号"二呆"），王小宁（排行老三，绰号"毛三"），王小思（排行老四，绰号"毛四"）。

接踵而来的是杨履方家三杰——老大杨关（其名取自《诗经》，故显得文气十足），还有金甲家大公子金双，因为眼睛不好，绰号"眯子"，动作笨拙，总是最后一名。女队员还有马兰、金小玉，另外还有编外人员杨家老二杨问（绰号"蒟包"）、老三杨思（思思）。这两位，一个"老病鬼"，一个"小把戏"，怎么能算正式队员呢！但二人决心山大，抱着"不带我玩，毋宁死"之心，死乞白赖地要加入。"蒟包"甚至在某个星期天早上冲到刘一江家阳台窗户下，将浴巾挂在风钩上，口中大喊，"队长你要不带我玩，我就吊死在你家窗钩上！"此时，队长的大作家父亲刘川被喧哗声吵醒，推门一看大惊失色，一把拎起"蒟包"，厉声说道："不许胡闹，要死也不能死在这里，回你家去上吊！"话音未落，窗钩已经拉断，"蒟包"瘫在地上。此刻，杨家的保姆刘阿姨已经闻讯赶来，抓起"蒟包"在他屁股上打了两下，拽着胳膊一路训斥而去。刘队长差点玩出人命，自然也吓得不轻，只好接受"蒟包"等二人的编外身份。

在"排兵布阵"方面，刘队长和王军师颇费周章。王家三兄弟再加杨家大少杨关，自然是"八路军武工队"，剩下的"敌方人员"就有点惨不忍

小老虎杨家三杰：左为杨关、中为杨思、右为杨问（"駒包"）

睹：杨家二位少爷与金家少爷和妹子小玉及马兰，很明显双方实力不在一个档次。在谁当"鬼子"小队长问题上又吵得不亦乐乎。别看杨家二少平时弱不禁风，竟撒泼耍赖，一个大脑袋左顾右盼，扯着破锣嗓子大喊大叫。金家公子也不示弱，眯着近视眼，一双细如麻竿的胳膊从短短的衣袖中伸出，在空中挥动，表示不愿在杨问手下当差。杨家三少年幼胆小，躲在一边不敢说话。

　　刘队长一看事情不妙，怕那"駒包"再次去寻"短见"，立刻快刀斩乱麻下了命令："鬼子"小队长一人当一天。于是一场风波暂时过去了，"駒包"一副小人得志的模样，挺胸凹肚，嘴咧得像棉裤腰一般，终于成功当选首任"鬼子"小队长。

　　人员分配完毕，根据敌我双方人物形象各自装扮起来。"游击队长"标识是腰间系着一根破草绳，一件蓝不蓝、灰不灰的外套，裤子不知是什么颜色，裤腿很短，半个小腿与两根脚杆都露在外面。武器也好不到哪里去，一块三角形的木块，厚度约一厘米，就是"盒子枪"，被胡乱地插在腰带（麻绳）上，手中握着一把"战刀"（一根两尺长的毛竹片）。事实证明此刀比什么都管用，舞起来"呼呼"作响，任何人都无法靠近。自然，当它被阿姨们夺去充当打屁股的工具，也是非常得心应手的。

队长如此，军师也好不到哪里去。王家三位少爷因为年龄相隔不远，且更能折腾，故他们都是"制式服装"——上衣和裤子都是深蓝色灯芯绒的，原因很简单——耐脏。上衣有四个扣子，但最下面的扣子早就不知所踪。于是跑起来犹如双翅飞扬，甚是潇洒。头上一水儿戴着灯芯绒的棉帽，加上护耳的带子系不好，像扇子一样上下翻飞。

就是这样一支装备简陋、服装五颜六色、人员参差不齐的"游击队"，自出现之日起，整个院子都笼罩在"打打杀杀"之中，原本安静的院子成为"抗日"的战场，鸡飞狗跳、鬼哭狼嚎。

2号院子的大门正面对着东边的小楼，中间隔着几块菜地。刘家和顾家有个相通的大阳台，大阳台有半米多高的围栏，约有三十厘米宽，阳台面对的正好是那几块菜地。这里被"游击队队员们"选为"训练和作战"的地点，实在太理想了，有城堡（阳台）还有"青纱帐"（菜地里种着蚕豆和苞谷），打灯笼都难找这么合适的"战场"！

在队长、军师策划下，"游击队"从早到晚在此拼杀、肉搏、呐喊，每天的战例几乎不变，通常作战是由"游击队"坚守阵地（阳台），"鬼子兵"进攻要占领阵地。双方激烈搏杀，鬼子兵"尸横遍野"。日落西山红霞飞，"人民战争"以"游击队"的胜利而告终。

然而，战场形势瞬息万变，有时也无法圆满完成战斗预定计划，总是被意外打断。比如"鬼子"进攻中被击中应倒下"死亡"几分钟，但由于"鬼子"人少，"死亡"时间太长，将没有人继续进攻。于是"鬼子"小队长身中多弹而不亡，扯着破锣嗓子胡叫乱喊，挥舞着指挥刀（破竹竿）指挥金眯子等鼓噪而上，手中小竹竿舞得呼呼风响、死战不退；只有杨家三少爷比较循规蹈矩，在被第一弹击中后就极夸张地倒地，非常投入地"阵亡"。这中间还不时夹杂着小玉妹子的尖锐叫声，发泄着对杨思阵亡的不满。

就这样，2 号家属院日复一日地被"游击队"和"鬼子们"蹂躏和折腾着，所有人迹可到的地方都留下"战斗"的痕迹。顾、刘两家的大阳台惨不忍睹，土块、石子扔满一地，两扇大玻璃门上污迹斑斑，有的玻璃已经碎裂。阳台下的那条小路更是不堪：路中间被挖了很多小坑，这都是看了《地雷战》后用来埋"土地雷"的结果，小路边的草皮上都是泥；菜地里的茄子、辣椒、青菜叶子全部不翼而飞；院墙上被抠出一个个洞，既可以作为"游击队"的储藏仓库，也可以作为迅速上墙的脚蹬……

阿姨们的大呼小叫、"队员们"声嘶力竭的哭闹声在院子里此起彼伏，构成了一首极不和谐的"生活咏叹调"……

没有任何人能制止这场无休止的战斗，只有当下班的大人们踏着挹华里石块路的脚步声从院外传来，"游击队队员们"如炸了蜂巢的蜂群，抓起自己的原始武器（竹刀木枪之类的），豕突狼奔、一哄而散，迅速消失在各家门洞里……

十九、刘宝珍大战"游击队"

提起刘宝珍阿姨，她是杨履方家的保姆，2 号院内无人不知晓。她长得又高又壮，上身穿一件青灰色的大襟盘扣衣褂，一对护袖套在两只胳膊上，一条围裙扎在腰间，给人一种干练的感觉。她丰满的身躯里仿佛有使不完的力气，家里所有的活都拿得起放得下，完全是一副穆桂英挂帅的形象。

她对老杨家的忠心日月可鉴。由于杨履方夫妇事业为上、工作繁忙（一位是作家，一位是老师），完全顾不上家庭和孩子，整个杨家的日常生活和三个"公鸡头子"全都交给了刘阿姨来主宰。她犹如老母鸡，全身心地担负起维持杨家运转和保护这三只"小鸡"的重任。特别是老二杨问和老三杨思，只要他俩吃了亏，她必跳出来砸场子，为"二少"撑腰。

一天，正当战况激烈之时，只听一声惨叫，"日本小队长"捂着胳膊倒地，很夸张地打着滚，五官挤成一团，咧嘴干号。

原来，杨关用木棍击中"日本小队长"。这下敌我双方全都呆若木鸡。杨问跟着"诈尸"，抬起头张望着。"翻译官"眯子及小玉和马兰围住大叫，"'鼽包'受伤啦！'鼽包'受伤了！"

"吊的了！"

大家都心知肚明下一步会发生什么……

果然不出所料，在"鼽包"震天动地的哭叫声中，硕壮无比的刘阿姨出现了。

她家离穆柯寨较远，是苏北扬州人，四处横飞的唾沫星子，伴着一连串"日死个妈妈""汤砲子子""挨千刀的""短寿子""讨债鬼"之类的问候语排比句，加上扭曲的五官和愤怒的面孔表情，如同西班牙斗牛，直冲了过来。

"鼽包"一见救兵来了，越发干号哽咽满地打滚；"游击队长"手下所有的"勇士们"（包括"凶手"杨大公子）全都跑得无影无踪。

刘阿姨余怒未消地转身看顾"鼽包"，当看见杨思仍旧僵卧路旁，顿时火冒三丈，"啪"的一声，扫帚疙瘩结结实实打在"尸体"屁股上。然后左手拎着"鼽包"脖领，右手扯住"尸体"的细胳膊，不顾"鼽包"和"尸体"的嚎叫，在吵闹、抗议声中三人消失在杨家小平房的门里。

正当"游击队队员们"以为平安无事、弹冠相庆之时，只听见杨家的门"砰"地关上了，刘阿姨又出来了，擒贼先擒王，她先找刘队长算账。

光棍不吃眼前亏，刘一江撒丫子奔向自家大阳台。阳台上有两个出入口，那边就是老顾家，根据"打不赢就跑"的原则，刘队长对刘阿姨展开"蘑菇战法"，从刘家窜顾家，从顾家窜刘家，围着阳台和刘阿姨转圈；几圈转下来，搞得头稀昏，气大喘，刘阿姨便飙着扬州话："系草绳，思想坏，死爹爹、死妈妈！"

接着再去找下一个目标。

军师杨关背负"吃里扒外"的恶名，见刘阿姨扑来，知道不好，急忙朝二十多米处的一棵长了几十年的歪脖老槐树奔去，犹如松鼠般蹿上树干，而刘阿姨的扫帚打得树叶落了一地一身一头，也丝毫奈何不了讨债鬼杨关，只能作罢。

还有一只菜鸟金眯子，眼睛近视，反应较慢，行动迟缓，一看刘阿姨快到面前，不假思索路地选择往自家门洞里跑。因为，金家的钱阿姨也是护犊子的高手。

金双（金眯子）

果然，刘阿姨惹不起钱阿姨，放了眯子一马。

好在还有王家的三位"小兔孙"，他们的奶奶是河南人，常骂三个"小兔孙"，刘阿姨认为只要逮着一个也能杀鸡儆猴，于是扑向"小兔孙"，三只"小兔孙"窜向后院，跃上一米多高的院墙，大半个身子吊在墙外，用手指抠住里边墙砖边缘，嘴里还不停挑衅："小鬼子，来抓我呀——"

说时迟那时快，当刘阿姨的扫把即将临头时，"小兔孙"便撒手落在院墙外的草皮上，摔了个屁股蹲，爬起来，两只"兔蹄"放在嘴边做鬼脸。

姜还是老的辣，刘阿姨也有对付他们的办法，于是反身取出一件大"杀器"，即从前院菜园的粪桶里抽出大粪勺，奔向房后的化粪池，从里面舀出稠的稀的，汤汤水水，一勺一勺泼向墙头，顷刻之间，"小兔孙"们豕突狼奔，偃旗息鼓。

时值盛夏，烈日高照，南风四起，屎尿味弥漫飘散，臭不可闻。一院子人叫苦不迭，只有刘阿姨大获全胜，得意扬扬。

中午大人们下班进院，个个掩鼻捂嘴。杨家"秀才老爷"坐上饭桌，无法下咽，得知臭气竟是自己家阿姨所为，气得大发雷霆，摔了筷子。这时，刘阿姨意识到"错误"，成了打败的鹌鹑斗败的鸡，气焰顿时矮了三分，不敢再狡辩，提着桶去冲洗墙上的粪便。

事后，"游击队"总结经验：只要战术对头，任何强大的敌人都可战而胜之！

在那个以事业为重的年代里，大人们都以饱满的热情投入到自己所从事的职业和事业中，对于身边发生的家务事基本选择"无视"，对于娃娃们的调皮捣蛋和阿姨们的愤怒控诉，他（她）们基本选择敷衍了事，安抚一下阿姨们的情绪，或装模作样地吼叫两句，然后各行其道，一切万事大吉。

"太阳一出照四方，革命的人民有了武装……"

随着新的一天到来，新一轮"战斗"又继续开始……

二十、义仆钱阿姨

提到挹华里 2 号的刘阿姨，不能不提到五条巷一个特殊的群体，即当年的保姆群。这里面典型的人物就是金甲、铁大同家的钱阿姨。她个子不高，脸庞瘦削，眉清目秀，穿一身大襟蓝布衫，但干干净净，做事极为麻利，口中还叼个烟卷，一点不像个保姆。

钱阿姨的本名叫舒雪芳，一听这个名字就知道是哪个书香门第取的，有文化含量。她生于小桥流水的苏州，父亲是开纺织厂的，大户人家的小姐，在家塾中也开过蒙，识文断字。她的母亲是姨太太，不受大房待见，从小在比较压抑的环境中生活，她和她母亲的性格完全两样，遇见不平就大吵大叫，发泄心中的不满。

她的第一段婚姻原本还算说得过去，有了两个孩子，但被日本人给毁了，日本侵华战争，父亲的纺织厂毁于一旦。于是举家逃往重庆，两个孩子在大轰炸中丧生。后来她认识了第二任丈夫钱先生，人很老实，三拳打不出个屁来。安徽人，开了一间小裁缝店，于是舒雪芳就嫁给了钱裁缝，凑合着过日子，从此才有了"钱阿姨"的称呼。一天，店里来了一位国民党军官太太来定制旗袍，为了穿着好看，非要做得瘦一些。当时钱裁缝说做小了穿不上，太太说穿不上是我的事，你只管做。钱阿姨与之理论，官太太说老娘有钱，想做什么样就做什么样。钱裁缝只得答应照做。等官太太来拿旗袍，果然穿不上，于是就让钱裁缝照样赔一件，当军官的丈夫，更不讲理，给了钱老板两个嘴巴子，打得他瑟瑟发抖，一句话也讲不出来。

这时，钱阿姨当众拿出官太太来做衣服时量的尺寸，并拿尺子又量了一遍，和做成的衣服是一致的。于是说："是你太太胡吃海喝，身体发胖了，有意来讹钱！"军官却蛮不讲理说："哪有个把星期就胖得穿不上衣服的道理？"钱阿姨说："那要问你们自己，抗战期间，百姓瘦和你们肥，难道正常吗？"军官大怒："敢诽谤抗日军人。"于是让手下人砸店。钱阿姨急了，一把抄起裁衣服的大剪子，说："来啊，大不了血溅裁缝店。"

眼看要出人命。那时小报记者满天飞，拿出名片，挤进来采访，如此一来，围观的群众议论纷纷，军官见事情闹大了，也有些心虚，只得说："三天之内赔一件新的，否则要你们好看！"

等人走后，钱裁缝唉声叹气，钱阿姨说："惹不起躲得起，干脆离开算了。"于是连夜收拾东西，第二天天不明，夫妻俩乘船顺江而下，山一程、水一程，落脚在湖北宜昌，依然开他的小裁缝店。后来生了个儿子叫楚英，好容易熬到解放，夫妻俩回到南京，住在青岛路。

钱裁缝还是钱裁缝，钱阿姨家里多了一口人，日子紧巴巴的，因为和钱裁缝性格不合，夫妻俩经常唧唧杠杠。到了大炼钢铁的年代，钱裁缝干脆回了老家安徽的无为县，继续开他的裁缝店。钱阿姨先在大方巷幼儿园当阿姨，后来就在前线话剧团给人当保姆。儿子跟着钱阿姨，在南京上小学。

钱阿姨先在前线话剧团演员王世学家里当保姆，带一个小女儿王群，后来又在大方巷56号幼儿园当保育员；经人介绍，钱阿姨又给话剧团演员金甲、铁大同家做保姆。当时金家夫妇有一个两岁的儿子金双，铁大同又怀孕了，不久就生了个女儿金玉，一般人都叫钱阿姨为小玉阿姨。

如果说那时的保姆对主家忠心耿耿，对孩子都是老母鸡般护小鸡，那钱阿姨就像老鹰一般护雏儿，属于真敢玩命的那种。谁都不能惹小玉和金双，在把华里2号院里有名。

金双也就是金眯子，从小到大，是个不省事的东西。瘦得像个干儿，

金小玉（金玉）

大脑袋，也不晓得是不是瘌痢头，反正剃了个光葫芦。但嘴贱得很，成天撩事，见到院子里的孩子，动不动就是"摔你十八跤不同样！"结果是被人家摔了十八跤不同样，咧着大嘴干号。这时，钱阿姨的脑袋就从二楼晾台露出来了，别看个子小，"狮吼功"了得，一阵怒吼，小孩子们就风卷残云，落荒而逃。

小玉四五岁时，不知为什么惹了晓峰姐，叫了一声"王猴子"，王大小姐恼了，上去就是一巴掌，打在小玉脊背上，一个铜光手，立马五个手指印，小玉哇哇大哭。钱阿姨出来了，一看比打在自己身上还心疼，跳着喊着，要和大小姐玩命，喉咙都叫细了，两边主人回来了都劝不住，就是不依不饶。反正她就是护着这家人，特别是对小玉的那种保护，整个就是溺爱。

金甲夫妇对钱阿姨也视同家人，两口子每月工资都交给钱阿姨统一支配，夫妻俩花钱要和钱阿姨商量。金甲和钱阿姨都抽烟，经常看见金甲笑嘻嘻地伸着手跟钱阿姨要烟钱。那年头，买好烟是凭票供应的，钱阿姨有计划地把烟票买成"大前门"都留给金甲抽，自己抽劣质烟和主人抽剩下的烟头。最便宜的白皮经济烟八分钱一包，火柴二分钱一盒，正好一毛钱。钱阿姨从丁家小店买了烟，划着了火柴一路猛抽，见人也不说话，等走到挹华里2号，三十多米距离，大半根就没有了，人称"大烟鬼"。我父亲问过她，钱阿姨笑着说："不是我烟瘾大，是烟太次，一张口说话就截火，一根烟不完，要划上十来根火柴，不划算，所以一口气下去，大半根就没了。"

金玉家搬到大方巷56号以后，金玉六七岁了，每天晚上上床睡觉前，钱阿姨都要给她弄个水果吃，不是梨子、苹果就是橘子，反正就这一类的都在被子里吃，我妈就笑话她说："看看你把你们家这个女儿，能吃到多大？"钱阿姨说："吃到结婚呗，只要她愿意！"

的确，钱阿姨对小玉比她妈还精心，比家人还要亲。然而，更残酷的现实来了。

二十一、主家遭难，保姆承担

街上开始混乱了。金甲和铁大同很快就受到冲击。

金甲家是山东济南的，他的父亲在山东督办张宗昌手下做过团长。他在济南一中上学那会儿和几个同学，例如著名的书法大家欧阳中石一起，和班主任关系不错。班主任姓张，是留日学生，思想进步，影响到不少同学参加了革命，金甲就算一个。他在淮海战役期间，是文工团员，负责护送民工担架队向后方转移伤员。谁知敌机前来轰炸，抬担架的民工扔下伤员钻进高粱地全跑了，他又不敢开枪，导致有重伤员不治身亡，为此背了个人处分。但到了"四清"运动时期，忽然有一天济南公安局来外调，说金甲的老师是"日特嫌疑"，这样一来，金甲就说不清了。

铁大同家成分也不好，早年她父亲在哈尔滨中东铁路做中方主管，每次去北平可以在列车后面挂专车。后来东北沦陷，全家搬到北平，她在私立华光女子中学读初一，血气方刚的年龄，也参加过"一二·九"学生运动。北平沦陷期间，辍学在家，也进厂做过女工。国共内战时期，参加国民党第五十四军（军长阙汉骞，隶属东北"剿总"，驻守锦西、葫芦岛）剧宣队。该剧宣队曾去葫芦岛慰劳演出。蒋介石到葫芦岛视察，登上了当时国民党海军最大的军舰——七千吨的"重庆"号巡洋舰。该舰在葫芦岛附近海面支援锦州作战，用舰炮轰击在塔山的解放军阻击阵地。当时，铁大同弟弟在"重庆"号巡洋舰上做下级军官，她与弟弟在舰上相见。后来该舰在地下党策反下起义，被国民党空军炸沉了。第五十四军调到华东战场，救援黄维兵团。1949 年 4 月，铁大同离开第五十四军剧宣队到了上海；6 月，在刘川的介绍下，加入中国人民解放军苏南军区文工团，1952 年 6 月到了前线话剧团前身华东军区解放军剧院。

金甲、铁大同夫妇在 20 世纪 60 年代转业，一个调省文化局，一个在市话剧团。因为新单位没有房子，所以还住原单位的房子，当然 2 号楼房不给他们夫妻住了。金甲家只能搬到大方巷 56 号门房，两间房子很小，大人住一间，钱阿姨带两个孩子住一间。"文革"开始后，金甲就被省里"造反派"隔离了。

某天，我刚进院门，就听见我家方向传来口号声不断。因为我妈是话剧团家属委员会主任，成天和保姆打交道，得罪人是免不了的。一群保姆和孩子正在批斗我妈，要她交代为什么给国民党演戏。我妈交代："国共抗日，都为抗日军队演出……"

金甲、铁大同一家生活照　　　　　　　　　　金甲、铁大同剧照

　　"造谣，抗日战争是八路军新四军打的，国民党军队根本不抗日，你为他们演出，居心何在？"

　　"打倒×××的孝子贤孙！"

　　几个半大小子上来就按住我妈的头，拳打脚踢。

　　我正要上前理论，钱阿姨一把将我拖住，大声对田歌家阿姨说："国民党要你宣传你敢不宣传？人家当家，不听话就揍你！不懂啊？我家老头是个裁缝，你敢不给国民党做衣服，他就揍你，这不是一个道理吗？"

　　田歌家阿姨一听，"你敢包庇坏人！"就和钱阿姨乱吵："要你夹吧螺丝，你回家管好你家主人，戴着高帽子游街还没得两天呢！"

　　"你家主人也好不到哪块去！脖子上还不是挂个大牌子……"

　　"高帽子……"

　　"大牌子……"

　　于是，批斗会转变成吵架会，钱阿姨在大方巷干扰了大方向。

　　那时节，有些个保姆，没得文化，仗着贫下中农出身，也不晓得几斤几两，成天在院子里耀武扬威，"忠字舞"跳得活脱脱像是群魔乱舞，甚至造反到前线话剧团"革委会"，要求立即穿军装，把有问题的军人和家属赶出部队，说什么无产阶级的舞台必须由贫下中农来占领。

一天，56号门房来了几个戴着红袖章的人，凶神恶煞地把铁大同带走了。钱阿姨急忙把金双、金玉两个小孩反锁在屋里，不让他们看到恐怖的那一幕。过了一段时间，铁大同被放了回来，院里人几乎都不认识她了，四十岁出头的人，一头青丝变成了如雪般的白发。这时，我才相信伍子胥过昭关，一夜急白头不是瞎说的。

"斗批改"完事后，街道上敲锣打鼓，欢送知识青年下农村。之后，又敲盆打锣，让居民举家迁往苏北农村。

"市话"的工宣队、军宣队轮番地到大方巷56号，非要铁大同带着金双、金玉两个孩子到苏北最穷的灌云县去改造。

钱阿姨快崩溃了，坐在楼前的台阶上，一根接一根地抽烟，进行着激烈的思想斗争。自从大人倒霉之后，工资就被单位造反派扣发，三十块钱仅够吃饭，其余什么都没有了，说是要改掉资产阶级生活方式，不许再剥削劳动人民，保姆费也数月没支付了。自己反而将辛苦钱用来养活主家。现在又要下农村，何去何从？她不怕回家，自己的家就在青岛路，离大方巷也就半个钟头，家里日子还可以，儿子楚英已经进厂上班，娶了个老婆，还生了个孙子，小名毛毛。自己的老头在外，月月寄钱来家。自己不在金家干，还可以再找别人家做保姆，不会有什么影响。而这一家人该怎么办？金甲不知被关在哪里，金双不到十岁，小玉不到八岁，铁大同几乎没有生活能力，既不会烧饭，又不会做家务，更不用说还要下地干农活。他们怎样生存下去呢？太纠结了。

最后，钱阿姨将烧到手指的烟头扔在脚下狠狠地踩灭，站起身，对工宣队说："你们组织决定的，我们也没法改变。他家大人有什么历史问题我不知道，我就是个保姆，两个孩子没有罪，要他们下农村的话，我必须跟着一块儿，因为他妈妈没有生活能力，年纪也大了，他爸爸也不在身边。你们要答应这个那就行，如果不是这样的话，那我们就不下去，等着你们来枪毙，我老太一盆血就洒在台阶下！"

工宣队和军宣队的人面面相觑，怎么会有这种人，还有自讨苦吃的？他们大概觉得没有办法解决，就答应了，所以钱阿姨就跟着铁大同一家，一块儿去了苏北农村。

他们离开大方巷院子的那天，小玉和金双以为要出去玩儿，开心得不得了，手舞足蹈，欢蹦乱跳。等开车后我家三弟，一边抹泪一边招手，跟在车后面跑。

就这样，钱阿姨跟着主家来到了江苏最北边的灌云县，那里离山东比较近，离南京很远，也很穷，一个工分不到一毛钱。那年的冬天是十几年来最冷的，当地农民也说是从未有过的那种冷，冷到骨头里。一窝老小去了以后也没有地方住，就住在一个富农的家里。因为日夜担心一家子活不下去，铁大同患上了焦虑症，只知道自己躲在一旁哭。她也不管孩子，她的生活能力确实很差，什么也不会做。

富农的那间房子是堆放杂物的，屋子墙角开了一个口子，所以西北风卷着雪花呼呼地钻进来，冷得要死。大年三十晚上，没有什么吃的，又饿又冻，钱阿姨就把小玉和金双用棉被裹在一张破床上，两个孩子冻得直哭。钱阿姨挺身而出，直闯生产队，一群人正围着树桩烤火。钱阿姨找到生产队长："房子裂个大缝，两个孩子要冻死了，你们无论如何得把那个墙上的裂缝给我们糊上！不行的话给我点儿泥，我自己动手。"队长无奈，就找了几个农民，钱阿姨就跟着农民一块儿干，把那堵墙给封上。就这样，天寒地冻也算过了一个年。

下放的第二年秋天，小玉的姥爷生了病，病得很厉害，铁大同特别想她爸，于是就请假去了北京。那会儿从乡下到北京很远，绕来转去的，先要坐独轮车到县城，再坐长途汽车回南京，再买火车票，坐三天两夜的火车。因此，铁大同就在北京待了挺长时间，到年根底下也没回来。家里米面什么都没有了，铁大同在时，还会骑自行车，去公社或者县里给家里采购点吃的。此番她不回来，钱阿姨也不会骑车，十几里路去不了，钱阿姨就急了，对两个孩子说："你妈怎么还不回来？不回来也没个信儿。我也不管你们了，现在就回南京去。"

金双和小玉吓傻了，就哭着给钱阿姨跪下了："大姨、大姨，你不能走啊！你走了我们怎么办啊？"

"烦不了了……"

钱阿姨也是急得实在没有办法，顺手拿起锅铲子对着自己的脑袋"吭吭"两下。没多长时间，额头上就出现一个大血包。没奈何，她用布条一包，出门去求队长借些粮食渡过饥荒。

后来，铁大同又到天津去过一次，去了就不回来，也不来一封信。钱阿姨实在受不了了，对铁大同意见很大，认为她老是往外跑，我也有家呀，我也要回去看看呀！

于是，她把心一横，大半夜真的自己跑了。

第二天上午，两个孩子从梦中醒来，不见钱阿姨，以为她有事出去了，等到中午，还不见钱阿姨回来，于是惊慌失措，哭着去找队长。队长还不错，派了个会计，领着金双、小玉走了七八里，赶到了镇上的汽车站，见到了钱阿姨，两个孩子哇哇大哭，钱阿姨也潸然泪下。原来，她本打算回南京，一直在汽车站徘徊，想起两个没爹没娘的孩子，尤其是小玉，撕心裂肺地疼啊，下不了决心，当金双和小玉跪在她跟前求她别走时，钱阿姨忍不住了，流着泪，一手牵一个，领着金双、小玉又回到了生产队。

开春以后，生产队给下放户盖房子，有意挑选了一块离村子比较远的坟地旁边儿。当时是很忌讳的，钱阿姨就说："没事儿，咱不信这个，棺材，见了棺材就是会有财运的。"她很乐观，说既来之则安之，这地方宽敞，好发展。于是就按照毛主席号召的那样，自己动手丰衣足食。

钱阿姨就像一个魔法师，开始施展她的"法力"。

钱阿姨从来没有在农村生活过，就跟着农民学着干农活，在自留地里，她种了各种各样的菜：黄瓜、冬瓜……收冬瓜的时候，冬瓜都有小玉半个人高了。还有西瓜，反正什么都会种。

在房前屋后，钱阿姨开辟一块块菜地，撒上各种各样的菜籽，修起猪圈养猪，养鸡养鸭，什么都有。还养了一只猫，养了一只小狗，热闹非凡。

她还在前后院子栽上泡桐树，说成材后还能卖钱，可以补贴金玉和金双的家用。当时，农民养猪的还不多，于是有人嫉妒地说："铁老师家的地真多呀。"

队长说："你愿意去给你更多！"

钱阿姨最绝的就是学会了简单的医疗，她跟着大队的赤脚医生给农民看病，专门给家里添置了一个药箱。有一次，生产队的一个孩子不小心踩到镰刀上面了，鲜血淋漓，整个脚底都裂开了。钱阿姨居然给人家三包两包的，没过半个月，愈合了，农民都非常感谢钱阿姨，她那个药箱也成了大家公用的，谁不舒服啊，头疼脑热啊，都来找她看病，铁家就成了一个小卫生站。她很善良，特别喜欢帮助别人。还有一次有个妇女要生孩子，夜里敲铁家的门儿，钱阿姨说没干过也干不了，但是，她帮着那家人一块儿去大队的卫生站，一直到孩子出生，她都陪着人家。总之，她特别愿意帮助人。

因此，逢年过节经常会有农民来给铁家送他们种的好吃的东西。如果是过年杀牛啊，生产队就把内脏啊什么的送给铁家，感谢钱阿姨。

两年多了，钱阿姨没有回过南京，他的孙子毛毛到农村来看奶奶，奶奶也想他吗。来了以后，金双带着他撩事，就和农村的孩子打起来了，人家一人打不过他们两个，就捡了棍子把毛毛头给打裂了，钱阿姨心疼得跟什么似的，竟没让他到卫生院，自己给他包扎。钱阿姨确实很生气，金双成事不足败事有余，于是就指责金双："从小到大，到处惹是生非。"金双是个小心眼，于是与钱阿姨有了隔阂。

下乡第三年，小玉该念书了，铁大同什么都不知道，一天到晚浑浑噩噩，也不管事。钱阿姨天天去找队长，队长却不让小玉上学，说她要交口粮钱。队长还说："贫下中农的小孩都不能上学，哪有资产阶级的后代上学的道理？我们的立场不就站歪了吗？"

钱阿姨将身上仅有的钱给队长买了条烟，队长这才答应让小玉上学。队里有个小学校，简陋破烂得无以复加，教室里黑板是用锅底灰抹的，讲台就是两块土坯垫上块木板，课桌是土坯摞起来的，小板凳是自带的，教室用草帘子一挂就是门，土垒的墙上留个洞就算窗户，别看条件不咋的，门槛还不低，地富反坏右子女进不来，只培养贫下中农的红色接班人。

想做革命的接班人也很不容易，就是每天来上学前，要打二十斤猪草，这可不是走走过场，老师是个大银牙，一到六年级，就他一个人教。各位看官，休要撇嘴，想进这个"星光"班真不容易，不要命也得扒层皮。

老师每天提了杆秤，让每个上学的孩子交二十斤猪草才能进教室，农村孩子有办法，靠父兄姐弟照应，去野地划拉划拉，也能勉强凑足。

弱不禁风的小玉哪会割草？二十斤草别说背，压也压倒了。第一天上学，就被老师拦在门外，小玉进不了教室，又不能回家，急得直哭。有个队里的小男孩，看她可怜，帮她割了一堆草，于是这才让进到教室门口，老师一条腿蹬在讲台上，银牙上叼着烟卷，拿着杆秤称草的分量，结果发现小玉交的草不够分量，舌头卷着烟屁股，手一挥，就把她赶出教室。

钱阿姨知道了，赶紧赶来，赔着笑脸，掏出一毛钱（一个工分八分钱）

塞到老师口袋里，这才让进了教室，听着灌云普通话，读拼音字母。第二天无事，放学时老师交代：明天上学时，按小孩工分标准，交屎（四）分钱，不然就交二十斤草！

不用猜，第三天早晨，小玉被拦在门帘外，罚站半天。钱阿姨闻讯，冲到教室，和老师讲道理，老师耍无赖，说："这里我说了算，想进学校的就是这个规矩。"

钱阿姨气急了说："看你那个死形样子……"

老师笑着说："城里人，话都不会说。我们普通话说屎性……"

"我管你屎性尿性，就你这个破学校，请我们也不来！"

说完拉起小玉就走。出了门小玉又不走了，钱阿姨问："干么事啊？还没受够气啊？"

小玉说："小板凳还在教室里。"

钱阿姨反身将草帘一揿，冲进教室，使劲一推，差点把老师推个跟头，拿起他脚下的小板凳走了。

老师脸铁青，嘴里的银牙还在反光。

回到茅草屋，铁大同和小玉都在哭，钱阿姨从灶旁拿起半根烟，刚一点着，才抽了一口，就把烟蒂往地上一踩："回南京！"

于是就把铁大同和金双留在农村，自己带着小玉回南京了。小玉没有户口，属于黑户，又没有地方住，只能住钱阿姨在青岛路的儿子家那两小间老旧房里，小玉在那边借读。但儿媳妇和钱阿姨关系一直不太好，不愿意老婆婆回家住，还带了个外姓的孩子。但是为了小玉，钱阿姨也没办法，常遭白眼，生了不少闲气。家里凭空多出两个人吃饭，压力骤增。钱阿姨认识南大校长匡亚明家的保姆，家就在青岛路中学边上，是一栋小二楼，离他家很近。钱阿姨通过匡亚明家保姆，就去了他家打零工，给他家洗衣服、做饭什么的，钱阿姨烧得一手好菜，匡家很满意。打零工挣的钱呢，就贴补小玉平时开销。

　　小孩子嘛，不懂事，经常在楼下门口吃这个吃那个，小玉也馋呀，也想吃，于是钱阿姨统统把那些孩子轰到一边儿去，她就把从农村带回来的玉米粒爆爆米花给小玉解馋。还用面粉做小点心，油炸给小孩吃。

钱阿姨抱着小玉

自留地丰收了，大冬瓜、向日葵，还有茄子

二十二、钱阿姨之死

草木要发芽，孩子要长大，苦难总算过去，金甲、铁大同及全家又回到大方巷 56 号。钱阿姨和小玉也回来了，其乐融融。钱阿姨一如既往，还是护犊子般宠着小玉。

那时小玉的父母都平反了，补发了工资。金甲把这些年积欠钱阿姨的保姆费，每月按二十元，也有几千块，都补给了钱阿姨。钱阿姨也不客气，一把接过来，自己留了五块钱买烟，其余一分钱不留，认为这些年最对不起自己的儿子和孙子，于是把这些钱统统都给了儿子和孙子。

小玉上初中了，因为在农村没有上过小学，回来以后跟不上，成绩就很差，没法儿听课，像听天书一样，因此就经常会有老师来请家长。遇到这些破事，他爸爸妈妈从来不出现，他们一会儿拍戏啊，一会儿演出啊，反正挺忙的。于是钱阿姨就去学校，一去就跟老师诉"阶级苦"，说这个孩子怎么怎么不容易，怎样因为大人的问题受到牵连去农村，不让上学。现在大人也平反了，希望老师能够网开一面，就是实在读不下去，就让她再学一年吧。在钱阿姨的多次恳求下，小玉的初中又多上了一年。

高一时班上有个男同学追小玉，后来要当兵了，来和小玉道别，知道钱阿姨厉害，于是请邻居阿姨去叫小玉。说：那个谁谁来找你，说他要当兵去了，给你个笔记本儿。钱阿姨正在厨房切肉，提着菜刀就到门口来了，边走边说："来，我来看看什么笔记本儿，拿给我。"那个男孩儿一看，吓得撒腿就跑，头也不敢回，连封信也不敢邮。

日子好过了，金双长大了，新的矛盾又出来了。院子里也有人说，金双，钱阿姨对你不好，对小玉好。

眍子是个没得主见的人，人家嘴一歪，他一拍头，就是这么回事，于是他就经常跟钱阿姨对着干。铁大同对她这个宝贝儿子也护得跟疤瘌一样，站在眍子这边说钱阿姨的不是。时间一长，双方闹得不是很愉快。再说，小玉高中毕业后，要去上海戏剧学院上学了，钱阿姨就觉得这个家也待不下去。正好青岛路的房子要拆迁，儿子要母亲回家去，多一口人能多分一间房子，于是钱阿姨就回家了。

钱阿姨烟瘾大，经常咳嗽，金甲多次让她去工人医院检查，她都没去。回去没多长时间就去医院检查，发现已是肺癌晚期。为了不拖累主家和自己儿子，一直瞒着不说。后来病重了起不来床，他的老伴儿从安徽农村到南京来一直陪着她。

一天，钱阿姨突然带信要金甲全家去青岛路。钱阿姨住在将要被拆迁的二楼半的一间两家公用的厨房里，用三合板隔了半间，仅放下一张行军床，本来就瘦削的老人，已经脱形了，情况非常糟糕。她对金甲、铁大同夫妇说："现在日子好了，你们在一起几十年不容易，要珍惜，好好的，别再争吵了，那么苦的日子都挺过来了，为什么还不好好的过呢？"她又对金双说："你是当哥的，为什么不能让着妹妹呢？你应该庆幸，有了这个妹妹能帮你很多呢！"最后，又将小玉叫到跟前，流着泪说："我不能再回到大方巷那个家里了，我真想回去啊。我不在你们的身边，你要多多劝劝你爸妈，一家人好好儿的……"

钱阿姨一一叮嘱，交代完后事以后，当天夜里，她实在疼得受不了了，从床下拿出来早已藏好的"敌敌畏"，一仰脖子喝了下去……

原来钱阿姨知道自己的病就是无底洞，花再多的钱也是死，还不如早早了却，不拖累主家，也不拖累自家。

　　第二天一早，披麻戴孝的儿子楚英赶到大方巷 56 号报丧。一家人都赶去了，金甲和铁大同、金双和金玉都跪在钱阿姨的床前号啕大哭。尤其是金甲，认为钱阿姨就是他家的大恩人，没有钱阿姨，他们家在农村早就完了，整天一直在哭泣。

　　钱阿姨年轻时，气性太大，为了一点小事，被男人打了一巴掌，于是就出来给人家当保姆，再也不回家。夫妻俩分居大半生，终于短暂地相聚了，老伴钱裁缝在南京给她料理完丧事，第二天就孑然一身回无为老家了。在回去的路上，死在船上。结局都挺悲惨的。

　　真的，钱阿姨是特别好的一个人，他们在大方巷时，住在金家旁边的，是王青松家，夫妻俩都是双职工嘛，原来是前线话剧团管灯光的，他老婆姓韩，我们喊小韩阿姨。他们要工作，要上班，家里两个"公鸡头"天天就知道调皮捣蛋。后来，他们就叫钱阿姨帮照看着。这两个捣蛋鬼见到钱阿姨就害怕，只有钱阿姨管得住他们，所以王家也挺感谢钱阿姨的。

金甲全家从农村归来

二十三、青青的老鸦阿姨

从 1969 年三团二队（前线话剧团、歌舞团、歌剧团、军乐队、体工队）的人去了合肥大蜀山五七干校以后，到了 1970 年底，该处理的处理，该回家的回家。王云领着全家回到老家许昌，我父亲领着我妈和小儿子回到开封，丁尼回到济南。此时，还有一批人，为首的有沈西蒙，还有剧作家胡石岩、李传弟、梁泉夫妇，歌舞团的龙飞、郭文贵等一干人，被发配到苏北的红旗农场。

红旗农场是一个部队的备战农场，地处苏北平原里下河地区，距姜堰十八华里，距泰州约三十华里，农场的前身是劳改农场，新中国成立后，政府把旧上海的一批妓女押到这里，原本是想让她们通过劳动改造成为自食其力的人，但是，这个地方是一片盐碱地，几乎种不出粮食，三年困难时期，大批劳改犯就地饿毙。后来按照"深挖洞，广积粮"的战备理念，部队就在这里建立粮食生产基地。农场没有几间像样的砖屋，"干打垒"的土墙，上面铺盖着麦草和茅草。

在这里接受改造的人是没有人身自由的，也没有政治生命，所有的中央文件，国际、国内的大小事情都不能传达给他们。1971 年"九一三"事件后，到 12 月，连住在四条巷的刘一江家的老太太都被居委会喊去参加学习，传达有关文件。老太太没文化，却如醍醐灌顶，回到家用四川话对孙子传达说："一个姓林的偷了一只鸡，从窗子逃出去，跑到蒙古出了一身汗！"

如此重大事件，部队要求传达到每个战士。但新四军的"残渣余孽"不能听传达，梁泉拿着一小凳子想去听中央文件，被阻退出会场，连战士的待遇都没有。

在红旗农场长达五六年间，李传弟一天都不能请假回南京，只有梁泉回过五条巷19号两次，她有严重的妇科病，子宫内膜异位，被怀疑是癌症，请病假回到南京来检查了两次，此外就再也没有回来过。

老鸦阿姨领着李青青一起生活，也没有拿到过青青爸妈的工资，每月公家（团里）发给三十块钱的生活费，但是要养活三个人。李传弟的亲弟弟有个孩子也寄养在这里，后来一再申请，又增加二十块钱，一共五十块钱发给老鸦阿姨。即便在物资匮乏的年代，这几十块钱也需精打细算，于是，老鸦阿姨就在五条巷19号的空地上，垦荒种地，种向日葵和蓖麻，等秋天后，就将果实藏着掖着，担心露出"资本主义"尾巴，偷偷地去山西路菜场和药店里换点钱，补贴家用。老鸦阿姨还会养鸡，养的公鸡踩母鸡，之后受孕，生的鸡蛋再孵小鸡，那个小鸡一窝一窝地孵，孵完了以后呢，小鸡长了半大，老鸦阿姨就和青青搞"投机倒把"，青青提个篮子，上面盖条毛巾，就站在那个五条巷19号大门口，有人来买小鸡，就一只一只往外倒腾。

李青青有两件记忆深刻的事情：

第一件事情，就是因为爸爸妈妈都不能回来，一家人不能团聚，所以每年过春节，老鸦阿姨就会买好三张船票，带着青青和堂弟松松（松松生下来四十天，就被送到青青家，一直在五条巷19号生活）回仪征县浦西镇乡下。

过年前，老鸦阿姨必须带松松和青青回自己的老家仪征县浦西镇和家人团圆。浦西是一个水镇，来回要坐船。他们就在下关的中山码头坐轮船，先到仪征县。然后再换成小船，坐到浦西镇。小舢板摇摇晃晃，天寒地冻，浪花打在船边上，水珠溅到脸上、身上冰冷冰冷的。松松只有一两岁，青青和弟弟相差十二岁，老鸦阿姨手抱着孩子，拿着很重的行李，青青也吃力地拿着一堆零散的物品，上岸后还要步行前去阿姨的老家，虽然感到很辛苦，但在孩子眼中又是幸福的时光。为什么呢？因为回到阿姨老家，会有那个封鸡封鹅，还有腌咸肉吃，这些在城里面都是要票的，也买不起。小孩子见到吃的，喜笑颜开，比见爸妈都要开心。一连四五个春节都是老鸦阿姨带青青和弟弟去仪征县浦西镇乡下过的。

　　第二件事情，南京的冬天特别冷，李青青父母都是北方人，家里还有个两岁的小弟弟。每年冬天，家里必须升炉子取暖。但是，煤基是要票的，有指标的，不能多买。怎么办呢？老鸦阿姨就带着青青，每天将烧过的废煤基都打碎，把中间还有些未烬的半燃煤敲下来，存起来，等攒到一定数量后就用水重新和成浆，再摊成一块一块的饼子，放在晾台上晒干，留到冬天专门取暖用。

　　但是这种煤球烟味极大，必须用带烟囱的炉子。没有几节带弯头的烟囱不行。但现成烟囱太贵，买不起，老鸦阿姨就背着松松，领着青青，从大方巷走到水西门，因为只有水西门那个地方有打白铁的，价钱比较便宜。他们走啊走啊，青青走不动了就闹："为什么不坐公共汽车？"可是吃饭都勉强，哪还有钱买票？两个小时跑到地方，老鸦阿姨就会告诉白铁匠打什么样的烟囱，打完了以后，再一人几节拿回家，但是松松走不动，于是让松松在路边等着，老鸦阿姨把烟囱往前送一段，让青青看着，再回来抱松松，非常辛苦。好容易到家后再一节一节地把烟囱和炉子拼接起来。有时拼接的口径量错了，还得再去水西门重新做，来回折腾。之后，就燃烧自己打的煤粑粑。

　　南方气候潮湿，烟囱管子很快锈蚀，第二年还要重新再做，有的能勉强再用，但有的粗有的细，老鸦阿姨又不懂什么直径粗细，每年的尺寸都不一样，光这一项就得年年折腾几趟。

1973 年，八大军区司令员调动，南京军区司令员许世友和广州军区司令员丁盛对调。大约两年之后，红旗农场的军人陆陆续续回到了南京。后来的领导也不知道如何处理、安排这些人，既没有转业，也没有复原，只是让他们一个个回家待命。

李青青和父母分别六年，如果没有老鸦阿姨不是娘亲胜似娘亲的照顾，结局还不知会是怎么样的呢。

老鸦阿姨带着松松

青青和爸爸在军人俱乐部

青青和妈妈

二十四、巷裆里的小店

从挹华里巷裆出来，正对着的一爿小店，就是丁家小店，在这两个巷子里，没得人不认。

在那个物资匮乏的年代，一个小店就是一条巷裆里的亮色，聚集了一群又一群的孩子，最让孩子们垂涎三尺的莫过于小店里一排排的糖果罐，里面装满了各种花花绿绿的水果糖，孩子们好希望罐子破了、漏了，就像神话故事里讲的一样。

有一天，小伙伴们突然发现装糖果的玻璃罐底部破裂了，被老板临时用一张牛皮纸糊上了。这个好消息被挹华里2号的一名"游击队员"发现了。"队长"和"军师"立即开会部署，先由胆大的"队员"杨问上前，大声和店主搭讪，再围上几个人分散店家的注意力，由小毛三凑过去，先用手指偷偷地扣一下，牛皮纸的一边开了，小毛四乘机用二指禅顺着开裂的牛皮纸往外夹糖果，大获成功。"战利品"自然是分享的，一颗糖几个人分享，你嗦一口他嗦一口，一连两天，"2号游击队"都幸福地享用着陶醉了，一路舔着嗦着，甜甜蜜蜜地上学去、放学来。

得手两三次后，那家老板有所察觉，"游击队员"有所放松，见他们来，老板有意闪了。记得那是秋天的一个早晨，小毛四环顾店里无人，正按捺住怦怦的心跳，小心翼翼地往外夹糖时，身后一声霹雳："抓小偷！"

原来丁老板悄悄出了后门，从旁边绕了过来。"游击队员"纷纷逃走作鸟兽散，没等毛四反应过来，丁妈妈从柜台里走出来，前后夹击，毛四被

小毛四

捉，人赃俱获。

　　这才是凭你奸似鬼，喝了老娘的洗脚水。

　　店家先一把抢过毛四的书包作抵押，又罚毛四站在店门口示众。这时，毛四吓得哇哇大哭，不知该怎么办了。店家这一招很损，没有书包的毛四无法上学，也溜不走，只好像只落水小狗似的站在店门外瑟瑟发抖。唉！真想找个地缝儿钻进去。

　　毛四的父亲接到同院的孩子报信，匆匆赶来。那正是动乱的年代，父亲已被打成"文艺黑线"人物，衣帽上标志着军人的领章、帽徽已被去掉。他平时就阴沉着脸，听说这事后脸色更是铁青着。

　　这些天来，毛四的父亲王云的心情一直很坏。他于1938年高中毕业后在家乡许昌刘王寨教小学。突然有一天，他大哥来找他，说，抗日了，进步青年都奔赴延安！于是，他把粉笔头一扔，和家里人连招呼也不打，就跟着大哥去了陕北，进入抗大第五期学习。抗人毕业后，在晋察冀刘伯承的一二九师做营文化教员、晋冀鲁豫军区文工队员，正宗的三八式干部。抗战胜利后，跟着刘邓大军千里跃进大别山、挺进中原，参加过淮海、渡江战役，跨过鸭绿江，抗美援朝，后调到南京军区前线话剧团做创作组组长。有代表作电影《江山多娇》，话剧《决战》《焦裕禄》等。

运动了，王云被造反派污蔑为"起义分子"，张贴了大字报，有鼻子有眼地指认："王云是在淮海战场上被我军的大炮欢迎过来的。"

王云立马火了，回怼了一张霸气十足的大字报："请问，老子是被哪个部队欢迎过来的？！"

他鲜明的态度和个性，让一些人很不爽。

一年前的春节前，司务长屁颠屁颠地提溜着一条四五斤重的青混子，乐呵呵地走到五条巷 48 号门前，刚要敲门，碰上王云过来。

"弄啥哝？"

"给张团长家送鱼哝！"

"哪买的？"

"部队农场送的，给团领导过年的！"

王云反感这种溜须拍马的作风，于是命令道："拿过来……"

《江山多娇》剧照，田华与陶玉玲

司务长以为耳朵出了毛病："拿、拿哪儿？"

王云走过去，一把夺下他手中的大鱼："我是中校，张团长和我一样，他能吃我就不能吃？"说完，转身就走了。

张团长听说了，哈哈大笑："这个老兄说得不错，俺老家罗山，他老家许昌，都是河南老乡，谁吃都一样！"

司务长巴结领导未遂，窝了一肚子火，心里划上一道。

有初一就有十五。这回运动了，公报私仇，于是强行撕去了王云的红帽徽和红领章。

有一天，王云接受批斗回来，一头火，刚进了2号院子，就看见毛三、毛四和顾宝璋家的小四、小五坐在院子里吆五喝六、兴高采烈地"斗地主"，不觉很烦，就说："一个星期天，就知道打牌，也不看看书，学习学习。"毛三是背对着他爸坐的，听见他爸的声音，头也未转，张口就来："高兴！"话音未落，"老子叫你高兴！"王云一脚就踹到小椅子背上，毛三"咣当"一声摔倒在地上，手中的纸牌撒了一地，爬起来大哭着跑了。

这一回，毛四被捉，知道事大，爸爸肯定火了，于是，不敢看他的脸，只是绷紧了身上的肌肉，时刻准备着挨一耳光或者重重的一脚。只见他爸爸从钱夹里掏了钱来和店家交涉，可那时人情冷漠，店家并不接受，仍坚持要罚毛四站到中午，看来他是想借此杀一儆百。

王云脸上的肌肉抽搐了几下，对店家说："让我替他站吧，孩子要上学呀。"店家看着面前这个去了领章、帽徽的高个子军人一脸的认真，不再说什么，转身把毛四的书包扔到柜台上。王云拿起书包走到毛四面前，低低说了声"乖，快去学校吧，晚了"。毛四心里像打翻了五味瓶一样难过极了，"爸爸，我——"不等毛四说什么，王云一声大喝："滚！——"

小毛四抱着书包大赦似的逃走，跑出几步远，回头望去，只见父亲以标准的军人姿态直直地站在门口，路人不知发生了什么事，纷纷把好奇的

替子扛过的正直军人王云

目光从王云身上扫过……毛四的泪水一下子涌了出来，模糊了视线……

父亲是为孩子顶着那份耻辱啊！正所谓子不教父之过，但是那个特殊年代，批传统义化、批孔老—，谁还会把这些止常的人文礼仪当作道德的标准呢？

事情已经过去很久了，此事也影响了毛四的一生。后来，毛四也当了兵。复员后当了干部，每当向不该属于他的东西心动伸手时，心里某个地方就会触动一下，仿佛又看见一身绿军装的父亲站在秋天的寒风和路人的目光中……

说起小杂货店，丁家小店是大方巷特别是五条巷一片的明星小店，它的存在与居民的生活息息相关，每日开门，七件事——柴米油盐酱醋茶中的三件事：盐（包括粗盐、细盐）、酱（包括各种豆瓣酱、甜面酱、豆腐卤和酱油）、醋（包括白醋、陈醋）等等，凡在那里生活的居民都离不开小店。

店主人是一对中年夫妻。进门的右手是一长溜的柜台，木框架，中间都镶着玻璃，以便让顾客看清柜子里的物品。香烟、洋火、洋蜡、香皂、药皂、肥皂、风灯等，柜台南面顶着墙是货架，后面也是货架，放着各种盐、红白糖、酱菜、面酱。北面靠着墙是两个大缸和一个坛子，有木塞和棉花裹成的软塞，缸盖上有端子、竹酒舀、酒勺、酒提子、酒杓，货架下面还有两个木桶，缸、坛和桶上边分别写着酱油、醋、白酒和黄酒字样，还有一口大缸里放着腌菜。最诱人的是柜台上面摆成两排，上、下各有三个，略呈梯形状、大圆口的六个玻璃罐子，里面分别是不同的糖果、棒棒糖、小饼干和腌制的各种话梅。

丁老板买卖做得很规矩，童叟无欺，丁妈妈待人也很热情，只要有顾客光顾，总是先问候，再问你需要什么。遇到顾客所带的钱不够或者根本没钱，总是让人先把东西拿走，下次再拿钱。

街上常常有拉煤基的苦力经过小店门前，停住脚，从脖子上抽下黑黢黢的毛巾擦擦汗，拿出一角钱："老板，来碗酒。"丁老板便从货架上一摞小陶碗上取下一只，挑一只中等大小的提子，掀开酒坛上的盖子，打上一碗酒递过去。拉车的端起来，咕嘟嘟一饮而尽，之后用手捂住嘴，让酒气在喉咙和胃之间循环，半分都不让跑出来，半晌放下酒碗，这才意犹未尽地拉上车走了。

七岁那年，我去丁家小店给父亲零拷二两白酒，看着拉车的苦力站在店前喝酒的那份潇洒与享受，打了酒后，走到挹华里口电线杆子下，挡不住诱惑，于是就喝了一大口，霎时，一股火辣辣的液体从口腔顺着喉咙流下，一口气没上来，差点憋过去，半晌也没缓过来。这是什么玩意儿？这么厉害？等恢复正常后，又担心被父亲发现，在进院子后，悄悄往里灌了些自来水，之后放到餐桌前。那天正是中秋节，小饭桌放在院子里，树影婆娑，月光盈盈，桌上不仅有菜和饭，还有我妈从山西路小苏州买来的一块五仁月饼，被切成五瓣。我们兄弟目光莹莹，都迫不及待了。父亲拿起酒瓶，倒满一杯，端起酒笑眯眯地放在鼻子下闻了闻，之后，一口下去。突然，他的表情凝重了，放下杯子，瞪着我："怎么回事？"

惊惧之余，我眼泪淌出来了："我、我……"

"你怎么了？说！"

"我偷偷地喝了一口……"

"还干什么了？"

"还倒进了自来水……"

突然，父亲的手掌压在我头顶上，使劲揉了两揉，夸赞道："好，是我儿子，七岁就偷老子的酒喝，长大错不了！"他把剩下的酒都倒在地上，"去！再去打三两，不许再灌水。"又掏给我一角五分钱。

我高兴坏了，立马拿起酒瓶冲了出去，百米冲刺，14 秒就跑到丁家小店，大喊："丁伯伯，零拷三两酒！"

丁伯伯一边打酒一边问："今天家里有客人？"

"没有！"

"那你爸酒量长了！"

"不是，是我陪我爸喝！"

"小兔崽子，多大点人，你喝？！"

我提着酒瓶转身就跑，一下子就撞到一个骑车人的身上，人摔倒了，酒瓶也打碎了，我哭着："你赔！你赔！"

那骑车的也是个半大小子，连人带车摔了个四脚朝天，哎哟哎哟一个劲地叫，说："你撞我。我还没让你赔，你还让我赔？"

那个年头，还没有"碰瓷"这个职业，要搁后来，还不知有多少事呢。

丁伯伯掀开柜台板，出来到路中间，把我们扶起来，看看双方都没事，说："都走吧，回家吃团圆饭去！"

我说："酒没了，回家要挨打的。"

丁伯伯说："我再打给你！"

于是，他反身回到店里，找了个瓶子，又给我打了三两酒。我战战兢兢，把酒瓶护在胸前，小心翼翼地回到家里。父亲问："怎么这么长时间？"

我嗫嚅着把经过情形说了一遍。我爸对我妈说："去把老丁的钱还了。"

我妈说："明天吧，菜都凉了！"

"菜晾凉吃，再说螃蟹还在锅里，没熟呢！"

我自告奋勇："我去送！"

"你坐下，陪老子喝酒。让你妈去吧！"

我抿了一口，不像刚才那样辣了。

估计，我喝酒的根是那时种下的。

不知为什么，丁家小店也有问题，1969 年也在下放之列，丁伯伯、丁妈妈和弟弟，一大家子都去了苏北农村。几年之后，等我们再回南京，落满灰尘的丁家小店前面的门板上，用白颜料写上一个大大的"拆"字。对面的电线杆子还在。

二十五、挹华里 7 号往事

挹华里 7 号院中，有东西两座民国时期的一模一样、斜相对而立的三层带车库的小洋楼，院子周围是一圈竹篱笆墙，据说是国民党军中两兄弟的住宅。1949 年以后成为军产，1956 年以后先后住着前线话剧团十来户人家。西楼楼下是丁尼叔叔（电影《战上海》方军长和《霓虹灯下的哨兵》

《战上海》剧照，左起王润生、丁尼、李长华、张良

周德贵的扮演者）、赵秀蓉阿姨一家（后又搬到东楼下）。

西楼还有田烈叔叔、蔡佩莹阿姨（电影、歌剧《红霞》红霞的扮演者）两家，楼上是李传弟（话剧《杨根思》杨根思，话剧、电影《霓虹灯下的哨兵》罗克文的扮演者）和梁泉夫妇家、宫子丕（《霓虹灯下的哨兵》连长鲁大成的扮演者）家、周到叔叔（话剧《东进序曲》黄炳光的扮演者）家，后来，孟凡启叔叔和安家祥叔叔也住过；东楼是白文叔叔、姜曼璞阿姨家，张宪叔叔（话剧《东进序曲》刘大麻子的扮演者）、汤先容阿姨家，还有王林佳叔叔家、张乃霞阿姨（《霓虹灯下的哨兵》童阿香的扮演者）家等等。

但这里也有令人唏嘘的事情，著名演员宫子丕与安家祥先后自杀，他们俩在《霓虹灯下的哨兵》中都有出色的表演。宫子丕是男一号、八连连长鲁大成的扮演者，安家祥是反一号、特务头子老 K 的扮演者，只不过宫子丕死在步校，而安家祥却在把华里 7 号西楼自己家里自杀。具体原因不太清楚。1964 年，在周恩来总理指示下，由上海天马电影制片厂将同名话剧《霓虹灯下的哨兵》拍摄成电影，并在南京路实景拍摄，导演是八一电影制片厂的著名导演王苹，演员一个也不准换。等安家祥拍完该电影中的镜头，转业的命令来了，于是他脱下军装，被分配到了南京市鼓楼区文化馆。

　　安家祥年轻时英俊、帅气，个子又高，打得一手好篮球。他在球场上奔跑起来，犹如一匹矫健神勇的骏马，吸引了许多未婚女孩子的眼球。有一次，前线话剧团在浙江给部队慰问演出时，闲暇无事，看部队篮球队打球，不觉技痒，于是脱衣上场，打了半场球，三步上篮、抢断篮板、盖帽投篮，动作干净利落，不输专业队员。他的一系列操作，把场外部队医院的一位陆姓女护士看得神魂颠倒，迷得死去活来。两人在球场的灯光下相爱。安家祥返回南京后，陆姑娘要求复员。之后，她到了南京，报考南京医学院。果然，有志者事竟成，终于榜上有名。医学院本科学制五年，在此期间，安家祥一直资助陆的学费与生活费。瓜熟蒂落，陆姑娘顺利毕业，两人修成正果。结婚时女方的连衣裙还是她找我妈帮忙做的。后来，他们有了两个孩子，男孩叫安山，女孩叫陆理。

　　那个特殊的年代，单位分两派对立，家中恩爱夫妻反目成仇，形同路人。安家祥在单位受冲击，回家却得不到妻子的理解与关爱。单位是批斗的炼狱，家成为冰冷的北极，终于有一天晚上，安家祥崩溃了，拿起菜刀，对准自己的脖子下了手……但死亡不是像闪电一样迅速，他痛苦地呻吟着，挣扎着，翻滚着，地板上、床上到处是血。而他的枕边人和孩子却在另一个房间……第二天早上，已没有生命体征，于是陆医生来到五条巷"革命委员会"（原来的居民委员会）报告："老安自杀了……"

其实，陆医生也是个非常乐于助人的好医生，和我妈一直关系很好。2000年以后，我妈在南京淮海路住着，一天夜里，从床上滚落下来，自己不知道，还用手去摸被子。天亮以后，我起来，见老太太独自坐在沙发上，告诉我：她被冻醒了，不知道为什么躺在地板上。当时，我就慌了，立即给几十年不联系的陆主任打电话。在电话中，她回复我："立即送到我这里来！"

八点钟，我们到了下关第二人民医院，她已经在办公室等我们，一看我妈的情况，立即判断：小中风！

我还不太相信："要不要再做CT检查？"

她一边开药一边说："就在这里，先输液！再送病房！"

此时，天寒地冻，医院人满为患，连走廊都不好安排。我说要不要问问其他医院有无床位？

陆主任说："不用了，先送我家吧！"

陆主任的家就在医院对面，老旧家属院。我妈住进去后，她在自己床边给我妈铺了张行军床，然后对我说："你忙你的，这边你放心吧，不用管，一周以后接你妈回家！"

我妈就在陆家住了一个星期，所有吃喝拉撒输液吃药，全是陆阿姨一个人照顾，她如果不念旧日情感，随便推给一家医院不就行啦。

人真是很复杂很奇怪，你认为她很薄情，恰恰相反，她却是一个很热情的人。她是白衣天使，救死扶伤，为什么不救安叔叔呢？现在想来，当一个人的思想被控制洗脑后，做出反常之举也是情有可原的。

二十六、7号院大火与《渔人之家》

你就像那冬天里的一把火，

熊熊火焰温暖了我的心窝。

每次当你悄悄走近我身边，

火光照耀了我……

1987年的央视春节晚会，让费翔和他唱的《冬天里的一把火》火遍了华夏大地，然而黑龙江漠河真烧了一把大火。

我也想起1961年冬天里的一把大火。

一天下午，暖洋洋的太阳晒在五条巷抱华里7号大院。突然燃起熊熊大火，风助火势，火助风威，只见西南方向半边天都是红的，人们的惊呼声、孩子的哭喊声、救火车的鸣笛声乱成一片。我家当时住抱华里15号，隔着两个院子，一个大火球竟从7号飞到我们的院子里，当时我们都兴奋不已，却把大人们吓坏了。

好好的院子怎么会引发一场冲天大火呢？

原来，7号院进大门后，有一大间用粗壮的毛竹搭成的大草房，里面全塞着道具和布景片。因为草房顶年代久了，厚厚的苫顶因为长年下雨积水沤烂了，话剧团后勤部门准备重新换屋顶，于是拉来几十卡车的稻草，堆在空场上，高高的两大堆儿，比楼房的一层还要高，于是这里就成为最好的儿童乐园。话剧团的孩子们有五条巷19号的、抱华里2号的，都到高高的草堆上，躲猫猫、做游戏、掏地洞、官兵捉强盗、听妈妈讲过去的事情，不要太好玩了……

讲到这里，就要说说张东林，他是张立法叔叔家的老二。

张立法叔叔，前线话剧团演员，我父亲喊他张六。他原来是胶东地区的文工队员，后来到了前线文工团，在《东进序曲》中演"段瘸子"，很出彩。他是个有故事的人，1970 年冬天，大蜀山五七干校的人该处理的都处理完了，整个二楼上只有我们家被发配回老家，但老家的房子还未建成，只好"赖"在干校里。另外就是张立法，他没事好和我瞎聊，因为也没人聆听他的故事。我问他的革命经历，他说他家是胶东石岛的，位于解放区和敌占区交界的地方，他在农村当游击队员。有一次他爹去集上卖火柴，那是一种只要摩擦就能起火的土火柴，是他爹自制的。用木炭和硫黄就能自制火药，当年地雷战炸小鬼子都是用的那种火药。天寒地冻，这时一队国民党骑兵从集上穿过，一个兵骑的马蹄正好踏上他摆在地上的火柴摊，

《东进序曲》中"段瘸子"（张立法）与蒋公任（王者）剧照

引起火柴冒烟起火，马受惊了，一下子把那骑兵从马背上撂了下来，骑兵爬起来就用马鞭狠抽了他爹一顿，打得满地滚，棉袄、棉裤都抽烂了，还打了一头一脸的血。火柴也烧没了，他爹回到家越想越窝囊，于是把气都撒在他娘身上。

张立法抱着杆枪坐在门槛上擦，看着他爹打他娘，很不满意，于是说："国民党兵打你，你也不能打俺娘啊！"

他爹急了："小兔崽子，打完你娘老子还要打你！"

说着就过来，张立法急了，"哗啦"一声拉开枪栓："我崩了你！"

他爹一看不好，转身拔腿就跑，儿子举枪"砰"地朝天开了一枪，把他爹打得三年没敢回家。

后来他参加了胶东军区文工队，从"跑驴"开始，学鸡学狗，学啥像啥。

每次拍戏，张立法饰演的角色都有几套方案。只要见石岩导演皱眉头，就立即说"我再换个演法"，导演再拧眉头，他立马说"我再来个"，如此像川剧变脸一样。由此，石岩导演排戏，别人都挨骂，几乎就没骂过张立法。

在演样板戏的年代，张立法见歌剧团黄晓苏上台不会走台步，于是就示范小碎步走了一圈。黄晓苏问他："怎么走的？"

他故作玄虚："没个三年五载学不会。"

我私下问他："你这是怎么练的？"

他笑着说："好办！找个笤帚夹在两条大腿之间，笤帚不能掉下来，光动小腿，跑几圈就会了。"

1971年大年初一，南京派吉普车来干校接张立法回去审查是不是"五一六"分子，他把一个玻璃罐头瓶给我，里面有一条小草鱼；临行前，他和我父亲握手拥抱，彼此在对方身上留下了泪痕和鼻涕。

他有两儿三女，老大张本贵是个老实人。老二张东林则是有名的捣蛋鬼，他的出名是因他放了一把惊心动魄的大火，当时他只有十来岁。女孩有丽霞、丽宁、丽娟。

着火的那天下午，张东林和赵霞、周小鸣、田戈等几个孩子正在 7 号院高高的稻草堆上玩耍。那时前线歌剧团的《红霞》正火，由舞台剧拍成了电影。里面有这样一个镜头：白匪军官白吾德领着一群"白狗子"杀进村，举着火把挨家挨户烧老百姓的房子。

钻在稻草中的张东林突发奇想，说："我们仉红霞烧房子的游戏好不好？"他的建议得到赵霞、周小鸣、田戈等几个小毛孩的拍手赞成，周小鸣回家拿来火柴。于是，张东林自任白匪军官白吾德，赵霞演红霞，周小鸣、田戈、小丫头（周到叔叔的女儿小晴，周小鸣的妹妹）还有朱雷（朱伯东的儿子）也都各自分配了角色。

演出开始了："白吾德"接连划了几根火柴点着了稻草堆，几个孩子高

电影《红霞》剧照

兴得大拍巴掌。随着火苗越来越大，几个孩子由最初的兴奋转为害怕，于是惊慌失措，滑下草堆，四下鼠窜，有的还尖叫着："张东林放火啦！"

喊声惊动了草堆下面晒太阳的保姆们，田戈的阿姨丁秀兰一把抱起小田戈扯着大嗓门狂喊起来："失火啦！失火啦！快来人啊！"

她们有的喊，有的跑回家拿来脸盆，在楼下的自来水上接水，再跑到草堆前泼上一盆，再返回楼下接第二盆。只一小会儿工夫，大火就变得不可收拾。

各家各户的大人都被惊动了，宫妈妈（宫子丕的爱人）拐着小脚拖着小四和小五匆匆忙忙从楼梯上逃到一楼，突然失声大喊："俺们家的户口本！"于是转身就往楼上跑。白文叔叔打开二楼的窗户，一股热浪扑面而来，眼前的景象让他惊呆了，突然想起自己的女儿晴晴在屋里睡觉，他以极快的速度从床上抱起晴晴就往楼下冲……

对面那幢三楼的孟凡奇不知怎的，把辛辛苦苦十来年积攒的珍贵邮票连集邮本从三楼窗口抛出来，片片邮票天女散花一般纷纷扬扬地落下。火灾过后，我们都去废墟上捡邮票。朱伯东叔叔跑回家准备抢救东西，紧张地东张西望，不知拿什么好，顺手从墙上摘下一面镜子，揣到怀里就往外跑，还有安家祥和宫子丕各执一根皮管子对着火焰，反复做呲水动作，就是不见一滴水出来。王昶叔叔找来灭火器对着大火，嘴里叨叨着"滋滋滋……"但就是不见有泡沫剂喷出，原来他忘了应该把灭火器倒过来。很快，几间大草房和里面的布景，加上外面的大草垛，全都燃烧起来，噼噼啪啪，火借风威，风助火势，熊熊烈火，烧得比三层楼还高。

只有西楼二楼上王昶的儿子小牛是个"妈宝男"，他妈妈万里老师是山西路小学的音乐教师、少先队大队辅导员，经常教育儿子不要下楼和外面的野孩子、坏孩子玩，整天把他关在屋里。看着楼下忙忙碌碌的人群和浓烟烈火，小牛惊恐地哇哇大哭。

鼓楼消防队在瞭望塔上发现了不远处的火情，立即出动了两辆消防车，拉着尖锐的警笛，一路呼啸而来，当消防车拐进挹华里 7 号，周小鸣乐疯了，手舞足蹈大叫："'国民党'叔叔来救火了！"

所谓的"国民党叔叔"都戴着钢盔，在话剧《解放一江山岛》中，国民党兵都戴着钢盔，所以周小鸣才这样兴奋地大叫大喊。

"国民党叔叔"立即接通消防栓，对准浓烟烈火开始灭火，无奈火势太大，大草房、大草垛、木头、布景都是易燃物，也就是十几分钟便烧得差不多了，但是消防队员成功地阻断了大火向两边的小楼蔓延，挽救了十几户居民的生命和财产安全。

大火和浓烟惊动了挹华里、西桥、五条巷和大方巷的居民，他们纷纷站在街上观看。同样，大火也惊动了大方巷 14 号排演场的导演和演员们，他们都围在排演场的窗前，远远地观看火势。

这时，有人来喊了一嗓子"张立法，你家东林把 7 号院草垛点着了"。在《渔人之家》里扮演老大谢里木的张立法待不住了，立即冲出排演场，奔下二楼，三步并作两步蹿出老倪头的传达室，来到大街上，向五条巷挹华里方向跑去。

《渔人之家》是 20 世纪 60 年代前线话剧团引进阿尔巴尼亚的一出话剧。

那个年头，"苏修"（我们对苏维埃社会主义共和国联盟的"尊称"）和我国翻脸，污蔑我国"七个人穿一条裤子"！老师号召我们回家拿出多余的裤子批判"苏修"，我还带着两条裤子，其中一条是我上幼儿园时发的，已经不能穿了，但还是带到班上去开批判会。

我国和欧洲小国——山鹰之国，即阿尔巴尼亚的确好得穿一条裤子。我们学校的大队辅导员、音乐老师万里还专门教了我们一首歌《北京——地拉那》，我们在教室里齐声高唱："毛泽东——霍查，前进，前进，让世界一片红。"

放学了，一出校门，仁和街口有卖茶水的老头，我们就鬼叫鬼喊地嚷："嚯茶——一分钱一杯儿！"

在"雪压冬云白絮飞"的岁月，万老师吓得不得了，在后面急得大叫："喊吃茶，不准喊嚯茶！"

我们兴得一头核（音：hú）子，更是直着脖子喊："嚯茶，一分钱一杯，嚯茶，一分钱一杯，嚯茶！"

当时，全国主要话剧团都上演阿尔巴尼亚话剧《渔人之家》。那是阿尔巴尼亚剧作家苏里曼·皮塔尔卡创作的剧本，讲述的是阿尔巴尼亚解放战争时期一个普通家庭发生的故事。作者讴歌了老渔人姚努兹一家反对意大利与德国法西斯侵略的史实，也尖锐地揭露了姚努兹的大儿子谢里木阴险、凶残的阿奸嘴脸。《渔人之家》告诉人们一个真理：只有在阿共领导下，拿着武器来与侵略者坚决斗争，才能获得解放与胜利。

这种歌颂式宣传，前线话剧团自然冲在前。大方巷 14 号排演场正在如火如荼地彩排《渔人之家》，却被一场突如其来的大火搅了。

扮演谢里木的张立法撩开大步在五条巷狂奔，街上的居民都傻了：只见一个高鼻子的"外国"人，穿着欧洲人的民族服装，在五条巷玩命地跑，引发居民议论纷纷，有人说："阿尔巴尼亚够意思，挹华里失火，霍查派人来救"……"北京、地拉那就是来斯……"

张立法挤进满院子全是大水的 7 号院，在围观的人群中找到张东林，照着他头上就是一巴掌，张东林一愣，以往他爸揍他，他必撒丫子就逃，这次没跑，爷俩都很诧异。

张东林用南京话讲："你打我干么事？"

"大鼻子"用胶东话问："逼养东西，是不是你干的？"

张东林这才听出是他爸的声音，吓得立马蹲下身从人群中消失。

张东林逃走后，几天不敢回家，躲在挹华里 2 号门房右边的杂物间

《渔人之家》剧照

里，扒着窗棂向外看。那窗户对着一棵歪斜的老槐树，槐花开时毛四家罗阿姨会摘些槐花，毛四奶奶是河南人，会用槐花拌上面粉蒸着吃，毛三、毛四就经常爬在槐树上玩。那天毛四被躲在黑黢黢的杂物间的张东林叫住，他的脸和手都是脏兮兮的，对毛四说："求求你，回家偷个馒头带我嚯一点儿。"于是，小毛四就成了支援"游击队"的群众，负责接济张东林的饥荒。

从那以后，7号院的大草房没有了，大草垛也没有了，孩子们失去了属于自己的天堂。张东林名气很响，前线话剧团的孩子还有大人，大方巷、五条巷一片，没人不认识张东林。

夏天，放暑假了，军区政治部让话剧团指导员朱兆章把话剧团的孩子（无论大小）召集起来开会，给我们算了一笔账：一支马头牌冰棒三分钱，烧掉的大草房和道具价值两万块钱，损失的钱如果给我们每人每天吃一根冰棒，可以吃多少多少年，数字巨大，他也没算出来，只是吓唬小孩不要玩火。讲了半天，他一根冰棒也没舍得给我们吃！

20 世纪 90 年代的一天，我到鼓楼四条巷田平家去玩，有一个四十多岁的瘦干儿男人抱着又白又胖的儿子进来，后来才知道叫张白胖，一副很老实的样子，见人不会说话的那种。

田平问我："还认识他吗？"

我茫然地摇摇头。

"张东林！张立法叔叔家的。"

我完全无法将眼前这个工人模样、木讷的汉子和小时候那个拖着鼻涕、油嘴滑舌的厌蛋联系在一起，就像鲁迅再见闰土的感觉，没话也找不出话，只是彼此点点头，不要说沟通，甚至寒暄也很困难了。

说起 7 号院失火，宫妈妈已经从楼上逃到一楼，突然想起家里还放着户口本，这是主人一家子命运的生死簿，于是奋不顾身地返身上楼梯去抢出户口本，那年头户口本的重要性不言而喻。户口本就是一家人的灵魂，没户口就是黑户，黑户享受不了居民的待遇，去外地住旅店，没有户口本无法登记，结婚、离婚、上学，不管干什么，没有户口本都无法进行。

二十七、户口本的故事

说到户口本，现在它依旧坚挺在居民的生活中，依然主宰着百姓的"半条命"。

我们国家给居民发户口本是什么时候的事？

户籍制度主要包括两方面的内容，一是登记制度，一是管理制度。户籍登记在中国很早就出现了。据甲骨文记载，商王朝已开始实行人口登记制度，有"登人"或"登众"，即临时征集兵员的记载。西周时创建了原始的人口登记办法。据《周礼·秋官·司民》记载："司民掌登万民之数。自生齿以上，皆书于版。辨其中国，与其都鄙，及其郊野，异其男女，岁登下其死生。及三年，大比，以万民之数诏司寇。司寇及孟冬祀司民之日，献其数于王，王拜受之，登于天府。"

可见，商周时期，已设立了掌握户籍的官职"司民"，对生齿（男孩满八个月，女孩满七个月为生齿）以上的人，按不同性别登记于册，即"书于版"，并分城（都）乡（鄙）进行人口统计。同时，每年要对人口的出生和死亡进行登记，以掌握自然变动情况，每隔三年进行一次人口调查核实（即"大比"），孟冬（阴历十月）时上报。

春秋战国时期，各诸侯国纷纷建立严格的户籍登记制度，即"书社制度"和"上计制度"。"书社制度"的内容是：百姓二十五家为一社，"礼之户口，书于版图"。"上计制度"是：郡、县长官每年于年底前将下一年度的农户和税收的数目作出预算，书之于木券上，呈送国君。如商鞅变法规定："四境之内，丈夫女子皆有名于上，生者著，死者削。"

随着封建制度的日趋成熟，户籍登记制度也日趋完善，管理户籍和财经的衙门出现，即户部，六部之一。长官为户部尚书，曾称地官、大司徒、计相、大司农等。

至清光绪末年，改"户部"为"度支部"，管田赋、关税、厘金、公债、货币及银行等。

民国前期，尤其是北京国民政府时期，没有详细的户口制度，只是参考了清末《调查户口章程》，制定了《警察厅调查户口规则》，1915 年颁布了《县治户口编查规则》及《警察厅调查户口规则》。1934 年 4 月 27 日，南京国民政府时期，出台了《户籍法》，定于 7 月 1 日起施行。

据 1935 年出版的《首都志》，卷六为户口。开篇即曰："首都户口，自汉至今，历历可考。然或以郡计之，或以县计之，或以市计之，区域有大小，难以比较其繁衍之度，而所计者又未必尽覈（核）。兹据诸书为表，存其大都而已。"

书中将西汉以来，到民国二十四年（1935 年）的首都人口，分为男女详细列出。可见户口制度在中国的重要性。

抗战胜利的第二年，1946 年 5 月 5 日，国民政府从重庆还都南京以后，推行国民身份证制度，于 1947 年颁布了《户口普查法》，建立了各级户政机构。

新中国户籍制度始于 1950 年 8 月 12 日，公安系统在内部颁发了《特种人口管理暂行办法（草案）》，正式开始了对重点人口的管理工作。1951 年 7 月 16 日，公安部制定并颁布了《城市户口管理暂行条例》，这是新中国成立后最早的一部户籍法规，从而基本统一了全国城市的户口登记制度。

1958 年 1 月 9 日，全国人民代表大会常务委员会第九十一次会议通过《中华人民共和国户口登记条例》，以中华人民共和国主席令公布，共二十四条。其中第四条规定："户口登记机关应当设立户口登记簿。城市、水上和设有公安派出所的镇，应当每户发给一本户口簿。户口登记的相关要求规定：1. 公民在常住地市、县范围以外的城市暂住三日以上的，由暂住地的户主或者本人在三日以内向户口登记机关申报暂住登记，离开前申报注销；暂住在旅店的，由旅店设置旅客登记簿随时登记。2. 公民在常住地市、县范围以内暂住，或者在常住地市、县范围以外的农村暂住，除暂住在旅店的由旅店设置旅客登记簿随时登记以外，不办理暂住登记。3. 公民因私事离开常住地外出、暂住的时间超过三个月的，应当向户口登记机关申请延长时间或者办理迁移手续；既无理由延长时间又无迁移条件的，应当返回常住地。……"

《户口登记条例》颁布以后，由居民委员会向居民作宣传，为户口登记作准备。

当年我妈为前线话剧团家属委员会主任，她挨家挨户调查户籍情况。一日她到 7 号院时，娘娘（白文的母亲，我们都喊她"娘娘"。她个子不高，富富态态的一个老太太，还戴着一副眼镜）对我妈说："有个情况反映一下，楼上李传弟、梁泉两口子只忙着工作，把女儿青青放在青岛，马上要办理户口本了，孩子不在身边就会落户那边，大人孩子户口两地，再想回来就麻烦了。你要不要去和他俩说一下？"

我妈一想，孩子户口的确是个大事，于是找到李传弟、梁泉说了孩子的户口问题。李传弟说："我们太忙了，弄个孩子怎么办？"

我妈说："有孩子的又不是你们一家，孩子长期不和你们生活，感情上会有问题，不如这样，我给你们找个可靠的保姆，专门带孩子，还可以照顾你们俩。"

夫妻俩一合计，觉得可以，于是专门去将三岁多的女儿接到南京。我妈给他家找了个保姆——老鸦阿姨。

说起鸦姓，一个很奇怪的姓，百家姓中都没有。人数很少，集中在扬州、仪征几个村落，据说该姓的祖先姓呼，在元朝为官。在元末红巾军大起义中，被义军追杀，有乌鸦迎面叫了一声，引他躲入小河边的芦苇丛里，因此得救，遂以鸦为姓。据鸦姓村民介绍，他们有家谱，每年正月十二聚会。

青青家的鸦阿姨，曾经是政治部幼儿园的保姆，后来在大方巷小幼儿园当阿姨，为人老实可靠。

为解决保姆看病的后顾之忧，我妈还以保姆是梁泉家远房亲戚的名义，给鸦阿姨办了包干医疗，看病由团里报销，这样一来，保姆全心全意地在李家干了下去。因鸦阿姨比李传弟、梁泉两口子岁数都大，因此都叫她老鸦阿姨。青青回家后，人口多了，团里给调整住房，从挹华里7号搬到五条巷19号的小楼里。后来"运动"开始了，李传弟、梁泉夫妇也进了"五七干校"，只有老鸦阿姨独自带着李青青在19号院子里。

二十八、五条巷17号来了"金童玉女"

五条巷17号，原是国民党重庆市市长张笃伦的房子，后来租给奥地利做使馆。新旧政权交替，解放军进城后收归部队使用。开始住的是华东军区解放军艺术剧院创作员顾宝璋和赵衡夫妇一家，后来由军人俱乐部陆主任与军区文化部方正和徐淑瑾一家居住。

顾宝璋叔叔是编剧，早年家在上海，抗战时期到苏北，参加了新四军，是一师战地文工团团员。跟着部队南征北战，历经黄桥决战到苏中七战七捷，涟水、鲁南、莱芜到孟良崮战役，豫东、淮海诸战役，后来是解放军剧院、前线话剧团导演、编剧，著名的电影《南征北战》《东进序曲》等就出自他的手笔。

夫人赵衡阿姨也是上海人，抗战前在刘海粟的上海美专上学。八一三淞沪会战中日本飞机炸毁了学校，于是去苏北参加了新四军，后来在解放军艺术剧院、前线话剧团搞服装设计。有三女三男，即凤儿、宁儿、幸儿、建儿、基儿、束儿。

20世纪50年代的一天，大方巷来了一对中年男女，男的器宇轩昂，女的美丽端庄，如此人物立即引起居民的注意，目送着这对夫妇走进五条巷

17 号大门。

这对夫妇就是黄琪翔和郭秀仪。说起黄琪翔，在民国时期可是个了不起的大人物。早年是粤军的营长，陈诚是他手下的连长。北伐战争时是著名"铁军团长"，与叶挺齐名。

他们到五条巷是来寻找郭秀仪的谊妹曹玉衡一家的。

曹玉衡就是赵衡，那么她与郭秀仪怎么有这一层关系呢？

赵衡是参加革命后取的名字，她本姓曹，生于上海。她父亲曹鎏是广东人，北大法科毕业，曾在广东新会中学任校长，后到上海发展，任苏皖浙统税局江苏省烟酒分局局长。曹鎏有两女一子，长女曹玉航、次女曹玉衡与小儿子曹兴国。

郭秀仪是广东香山人，1911 年生于上海。父亲郭侣庭是个茶叶商，有兄弟姐妹八人，秀仪行七。她毕业于文艺女校，在上海苏皖浙统税局江苏省烟酒分局工作。她的顶头上司就是曹鎏，曹鎏与郭秀仪的舅舅是好友，与郭秀仪的父亲也很熟悉。

曹家人女儿曹玉航回忆说："记得有一天，我家来了一位秀丽大方、亭亭玉立的姐姐。全家自祖母以下，都高兴万分，热烈欢迎这位明眸皓齿的丽人。她就是和蔼可亲的秀仪姐姐。过了不多时，在双方家长的赞许下，秀仪姐成为先父母的谊女。当双亲设宴介绍仪姐和亲友见面时，四周充满祝贺及赞美声。此后，这位聪明伶俐、善解人意的仪姐，常来我家，为我们带来更多欢乐。"

在曹鎏先生引荐下郭秀仪进入统税局工作，任务是收取苏浙皖地区的印花税费。统税局工作是个体面的职业，工作环境优越，劳动强度不大，薪酬也不错，与他们打交道者，非富即贵，所以在社会上很吃香。

一次，在曹鎏组织的一场饭局中，曾与汪兆铭、顾维钧、梅兰芳齐名的"四大美男"之一出现了，他就是北伐名将黄琪翔。黄是广东梅县人，时年三十出头,风华正茂。他对二十岁的郭秀仪一见钟情。

黄琪翔向曹鎏请求,希望其能促成这一桩好姻缘,并从曹鎏那里索得郭秀仪的电话和地址,随后以军人的方式,对心仪的女士发起爱情的"猛攻"。

曹玉航回忆说:"1931年秋,仪姐由先父介绍,与北伐名将琪翔认识。琪翔兄不但是位身材魁梧、器宇轩昂的武将,又是位满腹经纶、风度翩翩的君子,真不愧有儒将的美名。同样的,秀仪姐秀外慧中、仪容端庄,名如其人。当时追求者众多,各界高层人士都有,但仪姐对他们未加重视,只有对这位曾在德国柏林大学攻读的儒将特别垂青。经过一段时日,二人过从渐密,爱慕加深。关心他俩的亲友,都希望他俩早日传出喜讯。"

但是,当时黄琪翔正与邓演达等人组织第三党(农工民主党前身),进行反蒋活动,邓演达被蒋介石特务逮捕并遭毒手;黄琪翔也遭到通缉,后来转道香港,去福建参加了李济深、蔡廷锴、陈铭枢等人在福州成立的中华共和国福建人民革命政府。蒋介石亲自调集大军前往镇压。1934年1月下旬,泉州、漳州被中央军攻破,福建事变宣告失败。黄琪翔逃往香港,后又去了德国,并写信给郭秀仪,让她前往德国柏林,两人在德国正式举行婚礼,结为夫妻。抗战前夕,黄琪翔夫妇回国,抗战时黄琪翔历任训练总监部炮兵监、第九集团军副总司令、军委会政治部副主任、军训部次长、第十一集团军总司令、第六战区副司令长官、中国远征军副司令长官等职,乃抗日名将;其妻郭秀仪跟随宋美龄、邓颖超、李德全、史良等人,任中国战时儿童保育会常务理事,成立保育会,抢救战区难童,主持献金运动,为抗战奔波。抗战胜利后,黄琪翔出任中国驻德国军事代表团团长一职。后脱离国民党阵营,回到北京参加新中国建设,为农工民主党的负责人,又是国家体委副主任。郭秀仪接受周恩来总理的嘱托,在生活上给予齐白石很好的照顾，受到了周总理的表扬。同时，郭秀仪在跟随齐白石学习国画时，进步很快，是白石老人最著名的女弟子之一。

黄琪翔、郭秀仪夫妇来南京，专门看望曹鎏的夫人及小女儿曹玉衡一家，因为此时曹鎏的夫人也就是郭秀仪的干妈也在这里。

很快，他们在居民热情的指引下，找到了五条巷 17 号，上了二楼，找到了赵衡家，与一家人亲热相见。

赵衡也很意外，没想到多年未见的仪姐竟然找上门来，欢喜之余，才得知他们是从广东回乡省亲后，见到了曹鎏，这才知道小妹曹玉衡已经改名叫赵衡，他们夫妇在南京军区前线话剧团工作。而且干妈也在这里，于是特意来看望他们。

郭秀仪与黄琪翔

　　郭秀仪是个很重感情的人，多亏干爹、干妈当年的关照，尤其是介绍她与黄琪翔相识，促成婚姻，才有了后来的一切。在交谈之中，郭秀仪说：已拜国画大师齐白石为师，成为入室弟子，赵衡尤为她高兴。因为她早年就是学美术的，虽然多年从事服装设计，但对国画仍然心心念念，对于郭秀仪取得的成绩钦佩不已。

　　五条巷 17 号还住有文化部文艺处处长方正一家。

　　提起方家，方正是一脸络腮胡子，不爱与我们这些小萝卜头说话。他爱人徐淑瑾在军人俱乐部专门负责美术方面的事务，脾气很好。

郭秀仪的画　　　　　　　　　　　　　　　赵衡的山水画

　　从军人电影院出来往北一拐就是一条长长的玻璃橱窗，里面张贴着从红军时代到新中国各种各样的英雄人物的照片。我记得最清晰的是志愿军狙击手张桃芳的照片，微侧着身子，很朴素的一张战士的脸和犀利的眼神，身穿着志愿军的棉袄，手握一杆枪。这是最真实的志愿军形象。

　　贴有张桃芳照片的橱窗就是徐淑瑾设计和布置的。我也曾亲眼看见她更换橱窗里的照片。

　　方家有四个孩子：老大男孩方励、老二女孩方燕、老三方梅还是女孩，老小是男孩，都叫他方四，十来岁就偷着吸烟，也厌得滴屎。

　　1969年军区政治部各机关"有问题"的人都去合肥大蜀山"五七干校"。我们家和婷婷家、方燕家都去了大蜀山干校。徐淑瑾阿姨带着方四，和我们家都住在一栋大楼里。春节前，我和婷婷、方燕都从农村回到大蜀山干校，都是知青，也都在苏北插队，大家聊得很投机，也一起去江淮剧场看戏、到逍遥津公园游玩。后来大人们干校"毕业"，我们告别了大蜀山，从此再没有见过。后来听说方燕回到南京，有没有当兵就不知道了。

志愿军狙击英雄张桃芳

二十九、我的老师和同学

我的大方巷的老师和同学有不少都是住家门口的。最近的要数住在把华里 15 号前院的黄健斌老师，她和王林佳家住对门。当时院子里的孩子有我们家三兄弟，王林佳家的王丽丽、王琳琳和王毛毛，吴斌家的燕燕，黄老师与白东吾叔叔家的白端端。

黄老师是前线舞美队舞美设计师白东吾的妻子，广西桂林人，1925 年生。十五岁（即 1940 年还是一名中学生）时，抱着"国家兴亡匹夫有责"的信念，放弃了学业，参加了抗日战争，成为国民党军事委员会政治部第三厅组织的抗敌宣传队第五队队员，转战在湖北、两广和滇缅战场上，深入军营和民众中间进行抗日宣传，演出了不少抗日的戏剧并教唱抗日歌曲。1945 年，中国远征军攻克腊戍、西保等地，中国驻印军攻克了密支那，驻缅日军闻风丧胆，节节败退。抗敌演剧五队从云南保山出发，乘两辆美制十轮大卡车，行程三天，开赴缅甸，进行劳军。首次公演叫"见面晚会"，会场设在缅甸腊戍镇的废墟上，用美军推土机推出一块平地，临时搭起一块露天舞台，挂出几盏汽油灯做照明，锣鼓一响吸引了几千人来观看演出。除了驻印军的官兵外，还有英国、美国和印度兵。队员们表演了《黄河大合唱》《青春舞》等文艺节目，接着演出了话剧《金玉满堂》。他们在腊戍连续演出了十来场，观众都是驻印军总部、各个军、各个师的官兵。驻印军（新编第一军）军长孙立人将军送了每位队员一床美制军毛毯。

前排中间为黄老师

年轻时的黄老师

老年黄老师

解放战争后期，黄老师与爱人白东吾以及演剧队集体加入中国人民解放军第七兵团文工团，后改编为浙江军区政治部文工团。1955 年在浙江军区西湖小学任教。1956 年白东吾调到前线话剧团做舞美设计，黄老师也调到南京卫岗小学任教。后来，黄老师调到离家很近的山西路小学，成为我的班主任。每天早晨黄老师叫我一起上学，她个子虽然不高，但标准的军人步伐走路带风，我跟在后面小跑才能跟上。

如今她老人家已经近百岁了，但记忆力惊人，微信玩得很溜，经常与我们交流。她和我说："我记得每周六晚饭后，你都叫大家到客厅（堂屋）开会，组织和鼓励每个小朋友表演节目，个个兴高采烈。观众就是你们家长，掌声笑声不断，多么快乐的周末啊。"

四条巷对着大方巷那边，有个小巷裆，里面右手拐进去有两排西式楼，楼前有个防空洞，从中间楼梯上去，有一条走廊，两边是房间。我的山西路小学五年级的班主任朱兰云就住在这里。朱老师本身是教数学的，但穿着打扮很时髦，人又长得很年轻，本质是个文艺青年，经常领着我们"前线"子弟排演文艺节目，排《雷锋》什么的。我们毕业后，升入中学，后来的几届学生也大多是"前线"子弟，也都是朱老师领着排节目的，还参加区里的汇演。

朱老师还是我弟弟的班主任。我弟弟记得那个学生批斗老师的年代，朱老师被押在台上，脖子上挂着大牌子挨斗，她穿着一双布鞋，我弟弟偷偷用小拳头去敲她的脚背，老师感到疼了，用眼睛看着他，于是小拳头就缩回去了。

我们在山西路小学毕业后，很少再见朱老师，在锣鼓喧天的时代，中山北路军人俱乐部门前，我见过朱老师和一群山西路小学的老师，其中有美术老师尤瑛等，被高年级学生押着游街，朱老师头上戴着高帽子，大约粘得不结实，老是松动，她不停地用手去扶，怕高帽子掉下来，再落个什么罪名。那个远去的身影我至今记得。

1976 年以后，朱兰云老师调到琅琊路小学，后来听说朱老师成为全市的特级教师。

万里老师，曾在挹华里 7 号和大方巷 56 号住过。她是上海市青浦区练塘镇人，1950 年不满十七周岁的她，便报名参军，任中国人民解放军第二十军六〇师文工队队员，是年 11 月，随部队从吉林集安跨过鸭绿江，赴朝鲜参加抗美援朝，先后参加过第二次和第五次战役（包括在长津湖血战中抢救伤员），荣获我国政府颁发的抗美援朝纪念奖章和朝鲜政府颁发的和平万岁纪念章。1955 年 12 月，从原南京军区第一文化速成小学复员，在南京市山西路小学担任少先队大队辅导员、音乐教师。她也组织"前线"在山西路小学的孩子们排演文艺节目。

我的中学班主任潘骏成，住在大方巷口出去往左的宁海路上。

1964 年 8 月下旬的一天下午，我正在挹华里 15 号自己的斗室里睡觉。窗外知了在叫，我妈在门外也叫："王晓华，你老师来了！"我爬起来，迷糊着打开门，我妈和一位漂亮的女教师站在门外，她三十岁出头，烫发头，长袖白衬衫，一条棕色的布拉吉，黑皮鞋，乍一看更加迷糊："我老师？"

女教师自我介绍："我叫潘骏成，是二十九中初一四班的班主任，我们班是初一四个班唯一的俄语班……"

我直接喊起来："我不要学俄格里西，我要去英语班。"

我妈急了："潘老师第一次家访，你给老师留下什么印象？"

潘老师和蔼地说："你小学班主任朱兰云夸你是个好学生，我已决定让你成为我们班班干部！"

一想起我们小学班上的同学丁格皮（媛媛）考上南师附中，"大眼白儿"（江宁娜）考上十中，"老巴子"（顾幸儿）、"王猴子"（王晓峰），再衰的都考上十三中，就我一个被刷到玉泉路的二十九中，太丢人了。那时有句顺口溜,叫"破二九,二层楼,一层兔子一层猴!"我已经跌到最差等,才不要做个倒头破二九的破班干部呢。

潘老师掏出五块钱说:"你明天上午去新华书店买一张毛主席像,再去文具店买两盒图钉,下午去一四班把卫生打扫一下,把教室布置一下!""我不去!""你考虑一下再答复我。真不来我们班,你明天把钱送到学校还给我,我把你分到别的班去!"

潘老师走了,我妈跟我发了一顿火,臭骂我:"狗坐轿子不受抬!"

骂够了,她自己去山西路新华书店买了毛主席像,还有两盒图钉,把找回的钱都放在桌上。

第二天下午,我乖乖地去"破二九"两层楼下最西头教室打扫卫生。

从那以后,我就成为潘老师的学生,从代数、一元一次方程学起,到因式分解……潘老师很会打扮,少先队过队日时,她身穿碎花连衣裙,穿得洋里洋气,像电影里的女特务,还戴着红领巾,很时髦。"文革"时有同学贴一张大字报,标题就写着"摩登教师潘骏成",说她是"小资产阶级生活作风"云云。

凭良心说潘老师的课确实教得很好,她曾经是南京市十佳数学教师。几年前,我约两位同学曾经去浦口一家养老院看潘老师,她已经糊涂了,10以内加减法都算不出来了。但几十年不见了,她还能清楚地叫出我的名字。

恢复高考后,我一个初二学生,就靠潘老师教给我的因式分解,考上了大学,数学卷我就做对一道因式分解,得了四分。如果数学考了零分,其他各科考得再好也上不了大学,所以我的后来,乃至一生,都要感谢我的数学班主任!

潘骏成老师享年九十三岁。

我的五条巷的同学郑耀明,梳着两条又粗又黑的大辫子,皮肤雪白,脸也很白。她就住在五条巷的一条更小的巷裆里。刮风下雨、五冬六夏在五条巷都能看见她妈妈，她妈妈拖着板车给五条巷一带的居民送煤基，短头发，衣服很脏、皱巴巴的，胸前戴着一条橡皮质地围裙，说话很客气，读过高中，和风细雨中隐藏着戾气。她爸爸不知道是干啥的，没有见过。只是听隔壁拉黄包车的老汪的儿子汪大龙说："她爸爸是原国民党的大官！"

郑耀明和我在上海路小学上一年级时就是同班同学，她背的书包是蓝布缝制的，书和作业本都是用报纸包的，但都是棱角分明、整整齐齐的。她就坐在我的前排。文具盒是一个长方形的纸盒，用一根猴皮筋扎着，里面的铅笔都是几乎捏不住的铅笔头，但都削得尖尖的。橡皮也是被切成小瓣的。草稿纸也是皱皱巴巴的废纸订成的。她穿得很朴素，一看就是拾她姐姐的旧衣裳，袖口和胳膊肘处还打着补丁，脚上的布鞋面上也打着不同颜色的补丁。但是，她家的房子是一幢二层小洋房，屋里是地板，还有西式的门窗。楼上却住着另一家，好像是居委会主任一家。

我是 1951 年 4 月生人，学校是 9 月 1 日开学。这一段时间，我妈大概怕我输在"起跑线"上，找了不少马粪纸，裁成方块，写上一些一年级课文中的汉字，教我认字，将近半年的时间，我也认识几百个字了。上学第一天，发了语文书，我从第一页"上去下来"，往后翻，什么"弯弯的月亮小小的船，小小的船儿两头尖，我在小小的船里坐，只看见闪闪的星星蓝蓝的天"，直到今天，我才知道是叶圣陶老先生的大作。我把语文书从头读到尾，心想：我都会了，还上什么课？

于是我从不听讲，尤其是汉语拼音，什么 abcdefghijklmn，一塌糊涂……没上半学期，已经离起跑线很远了。为此，头上没少挨老爸钉"毛栗子"，之后我爸领着哭哭啼啼的我，去挹华里 7 号找丁媛媛补习。丁尼叔叔对我爸说："别打头，会打傻的！"后来直到三年级，我爸给我订了一份拼音报，才算勉强过了关。后来参加了航海俱乐部的旗语队，成天 abc 的手旗部位，还在南京市小学生旗语比赛中得过第七名呢。

再说一年级没结束时，我的那本皱巴巴的语文书已经少皮没毛，后面七八页都不翼而飞了。而坐在我前排的郑耀明的课本崭新得连折的印都没有。于是，我就向郑耀明借语文书，说要抄后面的几页。郑耀明很不情愿地把书借给了我，我一看她的书和新的一样，等我爸帮我把书抄完以后，我就把我的破书给她，把她的书留下来。几天以后，她跟着她妈来我家送煤基时，她妈就向我要她女儿的书，这件事被我妈知道后，我就被揍了一顿。从那时起，我就不再搭理这位"煤基公主"。每逢她帮她妈到院子来送煤基时，我就装作不认识她的样子。四年级以后，我们几个大院的孩子转学到山西路小学，就和"煤基公主"分开了。但有时放学，还能看见她妈在前拖煤基，她在后面使劲推的样子。

几年以后，我落榜第十三中，分到"破二九"，没想到又和"煤基公主"分到一个班里，我们彼此没说过话。后来我们都下了乡，我们二十九中属于鼓楼区，去苏北插队；十三中属于玄武区，是去苏南插队。郑耀明的姐姐是十三中的，她跟随姐姐去了丹阳，和二十九中同学断了联系，从此再无"煤基公主"的消息。听说改革开放后，"煤基公主"一家咸鱼翻身，全家去了美国；再后来，五条巷也不再烧煤基，都改烧液化气了。

三十、宫子丕自杀

1968 年的冬天，话剧团的全体演员和学员，在南京岔路口军区步校集中"学习"。冬天天亮得晚，五点钟时整个天还是黑的。宫子丕早已醒了，穿好衣服坐在被窝里抽烟，一间屋子烟雾缭绕，床头的时钟闹铃响了，他掐灭烟，下了床，悄悄开了对面卧室的门，走到妻子、儿子的床前看了看，又来到小四、小五两个小女儿的床前，俯下身，亲了亲女儿粉嫩的小脸蛋，反身出来带上门，之后从墙上的衣帽钩上，取下大衣和帽子，然后出门下了楼梯，出了楼门。

他看见对面楼的丁尼、赵秀蓉夫妇已经快出大门了。同楼的周到也在关门，于是他也跟在后面向团里的方向走去。

宫子丕是前线话剧团主要演员，因六年前扮演沈西蒙编剧的《霓虹灯下的哨兵》中的连长鲁大成而名声大噪。尤其是他那经典的招牌动作：指挥八连唱进行曲时紧握双拳打拍子，国内几乎所有的剧团都来模仿，风靡全国，连越南、阿尔巴尼亚等国的话剧团都来"复制"。后来该话剧改编为电影，一经上演，更是享誉全国。

当时"前话"在全国乃至全军都赫赫有名，特点就是兵演兵。宫子丕本身就是连长，满脑子都是"连长"的形象。拍戏时，导演要求这里要"刘连长"那里要"张连长"，他马上就能理解导演的意图。这样塑造出来的角色谁人能比？

时过境迁，《霓虹灯下的哨兵》剧组全军覆没，统统进了"学习班"。

"运动"开始了。不久，他就栽了。

宫子丕会有什么问题呢？

宫子丕是山东乳山县崖子镇青山村人，青山村是个人杰地灵的地方，清廷最后一任大内侍卫总管、著名的武术家宫宝田就是这个村的。还有写《苦菜花》的冯德英，也是乳山人。

宫子丕的父亲叫宫从龙，是有名的大地主兼企业家，不仅在青山有地有房，还在青岛开有缫丝厂。

宫氏的根原本不在青山村，早年逃荒来到这里，开地垦荒，筚路蓝缕，立住脚后将老家的亲戚都招来青山村，几经发展成为大姓。爷爷、父亲两辈人几十口子都没有分家，绝对是青山村第一大户。

宫成先，字子丕，后以字行，兄弟四人，还有个妹妹，排行老大。生于1920年，从小读过私塾，稍长就在邻县海阳县师范讲习所就读。他父亲一心想培养他去青岛负责缫丝厂。但宫子丕志不在此，从小喜爱写字画画，一笔好字，吹拉弹唱无所不能。有一段时间痴迷二胡，乳山的冬天很冷，为了学习拉胡琴，他把被窝左右挖了两个洞，人在被窝中，从洞里伸出一双手来练习功法和指法。

后来他就在烟台当先生，在当地私塾教小学。1938年，由父亲做主，娶了邻县海阳县窑头村大地主家的姑娘李瑞芝。

第二年生了儿子，取名宫爱群。1941年，又有了老二，还是个小子，取名宫玉群。

这一年冬天，日军入侵乳山。老百姓跑反，马石山十勇士的故事就发生在这里。当时，胶东军区的第五旅第十三团七连的指导员在带领部队完成任务时遇到正在"扫荡"的日本兵，指导员立刻将连队以班的形式分开，二排六班的十位战士在突围的时候完全可以轻而易举地绕开敌人的包围，但是他们在路过一个被日军"扫荡"后的村庄，听到村子里有孩子和妇女的哭声，战士们决定留下来和当地的干部民兵与日军战斗，六班的战士们用了整整一夜的时间，进出敌人的包围圈三次，将一千多群众安全地送了出来。十位勇士血染马石山。

就在同一时期，八路军在乳山的兵工厂也紧急转移，沉重的加工机械实在搬不走，于是临时藏在附近的山洞或者埋在河滩里。直到20世纪六七十年代村民在河滩上还经常发现被水冲出来的锈蚀不堪的铁疙瘩。

老宫家也把家里的明清时期的古瓷及一些值钱的东西装在两口大缸里，在后院挖了两个大坑，深埋起来。几间房里都是清代红木家具，太多了没

李瑞芝

法藏，就放在原地。

宫子丕在 1940 年前后已参加了八路军一个文工队，形势一紧张，部队实行精兵简政，把他们这些非战斗人员都打发回家。鬼子打来了，他也跟着兵工厂一起跑反，在半路上被鬼子打散了，走到一个集镇时，被伪军拦住，要抓他。他说："俺是来找俺家姑奶奶的。"原来这个远房姑奶奶是一个伪军团长的太太，结果，姑奶奶就派几个马弁把他护送回青山村了。

宫子丕回到家，把包袱撂在炕上，媳妇问："你咋回来了？"

他往炕上一躺，枕着头，说："咱不用跑了。"

后来，就因为这点事再也说不清，有人硬说他就是《苦菜花》里的王柬芝，潜伏起来，是个特务。

1944 年，宫子丕二返头参加了八路军，1945 年被调到胶东军区第五师宣传队，正式进入文艺的行列。几年间北战南征，一直打过长江，来到了前线话剧团。离家多年，杳无音讯。最后，在一位战友的帮助下，好不容易与老家联系上，并将妻与子随军迁到了南京。1956 年，他们夫妇又生了个儿子，取名宫英群。老三与老大差了十七岁，与老二差了十五岁。后来家里相继又添了两个可爱的小女儿小四与小五。

1962 年话剧《霓虹灯下的哨兵》公演，宫子丕扮演的"连长"好评如潮，军衔评为少校，文艺七级，事业蒸蒸日上，一家人住在挹华里 7 号院西楼的二楼上其乐融融。

物极必反，就在《霓虹灯下的哨兵》大红大紫后，嫉妒的、眼红的人接踵而来，尤其是从胶东过来的人感觉压力太大了。

"运动"了，宫子丕以为还和以前一样，向前冲就对了，但在他还没摸清哪头炕热时就被批斗了。他是个心高气傲的人，总想别出心裁。在《霓虹灯下的哨兵》拍摄时，他就为加台词和导演莫雁在排演场吵了起来。连长在数落新战士童阿男："和女学生逛马路，进跳舞馆、咖啡厅，还签个名，这干什么干什么？"原台词是"跳舞厅、咖啡馆"，而宫子丕擅自改为"跳舞馆、咖啡厅"，导演不同意，宫子丕坚持，十几年的战友，为一句台词差点翻脸。但是一字师，演出效果特别出彩。

就他这种刺儿头，前线话剧院评的一个文艺七级，威风张扬，一向站高岗、演主角的人，能受得一点冤枉气？定性就是"文艺黑线人物"，成为反对派攻击的主要对象！

这一次，宫子丕开始闹腾得挺厉害，成为众矢之的。他心里也明白，这次估计很难过关。于是开始装疯卖傻，住进了医院。但他的对立面岂能轻易放过他？何况，都是演员，演戏谁不会？少来这一套，都必须去步校！

宫子丕披着军大衣来到大方巷 14 号前线话剧团门口，几辆大卡车早已等在那里。除了学员以外，帽徽、领章齐全的就那么几个人了，在呵斥声中，"牛鬼蛇神"都上了车。冒着凛冽的寒风，卡车一路向南，从中山北路

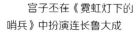

宫子丕在《霓虹灯下的哨兵》中扮演连长鲁大成

1965 年，宫子丕全家摄于军人俱乐部

一直往南，开往雨花台，再转向岔路口方向，八点到了军区步兵学校。

吃完早餐后，大家集中在二楼大教室，召开批斗会。宫子丕举手表示要出会场，被拦住。于是大声报告："我要上厕所！"得到批准后就有人跟着，去了卫生间。二楼的卫生间正对着楼下单元门，出门有一块四尺平方的水泥平台。宫子丕进了卫生间，看押的人说了声"快点！"之后站在门外。宫子丕打开了厕所的两扇窗子，往下看了看，接着脱掉了身上的军大衣，心想：大儿子已经参加工作了，表就留给他吧。于是解开手腕上的那块上海表，放在窗台上，他默念着老二、老三、小四和小五的名字："爸爸对不起你们，还有发妻李瑞芝，家庭的重担还有孩子们……都交给你了。"

想到这里，心一横，头朝下，一个身影就这样下去了。

"砰——"

沉重的一声响传来，紧接着看押人员大喊："宫子丕自杀了！"

其实，他跳楼的瞬间，这个人就在他身后，看着他跳下去的。

大教室里的人都吓了一跳。"牛们"都老老实实，无人敢动，几个学员三步并作两步蹿下楼去。只见地上白花花的脑浆和殷红的血流了一地。宫子丕还没有死，头歪向一边，抽搐着，嘴巴微微颤抖，还在苟延残喘。

"要不要送医院抢救？"

"自绝于人民！现行反革命！送什么医院？还愣着干啥？把人都叫下来，开现场批斗会啊！"

平时看上去聪明伶俐，"老师长、老师短"的"乖宝宝"，此时都面目狰狞，歇斯底里地大叫着："集合！紧急集合！……"

杂沓的脚步从教室、从楼上下来，把宫子丕围了一个大圈，主任主持，批判会现场举行。在小青年的带头下，"打倒反革命分子宫子丕"的口号此起彼伏，有的用棍棒敲打，有的吐口水，还有的踏上一脚，踢上两脚，还有的捡起砖头、泥巴砸去……

大约折腾了一个小时，人也彻底完了，来了一辆殡仪馆的收尸车，把宫子丕抬上车，直接送往清凉山火葬场。

气急败坏的小学员把"牛群"轰上楼，一个小个子抬脚一蹬，"哐啷"一声，窗户被踢开了，他台词不行，只能跑群众，现在的骂人打人功夫了得，我的父亲个子不低，当时五十多岁，被带到团里时，就是这个一米六多的小个子，一脚踹去，居然能把对方踢倒在地。

只听见他歇斯底里地嘶吼："还有他妈的谁想死？都他妈的给老子跳下去！"

喊了半天，"牛们"没有敢吭气的，于是小个子开始点名："×××，你他妈不是自杀过吗？你来跳！"

颤抖的声音："那是咱认识不清……"

"谁他妈跟你是咱？"

"是我的觉悟不高，现在我认识提高了，不能自绝于党和人民……"

"张××，你和宫子丕关系好，你跟着跳！"

"报告，我已经在思想上和他划清界限，要坚决和他作斗争！"

小个子大耍威风，神气透了，将"牛群"一一凌辱糟蹋一番，怀揣胜利的荣光，结束了上午的批斗会。

当天中午，团里的领导小组就派了一位王姓干事赶到挹华里7号宫子丕家，通知宫大嫂："老宫已于1968年11月27日上午在步校自杀，人在清凉山，你们去个人。"

宫大嫂蒙了，一下子软瘫下来，半晌说："我一个妇道人家，不识字，也不认道，清凉山在哪儿？我又是放大脚，咋去呢？"

"我反正通知到了，去不去是你们家属的事！"

这位面若冰霜的王干事，说起来也是一口胶东话，和宫子丕是老乡加战友，住在大方巷56号前楼西头的二楼上，第一个老婆不知怎的得了神经病，被送到广州路精神病院住了好一段时间，稍好后接回来，看人眼睛还是直勾勾的，但不发疯，不打人。有一次独自进了我家，坐在床上，不说话，也不动弹，一坐就是两小时。我们都吓得躲在外面。后来又被郊区什么医院强行带走了，再后来就再也没见过她。王干事毅然决然与她离了婚，有个七八岁的儿子。不久，王干事又娶了位年轻的新太太。

结婚的那天，也很热闹，却不让小孩们去吃喜糖，于是大院里的倒霉孩子趴在西边的墙头上，对着二楼一起用山东柳琴的调子唱：

小孩小孩你别哭
前面走着你二姑，你二姑是罗圈腿，
走起路来扭屁股，哎嗨呦——嗨呦

王干事走了，宫大嫂抱着才十二岁的小儿子英群、十岁和八岁的女儿放声大哭。

就这样，宫子丕被焚尸扬灰。但，对于宫家这才是灾难的开始。

话剧团命令："要肃清流毒！"宫子丕家属必须立即离开南京五条巷挹华里7号，返回山东乳山农村。宫大嫂哀求："现在离过年不远了，能不能让俺娘几个在南京过完年再走？"

回复是不行，必须在两天内离开。这时哪还顾得上伤心？赶紧收拾行李，还有迁户口，转油粮关系。

第三天一早，团里用中吉普，派专人把他们一家押送到下关码头，渡过流不尽英雄血的长江，然后坐了两天一夜的绿皮车硬板座，到了济南，转胶济线再到青岛，押送人员找车送一家子回乳山县青山村。当时该公社有十八个生产队。当年老宫跟着部队走了，村里很多人都得到过宫大嫂的帮助，因此，村里提出："要不要把宫大嫂她一家送去一个工分高、条件略好一些的生产队？"

押送人员说："回乡接受贫下中农的劳动改造，哪里条件差，让他们去哪里！"

宫家虽然是大地主，但儿子是跟部队走的，既是地主，又是军属，因此，土改时候，还给他家留了十二间房。那时的房间面积都很小，只有八平方米左右，知道他们家要回来，大队里连夜派人把房间里的红木家具统统搬到大队"革委会"去了。

宫子丕出了问题，单位里还不收兵，必须要肃清"反党分子"宫子丕的余毒，除了划清界限外，团里的主任研究，要赶尽杀绝，株连全家。

团里通知宫子丕大儿子和小儿子单位党委：其父是现行反革命、大地主和特务，其子女不得重用。

老大宫爱群已从南京农业大学毕业，被分配到常州武进化肥厂。某些人想使坏也够不上了。

关键是老二宫玉群，1960年当兵，在山东兖州邹县炮兵部队，因表现优秀，积极肯干，已经入党提干，当上排长，而且当了师文艺宣传队长。接到上级命令：提前复员。按复员政策，应该哪来哪去。他是南京兵，应该复员回家，但是团里与人武部联系，肆意妄为，硬把他的档案材料送到乳山县。几经周折，他终于回到南京起重机械厂当工人。

再说宫妈妈带着三个孩子回到农村，团里只给了三百元安家费，孩子都还小，还要上学，四口之家没有经济来源，每年每人还要交生产队口粮钱二百多元，全靠大哥、二哥微薄的工资接济家里，两个哥哥先后都成了家，生活都很不易。

1975 年以后，宫子丕一案才开始解决，妻子每月补助标准二十五元，三个孩子每月二十元，到十八岁。1978 年 10 月，团里派人去乳山把他们的户口迁回南京，由于当年来人的交代，村里还坚决不给娘四个转户口。后来经办人直接绕过村里，在县里直接把户口转走，宫妈妈一家总算是又回到了南京。

三十一、大方巷的长征队

1966 年底，大规模的坐火车大串联活动被叫停了，学校又不复课，大家一个个闲在家里。那时报纸上号召步行大串联，于是我们二十九中的初二学生王晓华（前线话剧团演员王者的儿子）、卢汉华（省民政厅副厅长曲文的儿子）串联了宁海中学李伟（前线话剧团导演李洛平的儿子）、十三中的顾卫东（顾宝璋家的女儿）、王晓峰（王云家的女儿）、第十中学的江宁娜（前线话剧团江政委家的女儿）、南师附中的丁媛媛（前线话剧团丁尼的女儿）和马丽（通讯兵总站政委的女儿）八个人组成了一支毛泽东思想宣传队，并向前线话剧团"革命委员会"进行了汇报。

当时的军队文艺团体还没有深度介入"运动"，对小将的革命行动给予支持。我们的目标都是去革命圣地井冈山。于是"前线"方面建议我们走杭州，再进入江西，这一路风景秀丽，天气又不是太冷；尤其是当时前线话剧团与杭州钱塘江大桥的守桥部队以及上海南京路上好八连关系都很好，建议我们去时或回时去那里看看，并进行宣传。团里还专门派了演员何春年，在大方巷 14 号传达室给我们排了个十来分钟的毛主席语录联唱，从老三篇的《为人民服务》"我们的共产党及共产党所领导的队伍是革命的队伍"开始，到不远万里来到中国的《纪念白求恩》再到《愚公移山》止，从朗诵到语录歌演唱上一遍，要个十几分钟，当时节目从内容到形式都还是新颖活泼的。无奈我们的唱功和舞姿差距太大，媛媛、宁娜、小幸（顾卫东）有些跳舞功底，晓峰和我们三个男生跳得支楞八叉的，何春年教得一头汗，我们照葫芦画瓢，回去又反复练了几遍，凑合事吧。

有了这一个节目，走他一路宣传一路就能无忧了。话剧团领导还每人发了一个塑料皮的日记本，上面还专门找人题了"赠革命小将×××"字样。团里还专门找人教我们打绑腿、打背包，这两招就让我们学了几天。接下来就去各自的学校开证明，去市里接待站领取长征的经费。我们几个还有分工，我当队长、顾卫东当政委、丁媛媛负责宣传、江宁娜负责后勤、王晓峰当会计。

临走的前几天，我们特地上街买了一面红旗以及黑丝线。在我妈的帮助下，几个女孩满怀深情地边绣边唱《绣红旗》："千分情万分爱，含着热泪绣红旗，昔日里刀丛不眨眼，今日里心跳分外急……"

在她们的努力下，一面黑字红底的长征旗绣好了。套上竹竿，也觉得心潮澎湃、豪情万丈。

前线话剧团赠送的笔记本

笔记本内页

　　在家长们的建议下，我们下一步必须进行出发前的拉练。第一天清早，我们打好背包，带上必要的洗漱用具和《毛主席语录》，打着红旗出了大方巷，沿中山北路经过鼓楼，沿北京东路到太平门，再顺城墙到了后湖，再沿小路走上紫金山北面，顺着小路，一口气爬上紫金山顶。大发一阵革命感慨之后，顺着南面的小路，经过中山陵，一路上天有些阴，满山都是雾凇，有时几步开外不见树木，跌跌撞撞中手牵手走下山。回到大方巷已是薄暮沉沉，虽然很辛苦，但革命理想高于天，并不觉得很累。

　　第二天，我们的目的地是栖霞山，还是一个阴天。我们打着旗，排成整齐的队伍，经过江东人民公社，最后到了栖霞山。看了伤痕累累的南朝舍利塔，意犹未尽的我们，接着上山，沿途千佛洞里的石像大多被打碎，缺肢少腿，还有不少佛头被敲裂，滚在山路上。面对浩浩渺渺的长江，顿觉心胸开阔，大有中流击楫之志向。

　　下了山以后，伙伴们的确都有些累了，有人提议，我们去栖霞山车站坐火车回下关吧。也有人反对，说如果在长征途中，没有火车怎么办呢？

栖霞山南朝舍利塔

于是大家咬紧牙关，硬是一步一步走回了大方巷。到家时已是万家灯火。

第三天，全体队员休息一天。

第四天，也就是 1967 年 1 月 1 日，是个星期天，是我们"长征"正式出征的日子。早晨五点半，大家来到大方巷 56 号院子，长征出发的时间到了，我们一群十五六岁的孩子，身穿父辈的军装，打着绑腿，背着背包，一字排开。在晨风中，展开我们的长征旗，王云叔叔、丁尼叔叔和赵秀蓉阿姨还有我父亲、母亲都来送我们出征。

丁叔叔发表了热情洋溢的讲话，希望我们长征一定要下定决心，去争取胜利，顺利到达目的地——革命圣地井冈山。接着赵阿姨叮嘱我们路上要互相关心、互相爱护、互相帮助。王云叔叔调侃我们——可不兴半路哭着鼻子当逃兵回来。

太阳出来了，我们出了中山门，沿宁杭国道，向第一天的目的地汤山前进。开始时小伟举着的长征旗还打得像模像样，走不到二十里路，就尝到什么是丢盔弃甲的滋味。到太阳偏西，丁媛媛见大伙一个个闪腰岔气，队形全无，于是鼓动大家："同志们，加把劲，前头就是汤山，有汤也有山！"

第一次走那么远，一个个都累得半死，哪有心情和媛媛逗闷子，她咋呼了半天，见无人响应，便"哇哇"大哭起来，抽抽噎噎地说："鼓动半天，也没有回应……"这一来，把大伙都逗乐了，于是笑着、跑着，不知不觉中，在下午四点前后，到达了汤山。汤山接待站安排我们住在浴室，所以我们还泡了温泉。晚上，就在浴室的躺椅上，胡乱过了一夜。

第二天一早，推开房门，只见纷纷扬扬的漫天大雪，小伟第一个打退堂鼓："这么大雪，歇一天吧！"顾政委也意意思思，我坚持继续，说：就走三十里，今晚住句容。媛媛朗诵起毛主席诗词："漫天皆白，雪里行军情更迫，头上高山，风卷红旗过大关……"

途中，雪地里也有几支长征队，也不知真的假的，我们就和南京大学的一支队伍碰上了，他们骂我们是"保皇派"，于是双方就争吵起来，继而骂娘。后来才知道南京的革命派分成两派，主张打倒一切的戴黄字袖标，主张保省委的戴黑字袖章。南大这群人见我们打着黑字旗，于是把我们当成"保皇派"了。经过这一场冲突，为了少惹麻烦，我们就把千分情万分爱的红旗卷了起来。从此，小伟就扛着根竹竿行军。

第三天是从句容到天王寺，将近九十里，大伙累得够呛。自从没了队旗，完全成为散兵游勇，丁媛媛、卢汉华走得很快，属于第一方阵；我和王晓峰居中，宁娜、马丽、小伟、小幸走在最后，开始有差半小时路程，后来竟差到一两个小时，前面的人到达目的地吃晚饭，休息了一阵，后面的人才勉强到达。

第四天，从句容到溧阳，在路过一个茶厂时，我们被茶厂工人热情地招待茶水，于是专门为他们演出了"老三篇"联唱。不想效果极佳，场里的工人邀请我们住一天，能不能把这套节目教给他们。当时，我们有私心，就指望着靠这"玩意儿"去井冈山呢。于是以时间紧任务重之类的理由，匆匆告别，踏上新征程。一路上，我们路过的接待站大多数是一间空屋子里铺些稻草，我们打开背包，在稻草上铺上塑料布和被子，吃了简单的饭。汉华的父母都是知识分子，也算大干部子弟，但家风极好，从来不浪费一粒粮食，凡掉在桌上甚至地上的饭粒他都捡起来放在嘴里吃了，给大家留下极深的印象。

我们在宜兴，安排在县委招待所住宿，进了大门是棵大榕树，优雅的庭院，住了一夜，第二天大伙都不想走，好像多住了一天。媛媛来过宜兴，去过这里著名的两个洞：善卷洞和张公洞，但是她刻意隐瞒，不想让我们去那里，怕我们游山玩水，偏离革命大方向。等我们离开宜兴十来里后，她才得意地说出来，差点把我们气得鼻子不来风。

从宜兴往长兴的公路上，车很少，远远就看见云蒸霞蔚、烟波浩渺的太湖，在太阳光下，波光粼粼，白帆点点，沙鸥翔翔，湖风徐吹，不觉心旷神怡，脚下仿佛也更有劲了。不禁佩服我们长征队，竟然选了一条这么充满着旅游魅力的路线。

在长兴住了一晚上，第二天就去湖州，在未出发前，顾卫东就不停地渲染着湖州有名的大馄饨如何如何好吃，吊足了伙伴们的胃口。那一天，顾政委的平板脚居然跑得很快，我才知道并非只有磁铁有吸引力，湖州大馄饨也是其中的一种。

果然，到了湖州有名的一家大馄饨店，好像是一角五一碗，当时觉得很贵了。一人一碗，大家都吃得很开心，顾政委吃完意犹未尽，还大叫服务员添汤。服务员礼貌地告诉她："添汤是要加人民币的。"

三十二、半夜请罪

从湖州到张渚的那天，走到黄昏，人困马乏。突然天上飘起雪花，不一会儿，大地皆白。大家又累又饿，此时公路上闪过一束耀眼的光芒，真是黑夜中的明灯，远远来了一辆军车，是敞篷大卡车，在经过我们身边时，溅起泥水雪花，让我们四下躲闪。大约是司机感觉有愧，军车便在我们前面停下，一个军人下车问我们要到哪里去，需不需要带我们一程。

雪花在飘，北风在吹，前路还远。我们的脖子都缩在衣领和围巾里。知道什么叫瘦驴拉硬屎吗？我们居然说谢谢军人的帮助，并伸出脖子说："长征是宣言书、长征是播种机、长征是宣传队。我们要靠自己走完长征路。"

见我们如此执着，军人便不再劝，告诉我们，前面约一公里处，有条小路，到张渚要近个十来里路，就是不太好走。

我们自豪地告诉他："红军不怕远征难，万水千山只等闲。五岭逶迤腾细浪，乌蒙磅礴走泥丸……"

于是军人们握紧拳头，高呼："向红卫兵小将学习！向红卫兵小将致敬！"

我们也振臂回答："向解放军学习！向解放军致敬！"

军车走了，我们也继续前进，等我们找到那条小路，天已经完全黑了，两边都是山，我们一跌一趴地走。此时，肠子都要悔青了，早知如此，坐上军车，说不定已经在接待站吃上热腾腾的饭菜了。

好容易到了山顶，一大片农田映入眼帘。因为人生地不熟，我们大家便抱团前行。这时，宁娜和顾卫东要上厕所，又不愿纡尊降贵，随地大小便，于是又憋着继续往前，终于在地头找到一间土茅厕。

那年头，江浙一带的茅厕不分男女，门口挂个草帘，垫着几块木板，中间有根杠子横在中间，下面是一口大缸之类的，以便收集粪便。需要方便的人进去，不分男女，有时一男一女同蹲在一根杠子上，一边拉屎还一边聊天。我们哪敢入乡随俗？于是男生背对着站岗，让女同志先进去痛快淋漓。

小伟站岗，宁娜和顾卫东进去了。

我们几个不喜欢闻臭，头里走了，到前面去等他们。天很黑，四野都是黑黢黢的山形，像野兽一样，野鸟呱呱叫着，想起还有阶级敌人，恐怖的想象，更加令人毛骨悚然。

突然传来一声惨叫，把我们几个吓得一激灵，马上想起遇见坏人或者特务之类怎么办？我鼓起勇气，操起旗杆，向厕所方向奔去。到了跟前，只见宁娜和小幸抱在一起瑟瑟发抖，小伟呆若木鸡，也说不出话，却没有发现其他人影。

"出什么事啦？"

"宁娜的《毛主席语录》掉进茅厕缸里了……"

"啊……要命了，这可怎么好？上厕所你背哪门子语录？"

"塞在口袋里，不小心掉下去了！"

"你怎么没掉下去啊？"

我当时直觉后背冷飕飕的，手脚冰凉。这可是天大的事！你懂的，那个年代把语录掉进厕所屎尿缸里这该是个什么罪名？

"怎么办啊？"

"先请出来再说！"

宁娜取出电筒，我想捂鼻子，又不敢，这是阶级感情问题，于是屏住了呼吸，把旗杆伸进黑乎乎的粪缸里，小心翼翼、慢慢将沾满屎与尿的语录捞了上来，可是就在出缸之前，又"扑通"掉了下去，最后小伟从茅厕里找出一把大粪勺，一下子连干带稀都捞了上来。看着在地上的语录，长征队全体紧急开会，先跪着请罪，再讨论如何处理这本又脏又臭的《毛主席语录》。丢是不可能的，要让革命群众捡走，再查到我们头上那就完了，销毁更是不敢，想都别想！最后一致决定：就是捏着鼻子，也要背上它继续前行。于是宁娜找出随身带的玻璃纸把这本语录恭恭敬敬地一层层裹上，放在背包里，背它上井冈山！

我估计宁娜的沿癣就是那时落下的！

那本语录天天行军带在背包里，夜晚就藏在枕头下面，突然有一天，接待站遭贼了，小偷以为钱财藏在枕头底下，那本语录就这样被偷走了，我们如释重负！

三十三、我们在蔡永祥连队

我们用了十天的时间，完成了南京到杭州的六百里行程。到了杭州以后住在西湖边上的杭州市少年宫接待站。这里原来是南宋昭庆寺遗址，自1928年浙江省召开西湖博览会，在这里制造烟火，不慎走水，把昭庆寺烧得只剩下大雄宝殿。新中国成立后这里就成了杭州市少年宫所在地。各地来的长征队都住在这里。男的一个区，女的一个区，用隔板隔着，地上铺满了稻草，到处都是棉被和横七竖八的人，住得满满当当的。

当天夜里，我和卢汉华、李伟正斜依在铺上吹牛，突然男区的大门外，江宁娜、王晓峰等鬼叫鬼喊起来，有点类似张渚之夜的号叫，腔都变了。我们赶紧出去，原来马丽因为太劳累，癫痫病犯了，口吐白沫，脸色乌青，嘴唇发紫。我们都没见过这个阵仗，十分紧张。于是向接待站借了一辆拉货用的三轮车，铺上一条棉被，背着马丽躺上去，之后问了最近医院的地址。我骑三轮车，宁娜、小伟、汉华几人推着，送马丽去医院。经大夫抢救后，人清醒过来。大夫严肃地对我们说："这样的情况很危险，如果走在半途再发病，后果不堪设想。她不能步行串联了，必须送回家。"

我们拉着马丽回到少年宫，立即开会研究马丽的问题。最后，江宁娜自告奋勇送马丽回家，路费大家分摊，来回一共不到五块钱。我们几个则在杭州等江宁娜回来。第二天一早，我们送马丽、宁娜到长途汽车站。看着汽车开走，心想娇气的宁娜也许就不回来了。

我们在杭州干什么呢？去钱塘江大桥蔡永祥连队。我们经过虎跑泉，

蔡永祥连队送给我们的烈士照片和书签

到了钱塘江大桥下面，那里便是蔡永祥连队。

蔡永祥是一名守桥战士，在一个雨夜，由他负责站岗。此时，一列客车即将经过这里，借着火车车头照射在钢轨上的反光，他突然发现在四十米开外，一块巨石卡在铁轨当中。一场车毁人亡的惨剧即将发生。蔡永祥立即迎着火车，向四十米处狂奔而去，就在火车即将撞上巨石的一刹那，他用尽全部力量将巨石翻出铁轨外，而他来不及脱离就被火车撞出几十米而牺牲。

连队一位姓方的指导员向我们讲述了蔡永祥的英雄事迹，我们听得是热泪盈眶。在当天的日记中，我写下："短短四十米，步步闪金光，毛泽东思想来武装，天塌地裂也敢上！"

我们给连队表演了"老三篇"语录歌"串烧"，连队的文艺骨干向我们现场学习。方指导员还亲自带我们去参观了蔡永祥的哨位和走过的铁路桥。方指导员陪我们在连队食堂吃了中饭，之后互赠了礼物，我们把黑字兵旗送给了连队荣誉室，反正方指导员也未必知道黑字旗的含义。

在西湖，我们去了三潭映月、断桥和六和塔，也领略了浓妆淡抹总相

钱塘江大桥

宜的西湖。好像是当天晚上，回到少年宫，就有接待站管理员来催问我们何时离开。当时好像是长征队在一地串联不能超过三天，或许是为了保证床位供应吧。但是宁娜还没有回来，我们就和接待员商量再住两天。他们不干，讲了木佬佬的废话，于是双方吵了起来，我们坚决不走。他一人对我们四五个，吵不过我们，铩羽而归。

第二天，我想起这件事余怒未消，于是找来墨汁与毛笔，学做宋押司那样，在壁板上题写一首七言顺口溜：

步行千里来杭州，革命目标众心同，
但见此处接待站，一腔热血随风溜。
死样怪气接待员，软缠硬磨让我走，
他日长征胜利后，杀回杭州教尔羞！

所幸第六天下午，江宁娜又坐车返回杭州少年宫，于是第七天早晨，我们重新打好背包，往南向富阳前进。

三十四、食物中毒与长征结束

当天下午，我们在富阳住下，一连七天在杭州，战斗力下降，几十里路累得够呛。第二天我们专程去参观了赫赫有名的新安江水电站。

新安江水电站位于浙江省杭州市建德县钱塘江水系干流上游新安江，距杭州市区约三十五里。新安江水电站是中国第一座自己勘测、设计、施工和制造设备的大型水电站，反映了 20 世纪 50 年代中国水电建设的水平。工程于 1957 年 4 月开工，1960 年 4 月第一台机组发电。

我们下到水电站内部去参观巨型发电机组，为我国自行研究制造的水电站而备感自豪。我记得汉华还写了首诗，头一句："爬来爬去找洋货……"后面全忘了。

第二天一早，残月还挂在树梢，我们就奔七里泷、桐庐而去。从七里泷到桐庐路程有九十多里，我们顺着新安江边小路而行，右边是山，左边是碧波荡漾的富春江，沿途有看不完的美景。我们就背诵毛主席的《七律·和柳亚子先生》："莫道昆明湖水浅，观鱼胜过富春江。"这里离严子陵观鱼台不远，想起他老人家在此隐居，不禁大发感慨。正走间，前方山上有一块山石滚下，想起杭州医生的话，不由得想到马丽如果跟着走，若是在这种地方发病，那的确很危险。

九十多里的路程走得很顺，到下午五点多就到了桐庐，在一个带天井的接待站住下，偌大的接待站就我们几个。女生住楼下，男生住二楼，上下斜对着。吃了晚饭，闲着无聊，少男少女猫递爪，楼上和楼下打起嘴仗，打着打着，冲突升级，于是楼上的脱了鞋，直扔向楼下，砸在门上咚咚地响。楼下的捡起鞋，朝上摔过来，就这样你来我往，半晌，女孩变招，扔下来的鞋很快剩下一只。于是，我们用背包带拴上鞋，朝下砸去，"王猴子"机灵，一把抓住鞋子，女孩们纷纷出来支援，她们人多，硬将背包带连鞋子一家伙拔了过去，于是各自鸣金收兵。女孩将战利品统统扔在天井中。我方决定吓唬吓唬她们，明早趁她们未起时，先行开溜，把她们都扔了。于是画了个图形，像电影《小兵张嘎》那样，画了三个小人背着背包，离开房子。我们派李伟下楼送信并拿鞋。不料，正当他蹑手蹑脚来到女生门前，把信顺着门缝塞进去时，屋里的灯突然开了，门也随之开了，李伟吓得一仄歪，拔腿就跑。其实是"王猴子"起来上厕所，根本就没发现字条。天亮后，几个人还是一起吃了早饭。我们从桐庐到了建德，坐船穿过因为修建新安江水库而被淹没的许多山头。据说水库面积很大，有一百多斤重的大鱼出没其中。

好多年之后，改革开放了，这里发展旅游，就是那些露在水面上的山头，起了个好听的名字叫千岛湖。穿过千岛湖，我们到达了排岭。之后，又从排岭到达了浙江开化县。这里再过去一百多里就是江西，只要进入江西，就离我们的目的地不远了。

开化县城是浙江较小的一个县，当时有民谣："小小开化县，三家豆腐店，公堂打屁股，城外听得见。"

当时已经春节，路上几乎没有什么长征队，我们住进了县委招待所。这里只有一位个子不高、瘦瘦的老头，讲着一口谁也听不懂的浙江普通话，负责照料我们的生活。媛媛在街上看到一张告示，大意是井冈山发现疫情，希望长征队听从命令，一律原路返回云云。

其实出来久了，她们早就想回家了，只是怕被人说她们革命意志薄弱，现在好了，名正言顺了，于是媛媛串通顾卫东、江宁娜三人带头闹事，坚决要求返回南京。我和汉华坚持走下去，小伟和晓峰不置可否。于是双方发生争吵，最后少数服从多数，只能打道回府。

不知是谁的提议，三十晚上包顿饺子，大年初一启程，我们的老家大多数是北方的，包饺子对我们来说不是难事。于是大伙分工，上街买肉，之后占领厨房，洗肉、洗菜，剁肉的剁肉、拌馅的拌馅、和面的和面、擀皮的擀皮，忙得热火朝天，大伙热热闹闹地围成一圈，开始包饺子，烧开水、煮饺子，接下来宣布欢庆春节，开始吃饺子。出来一个多月了，第一次吃上热气腾腾的饺子，伙伴们都很开心，说着笑话，闹腾了几个小时。大约10点多，宁娜和小幸出去上厕所，小伟也出去了，半晌不回来，丁媛媛出去看他们，在外面也呕吐不止。回来一说，我也条件反射般觉得胃里翻腾，火烧火燎，出了门就开始吐，王晓峰也大吐特吐，连饺子皮都从鼻子里出来了。只有汉华胃里难受，迎着一天小雨，在开化街上跑了一圈，事后说他没吐，是跑出去买药的。

一支长征队在开化县全体食物中毒，这在当时是件大事。负责接待的那个老头吓坏了，叽里咕噜辩解着，结果查找食物中毒原因，发现残留的肉馅里有桐油。桐油是油漆木头用的，怎么会在厨房里和食用油放在一起呢？如果上纲上线，从阶级斗争的观点出发，说这是一次阶级敌人蓄意破坏，残害革命小将，这罪名估计这老头就扛不住。他一个劲地解释辩白，又极力讨好我们，说能帮我们搞到去衢州的长途汽车票，然后可以从衢州坐火车到上海，再回南京，估计两天就可以到家了。

反正我们小将都是"铁打的汉"，食物中毒吐完就没事了。于是我们第三天全体上了长途车，在中午就抵达了衢州，之后我们顺利地坐上到上海的火车。在上海接待站待了一宿，终于登上沪宁线的火车。几个小时以后，我们历时一个多月，步行一千多里的长征，终于结束。回到熟悉的下关车站，每人一毛钱，坐1路公共汽车，经过挹江门、萨家湾、三牌楼、虹桥、山西路，在大方巷下车，各回各家，各找各妈。

与我们几乎同时，五条巷挹华里15号的原伟华也组织了一支长征队，队员中有他的弟弟十一岁的原伟庆，都是三中的同班同学，我认识的有张建伟、马一顺、朱斌，好像也有六七个人。我们曾打算合兵一处出发的，但他们走得比我们早，是12月18日出发的，大方向也是井冈山，也打出一面长征旗，第一天很来斯，奔了九十里，从大方巷走到句容，但有个队员脚底板起了个大泡，第二天走了二十里，到了白兔。中间遇到很冷的天气，连干粮袋都当作了围巾，一个个就像偷地雷的鬼子。他们那一路的长征队不少。伟华等花了九天的时间，抵达上海，在我们长征队出发后的第三天，又爬火车返回了南京，回到原点——大方巷。

之后，我们派顾卫东、王晓峰去市接待站退回被我们领取的步行长征经费。后来才知道大概就我们几个呆货主动去退钱。

三十五、龙头二胡的故事

那是 1967 年的夏天，"三大火炉"之一的南京溽暑如蒸，那年头，没有电扇没有空调，唯一的乘凉方式是一把蒲扇，再拿一张草席或者抬一张竹制凉床，在院子的草坪上，没有一丝风的夜晚，小伙伴们的扇子"劈劈啪啪"响个不停。

大方巷 56 号大院，几乎无人能高卧熟睡。

后楼的台阶下，白文和他九岁的宝贝女儿刘晴晴在讲故事。

白文是作家，代表作有话剧《东海最前线》《我是一个兵》《哥俩好》等。他一米八的个子，戴着个玻璃瓶底样的眼镜，是个大胖子，好喝酒，一肚子的故事，我们都喜欢听他讲故事。

白文说："晴晴，你看天上最多星星的地方是银河，牛郎星和织女星相对，你知道银河又叫什么吗？又叫牛奶路……"

我们正听得津津有味，一阵杀鸡一般的噪声在热浪中传来，听得乘凉的人毛骨悚然……

原来是小陶阿姨在学拉胡琴。当时，话剧、电影两栖明星陶玉玲，正逢她人生的一个低谷，没有戏演，对正值韶华年龄的演员来说，是真正辜负舞台，浪费青春。于是，睡不着的小陶阿姨，就和一把龙头二胡较上劲，用力在马尾和弓弦的摩擦中，发泄她无奈的情绪。沂蒙山小调让她拉得"呕

根据话剧《我是一个兵》改编成电影《哥俩好》

哑嘶嘶难为听"。

刺耳的胡琴声，天天晚上在同一时间响起，闷热和心烦意乱，让乘凉的大人和小伙伴都更受不了了。

终于在一个晚上，我央求父亲："去把小陶阿姨的胡琴借来吧，我想学拉二胡。"

在十来分钟之后，那把二胡居然到了我的手里，从此成为我生命中的一部分。

原来，小陶阿姨踏进剧院的话剧舞台时，我父亲已经是话剧舞台上摸爬滚打了十几年的老戏骨。而小陶阿姨出道的第一部戏《东海最前线》的最后一场戏，扮演妇女队长杨赛英的陶玉玲被敌人子弹打中而牺牲，从岩石上滚落下来，被扮演赵老郎的我的父亲，从岩石上把她抱起来，走到台前。当时，我父亲每天在"岩石"下，要平平地抱起一百多斤的陶玉玲一

陶玉玲

直走到舞台中央。这出戏演了一百多场，有时一天要演三场，当时，我老爸已经四十多岁了，也是在咬紧牙关坚持。晚年老爸的腰疼病，大概与此有关。

说到这里，我就想起采访小陶阿姨时，八十三岁的老人还深情地回忆："每当要抱起我时，王者老师先运运气，然后搓搓手说，'来吧！'我好心疼王老师，使劲憋了口气，想让自己轻一些……"

正因为有这段特殊的经历，我知道老爸只要开口，小陶阿姨很难拒绝。老爸也是被我纠缠得受不了，他也被陶玉玲夜夜杀鸡声折磨得受不了，终于敲响二楼陶家的门，厚着脸皮去借二胡。果然，这把紫檀木杆的二胡，雕着龙头，龙嘴里还含有一颗珠子，蒙着一张黑黄相间的蟒皮，从此就归我所有。

我带着这把胡琴，开始对着一本薄薄的教材《怎样学二胡》自学。

某天，我爸和我到香铺营去看原"前话"老战友白盾，当时白叔叔已转业在市越剧团搞舞美设计，正好有越剧团转到南京中央商场乐器柜台的负责人刘登福老师在座。无意中说起我自学二胡的事，白盾叔叔说："老刘，这个学生交给你了。"于是，我每周去南京中央商场乐器柜台，找刘登福老师学拉二胡。刘老师原来是南京越剧团的伴奏琴师，二胡、琵琶是他最拿手的。当然，那时节，老师教弟子没有收费一说，全凭"蒋公的面子"。顺带说一声，我老爸在电影《东进序曲》中扮演韩德勤的代表"蒋公任"，台词中被称为"蒋公"。

我就在刘老师的指点下，不到一年的时间，居然也能拉得像模像样，后来的几年全靠它混饭吃了。

1968 年 11 月，我去洪泽湖畔多淮河公社插队，当了一名"二锅儿"，就是二哥，这是南京话。知青不管男女，通称"二锅儿"。在下农村的三年当中，这把龙头二胡帮着弱不禁风的我度过了三年艰苦的蹉跎岁月，靠着它，在淮河边上的晓风残月中，拉响了悲凉的《二泉映月》《江河水》，度过一夜夜寂寞难耐的日子；也靠着它，我参加了大队宣传队，换得比劳力差一分、比小鬼多一分的九分（当时壮劳力是十分，小鬼即未婚女青年和妇女是八分），年底居然能有几十块钱的分红呢！大约在 1970 年，我还带着二胡去报考了安徽濉溪市文工团，一曲《江河水》，让我拉得如泣如诉，里面肯定有我的情感，让考官动容，顺利通过了考试。要不是家庭政审没过关，我就是濉溪文工团团员了，也许后来的人生又是另一番风景。后来，由于组织知青打了嚣张跋扈的生产八队队长，我溜出了腰滩，其实我也是被冤枉的。八队队长打了知青小疤子，小疤子来找我，当夜，我们串联了几个队的知青去队长家，当我正在和队长讲道理时，身后一群二杆子就下黑手了，我是大队宣传队的，天天演出，八队队长岂能不认识我？第二天就该开镰了，于是公社派出基干民兵去各队拿人。打人者几乎全被挂上大牌子，上面写着"破坏夏收"，但我侥幸乘早晨第一班渡船逃出了淮河。

三十六、我和"前线"三团的演员同台巡演

　　当时南京已经无家可归，我老爸带着全家去了合肥南京军区司令部政治部"五七干校"生活，于是我又爬火车去了合肥避难。

　　我的父亲王者生前是前线话剧团演员。抗战时期国民政府军事委员会政治部（部长陈诚、副部长周恩来）要为战事培养大批政工干部，于是成立了战事干部训练团，一共四个团，其中战干四团在西安。陈诚在一次讲话中曾经说："北伐靠黄埔，抗战靠战干"，而日军的口号"火烧黄埔，活埋战干！"可见战干团在抗战中所起的作用。

　　我父亲在胡宗南的战时工作干部第四团当过中校艺术教官，当时还有丁尼和赵秀荣，都是战干四团的教官和演员。抗战胜利后，他们在戴涯的中国戏剧学会做职业演员。1949 年 10 月中华人民共和国成立前在苏州加入第三野战军后勤政治部文工团。后来到三野解放军艺术剧院，1955 年成为前线话剧团主要演员。我父亲王者给人们留下最深的艺术形象，就是话剧和电影《东进序曲》中韩德勤的代表"蒋公任"。"文革"时，我爸因有严重的"历史问题"，在团里受到造反派的冲击，被批判、遭毒打、蹲"牛棚"。1969 年 9 月 18 日，父亲携带我母亲和我弟弟，从南京来到合肥大蜀山南京军区司令部、政治部"五七干校"，和政治部、司令部一批"问题军人"在此进行劳动改造和思想政治学习。从此，就失去了南京大方巷的"家"。

　　这里原是安徽汽车学校，在山坡上有幢二层楼的教学楼，都变成了宿

舍，在一间大教室里，我和一群"牛"，同在一个屋檐下，住了两个多月。

那年的夏天，天气炎热，当时我们家和三团二队的学员们同住一个屋檐下，我家在二楼对着楼梯口的一小间房，是我父母亲住的地方，我和三弟少华就住在旁边的大教室里，和三团二队的叔叔们住在一起，对面床上是文卜东叔叔带着他五岁的儿子文彤斑。那间教室里还住着石岩、王云等叔叔，还有军区体工队的篮球总教练吴成章。

吴成章是 1948 年代表中华民国参加过伦敦奥运会的篮球国手，电影《女篮五号》田振华（刘琼饰）的原型。2000 年以后，我们在上海做《海上传奇》时采访过他。开始他拒绝采访，后来我套近乎，说起了大蜀山"五七干校"。这样，他才兴致勃勃谈起：当年在上海俱乐部给老板打球，和刘琼、舒适都是篮球运动员。刘琼、舒适都因为形象好，又转行做了电影演员。我笑着问他："您的形象也超棒，为什么不去演电影？"他说："我的球打得也超棒，后来代表国家队去英国参加奥林匹克运动会！那时中国太差了，我们差点回不来，还是华侨资助，买了飞机票才回来。"

我去合肥看爸妈，和吴成章、戴厚达（体工队著名教练）住在一间大教室里。每天清晨五点，吴成章都和戴厚达一起起床，从"五七干校"到大埠头之间长跑。

戴厚达有个儿子，才一岁多，也在干校住，他平时一身运动服，脖子上挂个哨子，他儿子兜着尿布，脖子上挂个奶嘴儿，像哨子一样，一哭起来，自己就把奶嘴塞在嘴里，于是立马不哭。

当时楼里没有自来水，学员们都要到山下去挑水吃，我记得有一天，王云叔叔在挑水时还扭伤了腰。我父亲和张泽易团长、张立法叔叔在山上搬石头。晚上，我父亲拎着个筐去看桃园，张立法叔叔就和我一起去桃园中偷桃吃。这有点像《西游记》中孙悟空进了蟠桃园。

转眼 7 月到了，父母天天催我回农村，同队的知青来信告诉我："千万别回腰滩，这里正大抓阶级斗争呢，你带人打贫农属于阶级报复。"

干校的朱指导员也不时以"关心"的口吻来问我什么时候回去。

当时正赶上大唱革命样板戏的年代，于是，充满了艺术细胞的前线话剧团、歌舞团和歌剧团的"学员"们，也组织了"南京军区司政五七干校毛泽东思想宣传队"，而会乐器的只有歌舞团李向一（胡琴）和龚隆坤（手风琴），因为我会拉二胡，黄晓苏和王竞杰阿姨为学唱样板戏也曾找我给她们伴奏，所以，我有幸参加了那个水平极高的宣传队，成为乐队的二胡演奏员，给样板戏伴奏。

我记得宣传队集中了三团的著名演员。前线话剧团有李传弟、文卜东、桂步云、徐林格等；前线歌剧团有苏驼、黄晓苏、王竞杰、杜鸣心、李向一、龚隆坤等；我，一个外码，编外都不是的圈外人，干校校部专门请了安徽省京剧团一位著名的言派老生言某（时隔多年，忘其名字，好像是言菊朋的侄子）专门来教戏，我也是第一次听说什么是折子戏。当时排练在校礼堂。言老师五十来岁，白衬衫，宽腿裤，扎着裤脚，手执一把大折扇，言传身教，共传授了三出"折子戏"，即《红灯记》里《赴宴斗鸠山》、《沙家浜》中《军民鱼水情》和《智斗》。

言老师教得很认真，学生也学得很用心，一招一式完全按京剧样板戏的套路来。

《红灯记》中《赴宴斗鸠山》一折：由前线歌剧团杜鸣心演李玉和一角儿；苏驼演鸠山；话剧团徐林格曾在电影《柳堡的故事》《上甘岭》和《霓虹灯下的哨兵》中饰演指导员，被誉为"中国第一指导员"，第一次扮演反面人物王连举；桂步云饰演侯宪捕。

前线话剧团李传弟与歌剧团王竞杰学的是《沙家浜》中第二场《军民鱼水情》片段，李传弟扮郭建光，演唱"朝霞映在阳澄湖上……"王竞杰扮沙奶奶，唱："同志们杀敌挂了花，沙家浜就是你们的家……"

文卜东（饰胡传魁）、桂步云（饰刁德一）和黄晓苏（饰阿庆嫂）三人演《智斗》一折。此外，女高音黄晓苏清唱阿庆嫂那段西皮流水："风声紧、雨意浓，天低云暗……"

当年，由南京军区"前线"三个团最好的演员组成的毛泽东思想文艺演出队，在合肥地区演出水平是顶级的。只要演出，所到之处都是人满为患。只是话剧、歌剧的演员们对京戏的京腔京韵和程式化的表演还是差些火候，唱的完全是"京歌"。京剧的最后一句往往拖得很长，有时演员不知道何时乐队停止，特别是杜鸣心在唱"我心怀革命正气，巍然如山"这句时，他右胳膊向前方伸着，不由自主一前一后打着拍子。内行看门道，外行看热闹，言老师纠正了几次，但在演出时他还是不由自主地打着拍子。

每天晚上，我们就上了大卡车，带着服装道具锣鼓家伙什儿，给附近的部队、工厂演出，演出水平是一流的，受到的欢迎程度也是极为热烈的。

我印象最深的一次是在山南的炮团演出。那天气温在38℃以上，杜鸣

"中国第一指导员"徐林格

心在台上要穿铁路制服、翻毛皮鞋，苏驼要穿日本和服，徐林格穿着黑色警服、扎着武装带，他们的内衣都湿透了。徐林格在《柳堡的故事》《上甘岭》和《霓虹灯下的哨兵》中都饰演指导员，这位被称作"中国第一指导员"的演员，大概是第一次演反派人物叛徒王连举，当被李玉和斥作"一条断了脊梁的癞皮狗"时，他浑身哆嗦，大汗淋漓，引得台下战士们一片哄笑，都夸王连举演得好。其实，那天他是在打摆子，高烧40℃的体温下，坚持演完这一出，按现在的话说：实在是太敬业了。

徐林格有"历史问题"没搞清楚，《东进序曲》和《霓虹灯下的哨兵》剧组在北京演出期间，他不能在天安门广场等敏感地区闲逛，必须有人陪着。《霓虹灯下的哨兵》在中南海怀仁堂演出时，有人专门监视。演出结束，和党和国家领导人合影留念时就见不到他的身影了。他精神上长期处于压抑状态，总是郁郁寡欢。他也去了合肥大蜀山，一年多以后从干校"毕业"，被转业进了杭州市话剧团。据同事回忆，当时的徐林格身体已经很虚弱了，虽是著名演员，但他完全没有架子，平时唯一的爱好是下棋。他在干校时，脸色发青，嘴唇发紫，而且有口气，转业后，身体一天比一天虚弱，后来就住进医院。他的爱人好像是杭州艺专的，也是干文艺的，夫妻关系一般。等他的问题得到解决，前线话剧团派指导员吕荣芳去杭州送军装到他的病床前，他已经无法再穿上了。1974年去世，英年早逝！

1970年的夏天很快过去了，大唱样板戏的热劲退了，军区五七干校宣传队也解散了，我又灰溜溜地回到了农村，但那时打人风波已经过去了。

冬天，我在公社演出全本《沙家浜》时，还是因为二胡拉得好，被一个带兵的方指导员看上，让我以后到部队好好干。得意忘形的我竟隐瞒了老爸在抗战时期在国民党部队当剧团团长的历史问题。就在发了军装去公社集中的前夕，公社武装部长告知我因为家庭问题不能入伍，我被无情地脱掉了穿了半天的军装，遭到了人生第一次重大打击！

转眼到了 1971 年的秋天，我带着那把龙头二胡回到了开封故乡，在缝纫机厂上班。工作之余，偶尔也拿起二胡，拉拉《豫北叙事曲》与《赶集》《山村变了样》《当红军的哥哥回来了》之类小曲。

突然有一天，我心爱的龙头二胡永远地失去了。那是怎么回事呢？

我的三弟王老三在开封十五中高中毕业以后，也步我的后尘，下乡了。他比我强的是下了郊区的教育农场。他带走了我的那把心爱的龙头二胡。后来，他和他的一位农友打架，那位老兄因为打不过我那浑不讲理的弟弟，又实在咽不下这口窝囊气，趁他不在时，就把那把龙头二胡扔到深深的机井里去了。一曲"胡殇"，我心爱的龙头二胡从此永远消失了。我也从此与音乐失之交臂。

几十年了，要不是再次见到小陶阿姨，那把龙头二胡几乎已经被我遗忘了。

五十年转眼就过去了，那一段与"前线"三团老一辈艺术家演出革命样板戏的经历宛如昨天才发生过的事。

三十七、丁老头

五条巷 17 号在 20 世纪 80 年代初，曾经有一对特殊人物住在那里。开始门口还有战士守卫，闲杂人等不让入内，半掩的大门里，有一位个头不高的老人，头戴一顶军帽，穿着六五式军装，没有帽徽、领章，好像部队离休的干部。

有时，他就站在大门里向外观看过往的路人，有时出现在树荫下活动

丁盛将军

活动筋骨。而老太太天天提着菜篮外出买菜。时间一长，门外的士兵就撤走了，但是老人还是不怎么出来，仿佛与世隔绝，只有老太太拎个篮子进进出出。

一天上午，老太太没有出现，只有老头一人提着菜篮出来。他步履蹒跚，走得很慢，从家里出来到大方巷就花了十几分钟。在五条巷与大方巷的丁字路口，他停住脚步，左右看着，似乎在判断该往哪边去。

这时，从东头迎面过来一个老头，上身穿着洗得发白的旧军服，手上也提着一个菜篮子。

"丁司令，您买菜啊！"

"是啊，第一次上街，不知往哪里走。"

"丁司令，我也去山西路菜场，一起走。"

"你喊我什么？认识我？"

"当然，十几年前，您是南京大军区司令员，在军人俱乐部电影院作报告时，我见过您。"

"好汉不提当年勇，我早就不是什么司令了，叫我老丁吧。你怎么称呼？"

"我姓倪，原来在前线话剧团传达室工作，团里人都叫我老倪头。1965年团庆十周年时，我就坐在第一排边上，中间是团领导和老同志。"

"噢，不会吧？"

"不相信您到我家去看照片，那时的领导没有一点架子，他们都是军人，让我一个看大门的坐在前面。"

"那时讲究官兵平等，军民一家嘛！"

"老丁，您不是去南昌了吗？怎么又住到五条巷来了？"

说起这一回，老丁头一肚子苦水：

"我的户口关系在南昌，生病了，身边没有儿女，老伴的关系在南京，你说，我一个人在南昌没办法生活，因为我女儿女婿都在南京，所以我就来南京了，没有户口，供应要凭票，所以在南京买东西都没有我的份。还

购物证，购买副食品时出示

懂啊！""还懂啊"是南京话中的一个语气词，老丁居然会说。

"那您怎么生活？"

"我女儿在军区总院上班，靠她和我的老战友接济呗！"

"您现在住在哪里？"

"五条巷 17 号。"

"哦，军人俱乐部老方原来住的。"

"八大军区司令员对调，我从广州到南京，住仁和街 11 号，原来是许世友的房子。我来后，他家就搬到中山陵 8 号。1985 年营房处让我搬家，后来让我住五条巷 17 号，房子还可以，但原来房主的女儿住在里面。我们请有关部门去做工作，他们不去，让我们自己去讲，后来我们被逼得没办法，就去和她讲，那个孩子还是很好的，看着我们实在可怜，就搬走了。我们这才搬进来。当时向管理部门提出南京这个地方蚊子多，苍蝇也多，阳台上没有纱门，给我们搞个纱门好不好？办了，破破烂烂的木头拼起来加一层纱，墙上乱七八糟，地板不成样子，他们答应搞，搞点红涂料呼呼往地板上一刷，看起来很齐整、漂亮，门也刷红了。我们搬进去，一拖地板，拖把全是红的，地板该什么样又成什么样……"

老倪头听得直摇头："落架的凤凰不如鸡！"

两人边走边说，不知不觉来到大方巷西头，站在大方巷桥头，老倪头指着右手的 56 号院，说："这个院子后面的那个楼，我带您进去看看。"

他们进了院子，老倪头指着当面的红砖楼："这是苏联大使馆，现在还有话剧团家属在里头。"

绕过前楼，他指着假山石后面的楼房："您猜猜南京解放前是谁的房子？"

"那我怎么能猜到？"

"就是您的老对头，'小诸葛'白崇禧啊！"

"啊！是他！"

"他就住在这儿，后来让给李宗仁住了。"

"你知道他是我的老对头？"

"丁司令，我也在部队看了十几年的大门呀。"

丁老头凝视着后面的楼，思绪万千。他仿佛一下子回到了1949年下半年。

当时为了解放全中国，第四野战军千军万马向中南地区挺进，主要的对手就是白崇禧。而白崇禧与蒋介石集团不同，全部家底也就四五十万人，本钱小，不敢打硬仗，打不赢就溜，很难抓住。于是毛泽东棋高一着，部署大迂回战术，撒大网，不让"小诸葛"的部队往云贵、四川逃，必须堵死他们的退路，这叫"关门打狗"。白崇禧坐镇衡阳指挥，四野十二兵团五个军包抄向衡阳、宝庆挺进，兵团部给丁师的任务是直插衡阳到桂林铁路线上的洪桥站，只要占领洪桥，就掐住了白崇禧的三寸，指挥部的机关、物资都跑不了。但是，夺下洪桥，衡阳和桂林两头的敌人都会来拼命。无疑，这也是一场生死硬仗！

丁师长立即作战前动员，10月3日出发，一天一夜急行军一百六十多里，就像一阵风一样，从湖南直接刮到了衡（阳）宝（庆）前线，5日上午师部到了灵宫殿，得知各团均过了衡宝公路。

丁师长来不及喝口水，命令架天线向指挥部报告位置，这时才得知整个兵团都在衡宝公路以北停止前进了，只有自己的师孤军深入。原来，为了让白崇禧将主力都调上来，为了与敌决战，四野指挥部下令各部暂停待命。而在急行军途中的丁盛师只顾往前插，在规定时间未与军里通电。这才发现与大部队距离约一百六十里，径直插到敌人后方来了。四野指挥部当即来电指示："你部继续往洪桥插，归总部直接指挥。"

就在他们准备往前插时，敌人围上来了，该部边打边走，一猛子就扎进敌人老窝里了。来敌正是桂系第七军，从北伐到抗战，败少胜多，号称

"钢七军"，是白崇禧的绝对主力，加上桂系其他部队，此时从广东又开来一个师，五个军把丁师团团围住，凶险万分。但白崇禧也不清楚对方有多少部队，并不打算决战，想趁机捞一把就溜。几次冲锋啃不下来，一看不好就想全速撤退，但丁师就像一块牛皮糖，粘上了就甩不掉，坚持了几天。刀锋对刀锋，碰撞得火星四射，"丁大胆"也不是白叫的，就是敢打硬仗，有两个连二百多人，打得只剩下二十多人。

"丁大胆"还有一个特点，即枪声就是命令，哪里枪声激烈就往哪里冲。战场瞬息万变，要全听上级命令，势必贻误战机，有一个团抢山头，占领了鹿门前的西山，此时，敌第七军正好从山前通过，团长当机立断，下令吹冲锋号，嘹亮的军号声响起，战士们犹如神兵天降，一下子将第七军切成数段，敌军全乱套了；另一个团听见枪声，主动参战，从下午一点直打到晚上八点，将"钢七军"军部全部歼灭，只有军长李本一化装逃跑，副军长凌云上也做了俘虏。失去了头脑中枢的桂系一盘散沙，丁师四〇五团歼灭敌人一个军部，四〇四团消灭敌一七二师师部，四〇三团配合，消灭了一七二师。白崇禧不愧是"小诸葛"，很有作战经验，遇上这种军队只有逃跑，于是他跳上"乌云盖雪"，先行逃回洪桥站，再坐火车窜回桂林。直到10日下午，四野部队将敌军全部歼灭。

"钢七军"是桂系的灵魂，衡宝战役之后，白崇禧脊梁骨断了，一下子失魂落魄，再也无法抗拒被消灭的命运。

想到这里，丁老头不禁摇头，那时多能跑啊，一昼夜急行军一百六十里，现在按赵本山的话"上炕都费劲"，从五条巷到大方巷口一里多路就走了半个多小时。

"他还是比我跑得快，跑到台湾去了。嗨，英雄迟暮，不服不行，再也撵不上喽。"

老倪头指着斜对过的另一栋小洋楼说："老丁啊，您再看看那一栋房子，

白崇禧

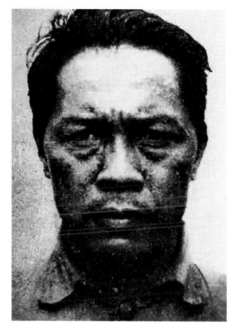

李本一

大方巷 39 号。该建筑建于 1948 年，有门卫室等附属建筑三间。主体建筑坐北朝南、西式风格，假三层，带老虎窗，米黄色外墙，四坡顶，青瓦、红瓦相间交错。"

"别说这么多，我又不租房子！这是谁的房子？"

"也是您的老对手，侯镜如的房子。"

侯镜如，号心朗，河南永城人。1918 年考入河南留学欧美预备学校英文专业（后改名河南大学）。

之后，侯镜如以优异的成绩继续在中州大学教育系深造。1924 年 2 月，受中共地下党组织的派遣，赴上海报考黄埔军校第一期。当时，毛泽东是黄埔军校驻上海的招生组组长，侯镜如初试合格后，乘船经香港来到大革命中心广州，经复试被正式录取为黄埔军校第一期学员。

1925 年侯镜如参加第一次、第二次东征。同年冬，经周恩来介绍，加

侯镜如公馆

入中国共产党。1926 年 7 月参加北伐，任国民革命军第一军第十四师团参谋长，后任第十七军第三师党代表兼政治部主任。1927 年 2 月，遵照中共中央指示，离开北伐军赴上海，参与组织指挥上海工人第三次武装起义。后任武汉国民政府武汉三镇保安总队长。七一五事变后，离开武汉到贺龙的第二十军任教导团团长，并参加南昌起义。1931 年与中共中央失去联系。1932年后，任国民党第三十军第三十师参谋长、第八十九旅旅长。1935 年 4 月，被授予陆军少将军衔。1937 年任第九十一军参谋长。抗日战争爆发后，任国民党第九十二军第二十一师师长，参加了台儿庄会战、武汉会战、枣宜会战。1943 年春，升任第九十二军中将军长。抗日战争胜利后，兼任北平警备司令。

　　"侯镜如？哈，九十二军军长，1947 年秋，四野发起秋季攻势，陈诚在东北打不过我们，通过蒋介石从华北傅作义那里调了一个军，就是侯镜如！

侯镜如

他指挥第二十一、第四十三两个师增援沈阳，等他们到了义县，我们两个纵队围着他们打，俘虏他二十一师师长郭惠苍、击毙副师长李有宗，侯镜如机灵呀，不愧黄埔一期的，老奸巨猾，没逮着他，跑回北平了。"

老倪头一语双关："现在，您更撵不上了。"

"是啊，1949 年老子在衡宝战役中和白崇禧打得热火朝天，侯镜如在福建前线向我军投诚，四十年过去，现在人家是爱国将领、中国国民党革命委员会杰出的领导人，看看我老丁，嗨⋯⋯正应了一句话，老革命不如新革命，新革命不如反革命。"

丁老头无奈地摇摇头："走吧，再不走肚子闹革命了，去菜场。"

直到太阳正中，老倪头买了半斤肉回到大方巷，丁老头买了一堆小菜秧回到五条巷 17 号，因为没得肉票买不了肉，篮子里还有一根南京大萝卜。

1987 年，丁老头搬走了，离开了五条巷 17 号，去了深圳。1999 年 9 月，这位开国少将在广州逝世。

三十八、最后的"钉子户"

大方巷、五条巷、挹华里是我们的精神家园。从 1985 年开始这里成为城市改造、建设的区域。那时的人们对城市的认识远远低于现在，尤其是对于民国建筑还不懂得去保护和提升它的功能，只知道推倒旧建筑，重新建新楼。于是很多民国建筑没有得到保留。

曾经住在五条巷 19 号的青妹对我说："哥哥，我是大方巷、五条巷的最后'钉子户'。"

"钉子户"，用来指代由于种种原因没有拆迁，而又身处闹市或开发区域的房屋。《现代汉语词典》中的解释，指由于某种原因在征用的土地上不肯迁走的住户或单位，也泛指因赔偿或置换出现争议，拒绝配合某项工作而成为障碍的单位或个人。

这是怎么回事呢？

青妹说着很激动："1986 年，大方巷、五条巷、挹华里大范围拆迁了，不少民国老建筑还有小瓦房都在推土机隆隆的轰鸣中被推平了，挹华里 2 号大院，6 号、9 号、15 号，还有五条巷的房子，不管是公馆还是官邸，还有大使馆，我们就亲眼看着，一幢幢民国建筑被夷为平地。当时街道上的老百姓欢天喜地，按照拆迁政策，都能拿到新房子，面积肯定要超过被拆的老房子，居住条件能得到大大的改善，或者得到经济上的补偿。房子是按人口计算的，拆迁负责人说部队给老干部分了干休所，所以就不给后代房子。我们又不是老干部，所以不给房子我们就不走。因为我们得到内部消息，如果少分出去一套，他们就可以留给自己来搞名堂。于是，我们原来住的五条巷 19 号里三幢小洋楼都拆了，对面的 48 号，沈西蒙的院子原来是西班牙大使馆也都推倒了，我们当时就住在 19 号公共厕所对面的一间小平房内。我和小马就是在小平房里结的婚。还有前线歌舞团著名的作曲家龙飞叔叔的儿子东蓓，他原来住在日式小楼里，他的情况比我们还惨，一幢楼，只剩下他住的那一间，上下左右都拆完了。不久，自来水停了，最缺德的是电也停了，在大片的废墟中，只有我们的小平房风雨飘摇，还有东蓓的那间，孤零零像座鬼子的碉堡。

"忽然有一天夜里，公共厕所轰然倒塌，只有厕所后面一棵百年老梧桐树依旧挺立着。第二天一早，小马出去上厕所，回来说：'我们的华盖塔倒了……'如何出恭呢？反正都是废墟，打个伞，我们就到处拉野屎。

"那年正好是第十三届墨西哥世界杯，没电就看不着比赛怎么办？于是到了晚上，小马和东蓓就从路边的电线杆上偷接电线，没得那么长的电线，中间就接几节子，总算拉到门里，接到黑白的熊猫牌电视机上。

"为怕被人发现光亮，我们就用拆下来的木板挡在房子周围，就这样子从半夜到天亮，一场不落，看完墨西哥世界杯，尤其是看了马拉多纳率领阿根廷队战胜西德队，捧起了大力神杯！狂喜不已，欢呼不已。

"一瓶'分金亭'，二两花生米，伴着我们度过了一个个的不眠之夜。"

我问："五条巷 17 号、15 号、5 号、6 号，还有把华里 7 号，少有的几家怎么保留下来了？"

"那是人家房主家还有人在，比如把华里 7 号，房主姓唐，那两栋房子是给他儿子修的，一人一栋，房主在台湾，人家手里有房契地契，怕人家打官司，就不敢拆；其余的没有证据，所以房子就拆掉了。"

"怪不得！"

"后来，有一次刮台风，狂风暴雨中一个强烈的闪电霹雳，将那棵傲然

青青看着即将被
拆毁的民国建筑

挺立的梧桐树劈倒了，小马打着电筒出去一看，回来说：'华盖树倒了，离我们门口不到一米的距离，如果砸在我们房子上，我们小命就完了。'就这样，我们又坚持了一个多月，终于搬离了五条巷，我们的家园。"

　　从那以后，敢叫日月换新天。大方巷、五条巷、挹华里盖上了一排排新楼，住上了又一批新居民！

跋：

余音袅袅，绕梁三匝

多少次梦回老巷裆。就像一首歌唱的那样：

夏天夏天悄悄过去留下小秘密

压心底　压心底　不能告诉你

晚风吹过温暖我心底　我又想起你

多甜蜜　多甜蜜　怎能忘记

不能忘记你　把你写在日记里

不能忘记你　心里想的还是你

浪漫的夏季还有浪漫的一个你

给我一个粉红的回忆

……

2022 年 4 月的一个下午，发小青妹打来电话："哥，晚上我攒了个局，都是我们大方巷、五条巷的发小，你一定要来！"

青妹是前线话剧团著名演员、导演、编剧李传弟的女儿。她的妈妈梁泉，是参加过八路军和新四军的老文工团员。

李青青，女，1957 年 10 月出生，满族，中国戏剧家协会会员，国家一级演员，1982 年毕业于上海戏剧学院表演系，获学士学位。现为江苏省演艺集团话剧院领衔主演之一，且受聘为南京艺术学院电影电视艺术系客座教授。

饭店在紫金山下太平门外，城墙之下，苍松翠柏的浓荫中。进了包间，除了青妹外，一座人都不认识。她给我一一介绍：

"这是艾萌，他家是五条巷开老虎灶的……

"这是王菲，五条巷王友石伯伯家的老三，叫五宝……

"这是溶溶，住在丁家小店对面的漂亮小丫头……

"这是朱玲娣，丁家小店旁边紧挨着，是万里老师最喜欢的学生……

"这是王桂英……"

随着她的介绍，我不由得想起了那条老巷裆，老房子和老巷裆里面的人与事，大家不断说起半个世纪前的往事，我的思绪又回到了老巷裆。

如今的南京大方巷和 1970 年以后的大方巷已经完全是两个概念了。

1949 年以后，山河巨变，第一代大方巷居民中的达官贵人四处逃离，有的去了国外，有的去了台湾，有些穷人为了讨生活，落户到了这里。1950 年以后，陆续迎来了一批新的居民。这里成分与构成发生了很大的变化。过了二十年，到了 1969 年以后，大方巷的居民构成又一次有了大变动，先是知识青年上山下乡去了农村边疆，后来便是街道上挂出大标语："我们也有两只手，不在城里吃闲饭"，大量的城市居民成了光荣的下放户，被又一次地敲锣打鼓，欢送去了苏北广大农村；后来还有一批老军人、老干部从城里去了干校和农场，或者回老家重新安置。为了备战备荒，江苏省"革命委员会"成功地将南京人口大约有三分之一，分流出了城市。

大方巷 14 号的前线话剧团、歌舞团、歌剧团也迁到了卫岗大院，昔日排演、练功、舞蹈、歌唱的情形从此不再。繁华如梦，转眼成空。

十年之后，大方巷居民当中的一部分重归故里，但"前话"一去不复返了；大方巷、五条巷、挹华里的那些楼那些房重新住满了新的居民。知青中的大部分也陆续折腾回到城里。没房子住咋办？大街小巷充斥着下放户搭的披子。

又过了二十年，这一片老巷子又进行拆迁，一个新的大方巷出现了。

大方巷的变迁史，就是我生活的这座城市的变迁史的一部分。许多建筑、许多人、许多事随着历史长河的流淌不见了踪影，但是他们都确实存在过。还有一些民国建筑，修旧如新，怎么看都不是那个味儿。

岁月如梭，戳痛我心！感慨还是感叹！？

那晚，从饭店出来以后，我对青妹说："我要写一本《大方巷》。"

为了碎片化记录那段过去的时光，我便开始写我印象中的大方巷，并不断去询问发小和旧地重游。

记忆中的大方巷已经成为前线话剧团二代的精神家园。旧家的燕子飞回老巢，只有少数的老房子参差其间，已经不是当年的模样，就像一首诗写的那样：

有鸟有鸟丁令威，
去家千年今来归。
……

少年已老，沧桑巨变，就像坐在高铁上，眼前的景色迅速退去，不见踪影，许多人和事都被我们逐渐忘了。历史在前进，我心中的大方巷，只是南京一个时代的缩影，它会永远留在我的书里和我的心中。

我的发小原伟华、原伟庆、丁婷婷、丁媛媛、王晓思、李青青、刘一江、金玉、郭燕、王兵、田平、宫英群等人提供的材料及照片，帮助我完成了对大方巷的回忆，还有我的百岁老人黄建斌老师，在此一并鸣谢！